Michael Kibler
Seelenraub



PIPER

Zu diesem Buch

Als im Odenwald eine Leiche gefunden wird, ist Hauptkommissar Steffen Horndeich erschüttert, denn er ist mit der Familie des Opfers privat befreundet. Ludwig Daunberg war ein angesehener Hochschullehrer für Musik, vorbildlicher Ehemann und Vater. Horndeich beginnt zu ermitteln, doch egal, wie tief er bei seinen Befragungen bohrt, Daunberg scheint bei allen beliebt gewesen zu sein.
Während Steffen Horndeich in Darmstadt noch über das Mordmotiv grübelt, bekommt es Leah Gabriely in Wiesbaden ebenfalls mit einem Mord zu tun. Ein ehemaliger Physiotherapeut, seit einem Unfall jedoch arbeitslos, lag mehrere Tage tot in seiner Wohnung, bis er vom Hausmeister gefunden wurde.
Auf den ersten Blick gibt es keinen Zusammenhang zwischen den Fällen, doch dann stellt sich heraus, dass beide Männer mit derselben Tatwaffe ermordet wurden. Kurzerhand legen Leah Gabriely und Steffen Horndeich ihre Ermittlungen zusammen. Gemeinsam gelingt es ihnen, eine entscheidende Parallele zwischen den Opfern aufzudecken. Doch dann passiert ein weiterer Mord und Gabriely und Horndeich stehen erneut vor einer Wand aus Fragen …

*Michael Kibler,* geboren 1963 in Heilbronn, ist heute leidenschaftlicher Darmstädter. Nach Studium und Promotion arbeitet er als Texter und Schriftsteller. Seit 2005 veröffentlicht er erfolgreiche Kriminalromane um die Darmstädter Ermittler Steffen Horndeich und Margot Hesgart. Mit »Sterbenszeit« erschien 2014 außerdem sein Krimi um den BKA-Hauptkommissar Lorenz Rasper.

Michael Kibler

# SEELENRAUB

Kriminalroman

**PIPER**
München Berlin Zürich

*Mehr über unsere Autoren und Bücher:*
*www.piper.de*
*Aktuelle Neuigkeiten finden Sie auch auf Facebook, Twitter und YouTube.*

Von Michael Kibler liegen im Piper Verlag vor:
Zarengold
Schattenwasser
Rosengrab
Todesfahrt
Engelsblut
Opfergrube
Sterbenszeit
Totensee
Seelenraub

FSC
www.fsc.org
MIX
Papier aus verantwortungsvollen Quellen
FSC® C083411

Originalausgabe
Dezember 2016

Umschlaggestaltung: semper smile München
Umschlagabbildung: Joachim S. Müller (Turm);
bunnavit/pangsuk/Shutterstock (dunkler wolkiger Himmel)
Satz: Kösel Media GmbH, Krugzell
Gesetzt aus der Minion
Druck und Bindung: CPI books GmbH, Leck
Printed in Germany   ISBN 978-3-492-30937-0

Für die Kleine Rebellin

# TOBIAS I

Ich ziehe mit dem Springer auf G5.

Wanja zieht mit der Dame. Ich muss mit dem Springer wieder zurück.

»Er ist wirklich klug, Ihr Sohn«, sagt Wanja zu meiner Mutter. »Mit neun Jahren war ich nicht so klug.«

Seit einer Viertelstunde ist Wanja bei uns in der Wohnung. Wie meistens hat er das Schachspiel mitgebracht. Es ist ein großes Spiel mit schönen Figuren. Ich mag sie noch immer. Die einen sind aus ganz dunklem Holz, die anderen aus hellem. Und sie glänzen so, wie Mama immer sagt, dass ich meine Schuhe putzen soll. Aber so, wie die Figuren glänzen, so hab ich das noch nie hingekriegt. Ich glaube, Wanja putzt die Figuren auch jeden Tag.

Ich weiß nicht, wie er es hingekriegt hat, aber nur ganz wenige Züge danach steht sein Turm mitten auf dem Spielfeld. So gut wie Wanja werde ich wohl nie Schach spielen können.

Mama geht an mir vorbei und streicht mir mit ihrer Hand durchs Haar. Ich glaube, sie hat gar nicht gehört, was Wanja gesagt hat. Ich kenne das. Ihre Schritte werden immer schneller, in zehn Minuten muss sie gehen. Spätschicht.

Ich überlege. Ich kann Wanjas Dame bedrohen, doch dann erkenne ich: Wenn ich den Springer in Richtung Mitte ziehe, ist gleichzeitig auch sein Turm in Gefahr. Ich muss lächeln. Und ziehe.

»Es kann sein, dass es heute etwas später wird. Mein Chef sagt, dass wir nach meinem Dienst noch etwas besprechen müssen.«

Wanja nickt. »Das ist kein Problem. Ich bin ja da.« Dann zaubert er seinen Läufer aus einer Ecke hervor, die ich völlig übersehen habe. Und fort ist mein Springer.

Ich überlege krampfhaft. Nicht gut gelaufen. Und dieser Läufer bedroht jetzt meine Dame und ist auch noch gedeckt. Mist!

Wanja sagt, ich wäre schon viel besser geworden in den letzten Wochen. Kann ja kaum sein. Ich habe noch kein einziges Spiel gegen Wanja gewonnen. Aber vielleicht hat er ja doch recht. Ich glaube, am Anfang haben die Partien nur fünf Minuten gedauert. Jetzt kann es schon mal eine Viertelstunde sein. Vorgestern waren es sogar neunzehn Minuten, hat Wanja mir gesagt.

Er ist streng. »Berührte Figur zieht«, da gibt es nichts zu deuteln. Und dann noch: »Losgelassene Figur steht«.

Während ich jetzt Himmel und Hölle in Bewegung setze, damit Wanja meine Dame nicht schlagen kann, kommt Mama wieder zu mir. Sie legt mir beide Hände auf die Schultern, gibt mir einen Kuss aufs Haar und sagt: »Tschüss, mein Schatz, sei brav und mach deine Hausaufgaben.«

»Tschüss, Mama«, sage ich. Und ärgere mich: Meine Dame ist futsch.

# MONTAG, 6. JUNI

Anton freute sich. Sein Papa hatte das Versprechen gehalten. Heute würden sie gemeinsam einen langen Spaziergang machen. Es war der erste Urlaubstag seines Papas, und er war bester Laune. Genauso wie Horia. Papa hatte ihn von der Leine gelassen, auch wenn Anton wusste, dass er das eigentlich nicht durfte. Horia reichte ihm bis zur Hüfte. Papa und Mama hatten ihn aus Rumänien. Anton hatte sie gefragt, zu welcher Rasse Horia gehörte. Aber eigentlich hätte er das nicht fragen müssen. Er wusste, dass das irgendeine Mischung war. Die Nasenspitze verriet, dass auch ein bisschen Schäferhund mit drin war. Und da Horia aus Rumänien kam, hatte Papa ihm einen rumänischen Vornamen gegeben.

Horia hatte jetzt seine fünf Minuten, wie Mama das immer nannte. Er schoss den Waldweg entlang, bis er nicht mehr zu sehen war. Und fünfzehn Sekunden später stand er wieder hechelnd vor Anton, holte sich eine kleine Streicheleinheit ab und raste sofort weiter durch den Wald.

Gemeinsam waren sie am Böllenfalltor-Stadion entlanggelaufen, in dem der Fußballverein der Stadt, der SV 98, seine Heimspiele austrug. Dabei interessierte sich nur Papa für Fußball, Mama überhaupt nicht – und er so ein bisschen. Aber mehr, weil Papa das mochte.

Er war acht gewesen, als Papa ihn gefragt hatte, ob er nicht auch mal ein Fußballstar werden wolle. »Auf gar keinen Fall«, hatte er voller Empörung gesagt. Papa hatte gefragt: »Wieso denn nicht?« Und er hatte daraufhin geantwortet, dass er nicht wollte, dass man seine ganzen Arme mit Bildchen anmalt. Papa hatte angefangen zu lachen und sich kaum mehr eingekriegt.

Jetzt legte er seinen Arm um Antons Schulter, also vielmehr um seinen Nacken. Der Junge fragte sich manchmal, ob er überhaupt wachsen würde. Alle Mädchen in der Klasse waren schon einen Kopf größer. Und bei den meisten seiner Kumpels konnte er schon die Nasenlöcher von unten betrachten. Er mochte diese Spaziergänge mit Papa. Vielleicht auch deshalb, weil der ihn nicht ständig irgendetwas fragte oder irgendwas von ihm wollte. Mit Papa konnte er einfach durch den Wald streifen und auch eigenen Gedanken nachhängen. Mama hingegen wollte ständig irgendwelche Dinge von ihm wissen. Wie es in der Schule gewesen war. Ob der blaue Fleck am Schienbein schon weg wäre, den er selbst überhaupt nicht mehr beachtet hatte. Ob es ihm nicht zu warm sei, zu kalt sei oder doch zu warm. Sebastian, sein bester Freund, sagte immer, dass weder sein Papa noch seine Mama sich für ihn interessierten. Manchmal dachte Anton, dass das vielleicht gar nicht so verkehrt wäre. Also, wenn Mama sich nicht ganz so sehr für ihn interessieren würde. Gut, seit Horia da war, war es ein bisschen besser geworden. Abgesehen davon, dass Mama immer betonte, dass Horia ja sein Hund war. Und er für ihn sorgen müsse. Anton konnte sich gar nicht mehr daran erinnern, dass es ihm einmal so wichtig gewesen war, einen Hund zu haben.

Wo war Horia überhaupt?

Papa rief nach ihm. Aber Horia tauchte nicht auf. Er selbst rief jetzt den Namen seines Hundes.

»Aber ihr lasst ihn nicht ohne Leine laufen!«, hatte seine Mama noch gesagt. Wie sie es immer tat. Papa und er hatten sich nur kurz angesehen, und Papa hatte ihm zugeblinzelt. *Wir beide wissen genau, was der Hund manchmal braucht,* hatte dieser Blick gesagt. Anton selbst hätte es auch nicht lustig gefunden, wenn er nur an der Leine nach draußen dürfte.

»Hast du gesehen, in welche Richtung er zuletzt gerannt ist?«, wollte Papa von ihm wissen.

Anton zeigte nach links in den Wald. Sie liefen gerade die Backofenschneise entlang. Er kannte die ganzen Wege zwischen Darmstadt, Ober-Ramstadt und Roßdorf. Mit Sebastian fuhr er immer auf seinem Fahrrad durch den Wald. Papa hätte ihn besser mal gefragt, ob er ein Radprofi werden wollte. Wenn sie Rennen fuhren, war es Sebastian bisher nie gelungen, ihn einzuholen.

Papa bog nach links in den Wald ab und rief wieder Horias Namen. Anton folgte ihm. Auch er rief nach Horia. Aber der gab keinen Laut von sich.

Als er weiter in den Wald hineinging, sah er zwei Dinge: den Lenker eines Fahrrads und Horias wedelnden Schwanz.

»Bleib, wo du bist!«, rief sein Vater. Und Anton konnte sich nicht erinnern, dass der Ton in seiner Stimme jemals so scharf gewesen war.

»Steffen?«

Steffen Horndeich drehte sich um. Er kannte die Stimme, wusste aber im Moment nicht, wo er sie einordnen sollte. Soeben hatte er seinen Wagen, einen auberginefarbenen Mazda Xedos 9, auf dem Parkplatz vor dem Polizeipräsidium Hessen-Süd abgestellt. Er war spät dran heute.

Er erkannte die Frau mit dem langen dunklen Haar. Chiara Daunberg. Aber was hatte sie hier bei der Polizei zu suchen? Horndeich trat auf sie zu. »Chiara?«

»Steffen! Gut, dass ich dich treffe. Das habe ich ja gar nicht zu hoffen gewagt. Ich hätte dich gleich auf dem Handy angerufen.«

Seit dem vergangenen Jahr war Chiara die Vorsitzende des Elternbeirats im Kindergarten, er selbst war Stellvertreter. Sie waren einstimmig gewählt worden. Auch Horndeichs Frau Sandra hätte sicher Spaß daran gehabt, sich im Elternbeirat zu engagieren, doch vor elf Monaten war ihr gemeinsamer

Sohn Alexander auf die Welt gekommen. Und damit blieb nur noch wenig Zeit zwischen Stillen und Windeln wechseln.

»Was kann ich für dich tun?«, wollte Horndeich wissen.

»Ludwig ist verschwunden.«

Horndeich kannte Chiaras Mann Ludwig. Er hatte ihn zwei- oder dreimal auf Elternabenden oder beim Sommerfest gesehen. Der jüngste Sohn der beiden, Gerald, war genauso alt wie Horndeichs Tochter Stefanie. Beide würden in wenigen Monaten ihren fünften Geburtstag feiern. Die beiden Kinder verstanden sich sehr gut, wenn sie sich nicht gerade im Sandkasten Kuchenförmchen an den Kopf schmissen oder ausgiebig diskutierten, ob *Kackaschleim* ein schlimmeres Schimpfwort war als *Pupspipi*. Horndeich hätte nie gedacht, dass seine Tochter, die irgendwann eine junge Dame sein würde, eines dieser Worte auch nur einmal in ihrem Leben aussprechen würde. Hatte er eigentlich selbst damals …?

»Was meinst du mit ›Er ist verschwunden‹?«, hakte Horndeich nach. Ganz automatisch sah er auf seine Armbanduhr. Auch in Zeiten der Smartphones trug er einen Chronografen. Seine Frau Sandra hatte ihm vor einem halben Jahr eine Omega Speedmaster geschenkt, jenes Modell, das auch die Astronauten beim ersten Mondbesuch getragen hatten. Sie war höllisch schwer, definitiv ein Beleg für die Erdanziehung, aber er mochte dieses Monstrum. Und die Zeiger des Monsters zeigten im Moment zwanzig nach elf.

»Er ist heute Morgen ganz früh mit seinem Rad losgefahren. Du weißt ja, wenn er einen freien Tag hat, dann fährt er gern die Strecke quer durch den Odenwald. Er startet um sieben Uhr und ist spätestens um neun Uhr wieder da.«

»Na ja, dann ist er ja noch nicht so lange überfällig.«

»Steffen, wenn ich nach irgendetwas die Uhr stellen kann, dann nach meinem Mann. Wenn er sagt, er ist um neun da, dann weiß ich, dass er um neun da ist. Du kennst ihn doch!«

Da lag zwar keine Panik in Chiaras Stimme, doch sie

schnarrte ganz leicht. Wie ein Lautsprecher mit einem Riss in der Membran.

»Hast du versucht, ihn anzurufen?«, leitete Horndeich die nächste Phase bei der Bekämpfung eines vermeintlichen Vermisstenfalles ein.

»Steffen, ich bin doch nicht blöd. Ludwig fährt immer ohne Handy. Er hat alles zu Hause gelassen. Darüber ärgere ich mich schon lange, aber er ist da unbelehrbar. Inzwischen habe ich alle Krankenhäuser angerufen, aber die wissen nichts von einem verletzten Fahrradfahrer. Irgendetwas stimmt da nicht. Vielleicht ist er gestürzt und liegt irgendwo mit gebrochenen Knochen im Wald?«

»Komm mit in mein Büro, dann reden wir weiter.«

Fünf Minuten später saßen sie in Horndeichs Dienstraum. Darin standen zwei Schreibtische. Der eine völlig verwaist, der andere bedeckt mit ein paar Schnellheftern und Papieren. Vor einem knappen Jahr war Horndeichs Kollegin Margot Hesgart nach Amerika ausgewandert, um mit dem amerikanischen Polizisten Nick Peckhard zusammenzuleben. Über zehn Jahre lang hatten sie und Horndeich gemeinsam Fälle gelöst, und Margot fehlte ihm sehr. Als Chefin und als Kollegin. Er hatte die Leitung kommissarisch übernommen. Die Dienststelle suchte derzeit nach einer Nachfolgerin für Margot – händeringend. Doch bis heute leider vergeblich. Gerlinde Schlüter hatte sich für den Job qualifiziert, war aber an der Praxis gescheitert und nach dreimonatiger Probezeit wieder verabschiedet worden. In ihrem Zeugnis stand »in beiderseitigem Einvernehmen«. Doch alle, außer vielleicht Gerlinde Schlüter selbst, denn das würde ihr Ego nicht zulassen, wussten, dass das im besten Falle geschmeichelt, realistisch betrachtet allerdings einfach nur gelogen gewesen war.

Horndeich bot Chiara den Platz am leeren Schreibtisch an. Er holte für sie beide einen Kaffee, dann setzte auch er sich.

»So, jetzt noch mal von Anfang an. Wann ist Ludwig losgefahren, wann hätte er zurück sein sollen? Und wie kommst du darauf, dass ihm etwas passiert ist?«

»Ludwig ist um sieben Uhr losgefahren. Er hat sich von mir verabschiedet, ich lag noch im Bett. Er wollte die mittlere Runde fahren, das sind rund dreißig Kilometer. Das heißt, er hätte allerspätestens um kurz vor neun wieder zu Hause sein müssen. Er fährt die Strecke durch den Wald, an der Grube Prinz von Hessen vorbei. Dann immer weiter Richtung Nieder-Beerbach, die Hutzelstraße entlang. Irgendwann bei Ober-Beerbach dreht er um, sodass er ziemlich genau eine Stunde und fünfundvierzig Minuten für die Strecke benötigt.«

Horndeich hatte bereits Google Maps aufgerufen und die Strecke, die Chiara angegeben hatte, eingegeben.

»Chiara, du hast gesagt, du hast alle Krankenhäuser angerufen?«

»Ja. Er ist nicht da, und auch auf keine der unbekannten Personen passt seine Beschreibung.«

»In welchem Umkreis hast du telefoniert?«

»Dreißig Kilometer, sogar inklusive Frankfurt.«

Horndeich und sie hatten im Elternbeirat des Kindergartens stets gut zusammengearbeitet. Etwa bei diesem Fall mit der Schaukel. Bei der war vor über einem halben Jahr eine der Streben durchgebrochen, und niemand in der Stadt hatte reagiert. Also hatten Chiara und er einen Brief als Elternbeirat an die Stadt formuliert, freundlich, aber bestimmt. Und zwei Wochen später war die Schaukel in neuem Glanz erstrahlt. Kleinkram. Aber wichtig für die Kinder. Und im vergangenen Jahr hatten sie gemeinsam das Sommerfest organisiert: Wer brachte welchen Salat mit, wann würden die kleinen Ballerinas ihren Auftritt haben und wann Gerald mit seinen Kumpels, die sich schon als Gang fühlten, mit ihrer Rap-Show auf die Musik von *50 Cent?* Sie hatten im Vorfeld Geld gesammelt, weil es den Offiziellen im Kindergarten untersagt war, das zu tun. Unterm Strich konnte Horndeich sagen, dass Chiara sich vor ihm als eine Person gezeigt hatte, die sehr klar war in ihren Ansichten, die gut organisieren und kleine Unstimmigkeiten elegant schlichten konnte. Und die alles andere als hysterisch war. Wenn diese Chiara sagte, ihr Mann sei verschwunden, dann war Horndeich durchaus geneigt, ihr zu glauben. Und dennoch musste er ein paar unbequeme Fragen stellen. »Chiara, jetzt frage ich dich als Polizist, und ich muss das fragen: Gibt es Schwierigkeiten in eurer Ehe?«

Chiara schüttelte den Kopf. »Nein. Wirklich nichts Besonderes. Unsere Älteste, Nicola, ist ja schon aus dem Haus, das weißt du sicher. Ich bin mit Ludwig nicht immer einer Meinung, wie großzügig wir sie noch unterstützen sollten. Er sagt, sie solle sich einen Job suchen, aber ich bin der Meinung, dass wir genug Geld haben, um sie auch noch zwei Jahre unterstützen zu können. Leonora wohnt noch bei uns, sie macht in zwei Jahren ihr Abitur, da gab es wenig Reibungspunkte. Leonora lebt auch schon zum Großteil ihr eigenes Leben. Du weißt ja, ich bin nicht so die Glucke. Und Ludwig ist auch nicht der Papa, der gleich zur Schrotflinte greift, wenn da mal ein Junge auftaucht. Und auch was Gerald angeht, gibt es wenig Streit. Mit dem dritten Kind hat man weniger Stress. Da hat man dann ja alles schon mal durchgespielt.«

Horndeichs Erfahrung in Bezug auf Kindererziehung reichte noch nicht so weit wie jene von Chiara. Stefanie wurde im August fünf, und Alexander war ein Säugling. Aber in seinem Job hatte Horndeich schon oft erfahren, wie Eifersucht oder auch einfach nur ständige Nörgeleien Ehen an ihr Ende gebracht hatten. Sei es mit einem Messer oder auch nur dadurch, dass einer der Beteiligten plötzlich verschwand. »Chiara, hat Ludwig eine Affäre? Hast du eine, von der er nichts wusste? Oder von der du glaubst, dass er nichts davon weiß?«

Chiara trank einen Schluck Kaffee und setzte dann die

Tasse wieder behutsam ab. »Ich weiß, Steffen, das sagen dir wohl alle Ehefrauen – aber nein. Weder er noch ich. Ich habe in meinem Leben einmal eine Affäre gehabt, aber das ist sechzehn Jahre her. Und von dieser Affäre weiß mein Mann seit knapp fünfzehn Jahren. Wir haben uns danach zusammengerauft, sind einen wirklich guten Weg gegangen. Einen Weg, auf dem wir Dinge in unserer Ehe verändert haben. Ludwig hatte keine Affären. Und er hat auch heute keine. Zumindest nicht, soweit ich weiß. Und wenn er eine hätte, wenn er mich wirklich verlassen wollte, dann würde er das mit drei Koffern, all seinen Instrumenten und unserem Dodge Charger machen. Und nicht in verschwitzten Biker-Klamotten auf dem Weg nach Ober-Beerbach.«

Das wiederum schien Horndeich einleuchtend. »Gib mir ein paar Minuten«, sagte er. Dann telefonierte er mit den Kollegen von der Einsatzzentrale. Aber auch da war nirgendwo ein Ludwig Daunberg oder auch nur eine hilflose oder verletzte Person eingesammelt worden.

»Kann es nicht sein, dass er im Wald eine Panne hatte? Dass er im Moment sein Rad quer durch irgendein Gehölz schleppt?«

»Ja, natürlich kann das sein. Er hat immer wieder mal Pannen. Aber er hat auch immer von irgendwo aus angerufen, *dass* er diese Panne hat und dass er später zu Hause sein wird. Das letzte Mal von einem Aussiedlerhof aus. Jetzt ist es …«, sie warf einen Blick auf ihre Armbanduhr, »bald Viertel vor zwölf. Und ich habe immer noch nichts von ihm gehört. Das passt nicht zu ihm.«

»Okay, Chiara. Kannst du uns irgendetwas über das Rad sagen, mit dem dein Mann unterwegs ist?«

»Klar. Es ist ein Focus. Und er hat es registrieren lassen. Hat mir lang und breit davon erzählt, von diesem FEIN-Schlüssel, den man ins Rad eingravieren lassen kann. Irgendwie sind in diesem Schlüssel die Stadt und sogar die Adresse codiert.«

»Und du hast diesen Schlüssel? Denn wenn das Rad tatsächlich in den kommenden Tagen auftauchen sollte, dann könnten wir es darüber identifizieren.«

Chiara nickte. Sie griff in ihre Handtasche, und schon nach wenigen Sekunden hatte sie das Portemonnaie herausgezogen. Darin befand sich ein Zettel. »Hier hast du alle Daten zu dem Fahrrad«, sagte sie und reichte Horndeich das Papier.

Er sah darauf. Eine genaue Typenbezeichnung des Rades, die Fahrgestellnummer und sogar die FEIN-Codierung. »Nun, damit sollten wir das Rad identifizieren können, wenn es irgendwo auftaucht.«

Horndeich rief ein zweites Mal bei der Einsatzzentrale an. Diesmal fragte er aber nicht nach einer verletzten Person, sondern nach einem gefundenen Fahrrad. »Ja, Horndeich«, sagte Bernd Süllmeier, der Kollege am anderen Ende der Leitung. »Wir haben heute tatsächlich ein Fahrrad gefunden, auf das die Beschreibung passt. Ich sehe gerade mal nach, was die Kollegen im elektronischen Diensttagebuch eingetragen haben.«

Eine kurze Pause entstand, Horndeich vermied es, den Blick in Richtung Chiara zu lenken. Er wollte sie nicht unnötig beunruhigen.

»Können Sie mir diesen Code noch einmal vorlesen?«

Horndeich tat es. Sein Blick wanderte nun automatisch in Chiaras Richtung, und er sah, wie Tränen ihre Wangen hinabliefen.

»Ja, das ist das Rad, ohne Zweifel. Lag im Darmbach in der Nähe der Lichtwiese. Ein Vater und sein Sohn haben es beim Spazierengehen entdeckt. Die Kollegen Peters und Robins waren vor Ort.«

»Sonst noch irgendetwas Auffälliges?«, wollte Horndeich wissen.

»Nicht dass ich wüsste«, antwortete Süllmeier. »Also im Diensttagebuch steht nichts weiter.«

»Gut, dann werde ich mal mit den Kollegen sprechen.« Horndeich legte auf.

Der Hörer hatte noch nicht die Gabel berührt, da fragte Chiara bereits: »Und?«

Horndeich wandte sich ihr zu: »Das Rad wurde bereits heute Morgen gefunden. Aber keine Spur von Ludwig.«

»Dann ist ihm was passiert.« Es war keine Frage, nur eine Feststellung.

Horndeich sparte sich alle hohlen Phrasen, denn er wusste ebenso gut wie Chiara, dass sie recht hatte.

Keine Minute später klingelte das Telefon auf Horndeichs Schreibtisch.

*

»Fünfzehn Minuten, dann stehen Sie hier auf der Matte«, grunzte Rünzig.

Leah Gabriely tippte mit dem Finger auf den virtuellen Button mit der Aufschrift *Beenden*. Die Hauptkommissarin befand sich gerade auf dem Weg zu ihrem Auto, als *Ranzig*, wie sie ihren Chef insgeheim nannte, sie angerufen hatte. Ihr VW Golf stand zehn Gehminuten von dem kleinen Restaurant entfernt, in dem sie meistens zu Mittag aß. Sie hatte dort einen Stammplatz in einem kleinen Erker. Leah mochte diesen Platz. Die Sonne schien ihr durchs Fenster in den Nacken, und sie selbst hatte den perfekten Überblick über den gesamten Gastraum. Das Schnitzel war heute etwas zäh gewesen, aber das Ambiente und die Freundlichkeit der Bedienung ließen Leah darüber hinwegsehen.

Rünzig hatte ihr mitgeteilt, dass in der Wellritzstraße eine Leiche aufgefunden worden sei. Wahrscheinlich Kopfschuss. Die Wellritzstraße lag im Westend und gehörte nicht unbedingt zur ersten Wohnlage Wiesbadens und daher auch nicht zu den teuersten. Leah hatte sich die Adresse gemerkt, ohne sie aufzuschreiben, wie sie das immer tat.

»Dein Gehirn ist ein einziger Stapel von unzähligen Notizblöcken. Es müssen mehr sein, als in einem Schreibwarenladen Platz haben«, hatte Bruno zu ihr gesagt. *Wie oft habe ich in den letzten Tagen wohl an ihn gedacht?*, fragte sie sich. Die Antwort darauf fiel ihr leicht: Immer dann, wenn es ihr nicht so gut ging. Und das auch nicht nur in den letzten Tagen, sondern es waren Wochen, wenn nicht sogar Monate.

Sie erreichte ihren roten VW Golf. Der hatte auch schon fünfzehn Jahre auf dem Buckel, aber er tat genau das, was er sollte: Er brachte sie zuverlässig von Punkt A zu Punkt B. Auch wenn sie kaum mehr Kontakt zu Bruno hatte, so sah sie doch regelmäßig alle sechs Monate bei Fabiano vorbei. Der betrieb eine kleine, unabhängige Autowerkstatt, in der auch Bruno seinen uralten Jeep Gladiator in Schuss hielt.

Leah steckte den Schlüssel ins Schloss der Fahrertür, und während sie sich in den Wagen setzte, prüfte sie mit der rechten Hand, ob der Dutt, zu dem sie ihr langes Haar gewickelt und gesteckt hatte, noch in Form war. Die Fahrt dauerte exakt elf Minuten. Und vierzehn Minuten nachdem sie das Gespräch mit Rünzig mit einem Wisch beendet hatte, erreichte sie die offen stehende Wohnungstür im vierten Stock. Dass hier jemand gestorben war, hatte sie bereits unten im Hausflur, nachdem sie das Haus betreten hatte, feststellen können: Es stank nach verfaultem Fleisch.

Im Treppenhaus vor der Wohnungstür hatten die Kollegen der Spurensicherung weiße Einweg-Overalls in einem Korb abgelegt. Leah empfand es als überaus praktisch, dass die Schuhüberzieher inzwischen bereits in das Einweg-Kleidungsstück integriert waren. Sie schlüpfte in einen der Spurenvermeidungsanzüge, nickte dabei einem Kollegen der Spurensicherung zu, der neben ihr in die Wohnung trat. Sie war sich nicht ganz sicher, ob es sich um den Kollegen Meyer gehandelt hatte, denn er hatte auch den Mundschutz bereits übergezogen. Dann betrat sie die Wohnung. Sie hörte Rünzig: »Ist die Gabriely inzwischen eingetroffen?«

Meyer antwortete ihm: »Ja, eben im Moment.«

Leah hatte sich nicht bemüßigt gefühlt, Rünzig zu antworten. Irgendwie war das alles sehr unglücklich gelaufen in den vergangenen zwei Jahren. Die einzige Abteilung, in der sie sich wirklich wohlgefühlt hatte, war die Abteilung SB des Bundeskriminalamts gewesen. Sie hatte sich mit ihrem Chef, Lorenz Rasper, sehr gut verstanden. Auch mit Daniel, dem Computercrack, war sie gut zurechtgekommen. Die Kollegin aus Mainz, Ricarda Zöller, war bei ihrem letzten Fall zu ihnen gestoßen, als die Abteilung einen Serienkiller quer durch die Bundesrepublik verfolgt hatte. Und natürlich war auch Bruno in der Abteilung gewesen. Irgendwie »ihr« Bruno, aber eben irgendwie auch nicht mehr. Kurz nachdem sie diesen Fall gelöst hatten, war die Abteilung aufgelöst worden. Für kurze Zeit war sie nach München gegangen zur Operativen Fallanalyse, die hatten jemand gesucht, der wie sie mit ihren Argusaugen die einzige Maus auf dem Fußballfeld sofort sehen würde. Der Vorgänger von Rünzig hatte sie dann nach Wiesbaden zur Mordkommission geholt. Und wenige Monate nachdem sie dort angefangen hatte, war der Chef gegangen und durch Rünzig ersetzt worden. Wenn sich Rünzig und Leah in einem Punkt einig waren, dann war dies die gegenseitige tiefe Abneigung. Leah konnte den Choleriker nicht ausstehen. Rünzig schätzte an ihr, dass sie die mit Abstand schnellste Auffassungsgabe von allen hatte. Sie berechnete die Multiplikation mit zwei dreistelligen Zahlen schneller, als Rünzig die Aufgabe überhaupt aussprechen konnte. Aber er ertrug es kaum, dass sie ihn in keiner Weise hofierte.

Auch Leahs Kollege Meyer hatte sie schon als eine lebende 3-D-Kamera bezeichnet, wenn es darum ging, Details eines Tatorts zu erfassen und auch abzuspeichern. Deshalb blieb Leah nach ihrem ersten Schritt stehen. Der Gestank war fürchterlich, aber er war nicht der Grund dafür, dass sie nicht weiterging. Es gelang ihr, den Odem völlig auszublenden, quasi mit einer mentalen Wäscheklammer über den Nasenflügeln. Dafür ließ sie den Flur der Wohnung auf sich wirken.

An der Garderobe hingen zwei Jacken: Eine war ein schon etwas abgewetztes Cordjackett, die andere eine dünne Sommerjacke. Unter dem schmiedeeisernen Gestell stand ein kleines Garderobenschränkchen. Billigster Pressspan, wie eine abgeplatzte Stelle des Eichenfurniers belegte. Sie zog sich ein paar Latexhandschuhe über und öffnete die oberste Schublade. Darin war nichts außer einem Paar Wollhandschuhe und einer Pudelmütze, beide in Schwarz. In der Schublade darunter lag ein gefalteter Schal, in der letzten Schublade Schuhputzzeug.

Der Boden des Flurs war mit grauem Linoleum verlegt, von dem Leah sofort den Eindruck hatte, dass, könnte es sprechen, es vom Bau des Hauses in den Fünfzigerjahren des vergangenen Jahrhunderts hätte erzählen können. Der kleine und ebenfalls abgewetzte Läufer kaschierte den billigen Boden nur unzureichend. Leah sah an die Decke. Eine runde Lampenfassung ließ anhand von drei Metallklammern vermuten, dass hier einmal eine dekorative Abdeckung das Licht der Glühbirne gedämpft hatte.

Vom Flur gingen vier Türen ab. Jene unmittelbar gegenüber der Wohnungstür führte in ein Schlafzimmer, wie Leah erkannte, als sie sich ein wenig zur Seite beugte. Am Ende des Flurs führte eine weitere Tür nach links, wahrscheinlich ins Wohnzimmer. Die beiden Türen rechts im Flur mussten demnach zu einer Küche und zu einem Badezimmer führen.

»Gabriely!«, gellte Rünzigs Stimme durch die Wohnung. Sie würde nie begreifen, warum ihr Chef sich immer so gebärdete, als ob die ganze Welt um ihn herum kollektiv an einem Hörschaden litt. Sie reagierte nicht, sondern ging ins Schlafzimmer.

Der Raum war klein, keine zehn Quadratmeter groß. Das Bett war einen Meter vierzig breit. Nur ein Kopfkissen und eine Bettdecke zeigten, dass hier jemand alleine schlief. Der schäbige Kleiderschrank schien aus derselben Serie zu stammen wie das Garderobenschränkchen: Eichenfurnier über Pressspan. Leah öffnete die beiden Schranktüren. Dabei schwankte der Schrank. Für einen winzigen Moment glaubte Leah, er würde seinem Besitzer augenblicklich in den Tod folgen. In den Regalfächern linker Hand fand sie sauber zusammengelegte T-Shirts, Unterhosen, Unterhemden und Strümpfe. An der Kleiderstange hingen zehn Hemden und fünf Hosen ebenso wie zwei weitere Jacketts. Winterkleidung sah sie nirgends. Auf einem Seitentisch stand ein alter Röhrenfernseher, darauf eine Zimmerantenne sowie ein schwarzes Plastikkästchen mit einer leuchtend roten LED-Anzeige. Offensichtlich ein Empfänger für digitales Antennen-Programm.

Rünzig erschien im Türrahmen: »Warum sagen Sie mir nicht Bescheid, dass Sie eingetroffen sind?«

Anfangs hatte Leah den Fehler begangen, auf solcherlei Fragen zu antworten, etwa mit: »Ich habe schon angefangen, mir ein Bild vom Tatort zu verschaffen.« Ganz egal, was sie geantwortet hatte, es war stets nur der Auftakt zu einer Tirade. Ganz so, als ob ihre Worte einfach nur der Schuss aus einer Startpistole wären. Also antwortete Leah erst gar nicht, und Rünzig trollte sich wieder, konnte es dabei aber nicht lassen, so laut vor sich hin zu murmeln, sodass auch sie es verstehen konnte: »... hat doch echt einen Dachschaden ...«

Den knappen Satz, den sie in Gedanken formte, sprach sie nicht aus: »Du mich auch.« Bis vor wenigen Monaten hätte sie so etwas nicht einmal gedacht.

Sie hörte, wie Rünzig telefonierte. Bei der Lautstärke Seiner Stimme hätte er für dieses Gespräch das Handy eigentlich gar nicht benötigt: »Herr Hinrich, dann bewegen Sie Ihren Hintern hierher. Sofort!« Er machte eine kleine Kunstpause, dann brüllte er weiter: »Da halt ich's doch mit *Praktiker:* ›Geht nicht gibt's nicht!‹« Wieder entstand eine Pause. »Wenn Sie den Knaben hier nicht bald abholen, dann hat er sich selbst aufgelöst.« Noch eine Pause. Dann wieder Rünzig: »In anderthalb Stunden, in Ordnung.«

Sie vernahm Meyers Stimme, der fragte: »Wieso kommt Hinrich von der Gerichtsmedizin nicht sofort hierher?«

»Er hat eine Leiche in Darmstadt, sagt er«, blaffte Rünzig, nicht mehr mit der Lautstärke eines Ferrarimotors, aber immerhin noch mit der eines Porsches. Nun betrat auch Leah den Raum, in dem der Urheber des Gestanks saß. Kein schöner Anblick. Dem Herrn war anzusehen, dass er nicht erst seit dem Frühstück tot war, zumindest nicht nach dem heutigen. Der Oberkörper war nach vorn über den Esstisch gekippt, auf dem kein Geschirr stand. Die grauen Haare verdeckten gnädig jene Stellen, die Leah vom Gesicht hätte sehen können.

Meyer sah in ihre Richtung. Sie musste die Frage gar nicht laut stellen, Meyer schien ihre Gedanken zu erraten, was auch nicht wirklich schwer war. »So wie's aussieht, ein Schuss in den Hinterkopf. Aber wir wollen noch auf Hinrich warten, bevor wir die Leiche bewegen. Da ist auf jeden Fall ein mächtiges Loch im Schädel.«

Leah nickte. Am anderen Ende des Raumes war ein Bücherregal aufgestellt. Eindeutig ein naher Verwandter von Kleiderschrank und Garderobenschränkchen. Drei Regale standen nebeneinander, die Spalten zwischen den Außenwänden zeigten, dass entweder der Boden schief war oder die Regale. Sie ging darauf zu, um die beachtliche Anzahl an Büchern näher zu betrachten. Auf jedem dritten Buchrücken konnte sie den Begriff Physiotherapie lesen. Sicher fünfzig Zentimeter Regalbreite an Fachliteratur zu diesem Thema. Rund ein Drittel widmete sich speziellen Fragestellungen bei der Physiotherapie von Kindern. In den beiden oberen Regalreihen standen eine Menge Bücher von John Le Carré und weiteren Autoren von Spionageromanen, und darunter befanden sich weitere Fachbücher, aber diesmal drehten sie sich alle um das Thema Modelleisenbahn. Leah überflog auch hier die Buchrücken: Die Themen Landschaftsgestaltung und Dampflokomotiven nahmen einen Großteil der Literatur ein. Das Buch *Amerikanische Dampfrösser* erregte dann ihre ganz besondere Aufmerksamkeit: »Kopfschuss!«, sagte sie und deutete mit dem blau behandschuhten Zeigefinger der rechten Hand auf das *ö* zwischen dem *r* und dem *s*. Meyer trat sofort zu ihr, auch Rünzig näherte sich auf drei Schritte.

»Ich glaube, hier steckt das Projektil.«

*

Das Navi lotste Horndeich über Landstraßen durch die Walachei. Statt ihn auf die B426 zu schicken, behauptete das Navi steif und fest, er müsse bereits hier, in Nieder-Ramstadt, nach Süden abbiegen, Richtung Waschenbach. Horndeich gehorchte. Er wusste, dass Diskussionen mit der Quäkstimme nutzlos waren und meist doch dazu führten, dass er unterm Strich länger unterwegs war.

Er ließ Waschenbach gerade hinter sich, als das Navi ihn nötigte, rechts in den Wald abzubiegen. Er tat es und sah bereits kurz darauf die zuckenden Blaulichter zwischen den Bäumen. Horndeich fuhr mit dem Wagen bis zur Polizeiabsperrung und stellte einfach den Motor ab.

Er stieg aus dem Wagen. Bernd Süllmeier, der Kollege, mit dem er zuvor kurz telefoniert hatte, wahrscheinlich der größte Kollege in ganz Darmstadt, hob kurz das Absperrband an, sodass er hindurchkonnte. Die Kollegen der Spurensicherung waren wieder einmal schneller gewesen als er. Mit ihren weißen Schutzanzügen wuselten sie bereits durchs Unterholz und wirkten dabei wie überdimensionierte Ameisen: Jeder folgte seinem Weg. Was auf den ersten Blick wie Chaos wirkte, war in Wirklichkeit gut strukturiert.

»Können Sie mir zeigen, wo er liegt?«, wollte Horndeich von seinem Kollegen von der Schutzpolizei wissen.

»Ich zeig's Ihnen«, sagte Süllmeier und ging den Waldweg entlang. Der Weg stieg an und beschrieb einen Halbkreis. Damit umschloss er quasi den oberen Rand eines Trichters. Jetzt sah es Horndeich selbst: Der tote Mann lag ziemlich genau in der Mitte des Trichters am tiefsten Punkt.

Silvia Rauch von der Spurensicherung trat auf Horndeich zu. Sie reichte ihm einen Anzug. Inzwischen hatten sie bereits so viele Fälle gemeinsam bearbeitet, dass Silvia Rauch seine Konfektionsgröße im Kopf hatte. Wobei die Anzüge auch nicht unbedingt auf individuelle Körpermaße zugeschnitten waren. »Kleide dich ein, dann nehme ich dich mit runter«, sagte sie.

Kaum eine halbe Minute später beugte sich Horndeich über den Toten. Der Mann lag auf dem Rücken. Er war sportlich durchtrainiert, an den Füßen trug er knallrote Radlerschuhe mit Klickvorrichtung, über die Hände hatte er schwarze Fahrradhandschuhe gezogen. Das weiße Radlershirt hatte auf Höhe des Herzens drei Löcher. In diesem Bereich war es bräunlich rot verfärbt. Der grüne Fahrradhelm lag einige Meter weiter entfernt. Er hatte ihn offensichtlich vom Kopf genommen, bevor er getötet worden war. Die Hose war blau mit roten Längsstreifen an den Seiten. Horndeich hatte keine Zweifel, dass es sich um Ludwig Daunberg handelte. Er hatte ihn zwar nicht oft gesehen, aber so viele Radfahrer über fünfzig wurden im Raum Darmstadt derzeit nicht vermisst. Horndeich machte mit dem Handy ein paar Bilder des Leichnams und seiner Umgebung.

»Ah, Sie sind ja auch schon hier!«

Horndeich sah neben sich. Er hatte den Mann für einen Kollegen der Spurensicherung gehalten, doch es handelte sich um Martin Hinrich, den Gerichtsmediziner der Frankfurter Rechtsmedizin.

»Woran ist er gestorben?«, wollte Horndeich wissen.

»Na ja, so ein schweres Rätsel ist das jetzt nicht«, erwiderte der Rechtsmediziner. Obwohl sie sich an der frischen Luft befanden, konnte Horndeich Hinrichs Rasierwasser riechen.

Er mochte es nicht. Ein bisschen zu herb. Aber das lag vielleicht auch daran, dass Hinrich in seinem Beruf meist eher mit süßlichen Düften konfrontiert war. Trotzdem, weniger ist mehr, dachte Horndeich.

Hinrich griff mit den plastikbehandschuhten Händen unter Schulter und Hüfte des Toten und drehte ihn zur Seite. »Habe ich vorhin auch schon gemacht. Schauen Sie sich den Rücken an.«

Horndeich sah, dass dort das gesamte Shirt braunrot gefärbt war.

»Der Gute ist erschossen worden. Und das war tödlich, wenn er nicht Bruchteile von Sekunden zuvor einen Herzinfarkt erlitten hat. Ich schau mir das Ganze natürlich gleich in Frankfurt noch mal an, dann bekommt ihr die Details. Aber an der grundsätzlichen Diagnose wird sich kaum etwas ändern.«

Horndeich nickte. »Irgendetwas Auffälliges an der Leiche?« Er erwartete jetzt wieder einen patzigen Kommentar seitens des Rechtsmediziners, aber der blieb aus.

»Nein. Drei Schüsse ins Herz, und das war's.«

Horndeich erhob sich aus der Hocke. »Danke, Kollege. Wann machen Sie die Obduktion?«

Hinrich seufzte vernehmlich. »Gerade haben mich die Wiesbadener angerufen. Die haben zur Stunde auch eine Leiche aufgetan. Ich muss dahin, denn da ist nicht ganz so klar, was passiert ist. Außerdem lag der schon eine Weile in der Wohnung und sieht wohl nicht mehr so ganz manierlich aus. Ich fahr jetzt rüber in die Landeshauptstadt, schau mir den Knaben an, dann geht's stante pede ins Institut. Also so in anderthalb Stunden fange ich mit ihm hier an«, Hinrich deutete auf die Leiche am Boden, »und anschließend widme ich mich dem Toten aus Wiesbaden. Ich denke, danach habe ich mir dann den Feierabend redlich verdient.«

»Gut, dann bin ich in anderthalb Stunden bei Ihnen im Institut«, sagte Horndeich.

»Immer gern«, erwiderte Hinrich, stand auf und stapfte den Hang hinauf in Richtung Waldweg.

Horndeich warf noch einen letzten Blick auf den Toten, dann tat er es Hinrich nach.

»Wer hat die Leiche gefunden?«, wollte er von Süllmeier wissen.

»Ach, das ist nicht so glücklich gelaufen. Da drüben sitzt Regina Poth. Sie ist Grundschullehrerin und hat mit ihren Kleinen einen Ausflug gemacht. Am besten Sie sprechen selbst mit ihr.«

»Frau Poth?« Horndeich setzte sich neben die junge Frau. Sie schien deutlich jünger als dreißig Jahre zu sein.

Frau Poth nickte nur.

»Ich bin Hauptkommissar Steffen Horndeich. Wir untersuchen den Mord an dem unbekannten Toten dort unten.«

Regina Poth nickte wieder.

»Können Sie mir sagen, was passiert ist? Wer hat die Leiche entdeckt?«

»Ich bin ja noch kein Jahr an dieser Schule. Und jetzt passiert mir so was.«

Horndeich nickte nur. Für Regina Poth war es eine Situation, die ihr Leben verändern würde. Für Horndeich war sie eine von vielen, die unverhofft eine Leiche entdeckt hatten.

»Ich hab die Leiche zuerst gesehen. Wegen Elvira.«

»Wer ist Elvira?«

»Elvira ist mein persönlicher Liebling, auch wenn ich das gar nicht sagen darf, so als Lehrerin.«

»Das heißt?«

Regina Poth rutschte auf dem Baumstamm, auf dem sie saß, ein wenig herum. »Wir haben heute einen Ausflug gemacht. Wir wollten um den Steinbruch herumlaufen. Und dabei wollten wir den Kindern erklären, was so ein Steinbruch eigentlich ist. Sie sollten ein Gefühl dafür bekommen, wie groß dieses Gelände ist. Und dass von hier die Steine kommen, die zum Beispiel auf einem Kiesweg liegen. Deswegen sind wir einmal außenrum gelaufen.«

»Ihre Schule ist in Nieder-Beerbach?« Horndeich kannte sich nicht wirklich aus mit der Struktur des Schulsystems im Umkreis von Darmstadt.

»Ja, die Schule liegt nur anderthalb Kilometer von hier entfernt. Und es ist uns allen wichtig, dass die Kinder ein Gefühl kriegen für die Region, in der sie wohnen.«

Jetzt war es an Horndeich zu nicken. Stefanie war noch nicht in der Schule, aber auch im Kindergarten gab es pädagogische Konzepte. Gerade mit Chiara hatte er sich oftmals darüber unterhalten. Er sah das ganz pragmatisch. Er mochte die Qualität eines pädagogischen Konzepts nicht wirklich beurteilen. Aber er war immer froh, wenn es überhaupt ein Konzept gab.

»Und wie haben Sie die Leiche entdeckt? Sie sind doch sicher oben auf dem Weg gelaufen. Und von dort aus haben Sie die Leiche doch gar nicht sehen können.«

Regina Poth lächelte. »Nein. Von dort oben konnte ich natürlich nichts sehen. Die Kinder zum Glück auch nicht. Also am Anfang. Bis sie wieder angefangen haben, Elvira zu ärgern. Sie wird im Moment von ihren Kameraden nur Brillenschlange genannt. Vor vier Wochen hat sie eine Brille bekommen. Und zuerst fand sie das ganz toll, weil sie endlich das, was auf der Tafel stand, richtig gut lesen konnte. Was sie nicht einkalkuliert hat, war der Spott der Klassenkameraden. Sie ist die Erste in der Klasse, die eine Brille hat.«

Horndeich war irritiert. »Aber auch mit Brille kann sie die Leiche von hier oben nicht gesehen …«

Regina Poth unterbrach ihn. »Es war wieder eine der üblichen Rangeleien. Die Klasse sollte in einer Reihe gehen, immer zwei und zwei, die sich an den Händen halten. Es war, glaube ich, Klaus, der wieder ›Brillenschlange, Brillenschlange‹ gerufen hat. Und Elvira, sie hat keine guten Augen, aber sie ist ziemlich stark. Sie ist ja auch schon ein bisschen größer für ihr Alter. Auf jeden Fall hat sie dann angefangen, um sich zu schlagen. Und die Jungs sind natürlich sofort darauf eingegangen. Lange Rede, kurzer Sinn: Sie haben sie geschubst, und sie ist den Abhang hinuntergekullert. Auf dem Weg nach unten hat sie auch ihre Brille verloren. Also sie hatte ziemlich Glück gehabt, dass sie an keinem der Bäume hängen geblieben ist. Irgendwann ist sie einfach liegen geblieben. Na ja, und während meine Kollegin die Kinder zusammengestaucht hat, bin ich runter, um Elvira wieder aufzusammeln. Ein Zufall, dass ich bereits auf dem Weg nach unten ihre Brille gefunden und gleich eingesteckt habe. Und als ich dann bei ihr ankam, da habe ich den Körper gesehen. Er lag etwa fünf Meter von Elvira entfernt. Ohne die Brille konnte sie ihr Umfeld zum Glück nicht erkennen. Sie ist kurzsichtig, hat eine starke Hornhautverkrümmung und jetzt schon vier Dioptrien. Natürlich sind alle Kinder sofort an den Rand des Weges gerannt, um hinunterzusehen. Und drei Sekunden später haben sie im Chor gebrüllt: ›Da liegt einer, da liegt einer!‹ Mit der freien Hand habe ich nach dem Puls des Mannes gefühlt, aber er hatte ja die Augen geöffnet, ohne zu blinzeln. Ich hab schon kapiert, dass da jede Hilfe zu spät kommt. Also habe ich mir Elvira geschnappt und bin mit ihr nach oben. Erst dann hab ich ihr die Brille zurückgegeben.

Auch vom Rand des Weges aus konnte man nicht viel mehr sehen als die Füße des Mannes. Ich habe zu Vera gesagt, dass der Kerl da unten tot ist. Das haben natürlich auch zwei Kinder mitbekommen. Wir hatten ganz schön zu tun, die Kleinen wieder geordnet zu bekommen und den Rückzug anzutreten. Schon nach fünfzig Metern hatten die Kinder diesen Teil des Weges hier nicht mehr im Blick. Zuerst hab ich eine Kollegin angerufen, die mich ablösen konnte, dann habe ich Sie angerufen und hier auf Sie gewartet.«

»Wie geht es der Kleinen?«, wollte Horndeich wissen. So

ein kleines Mädchen, das einen Hang hinunterpurzelte und dann unweit einer Leiche landete – Horndeich konnte sich vorstellen, dass sie das nicht so schnell wegstecken würde. Aber Frau Poth grinste in Horndeichs Richtung: »Elvira? Sie ist jetzt der Star. Alle haben sie gefragt, wie das war, so zu stürzen und dann fünf Meter neben einem toten Mann zu landen. Und Elvira musste es sicher fünfzig Mal erzählen, am Anfang sind ihr noch die Tränen runtergelaufen. Doch dann hat sie gemerkt, wie das Interesse an ihr wuchs, und so hat sie die Geschichte von Mal zu Mal mehr ausgeschmückt. Sie gilt jetzt als diejenige, die fast eine Leiche gefunden hat. Und Klaus hat sich sogar zu der Bemerkung hinreißen lassen, dass Mädchen vielleicht doch ganz *cool* sein können.«

Nun musste auch Horndeich schmunzeln. Manche Dinge regelten Kinder untereinander auf viel einfachere Weise, als Erwachsene sich das manchmal vorstellen konnten.

»Horndeich, komm doch bitte mal rüber.«

Silvia Rauch deutete auf den Boden neben dem Waldweg. »Entschuldigen Sie mich bitte, Frau Poth«, sagte der Kommissar und ging hinüber zu seiner Kollegin von der Spurensicherung. Die hatte schon ein gelbes Plastikschildchen mit einer Nummer darauf auf den Boden gestellt.

»Wir haben Patronenhülsen gefunden. Drei Stück. Sieht aus wie 9 mm.«

Horndeich ging in die Hocke und begutachtete die Messinghülsen. »Wir haben natürlich erst den ganzen Bereich um die Leiche abgesucht, aber da haben wir nichts gefunden. Ganz offensichtlich hat der Täter den Mann hier erschossen und dann den Abhang runtergestoßen.«

»Habt ihr irgendwelche Projektile gefunden?«

»Nein, aber wir sind ja noch nicht fertig.«

*

Leahs Kollegen von der Spurensicherung entfernten das Projektil. Wahrscheinlich stammte es aus einer 9-mm-Pistole. Leah sah sich weiter im Raum um. An der einen Wand stand noch ein weiterer Tisch, der in seinem früheren Leben wohl mal als Esstisch gedient haben musste. An den Stellen, an denen man das Resopal der Tischplatte sehen konnte, zeichneten sich Teile einer kreisrunden Hitzeverfärbung ab. Hier hatte mal ein Topf gestanden.

Jetzt war der Tisch befördert worden: Auf seiner Platte befanden sich zwei Laptop-Computer, von denen jeweils ein Netzwerkkabel in einen Router führte, der auch im Bücherregal untergebracht war. Neben dem Router stand ein drahtloses Festnetztelefon in seiner Ladeschale. Leah wandte sich an Meyer: »Nehmt die beiden Rechner bitte mit.«

Ihr Kollege bedachte sie mit einem Blick, der besagte: *Gut, dass du mir Bescheid sagst, von selbst wär ich da jetzt nicht drauf gekommen.*

Rünzig telefonierte, lautstark wie immer, dann verkündete er: »Der Tote ist wahrscheinlich der Wohnungsinhaber Helmut Glockner. Arbeitslos, Hartz-IV-Empfänger.«

Leah blickte wieder in Richtung der Leiche. Von hinten durch den Kopf geschossen – das sah für sie nicht nach einem schiefgelaufenen Raubüberfall aus. Erstens gab es hier nichts zu holen außer den beiden Laptops, aber die standen ja noch auf dem Tisch, und zweitens wirkte das alles auf Leah wie eine Exekution. Sie sah in Richtung ihres Chefs: »Wann kommt Hinrich von der Gerichtsmedizin?«

»Er hat gemeint, so in einer Stunde.«

»Gebt mir Bescheid«, sagte Leah in die Runde. »Ich fange schon mal an, mich bei den Nachbarn im Haus umzuhören.«

In der Wohnung nebenan öffnete niemand die Tür, doch bereits in der Wohnung, die direkt unter der von Helmut Glockner lag, hatte sie Glück. Eine ältere Dame öffnete die Tür einen schmalen Spalt. Zwei Ketten sorgten dafür, dass sie auch nicht weiter geöffnet werden konnte.

»Sie wünschen?«

Leah konnte erkennen, dass die Dame über dem hellblauen Baumwollkleid eine Küchenschürze trug. Auf ihr war Snoopy abgebildet, mit Kochmütze auf dem Kopf und einer Pfanne in der Hand. Sie warf einen schnellen Blick auf das Klingelschild und nahm gleichzeitig den Polizeiausweis aus der Jackentasche: »Sie sind Frau Mattis?«

Die Dame nickte. Dabei sackte der Kopf stark nach unten, als ob in ihrem Kinn ein Gewicht angebracht wäre. »Ja, die bin ich. Und wer möchte das wissen?«

Leah hielt den Polizeiausweis direkt vor das Gesicht der alten Dame. Die fingerte an einer Lesebrille mit knallrotem Gestell, die an einem ebenso roten Brillenband befestigt war. »Ah, die Polizei. Er ist tot, nicht wahr?«

Leah hätte jetzt fragen können, wen Frau Mattis meinte. Aber das kam ihr dann doch etwas umständlich vor. Deshalb sagte sie nur: »Ja.«

»Und Sie möchten mir jetzt ein paar Fragen dazu stellen?«

»Ja.«

»Dann gehe ich mal davon aus, dass er keines natürlichen Todes gestorben ist.« Sie hielt kurz inne. »Na, junge Frau, ich lasse Sie mal rein.«

Sie zog die Tür ins Schloss, Leah hörte, wie die Ketten aus den Haltern klackten, dann wurde ihr geöffnet, und sie konnte hinein.

Die Wohnung war genauso geschnitten wie die darüber, in der sie den Toten gefunden hatten. In dem Raum, in dem sich bei Glockner ein Schlafzimmer befand, konnte Leah durch den Türspalt ebenfalls ein Bett erkennen.

»Wenn Sie vielleicht mit in die Küche kommen wollen, ich koche gerade.«

»Haben Sie unsere Kollegen gerufen? Wegen des Geruchs?«

»Nein, das war unser Hausmeister. Aber ich hab ihm schon vor drei Tagen gesagt, dass da irgendwas nicht stimmt. Weil ich den Helmut eben jetzt schon eine Woche lang nicht mehr gesehen habe. Ich hab mir schon gedacht, dass da was passiert sein muss. Aber ich bin nicht so eine, die gleich die Polizei ruft. Das sollen andere machen. Jüngere.«

Leah schätzte Frau Mattis auf rund fünfundsiebzig Jahre. Ihr Haar war grau, zu einem Knoten gesteckt, ganz ähnlich wie ihre eigene Frisur. Nur dass Leahs Haar noch deutlich voller war und noch keine einzige graue Strähne aufwies – obwohl sie mittlerweile die vierzig überschritten hatte. Für Egmont, ihren Exmann, hatte sie die Haare immer wieder offen getragen. Aber wohlgefühlt hatte sie sich dabei nur selten.

In einem der Töpfe kochten Nudeln, in einem zweiten Topf bereitete Frau Mattis offensichtlich eine Tomatensoße zu. »Ich hab jetzt leider nicht genug gemacht, aber wenn Sie mit einer kleinen Portion zufrieden sind, können wir gerne teilen.«

»Herzlichen Dank, aber das ist nicht nötig.« Leah setzte sich auf einen der Stühle an den kleinen Esstisch und dachte an den Geruch, den sie in der oberen Wohnung gerade hatte ertragen müssen und der doch einen nachhaltigen Eindruck auf ihren Magen hinterlassen hatte. Der hatte daraufhin unmittelbar vor den Rachen das »Geschlossen«-Schild gehängt. Und Leah war sich sicher, dass es keine gute Idee gewesen wäre, dieses Schild zu ignorieren.

»Wie ist er denn umgekommen, der arme Helmut?«

Leah zuckte nur die Schultern.

Frau Mattis unterbrach das Rühren im Soßentopf und drehte sich zu Leah um. »Stimmt, das dürfen Sie mir ja nicht sagen. Eigentlich sollte ich das ja wissen, ich guck ja eigentlich nur Krimis. Aber wenn das plötzlich im eigenen Haus passiert …«

»Wie lange kannten Sie Helmut Glockner?«

»Ach, schon sehr lange. Aber so genau weiß ich es nicht mehr. Als junges Mädchen, da habe ich ganz fleißig Tagebuch geführt. Da konnte ich Ihnen ohne viel Nachdenken sagen, was ich vor zehn, vor dreizehn oder vor zweiundzwanzig Tagen gemacht habe. Aber seit ich in Rente bin – und das bin ich nun ja schon seit fast zwanzig Jahren – hat sich die Wahrnehmung der Zeit stark verändert. Ich schaue auf den Kalender und wundere mich, dass schon wieder drei Wochen vorbei sind. Die Tage, die gleichen einander nun doch ziemlich. Ich will mich nicht beklagen, mir geht es gut. Aber wie gesagt, was wann geschehen ist, das kann ich Ihnen nicht mehr so genau sagen. Mein Enkel Manfred, der hat neulich mal zu mir gesagt: ›Oma, du denkst auch nur noch in Epochen.‹«

»Können Sie es mir vielleicht ungefähr sagen?«

»Ich hab den Helmut kennengelernt, als er hier eingezogen ist. Vor ein paar Monaten, da haben wir seinen sechzigsten Geburtstag gefeiert.« Wieder hielt sie kurz mit dem Rühren inne. »Nein, das ist schon über ein Jahr her, denn da war ja inzwischen auch der einundsechzigste Geburtstag. Nur haben wir den nicht gefeiert.«

»Und wie alt war Helmut Glockner, als er hier eingezogen ist?«

»Ach, Frau Gabriely – oder soll ich Sie lieber Frau Kommissarin nennen?«

»Nein, Frau Gabriely ist gut.«

»Na, also seinen fünfzigsten, den haben wir auch hier gefeiert. Seinen vierzigsten aber sicher nicht, da hat er noch nicht hier gewohnt.« Sie sah Leah kurz mit einem Lächeln an, das zeigte, dass sie einmal eine sehr attraktive Frau gewesen sein musste. Leah hatte den Eindruck, dass in Frau Mattis' Nacken zudem ein kleiner Schalk saß, der ihr zuwinkte. Nun sagte sie: »Ich glaube, mein Enkel hat recht.« Ein bisschen Resignation schwang in ihrer Stimme mit.

»Was hat Herr Glockner denn gearbeitet?«

»Ist er bei einem Sturz gestorben?«, flüsterte sie.

»Chiara, das kann ich dir noch nicht genau sagen«, antwortete er. Obwohl das eine Lüge war. Ludwig Daunberg war erschossen worden. Daran gab es keinen Zweifel. Man konnte sich nur noch darüber streiten, welches der vielen Projektile das tödliche gewesen war. »Er ist erschossen worden«, fügte Horndeich noch an. Er fand es nicht fair, dies seiner Bekannten nicht gleich mitzuteilen.

Chiara löste sich von ihm. »Erschossen?«

Horndeich nickte. »Können wir reingehen?«

Wenige Minuten später saßen sie im großzügigen Wohnbereich des Hauses. Horndeich war noch nie hier gewesen, wie er in diesem Moment feststellte. Er hatte sich mit Chiara an drei oder vier Abenden, an denen sie in ihrer Funktion als Elternbeirat etwas besprechen mussten, immer in seinem Haus getroffen. Horndeich sah sich um. Er hatte eindeutig das Heim eines Musikliebhabers betreten. An den Wänden hingen Porträts, wobei Horndeich nur das von Beethoven zweifelsfrei identifizieren konnte. Dieser blickte wie immer sehr grimmig, und Horndeich fragte sich einmal mehr, wie er trotzdem so fantastische Musik hatte schreiben können. An der schmalen Wand des Raumes stand eine teure Stereoanlage. Der Raum war modern möbliert, die Sitzecke bequem.

Horndeich griff nach seinem Handy. Er musste sichergehen. »Bitte sag mir noch einmal, was Ludwig anhatte, als er heute früh losgefahren ist.«

»Das hab ich dir doch schon gesagt. Weißes Shirt, blaue Hose mit roten Streifen, schwarze Fahrradhandschuhe und diese fürchterlich roten Radlerschuhe, die so überhaupt nicht zum Grün des Helms passten.«

Horndeich steckte das Handy wieder weg. Er dachte daran, dass in deutschen Fernsehkrimis die Angehörigen immer in die Gerichtsmedizin gezerrt wurden, um die Toten zu identifizieren. Zum Glück war dies, zumindest in Deutschland, reine Fiktion. Oder Dramaturgie der Regisseure und Drehbuchschreiber. Chiaras Angaben genügten. Später konnte Hinrich immer noch die DNA abgleichen lassen, doch eigentlich gab es keinen Zweifel, dass der Mann, den sie im Wald gefunden hatten, Ludwig Daunberg war. Horndeich hatte abermals den Impuls, sie in den Arm zu nehmen. Doch er war hier in seiner Funktion als Polizist, nicht als Bekannter oder gar Seelentröster.

»Chiara, es tut mir leid, ich muss dir jetzt ein paar Fragen stellen. Geht das?«

Seine Bekannte sprach nicht, nickte nur, während die Tränen unvermindert weiterflossen und auf ihr Kleid tropften. Es hatte bereits einige dunkle Stellen.

»Hast du irgendeine Ahnung, wer deinem Mann etwas Böses wollte?«

Chiara Daunberg schüttelte den Kopf. Hielt inne, blickte Horndeich an und sagte schließlich: »Nein. Ich habe keine Ahnung. Steffen, er war beliebt. Und er hatte auch keinen Job, in dem er sich hätte Feinde machen können. Vielleicht mal ein Student, der durch eine Prüfung gerauscht ist. Aber er war weder Versicherungsvertreter noch Finanzberater für Risiko-Fonds. Er hat niemanden in die Pleite getrieben, er hat nicht wie ein Richter Menschen in den Knast geschickt. Und er war auch kein Arzt, dem Patienten irgendwelche Kunstfehler zur Last gelegt hätten. Da war rein gar nichts.«

»Was hat er denn genau gemacht, beruflich? Musiklehrer, hast du mal gesagt, oder?«

Obwohl der Tränenstrom immer noch nicht versiegt war, huschte für einen kurzen Moment ein Lächeln über Chiaras Gesicht. »Nicht ganz. Er unterrichtet, Klarinette, Klavier und Komposition. Aber nicht an einer Schule für Kinder, sondern hier in Darmstadt an der Hochschule für Neue Musik. Und das macht er bereits seit fast zwanzig Jahren.«

»Und was macht er da genau?« Horndeich bemerkte, dass

sie von Ludwig sprachen, als würde er noch leben. Aber er korrigierte den Satz nicht mehr.

Chiara unterlief dieser Fehler nun nicht mehr: »Er unterrichtete Nachwuchsmusiker. Das darfst du dir nicht vorstellen wie an der Volkshochschule. Das ist eine Universität. Unglaublich anspruchsvoll.«

»Und er hat ihnen beigebracht«, Horndeichs Blick wanderte kurz zum Bildnis von Beethoven, »wie sie Beethoven, Mozart und Haydn spielen?«

»Nein. Beethoven, Mozart und Haydn müssen sie schon richtig gut spielen können, bevor sie an der Hochschule überhaupt angenommen werden. Ludwig hat ihnen beigebracht, Werke von Komponisten der Moderne zu spielen, also Schönberg, Webern oder Berg. Oder eben Werke der Avantgarde, in denen auch Klarinetten eine wichtige Rolle spielen, etwa bei Ligeti oder Xenakis.«

Das sagte Horndeich nicht wirklich viel. Seine zahlreichen Fragezeichen im Gesicht zauberten wieder den Anflug eines Lächelns auf Chiaras Gesicht. »Tröste dich, ich kenne sie auch nur alle, weil Ludwig mich immer mit ihnen genervt hat. Seine modernen Komponisten haben für mich eins gemeinsam: Es ist völlig egal, wen man mir vorspielt, ich finde alles scheußlich. Aber er liebte sie.«

Wieder fing sie an zu weinen.

Horndeich unterdrückte erneut den Impuls, sie in den Arm zu nehmen. Er musste es aussitzen. Und er saß es aus.

Wenige Minuten später hatte Chiara sich wieder gefasst. »Diese Musik ist für meine Ohren völlig harmoniebefreit. Da lasse ich mich lieber acht Stunden lang mit Helene Fischer beschallen, als eine ganze CD von Ligeti zu hören. Aber die Menschen, mit denen Ludwig zu tun hatte, die gehen völlig auf in dieser Musik. Unter denen wirst du keinen potenziellen Mörder finden. Das Gleiche gilt übrigens für die Mitglieder seines Orchesters. Das war sein großes Steckenpferd: ein Laienorchester. Die spielten natürlich keinen Ligeti, sondern eher Bach – das waren dann auch die Konzerte, zu denen ich Ludwig begleitet habe. Einmal im Jahr hatten sie einen großen Auftritt, meistens sogar im Staatstheater im Foyer. Das mochte ich so an meinem Mann: Er liebte die Musik und war sich für keine Stilrichtung zu schade. Aber auch hier war sicher keiner dabei, der ihm etwas Übles wollte.«

»Und privat? Irgendjemand, mit dem er Streit gehabt hat? Irgendjemand, dem er Geld schuldete? Oder der ihm Geld schuldete?«

Chiara schüttelte nur den Kopf. »Nein, Steffen, das geht völlig in die falsche Richtung. Da war niemand.«

»Hat er gespielt? Um Geld?«

»Ach, Steffen, wenn dem so gewesen wäre, dann wäre ich die Erste gewesen, die es erfahren hätte. Ludwig war ein fantastischer Musiker, er war ein guter Lehrer. Und er war sogar ein guter Komponist, wie mir mehrere seiner Kollegen versichert haben, und das war sicher nicht nur Schmeichelei. Aber so gut Ludwig an der Klarinette war, so gut er Klavier spielen konnte, so gut er dirigieren konnte, mit Buchhaltung, Rechnungen, dem ganzen schnöden Geldkram, mit dem hatte er absolut nichts am Hut. Noch bevor wir geheiratet haben, habe ich bereits seine ganzen Finanzen verwaltet, nach der Heirat unsere gemeinsamen Finanzen. Jeder Cent, der auf unsere Konten eingezahlt wurde oder von unseren Konten abgehoben wurde, mit dem war ich per Du. Denn ich bin eine gute Buchhalterin und ich kann auch gut mit Geld umgehen. Sonst würden wir auch nicht in diesem Haus hier wohnen. Oder gewohnt haben – oder, Scheiße, wie heißt das denn, wenn ich jetzt nur noch mit meinen Kindern hier wohne?«

Es war der Moment, in dem Chiaras mühsam aufrechterhaltene Fassade in sich zusammenfiel wie das Kartenhaus, bei dem jemand die mittlere Karte in der unteren Reihe einfach wegschnipste. Sie legte den Kopf in die Hände, ihr Körper bebte unter Schluchzern.

Horndeich setzte sich neben sie und nahm die völlig aufgelöste Chiara in den Arm. Nun war es ihm egal, in welcher Funktion er hier war, er wollte Chiara wenigstens etwas Trost spenden.

»Soll ich jemanden für dich anrufen?«, erkundigte sich Horndeich fünf Minuten später, die ihm wie zwei Stunden vorgekommen waren.

»Danke, ich komme klar. Ich rufe gleich Yvonne an, meine beste Freundin.«

*

»Mein Gott, der Kerl stinkt ja bestialisch!«

Rünzig hatte Leah via Handy Bescheid gesagt, dass der Gerichtsmediziner Martin Hinrich eingetroffen war. Sie stand im Türrahmen und sah nun in seine Richtung.

»Der, den ich gerade in Darmstadt im Wald hatte, der hat wenigstens nicht so einen üblen Geruch verbreitet. Und der war auch nicht so grün im Gesicht.«

Leah hatte schon öfters mit Martin Hinrich zusammengearbeitet. Sie hielt ihn für einen selbstverliebten Affen, aber für einen sehr fähigen selbstverliebten Affen.

»Was zum Todeszeitpunkt?«, blaffte Rünzig, obwohl Hinrich gerade einmal fünf Minuten hier sein konnte.

Der ließ sich auch nicht beirren und reagierte erst gar nicht.

Nach zwei Minuten wiederholte Rünzig seine Frage, wobei er den Lautstärkeregler etwas nach oben gedreht hatte.

Hinrich, der sich gerade über den Kopf des Toten gebeugt hatte, schnellte in die Höhe und stand kerzengerade vor Rünzig: »Haben Sie schon die ersten Verdächtigen? Wissen Sie, was der Tote vor seinem Ableben getan hat? Kennen Sie das Motiv des Täters? Haben Sie Adresse, Handynummer, Telefonnummer?«, blaffte er ihn an. »Nein?«, schrie er jetzt ebenfalls. Er wandte sich wieder der Leiche zu und ergänzte leiser: »Dann machen Sie Ihren Job, und vor allem: Lassen Sie mich meinen machen!«

Rünzig war rot angelaufen, verließ aber den Raum. *Bravo, Doktor Hinrich,* dachte Leah.

Sie wünschte sich einmal mehr, dass sie Rünzig gegenüber genauso auftreten könnte. Aber das war ihr leider nicht vergönnt. In diesem Punkt konnte sie nie über ihren Schatten springen.

Als Hinrich die Begutachtung beendet hatte, sah er auf, und sein Blick fiel auf Leah. »So, jetzt kann ich Ihnen sagen, was ich hier schon sehen kann.«

Leah nickte nur.

»Zuerst: Der Kerl stinkt. Aber ich wiederhole mich. Wie lange er schon tot ist, kann ich nicht genau sagen, aber ich bin sicher, sie haben ein paar von diesen hübschen Fliegenlarven mitgenommen. Das war ja dann doch schon ein bisschen wärmer hier in den vergangenen Tagen. Also, ich sag mal mindestens fünf Tage, aber auf keinen Fall länger als vierzehn. Genaueres werden dann die Larven ausplaudern. Und wenn ich ihn auf dem Tisch hatte in Frankfurt, dann kann ich auch noch etwas präziser werden.«

»Todesursache?«

»Das wird jetzt wieder etwas einfacher. Wie bei dem Typen in Darmstadt: Schusswunde. Wie ich auch dort schon festgestellt habe: Wenn er nicht ein paar Sekunden, bevor die Kugel den Kopf durchschlagen hat, einen Herzanfall hatte, dann definitiv die Schusswunde.«

Er deutete auf eine Stelle am Hinterkopf: »Hier ist sie rein«, dann zeigte er auf den vorderen Teil des Kopfes, der früher einmal ein Gesicht gewesen war, »und hier ist sie raus. So wie ich das sehe, wirklich nur der eine Schuss.«

»Herzlichen Dank«, sagte Leah.

»Wer von Ihnen fährt mit zur Obduktion?«

Leah überlegte nur kurz. »Ich komme mit.« Lieber mit Hinrich von grausamem Geruch umwogt im Sektionssaal als den Nachmittag mit einem beleidigten Rünzig auf dem Präsidium.

»Na, dann wollen wir mal. Die Jungs vom Bestattungsunternehmen können ihn direkt nach Frankfurt bringen. Und ich werde ihn mir auch gleich vornehmen. Je schneller ich den versiegeln kann, sodass er nicht mehr müffelt, desto besser. Da muss dann Mister Darmstadt halt ein bisschen warten. Lassen Sie uns losfahren.«

Das Gerichtsmedizinische Institut in Frankfurt befand sich in einer Jugendstilvilla südlich von Sachsenhausen. Von außen ein hochherrschaftliches Gebäude, sah man ihm nicht an, dass im Innern der Tod zum täglichen Geschäft gehörte.

Im Nachhinein, dachte Leah, war es doch keine so gute Idee gewesen, Hinrich in den Sektionssaal zu begleiten. So gut Leah den üblen Geruch in der Wohnung weggesteckt hatte, so sehr machte er ihr im Sektionsraum zu schaffen. Hinrich und sein Team waren bereits seit über zwei Stunden hoch konzentriert bei der Arbeit. So locker seine Sprüche am Tatort waren, so professionell arbeitete er im Sektionssaal. Leah hatte sogar wahrgenommen, dass sich seine Stimme völlig veränderte, wenn er in das Diktiergerät sprach.

Glockner war grundsätzlich gesund gewesen, hatte Hinrich diagnostiziert, abgesehen vom linken Ellenbogen. In einem langen Vortrag hatte Hinrich mit Fachbegriffen um sich geworfen, nachdem er ihr die Röntgenbilder gezeigt hatte. Von einem angebrochenen *Olecranon ulnae* war die Rede gewesen, einem Kapselriss, der dann zu *Fibroisierung* geführt hatte, von einem *Streckdefizit* von fünfunddreißig Grad und einem *Beugedefizit* von hundertfünf Grad. Leah hatte um eine Übersetzung gebeten, und Hinrich hatte zusammengefasst: »Der Mann hat sich vor langer Zeit das Ellenbogengelenk ruiniert und konnte es nur noch ganz eingeschränkt bewegen. Wie auch immer er sich das zugezogen hat, es hat sicherlich mächtig wehgetan. Erstaunlich ist, dass wirklich nur das Gelenk kaputt ist. Der ganze Körper zeigt sonst keinen einzigen Knochenbruch.«

Außerdem war Glockners Leber etwas zu groß, er hatte ein bisschen Arthrose in den Zehgelenken, aber ansonsten war er ganz rüstig gewesen. Die Todesursache konnte Hinrich auch eindeutig bestimmen: In dem Moment, als die Kugel seinen Kopf durchschlagen hatte, war sein Lebenslicht erloschen. »Die Waffe war ziemlich nah am Kopf, fast aufgesetzt. Also, ich will ja nicht Ihren Job machen, Frau Gabriely, aber das sieht für mich nach einer gezielten Exekution aus.«

Am Ende der Obduktion sagte Hinrich noch: »Ist kein einfacher Chef, Ihr Kollege, nicht wahr?«

Es dauerte ein paar Sekunden, bis Leah begriff, dass Hinrich auf Rünzig anspielte. Natürlich hatte er recht, aber sie würde jetzt ganz bestimmt nicht vor ihm über Chef Ranzig lästern.

»Ich kenne ihn ja schon lange«, fuhr Hinrich fort. »Hatte schon immer so eine unangenehme Art.« Er sah kurz zu Leah: »Ich hoffe, Sie verpetzen mich nicht.«

Leah lächelte: »Ganz bestimmt nicht.«

»Rünzig ist bei einigen Beförderungen leer ausgegangen. Das hat ihm aufs Gemüt geschlagen und ihn von Mal zu Mal noch unausstehlicher gemacht.«

Leah runzelte die Stirn. »Warum erzählen Sie mir das?«

Nun sah Hinrich Leah direkt an. »Auch wenn ich mich oft mit Toten beschäftigen muss, so entgehen mir die Reaktionen der Lebenden nicht. Und wenn ich Sie und Rünzig in einem Raum erlebe, dann ist immer nur eins klar: Einer von Ihnen beiden ist dort zu viel. Wenn er wegen Ihnen ein Ulcus ventriculi oder ein Ulcus pepticum kriegen würde, dann hätte ich gar kein Problem damit. Aber ich fürchte, auf Dauer ziehen Sie da den Kürzeren.«

»Was soll er bekommen?«

»Ein Magengeschwür.«

»Sie sind also nur um mein Wohl besorgt?« Leah fühlte

den Ärger in sich aufsteigen, ein Zwicken und Zwacken wie Sodbrennen im Hals. Was nahm sich dieser Quacksalber da raus? Sie und ein Magengeschwür? Wegen Kommissar Ranzig? Niemals!

»Na ja, ich meine ja nur.«

Mit einem Mal sah Leah Hinrich in Gedanken hinter einem kleinen, von Kindern gezimmerten Thekenaufbau sitzen, genauso wie Lucy von den Peanuts. Auf dem Schild vor der Theke stand *Psychiatrische Hilfe – 10 Pfennig* und *Der Doktor ist da*. In diesem Moment fühlte sie sich wie Charlie Brown, der auf einem Hocker davor saß und mit dieser Art von Hilfe nicht wirklich viel anfangen konnte. Und sie fragte sich, wie sie auf diesen Hocker geraten war.

Zehn Minuten später war die Leichenschau beendet. Hinrich sah auf seine Armbanduhr. »Na, da sind wir ja wirklich richtig gut in der Zeit. Eine halbe Stunde Pause, dann nehme ich mir die Nummer zwei aus Darmstadt vor.«

Er verließ den Sektionssaal, ohne Leah noch eines weiteren Blickes zu würdigen.

*

»Halbe Stunde«, sagte Hinrich nur und eilte an Horndeich vorbei.

Der saß wie bestellt und nicht abgeholt auf einer der Bänke im Flur des Gerichtsmedizinischen Instituts. Hinrich hatte ihm am Telefon schon mitgeteilt, dass er sich erst den Herrn aus Wiesbaden zur Brust nehmen würde, bevor Mister Nieder-Beerbach an der Reihe wäre. Horndeich war dann mit dem Wagen gut durchgekommen, saß bereits seit zehn Minuten hier und wartete darauf, dass Hinrich seinen Job machen würde. Doch der hatte ja nun klargemacht, dass dies frühestens in einer halben Stunde wieder der Fall sein würde.

Horndeich fragte sich, was Hinrich wohl in dieser halben Stunde tun würde. Vielleicht ein längeres Telefonat mit der aktuellen Flamme? Früher hatte Hinrich eine neue Liaison stets überdeutlich nach außen zur Schau getragen. Eine WhatsApp mitten in einer Obduktion, die er unbedingt lesen musste, oder ein Telefonat – und wenn das ausblieb, nutzte Hinrich jede Gelegenheit, um von der neuesten weiblichen Errungenschaft zu berichten. Horndeich hatte sich schon überlegt, ihm jedes Mal ein neues T-Shirt mit dem Aufdruck des Namens der aktuellen Angebeteten zukommen zu lassen. Doch heute hatte Hinrich nichts dergleichen verlauten lassen.

Eine Frau kam den Flur entlang, vielleicht ein bisschen jünger als er selbst. Dunkle Strumpfhose, brauner knielanger Rock, eine dunkelgrüne Bluse und eine Jacke, die farblich dazu passte. Ihr Haar war zu einem Dutt gebunden und ihr Gesicht nicht geschminkt. Das Gesicht mit Brille kam Horndeich bekannt vor, doch er wusste die Dame nicht einzuordnen.

»Ah, Kollege Horndeich. Schön, Sie endlich einmal persönlich kennenzulernen.«

»Äh, ja, finde ich auch«, sagte Horndeich und reichte der Dame die Hand. Vielleicht hatte er noch eine Chance, auf ihren Namen zu kommen, bevor es peinlich wurde. Doch sie verstand es, der Begegnung die Peinlichkeit zu nehmen.

»Leah Gabriely, Hauptkommissarin bei der Wiesbadener Kripo. Vor zwei Jahren beim BKA. Da haben wir uns auch mal kurz gesehen. Sie erinnern sich an den Fall mit dem Schiffsmörder, wie die Presse ihn später genannt hat?«

»Stimmt, jetzt erinnere ich mich wieder. Wie geht es Ihnen?«

»Na ja, hätten Sie heute Morgen keine Leiche gefunden, wäre Hinrich früher bei uns gewesen, und das hätte mir Ärger mit meinem Chef erspart. Ansonsten gut.«

»Oh, das tut mir leid«, sagte Horndeich, obwohl er sich bei genauerem Nachdenken bewusst wurde, dass er keinerlei Schuld dafür trug.

»Na ja, ich kann nicht klagen. Hinrich hat unsere Leiche vorgezogen. Aber wenn ich das richtig mitbekommen habe, hat Ihre auch nicht eine Woche lang in einer Wohnung vor sich hin gegammelt. Er ist ganz froh, dass er sie jetzt wegpacken kann.«

»Wer ist das Opfer bei Ihnen?«

»Helmut Glockner. Einundsechzig. Kopfschuss in den Hinterkopf. Ein einzelnes 9-mm-Projektil. Früher mal Physiotherapeut. Wohl keine Familie. Genaues wissen wir noch nicht. Und der bei Ihnen?«

»Ludwig Daunberg. Musikprofessor oder wie immer man das nennt. So ganz steige ich da nicht durch. Von vier Kugeln durchsiebt. Von vorn in die Brust. Ich glaube, auch neun Millimeter. Hatte Familie. Viel mehr weiß ich aber auch noch nicht. Bin gespannt, was Hinrich mir noch sagen wird.«

»Na, dann haben wir wohl beide eine arbeitsreiche Woche vor uns!«

»Sieht so aus.«

»Gut, ich fahre dann mal wieder zu meiner Dienststelle«, sagte Leah und fügte in Gedanken hinzu: *Geradewegs zu meinem künftigen Magengeschwür.*

*

Hinrich war kurz davor, die Obduktion von Ludwig Daunberg zu beenden. Horndeich verstand nicht, wovon Hinrich gerade sprach. Die wichtigsten Erkenntnisse der Obduktion lagen bereits vor: Daunberg war ein gesunder Mann gewesen, der die Familienplanung offensichtlich abgeschlossen hatte: Die Samenleiter waren durchtrennt. Das war aber auch der einzige chirurgische Eingriff, den man hatte feststellen können. Die Mandeln waren noch drin, der Blinddarm ebenfalls, und der Körper von Daunberg war von keinerlei Narben verunstaltet. Sein Leben beendet hatte ein Projektil, das direkt durch das Herz gegangen war. Die anderen drei

Schüsse hatten ebenfalls schwere Verletzungen hervorgerufen, einer hatte die Hauptschlagader getroffen. Auch ohne den Schuss durchs Herz hätte Daunberg keine zehn Minuten ohne Notarzt überlebt.

»Das Interessante an den Schusswunden ist, dass zwei der Schüsse offensichtlich von unten abgegeben wurden.«

»Wie, von unten?«

»Die Austrittswunden der beiden Projektile liegen knapp unter der Schulter und damit deutlich höher als die Eintrittswunden vorne in der Brust. Die beiden anderen Schüsse weisen ebenfalls eine nach oben zeigende Flugbahn auf, aber bei Weitem nicht so extrem. Außerdem sind diese beiden Schüsse offensichtlich von der Seite gekommen.«

»Und was bedeutet das?«

»So wie ich das sehe, sind die ersten beiden Schüsse abgefeuert worden, als der Täter auf Knien vor dem Opfer saß oder in der Hocke war oder etwas Ähnliches. Die beiden anderen Schüsse sind wohl von oben abgegeben worden, als unser Mann hier bereits auf dem Boden lag. Die Spurensicherung hat die Projektile ja auch im Erdboden gefunden.«

»Von unten? Das kann ich mir nicht wirklich erklären. Warum? Warum schießt jemand von unten?«

»Das herauszufinden ist nun wahrlich nicht mein Job. Aber wenn mir eine Theorie gestattet sei: Daunberg kam mit dem Fahrrad. Dann sitzt da jemand auf dem Boden und hält sich den Fuß, als ob er verletzt wäre. Daunberg steigt ab, kommt auf den am Boden sitzenden Mann zu, der zückt eine Waffe und schießt zweimal. Daunberg fällt auf den Rücken, der Täter steht auf und drückt von oben noch zweimal ab, nun seitlich neben dem Opfer stehend. So könnte ich mir das vorstellen.« Völlig unvermittelt wechselte Hinrich das Thema: »So einen Chef hat sie nicht verdient.«

»Wer hat wen nicht verdient?«, wollte Horndeich wissen. Eigentlich neigte Hinrich nicht zu solcherlei Gedankensprüngen.

»Na, Ihre reizende Kollegin aus Wiesbaden. Leah Gabriely. Hatten Sie schon öfter mit ihr zu tun?«

»Nein. Nur einmal vor zwei Jahren, aber da sind wir uns nicht persönlich begegnet, auch wenn wir am selben Fall gearbeitet haben. Vielleicht erinnern Sie sich an den Schiffsmörder.«

»Ja, klar erinnere ich mich. Eines seiner Opfer war doch die junge Joggerin bei euch aus Darmstadt. Es ist fürchterlich, wenn sie so jung sind.« Der Satz an sich war trivial, aber Hinrichs Tonfall gab ihm eine sehr dunkle Färbung, die zeigte, wie ernst er es meinte.

»Und wer ist Leah Gabrielys Chef?« Es ging Horndeich nichts an, aber jetzt war seine Neugier doch geweckt.

»Den kennen Sie nicht? Rünzig? Ralf Rünzig? Ich nenne ihn ja immer *Ranzig*. Ein blöder Kalauer, ich weiß, aber der Gedanke drängt sich einfach auf. Das ist so ein Choleriker. Wenn er den Blutdruck nicht mindestens zehn Mal am Tag über zweihundert treibt, war's für ihn ein verlorener Tag. Ich kenne ihn schon seit zwanzig Jahren. Verstehe überhaupt nicht, wie Ihre Kollegin in seine Truppe kam. Na gut, ist nicht mein Problem. Und wie geht's Ihnen so?«

Irgendetwas war heute mit Martin Hinrich anders als sonst. Er schwärmte nicht von der neuesten Eroberung, sondern sorgte sich stattdessen um das Wohlergehen einer Kollegin aus Wiesbaden und fragte Horndeich nach seinem Befinden. Sehr seltsam, das Ganze. »Gut«, antwortete Horndeich nur und fühlte sich mit der Antwort völlig überfordert. »Und selbst?«, schob er hinterher. Hinrich sagte nichts, sondern rollte nur mit den Augen. Was Horndeich in seinem Urteil bestätigte, dass irgendetwas ganz und gar nicht in Ordnung war.

Abermals sah er auf die Uhr. Es war fast sieben. Zeit, sich in Richtung Flughafen zu begeben.

*

»Wo ist Hellberg?«, fragte Leah. Sie stand in Rünzigs Büro.

»Hellberg ist im Urlaub.«

»Wie lange?«

»Heute war sein erster Urlaubstag. In zwei Wochen ist er wieder da.«

»Und wer vertritt ihn?«

»Machen Sie jetzt die Personalplanung?« Rünzigs Stimme war bereits wieder um ein paar Dezibel gestiegen.

Leah war außer sich. In Helmut Glockners Wohnung hatten sie nichts Relevantes gefunden. Modellbahnbücher, Fachliteratur zu Physiotherapie, die persönlichen Sachen im Kleiderschrank, Essensvorräte in der Küche, die von einer Vorliebe für Fertiggerichte zeugten, und vier Kästen Bier. Das war alles. Kein Tagebuch, keine Fotoalben, keine Briefe – nichts. In der gesamten Wohnung hatten sie keinen persönlichen Gegenstand gefunden. Das Einzige, was sie noch auswerten konnten, waren die beiden Laptops und noch eine externe Festplatte. Wahrscheinlich für Back-ups, die dafür sorgten, dass bei einem Rechnerausfall nicht alle Daten verloren waren.

Die Laptops und die Festplatte standen jetzt auf Hellbergs Schreibtisch. Aber weit und breit kein Hellberg. Niemand, der sich die beiden Laptops zu Gemüte führte. Keiner, der ihnen im Laufe des morgigen Tages sagen würde, was sich darauf befand. Leah hatte ihre eigene Theorie: Jemand, der in der gesamten Wohnung keinen einzigen persönlichen Gegenstand bewahrte, hatte alles, was wichtig war, auf den Festplatten dieser Rechner gespeichert. Ihre Theorie ging sogar noch ein Stückchen weiter: Sie fragte sich, warum ein Hartz-IV-Empfänger *zwei* Laptops auf seinem Schreibtisch stehen hatte – oder auf dem Tisch, den man am ehesten als Schreibtisch bezeichnen konnte. Was war auf diesen Rechnern? Sie wollte eine Antwort. Und sie wollte die Antwort nicht erst in zwei Wochen. Leah versuchte es ein letztes Mal auf der Sachebene: »Wir haben nur diese beiden Laptops.

Wir müssen also unbedingt wissen, was da drauf ist. Und wir müssen es schnell wissen.«

»Ach, Frau Gabriely, der Knabe lag schon eine Woche tot in seiner Wohnung. Also die Regel, dass wir innerhalb der ersten achtundvierzig Stunden die größten Chancen hätten, den Täter zu finden, die hat hier ja nun wirklich keine große Relevanz mehr. Also machen Sie mal halblang. Das eilt morgen auch noch. Sagt mein Bruder immer.«

*Ihr Bruder ist auch ein verdammter Busfahrer,* dachte Leah. Und sie wusste, dass sie hier keinen Millimeter Land mehr gewinnen würde. Mit einem Mal spürte sie ihren Magen. Das war ihr noch nie passiert. War daran Dr. Hinrich schuld? Hatte der gerade durch seine Bemerkungen ein Magengeschwür dazu bewogen zu wachsen? *Fugger dich!,* dachte Leah. Nicht genau wissend, ob sie damit Hinrich oder Ranzig meinte. *Fugger dich!,* das war auch so einer von Brunos Sprüchen, die sie übernommen hatte. Sie hatten oft ein Rate-Quiz zusammen gespielt. In ihren besseren Zeiten. Auf die Frage, in welchem Jahrhundert die Kaufmannsfamilie Fugger ihre Blütezeit gehabt hätte, hatte er um drei Jahrhunderte danebengelegen. Als sie die richtige Zahl genannt hatte, hatte er mit einem *Ach, Fugger dich doch!* gekontert. Seitdem war dies ein geflügeltes Wort zwischen ihnen gewesen. Wenn sie an diesen Moment dachte, spürte sie wieder einen Anflug von so etwas wie Liebe. Bruno. Auch über ihn wollte sie jetzt auf keinen Fall nachdenken.

Leah drehte sich um und ging in ihr Büro. Sie griff zum Telefonhörer und wählte die Nummer der Zentrale. »Können Sie mich bitte mit der IT-Forensik beim Landeskriminalamt verbinden?«

Sie musste eine Minute in der Warteschleife verharren, dann meldete sich eine männliche Stimme: »Kriminalhauptkommissar Ebert, ja bitte?«

Leah nannte ihren Namen und ihren Dienstrang. Dann schilderte sie das Problem mit den beiden Laptops und der externen Festplatte, auf deren Inhalt sie gerne zugreifen würde.

»Kollegin Gabriely, da gibt es ein kleines Problem: Das machen wir natürlich gern, aber da passiert frühestens in drei Wochen etwas.«

»In drei Wochen?«, empörte sich Leah.

»Ja. Sie haben's doch sicher mitbekommen. Gestern gab es diese riesige Drogenrazzia quer durch ganz Hessen. Und was glauben Sie, wie viele Rechner sich jetzt hier stapeln und darauf warten, dass wir uns den Inhalt ansehen?«

Leah konnte auf dieses Rate-Quiz gut verzichten. »Kennen Sie irgendjemanden in Hessen, der uns da vielleicht kurzfristig helfen könnte?«

Kollege Ebert seufzte. »Lassen Sie mich gerade mal ein paar Telefonate führen. Ich melde mich morgen Vormittag bei Ihnen.«

Leah bedankte sich und legte auf. Morgen Vormittag – das war definitiv zu spät. Sie griff abermals zum Telefonhörer und wählte wieder die Nummer der Zentrale. »Können Sie mich bitte mit Kriminalhauptkommissar Steffen Horndeich vom Polizeipräsidium Südhessen in Darmstadt verbinden? Er arbeitet in der Abteilung K10.«

»Gerne. Einen kleinen Moment bitte.«

Für ein paar Sekunden hing sie wieder in der Warteschleife, dann meldete sich eine Stimme: »Richard Feller, Kripo Darmstadt. Ja?«

Auch jemand, der definitiv kein Training für den Telefondienst absolviert hatte. Statt eines kurzen *Ja* wäre hier wohl ein *Was kann ich für Sie tun?* angebracht gewesen. Dennoch fand Leah die Stimme durchaus sympathisch. Auch Feller schien schon ein paar Jahre auf dem Buckel zu haben.

»Könnte ich bitte mit Kriminalhauptkommissar Steffen Horndeich sprechen?«

»Ja, aber nicht jetzt. Mit wem spreche ich bitte?«

Leah nannte abermals ihren Dienstrang und ihren Namen.

»Oh, eine Kollegin aus Wiesbaden. Frau Gabriely, vielleicht kann ich Ihnen ja auch weiterhelfen. Worum geht's denn?«

Kurz überlegte Leah, ob sie diesem Herrn Feller ihr Leid klagen sollte. Aber sie hatte das Gefühl, dass nichts die Situation schlechter machen konnte, als sie ohnehin schon war. »Herr Feller, kann ich offen mit Ihnen reden?« Auch das war so ein idiotischer Satz. Niemand würde darauf antworten: *Nein, gewiss nicht, denn ich bin nicht vertrauenswürdig.* Und einem *Ja, selbstverständlich* zu vertrauen war ebenfalls etwas leichtsinnig.

»Ja, selbstverständlich.«

Kurz überlegte Leah noch, wog das wachsende Magengeschwür ab gegenüber der Loyalität zu ihrer Abteilung, dann sagte sie: »Herr Feller, ich habe heute Ihren Kollegen Herrn Horndeich in der Gerichtsmedizin getroffen. Sowohl bei Ihnen als auch bei uns ist heute eine Leiche gefunden worden. Bei der unseren gab es in der Wohnung keinerlei private Gegenstände, außer zwei Laptops und einer externen Festplatte. Der Kollege, der bei uns den Computern alle Geheimnisse entlockt, ist vierzehn Tage in Urlaub. Und das LKA bearbeitet derzeit die gesamte Computersammlung der Drogenmafia. Ich möchte aber *jetzt* wissen, was sich auf diesen Geräten befindet. Und da wollte ich Herrn Horndeich fragen, ob es nicht vielleicht bei Ihnen in Darmstadt die Möglichkeit gibt, diese Rechner kurzfristig unter die Lupe zu nehmen.«

Feller schwieg ein paar Sekunden. Dann sagte er: »Da haben Sie genau den richtigen Mann an der Strippe. Ich bin der, der in Darmstadt genau diese Probleme löst.«

»Oh, da hab ich ja Glück gehabt. Sehen Sie denn eine Möglichkeit, sich diese beiden Laptops und die Platte auch kurzfristig einmal anzusehen?«

»Ja, ich denke, das ist möglich.«

»Wann darf ich Ihnen die Geräte vorbeibringen?«

»Wissen Sie, wenn es wirklich eilig ist, dann am besten jetzt.«

Leah glaubte, ihren Ohren nicht zu trauen. »Jetzt?«

»Jetzt.«

*

Horndeich saß in der Lobby des Ankunftsbereichs am Frankfurter Flughafen. Margot war nun inzwischen anderthalb Jahre in Amerika. In den ersten Monaten hatten sie noch alle zwei Wochen miteinander telefoniert, ab und an auch geskypt, wie das heute so schön hieß. Dann waren die Anrufe seltener geworden. Zuletzt hatte sie angedeutet, dass ihr manchmal in Amerika die Decke auf den Kopf fiel. Sie wünschte sich einen Job, in dem sie ganz aufgehen und in dem sie ihre Qualfikationen unter Beweis stellen konnte, doch die Sprache stand ihr im Weg. Sicher, sie konnte sich verständlich machen. Aber für eine Beschäftigung bei der amerikanischen Polizei genügte das nicht.

Horndeich wartete allerdings nicht auf einen Flieger, der Margot nach Deutschland bringen würde, sondern auf ein Flugzeug aus Venedig. Es hatte etwas Verspätung. In dem Flugzeug saßen Sebastian Rossberg und seine Gefährtin Chloe.

Chloe war gebürtige Amerikanerin. Sebastian Rossberg hatte seine Jugendliebe vor einigen Jahren wieder getroffen, bei einem Fall, bei dem Horndeich und Margot auch in Amerika ermittelt hatten. Seitdem lebten sie zusammen. Bis vor anderthalb Jahren in Margots Haus, in dem nun Horndeich und seine Familie wohnten. Chloe litt sehr unter Gelenkschmerzen, besonders im Winter. Daher waren die beiden nach Florida ausgewandert. Aber eben doch nicht für immer, wie sich nun herausstellte. Horndeich konnte gut verstehen, dass es Sebastian Rossberg in seine Heimat zog. Und so hatte er schon vor ein paar Wochen mit Sandra am Telefon gesprochen und angekündigt, dass die beiden einen Aufenthalt in

Deutschland planten. Den Flug über den großen Teich hatten sie gleich dazu genutzt, einen Abstecher nach Venedig zu machen, bevor sie weiter nach Frankfurt flogen.

Horndeich saß auf einem der leidlich bequemen Wartesitze und ließ seine Gedanken schweifen. Er freute sich darauf, die beiden wiederzusehen. Sie würden zunächst einmal in der Souterrainwohnung in ihrem Haus im Richard-Wagner-Weg wohnen. Bis sie eine eigene Bleibe gefunden hätten.

Er fragte sich, wie es ihnen ging. Beide hatten mittlerweile die achtzig überschritten. Horndeich hoffte, dass sie körperlich und geistig noch fit waren.

Seine Gedanken schweiften zu Hinrich und den Bemerkungen, die er über Leah Gabriely gemacht hatte. Leah war Horndeich schon nach ihrer kurzen Begegnung sehr sympathisch gewesen. Er konnte sich kaum einen Grund vorstellen, dieser Frau, die Horndeich irgendwie an seine Grundschullehrerin erinnerte, unfreundlich zu begegnen, wie es Kommissar Rünzig offensichtlich tat.

Auch sie stand jetzt davor, einen Mordfall klären zu müssen. Es war schon seltsam, dass die beiden Männer innerhalb einer Woche mit einer ja offenbar ähnlichen Schusswaffe getötet worden waren. Konnte es sein, dass die beiden Taten zusammenhingen?

Er griff zu seinem Smartphone und wischte sich durch die Kontakte bis zur Abteilung Tatortmunition beim Landeskriminalamt. Alle Projektile, die man bei Gewalttaten einsammeln konnte, landeten dort und wurden untersucht. Meist konnte man feststellen, aus welcher Waffe eine Kugel abgefeuert worden war. Und manchmal stellte man fest, dass dieselbe Waffe bei einem zurückliegenden Verbrechen schon einmal benutzt worden war.

»Lüttburger?«

»Herr Lüttburger, hier spricht Kollege Horndeich von der Kripo in Darmstadt. Sie haben von uns heute vier Neun-Millimeter-Projektile zugeschickt bekommen, die von einem Tötungsdelikt stammen.«

»Korrekt. Sind eingetroffen.«

»Und Sie müssen aus Wiesbaden ebenfalls ein Neun-Millimeter-Projektil zugeschickt bekommen haben.«

»Jawoll«, schnarrte Lüttburger in einem Tonfall, der vermuten ließ, dass er während der Antwort einen zackigen militärischen Gruß mit der rechten Hand vollführte.

Horndeich wollte dazu ansetzen, ihn zu bitten, diese Projektile möglichst schnell miteinander zu vergleichen, doch Lüttburger ließ ihm dazu keine Möglichkeit.

»Sie wollen mich jetzt bitten, dass ich die Projektile möglichst schnell miteinander vergleiche, um herauszufinden, ob sie aus derselben Waffe abgefeuert worden sind. Ihre Kollegin aus Wiesbaden – eine gewisse Leah Gabriely – hat mich deswegen bereits vor einer halben Stunde angerufen.«

»Und? Können Sie uns den Gefallen tun?«

Wieder das geschnarrte »Jawoll«, gefolgt von: »Morgen Vormittag widme ich mich Ihren beiden Fällen. Ich denke, um die Mittagszeit kann ich Ihnen Bescheid geben.«

Horndeich bedankte sich. Da hatte seine Kollegin also denselben Gedanken gehabt. Wenn auch ein bisschen früher, wie Horndeich zugestehen musste.

Vor ihm öffneten sich die Schiebetüren. Chloe hatte sich an Sebastian Rossbergs rechtem Arm untergehakt. Mit der linken Hand stützte der sich auf einen Stock. Horndeich hatte die beiden vor anderthalb Jahren zum letzten Mal gesehen. Damals hatte man am Gang von Sebastian Rossberg nicht erkennen können, dass er bald einen Stock brauchen würde.

Horndeich fragte sich, ob sie ohne Gepäck gereist waren, doch dann sah er, dass ein Mitarbeiter des Flughafens den Kofferkuli mit drei Koffern darauf hinter den beiden herschob. Sebastian Rossberg entdeckte Horndeich und strahlte. »Das ist aber sehr, sehr nett, dass Sie uns abholen.« Er reichte

Horndeich die Hand. Chloe tat es ihm nach. Mit amerikanischem Akzent sagte sie: »Sehr nett von Ihnen, Mister Horndeich.«

Als Sebastian Rossberg Horndeichs Blick auf den Stock bemerkte, lachte er auf: »Und nein, den brauche ich hoffentlich in ein, zwei Wochen nicht mehr. Ich habe mir vorgestern den Fuß verknackst, so ein bisschen. Tut halt weh, geht aber bald wieder vorbei.«

Die Rückfahrt nach Darmstadt verlief schweigsam, die älteren Herrschaften waren sichtlich erschöpft. Sandra begrüßte Chloe und Sebastian Rossberg mit einer Umarmung. Auch Stefanie tat es Sandra nach, wobei sie aufgrund ihrer knappen Körpergröße nur Sebastian Rossbergs Bein umschlingen konnte. Chloes langes Kleid vereitelte eine Umarmung. Stefanie sah zu Sebastian Rossbergs Partnerin auf und sagte: »I'm glad that you are here!«

Sandra applaudierte, und die anderen stimmten in den Applaus ein. »Haben wir den ganzen Nachmittag geübt! Hast du richtig gut gesagt!«

Stefanie wurde rot und schob sofort ein *Thank you* hinterher.

Sebastian Rossberg und Chloe gingen in die Souterrainwohnung, in der Horndeich bereits die Koffer abgestellt hatte. »Wir machen uns ein bisschen frisch«, sagte Rossberg.

»Lassen Sie sich Zeit. Der Tisch ist gedeckt, und das Essen läuft nicht weg und wird auch nicht kalt«, erwiderte Sandra.

Es war fast neun Uhr, als sie gemeinsam am Esstisch saßen. Horndeich hatte Stefanie ins Bett gebracht, und auch Alexander tat ihm den Gefallen und schlief. Horndeich schenkte den Gästen Rotwein ein, sich selbst ebenfalls ein Glas. Sandra, dic Alexander noch stillte, nahm mit einem Glas Traubensaft vorlieb.

»Schön, dass Sie hier sind.«

Sebastian Rossberg hob das Glas und sagte: »Wenn wir nun, auch wenn es nur für ein paar Tage sein sollte, unter einem Dach leben, so fände ich es doch schön, wenn wir uns duzen würden. Ich bin Sebastian.«

»Und ich Chloe.«

Die beiden erzählten von den vergangenen vier Tagen, die sie in Venedig verbracht hatten. Es war ein lang gehegter Traum von Sebastian Rossberg gewesen, wie er erzählte. »Einmal mit einer geliebten Frau in Venedig in einer Gondel fahren – das habe ich mir seit Jahrzehnten gewünscht.«

Sandra warf Horndeich einen Blick zu, der besagte: Keine schlechte Idee, Schatz, oder?

»Wie geht es Margot?«, wollte Horndeich schließlich wissen.

Sebastian Rossberg sah zu seiner Partnerin. Sie tauschten kurz Blicke aus, dann war es Chloe, die sprach: »Sie ist mit dem richtigen Mann am falschen Ort.«

»Was meinst du damit?«, erkundigte sich Sandra.

Sebastian antwortete: »Sie haben ein schönes Häuschen in Indianapolis. In den Suburbs, also einer dieser Vorortsiedlungen. Wir haben sie auch schon zweimal dort besucht. Aber sie leidet darunter, dass sie keinen Job findet, der ihr Spaß macht.«

Da hatte Horndeich bei ihrem letzten Telefongespräch die Pausen zwischen den Zeilen doch richtig interpretiert.

»Nick hat einen tollen Job, er kommt viel herum. Aber Margot arbeitet im Moment bei einer Sicherheitsfirma. Die bewachen abgeschirmte Wohnsiedlungen. Sie hat den Job über die deutsche Community in Indianapolis bekommen. Sie muss darauf achten, dass immer genügend Leute zur rechten Zeit bei den zu schützenden Objekten sind. Sie schreibt die Pläne auf Deutsch, und jemand von der Community übersetzt sie auf Englisch. Auch wenn sie eigentlich Polizistin ist, nützt ihr das dort relativ wenig.«

»Verdient Nick nicht genug?«

»Doch, natürlich, er verdient sehr gut. Aber Margot wollte unbedingt einen Job, damit sie nicht ganz verblödet, wie sie sagt. Manchmal kann sie mit ihm reisen, so hat sie sich schon ein paar Orte in den Staaten ansehen können. Und sie konnten immer ein paar Tage gemeinsam dranhängen, wenn Nick vor Ort einen Job erledigt hatte.«

»Und wie sieht er das?«, hakte Sandra nach.

»Er sieht das Problem, aber auch er hat keine Lösung parat. Zumindest im Moment nicht.«

Seine Exkollegin Margot hatte in ihrem Leben nicht wirklich Glück gehabt mit den Männern. Ihr erster Mann war Alkoholiker gewesen, so viel wusste Horndeich, und auch Rainer Becker, mit dem sie danach verheiratet gewesen war, hatte zu viele egozentrische Züge an den Tag gelegt, als die Ehe mit Margot hatte aushalten können. Horndeich hatte Nick Peckhard, Margots Freund, bei dem Fall vor ein paar Jahren kennengelernt, bei dem auch Sebastian Rossberg Chloe wiedergesehen hatte. Schon lange vor Margot hatte Horndeich gespürt, dass die beiden gut zueinander passen würden. Sie war vor anderthalb Jahren mit Nick in die Staaten gegangen, weil er hier keinen Job gefunden hatte. Horndeich seufzte. Und dieser Seufzer fasste die ganze Situation eigentlich ganz gut zusammen.

*

»Entschuldigung«, sagte Leah Gabriely.

In der linken Hand hielt sie einen Koffer, in der rechten einen patschnassen Regenschirm. Richard Feller hatte sie an der Pforte des Polizeipräsidiums Südhessen in Empfang genommen. Sie hatte ihn sich ganz anders vorgestellt: ein wenig jünger, muskulöser, mit ein bisschen weniger Bauch und vor allem nicht mit grauen Haaren. Richard Feller war in Leahs Augen gewiss keine Schönheit von einem Mann, aber er hatte wache, freundliche Augen, wenn auch die restlichen Züge eher darauf schließen ließen, dass Lachen offenbar nicht zu seinen Hobbys gehörte. Aber das war ihr einerlei.

Hier war jemand, der ihr half. Alles andere war nebensächlich.

Die Entschuldigung war angebracht, denn statt der veranschlagten fünfundvierzig Minuten war Leah anderthalb Stunden unterwegs gewesen. Es war inzwischen fast halb neun. Aber das Wetter hatte wieder einmal verrücktgespielt. Ein heftiger Gewitterschauer war plötzlich über sie hereingebrochen und hatte die Autobahn stellenweise komplett überspült. Zwanzig Minuten hatte sie deshalb auf dem Seitenstreifen wie ein Kaninchen in Schockstarre ausharren müssen, bevor sie weiterfahren konnte. Dann, auf der A 67 bei Büttelborn, noch ein Stau – und kaum hatte sie den Wagen auf dem Parkplatz des Polizeipräsidiums abgestellt, war der nächste Schauer über sie hereingebrochen. Diesmal unter freiem Himmel, aber zumindest ohne Begleitung von Blitz und Donner – und da hatte sie auch einen Regenschirm.

Richard Feller nahm ihr den Koffer ab und hielt ihr die Tür auf. Dann ging er voraus, die Treppen hoch in den zweiten Stock. Fellers Büro war nicht besonders groß. Von den Wänden sah man kaum mehr etwas, da sie fast vollständig von Regalen verdeckt wurden, die mit technischem Equipment vollgestopft waren. Auf seinem Schreibtisch standen ein Laptop, eine Tastatur und drei Monitore.

Außer dem Bürostuhl gab es an der Wand noch einen einzelnen Besucherstuhl. Die Sitzfläche teilten sich derzeit zwei Tower-Computer, der eine völlig nackt ohne Gehäuseverkleidung. Feller stellte die beiden Computer vor die Heizung unter dem Fenster aufeinander. »Bitte, nehmen Sie doch Platz«, bot er Leah danach mit ausladender Handbewegung an.

Leah ließ sich auf den Besucherstuhl fallen. Die Fahrt hierher war natürlich nicht körperlich anstrengend gewesen. Aber sie merkte, dass die ständige Adrenalinausschüttung sie Kraft gekostet hatte. Leah war schon immer ein pünktlicher Mensch gewesen. Sie hatte Feller anrufen wollen, dass sie sich verspäten würde. Doch das Handy hatte in der Handtasche auf dem Boden hinter dem Fahrersitz gelegen. Als sie auf dem Standstreifen die Zwangspause hatte einlegen müssen, hatte sie versucht, an die Handtasche zu kommen. Es war ihr gelungen. Sie hatte einmal heftig gezogen, die Handtasche hatte sich geöffnet, und das Handy war unter den Fahrersitz gerutscht. Dort lag es noch immer, denn auch auf dem Parkplatz, mit Koffer und Schirm in der Hand, war es ihr nicht möglich gewesen, halbwegs trocken und anmutig nach dem Handy unter dem Sitz zu angeln.

Richard Feller sah sie an: »Darf ich Ihnen vielleicht irgendetwas zu trinken anbieten? Einen Kaffee? Eine Cola? Oder auch einfach ein Wasser?«

Leah nickte nur.

Feller verließ das Büro und kam zwei Minuten später mit einem kleinen Tablett zurück. Darauf standen ein Pappbecher, aus dem es dampfte, ein Fläschchen Cola und ein Glas mit Wasser. Selbstverständlich auch zwei Zuckertüten und drei kleine Portionsbecherchen mit Kaffeesahne.

Das erste Mal seit vielen Stunden lächelte Leah. »Das ist sehr aufmerksam von Ihnen.«

Zwinkerte dieser Mann ihr tatsächlich zu? Oder hatte sie sich das nur eingebildet?

Direkt neben Fellers Schreibtisch stand ein weiterer Tisch, der ebenfalls übersät war mit technischem Equipment. Feller schob die Geräte nach einem sich nur ihm erschließenden Muster hin und her und hatte plötzlich tatsächlich einen halben Quadratmeter Platz geschaffen.

»Ich nehme an, in dem Koffer sind die Laptops und die externe Festplatte?«

Leah hatte inzwischen eine der Zuckerportionen in ihren Kaffee gerührt. Wieder nickte sie nur. Sie trank einen Schluck. Für einen Präsidiumskaffee war der hier gar nicht mal schlecht.

Feller öffnete den Koffer auf dem Boden, da der Raum

keine weitere Ablagefläche mehr bot. Er griff nach den Laptops und der Festplatte und stellte sie auf der Arbeitsfläche, die er sich frei geräumt hatte, ab. Dann legte er einen der Laptops auf den Rücken und verstellte die Schreibtischleuchte so, dass sie die nach oben gekehrte Unterseite des Laptops taghell erleuchtete. Er griff zu einem Schraubenzieher, löste routiniert die Befestigungsschrauben des Gehäusedeckels und keine Minute später hatte er die Festplatte des Rechners ausgebaut.

»Ich weiß, es ist ein bisschen forsch, ich frage Sie dennoch: Wann darf ich denn mit den ersten Ergebnissen rechnen?«

»Na ja, Frau Gabriely, Sie wissen ja, wie das so läuft bei uns in der IT-Forensik: Ich muss jetzt erst mal von den Festplatten eine Kopie ziehen. Ich kann ja nicht mit den Original-Festplatten arbeiten, dann würde ich ja Beweismaterial verändern. Und diese Kopien – das dauert dann schon ein paar Stunden, bis meine Rechner die gezogen haben.«

»Und wenn Sie dann die Kopien haben?«

»Dann mach ich mich gleich dran.« Er deutete auf eine Festplatte, die ganz außen auf dem Arbeitstisch lag und mit irgendwelchen Kabeln angeschlossen war. »Das ist die Platte aus dem Laptop des Mannes, den wir heute früh tot aufgefunden haben.«

»Das heißt, Sie können jetzt gar keine Kopie von meinen Festplatten erstellen, weil die von dieser Festplatte erst noch fertig werden muss?«

Es huschte ein fast spitzbübisches Lächeln über Fellers Gesicht. »Ich kam vor anderthalb Jahren hier in die Abteilung, und da stand nicht mal die Hälfte der Gerätschaften herum, die Sie heute sehen. Aber Sie haben das ja sicher mitbekommen, der Fall damals, als wir dem LKA und dem BKA neue Ansätze bei der Ermordung von Friedrich Kiesgart liefern konnten, der 1989 in Bad Homburg von RAF-Terroristen totgebombt wurde. Ich hatte da auch einen nicht unerheblichen Anteil daran. Und formulieren wir es mal so:

Unsere Abteilung hat eine kleine Belohnung erhalten, und den Wunschzettel habe ich geschrieben.«

»Und das heißt?«

»Das heißt, dass Sie heute Nacht das große Los gezogen haben.« Die Bemerkung hätte schlüpfrig wirken können, aber Leah sah in Richard Fellers Gesicht, dass nicht eine einzige Synapse in seinem Gehirn in diese Richtung geschaltet war. Wenn dieser Mann über Computer redete, ging es offenbar genau um eins: um Computer. »Das, was hier an Rechnern steht, darum würden mich wahrscheinlich sogar die Hacker vom Chaos-Computer-Club beneiden. Auf jeden Fall die Spielefreaks. Das Wichtigste aber: Ich habe damals in fünf Writeblocker investiert.«

Leah sagte nichts. Im Zweifel würde nur auffliegen, dass sie keine Ahnung hatte, wovon er gerade sprach. Sie erkannte aber auch, dass er sich sehr freute, jemanden an seinem Wissen teilhaben lassen zu können. »Wenn Sie eine Festplatte kopieren wollen, dann liest der Computer nicht nur die Daten, sondern er schreibt auch Daten auf die Platte, zum Beispiel wann der Vorgang beginnt und so weiter. Und damit ist der Zustand der Platte verändert und als Beweismaterial nicht mehr verwendbar. Wenn wir also so eine Platte kopieren wollen, müssen wir ein Gerät dazwischenhängen, das verhindert, dass auch nur ein einziges Zeichen auf die Original-Platte geschrieben wird. Und diese Geräte heißen Writeblocker, kosten rund dreihundert Euro, und heute Nacht zahlt es sich aus, dass ich damals wirklich so viele gekauft habe.«

»Wenn ich Sie richtig verstehe, können Sie also gleichzeitig von fünf verschiedenen Festplatten Kopien ziehen.«

»Ganz genau. Und das werde ich jetzt machen.«

Feller stöpselte die Festplatte an eines der schwarzen Kästchen und verband dieses mit weiteren Kabeln. Dann widmete er sich Tastatur und Maus.

Feller hantierte ungefähr fünf Minuten mit dem Computerequipment, als ein lautes Geräusch sein Tun unterbrach.

Das Brummen breitete sich aus wie ein akustisches Erdbeben. Das Epizentrum war leicht auszumachen: Leah Gabrielys Magen.

Feller wandte sich ihr zu und lachte sie an: »Da hat jemand kein Abendessen gehabt, nicht wahr?«

Leah war peinlich berührt. »Nicht wirklich. Frühstück, eine Banane zu Mittag. Und das war's dann auch schon.« Die vergangenen Minuten hatte Leah darüber nachgedacht, wie sie sich höflich verabschieden konnte. Feller schien in seine Computerwelt abgetaucht zu sein. Sie war dabei ungefähr so hilfreich wie ein Blindenhund für einen Gehörlosen. Und ihr Magen hatte sich schon auf der Fahrt nach Darmstadt mehrmals lautstark gemeldet und um Nahrungsaufnahme gebeten.

»Ich habe ebenfalls noch nichts gegessen. Bei mir um die Ecke ist ein ganz guter Italiener. Hätten Sie Lust?«

Mit dieser Reaktion hatte Leah nicht gerechnet. Es war schon eine Weile her, dass sie mit einem Mann in einem Restaurant gespeist hatte. Eine ganz schön große Weile, musste sie sich eingestehen. Sie war darin völlig außer Übung. Klar, wie man ein Glas Wein trank oder ein Rumpsteak aß, dafür brauchte auch sie keinen Lehrgang. Aber Small Talk oder einfache Konversation, das war weniger ihr Ding. Und schon gar nicht mit Menschen, die sie nicht gut kannte. Damals war etwas zerbrochen, so etwas wie ein Grundvertrauen. Und auch zuvor war es ihr schon nie leichtgefallen, sich Menschen gegenüber zu öffnen. Eine Ausnahme war vielleicht ihr Exmann gewesen, aber das hatte dann ja auch ziemlich unrühmlich geendet. Und daran wollte sie in diesem Moment überhaupt nicht denken. Daran wollte sie eigentlich in ihrem ganzen Leben nicht mehr denken. Aber es gelang ihr nicht.

»Frau Gabriely, ich wollte Ihnen nicht zu nahe treten.«

Sie schien ein wenig zu lange in ihren Tagträumen und

schlechten Erinnerungen versunken gewesen zu sein. »Nein, alles gut. Gehen wir zusammen zu Ihrem Italiener.« Im Nachhinein war sie sich nicht sicher, wie dieser Satz aus ihrem Mund gekommen war. Aber sie konnte ihn nun nicht mehr zurücknehmen.

Auf den ersten Blick wirkte Richard Feller, der sich ihr gegenüber ja nur zuvorkommend verhalten hatte, etwas stoffelig. Aber da war auch eine gewisse Ausstrahlung, fast eine Aura, die Leah sagte: *Du kannst ihm vertrauen.*

Nun schien auch Feller überrascht. »Oh, das freut mich. Geben Sie mir noch ein paar Minuten, ich muss die beiden anderen Festplatten noch anschließen, dann können wir los.«

Ein guter Italiener. Leah spürte zu ihrer eigenen Überraschung, dass sie begann, sich auf diesen Abend zu freuen.

# TOBIAS II

Mama hat heute wieder Spätschicht. Also gehe ich nach der Schule zu Wanja. Ich habe überhaupt keinen Bock. Also nicht wegen Wanja, sondern wegen Mathe. Wenn ich bei ihm bin, dann sieht er immer ganz genau hin, ob ich auch die Hausaufgaben mache. Mama ist ganz glücklich darüber, dass Wanja angeboten hat, ich soll doch nach der Schule gleich zu ihm kommen. Aber ich finde es einfach nur Scheiße. Auch so ein Wort, das ich bei Wanja nie sagen darf.

Und heute, in Mathe, da hab ich gar nichts kapiert. Und sogar Frenzel, das Arschloch, hat an der Tafel diese Multiplikation richtig gemacht. Ich glaub, ich bin echt blöd.

Bei Wanja pfeffere ich den Ranzen in die Ecke.

»Nein, so nicht, junger Mann!« Seine Stimme ist scharf. »Bitte stell den Ranzen ordentlich hin. Wasch dir die Hände, komm zum Essen. Und dann kannst du mir erzählen, warum du so wütend bist.«

Woher weiß er das denn? Ich hab doch noch keinen Ton gesagt. Manchmal ist es echt komisch, woher Erwachsene Dinge wissen. Letzte Woche habe ich das schon mal gedacht. War ein schöner Abend. Ich durfte länger aufbleiben und habe mit Mama abends einen Film geguckt. War irgend so ein Liebesfilm. Mir hat er nicht gefallen. Ich finde das immer komisch, wenn die sich ständig küssen. Da habe ich dann manchmal so ein ganz komisches Gefühl. Aber der Mama, der hat der Film gefallen, und ich war froh, dass wir einfach was zusammen gemacht haben.

Und da ist dann die Frau, die war eigentlich mit einem anderen verheiratet, und küsst dann den Mann. Richtig peinlich. Ich hab mich gar nicht getraut, zu Mama rüberzugucken. Und die hat dann gesagt: »Jetzt kommt gleich der Ehemann rein.«

Aha, habe ich gedacht, wie kommt sie denn darauf? Und genau in dem Moment kommt der Ehemann tatsächlich rein. Also, ich fand das ja gut, dass der reinkam, dann haben die nämlich endlich mit der Küsserei aufgehört. Aber woher die Mama das wissen konnte, das habe ich nicht kapiert. Hätte ja Zufall sein können. Aber ein paar Minuten später sagt sie dann, als die Frau in den Sachen von ihrem Ehemann rumwühlt: »Und jetzt findet sie gleich etwas im Jackett.« Und unfassbar: Die Frau findet eine Rechnung von einem Hotel. Und fängt an zu weinen. Das hab ich nicht kapiert, was ist denn so traurig daran, wenn man eine Rechnung aus einem Hotel findet? Aber vor allem: Woher konnte das die Mama schon wieder wissen? Ich hab sie gefragt, ob sie den Film schon mal gesehen hat, aber sie hat gesagt, nein, das wäre ja auch ein neuer Film. Da hab ich gar nichts mehr verstanden.

Das ist wohl irgend so ein Erwachsenending. Ich verstehe es nicht.

Jetzt sitzen wir am Tisch. Wanjas Frau, die Doris, hat gekocht, eine Linsensuppe mit Würstchen drin. Ich mag da immer gerne etwas Essig rein. Aber Doris gibt mir keinen Essig. Brauche ich gar nicht mehr nachfragen. Sie hat mir erklärt, im Essig ist Azetonsäure, und da kann man Krebs im Darm kriegen. Folglich gibt's keinen Essig.

»Also, junger Mann, warum bist du so wütend?«

Wenn ich nur an diese blöde Mathestunde denke, könnte ich den Teller mitsamt der Suppe gegen die Wand klatschen. Tue ich natürlich nicht. Ich erzähle Wanja, dass ich das mit diesem blöden Multiplizieren einfach nicht hinkriege. Die Babysachen, 3 mal 5 und so, das kann ich natürlich. Aber dann so Sachen wie 1024 mal 786, wo man die Zahlen dann irgendwie so untereinanderschreiben muss, das Ganze zum

Schluss zusammenzählt, und wie durch ein Wunder hat man dann die richtige Lösung, das kapiere ich überhaupt nicht. Wanja sagt, dass er mir das nachher erklären wird.

Nach dem Essen besteht Wanja darauf, dass ich einen Mittagsschlaf mache. Da fühle ich mich immer wie ein Baby. Aber er sagt, man müsse dem Magen Zeit lassen, das Essen zu verdauen. Und dabei sollte man den Magen nicht stören. Also am besten schlafen. Eine halbe Stunde, das reicht schon. Er sagt auch, dass ich die Hose ausziehen muss. Denn wenn der Gürtel gegen den Bauch drückt, dann klappt das wohl auch nicht mit dem Verdauen. Und das Hemd am besten auch. Für ihn gilt das natürlich auch, sagt er, und so legen wir uns dann beide hin. Er zieht sich ebenfalls seine Hose und das Hemd aus. Und so liegen wir dann in Unterhosen, Strümpfen und T-Shirt auf der Chaiselongue im Herrenzimmer.

Wanja sagt immer, dass er mich sehr mag. Manchmal streichelt er mich im Nacken. Na ja, manchmal auch über den Rücken. Irgendwie finde ich das komisch. Das letzte und das vorletzte Mal hat er mir die Hand auf den Hintern gelegt. Das fand ich dann so richtig komisch. Und wirklich schlafen konnte ich dabei natürlich nicht. Und ob mein Magen das so witzig fand? Der konnte sicher auch nicht in aller Ruhe verdauen.

Nach dem Aufstehen sitze ich am Tisch und muss Hausaufgaben machen. Er setzt sich zu mir. Er erzählt mir, dass sein Cousin mal Ingenieur war. Und dass da Mathe fürchterlich wichtig war. Er hat zum Beispiel ausgerechnet, wie man eine Brücke bauen muss, damit sie richtig stabil ist. Und wenn man da einen Fehler macht, dann stürzen nachher die ganzen Eisenbahnzüge und Autos mit den Leuten in die Tiefe. Also: Bei Mathe muss man gründlich sein. Na toll, denke ich.

Dann erklärt er mir das mit den 1024 mal 786. So wie man ein Schnitzel schneidet und es nicht in einem Happs runterschlingt, muss man auch große Rechenaufgaben in viele kleine aufteilen. »Die sind dann auch viel besser zu verdauen.« Er fängt an mit 7 mal 4, das ist 28, Kinderkram. »Unter der 7 haben wir nicht viel Platz, also können wir dann nur die 8 drunterschreiben. Und dann merken wir uns einfach die 2, denn die darf ja nicht verloren gehen. Sonst wär sie ziemlich angepisst.« Wanja hat tatsächlich *angepisst* gesagt! »Dann kommt 7 mal 2, das ist 14. Und damit die 2 uns nachher nicht auf den Kopf haut, weil wir sie vergessen haben, müssen wir die jetzt addieren. Also haben wir nicht mehr 14, sondern 16. Und wieder nur Platz, die 6 hinzuschreiben. Dann müssen wir uns jetzt die 1 merken, damit die nachher nicht angepisst ist.« Ich muss lachen, und Wanja lacht mit. Irgendwie wird es dann einfacher: 7 mal 0 ist 0, wir dürfen die 1 nicht vergessen, also haben wir jetzt 0 plus 1 ist 1, und wir schreiben die 1 hin. Und dann müssen wir uns gar nichts merken. Niemand ist mehr angepisst. Dann 7 mal 1 ist 7 hinschreiben, fertig ist die Reihe. Das fand ich jetzt nicht wirklich schwer. Dann geht das Ganze mit der 8 los, danach das Ganze mit der 6. Dann haben wir da diese drei langen Zahlen, addieren sie, das kann ich ja ganz gut, auch mit großen Zahlen. Und dann steht da als Ergebnis: 804 864. »Aber woher weiß ich denn, dass ich das jetzt richtig gerechnet habe?«, frage ich.

Wanja greift in seine Hosentasche und holt sein Smartphone raus: »Gleich wissen wir das.« Er lässt es mich sogar selbst eintippen. Und das Ergebnis stimmt.

Und so rechnen wir noch fünf Aufgaben, alle, die ich aufhabe. Und jedes Mal erinnert mich Wanja daran, bloß nicht die Zahlen zu vergessen, damit die nicht angepisst sind. Einmal muss ich so anfangen zu lachen, dass ich Tränen in die Augen kriege. Aber ich rechne alle Aufgaben richtig.

Irgendwie macht das Wanja viel besser als unser Mathelehrer. Aber der kann ja auch nicht solche Worte sagen wie »angepisst«.

# DIENSTAG, 7. JUNI

Die Hochschule für Musik lag am südlichen Rand von Darmstadt, unmittelbar an der Endhaltestelle der Straßenbahnlinie. Horndeich parkte seinen Wagen. Er war direkt von zu Hause aus zur Hochschule gefahren, nachdem der Direktor des Instituts ihm am Telefon gesagt hatte, dass er an diesem Vormittag problemlos eine halbe Stunde für Horndeich erübrigen könne.

Das Türschlagen des Xedos glich eher einem sanften Ploppen, und doch war das Geräusch für Horndeich an diesem Morgen ein wenig zu laut. Nachdem Sebastian und Chloe sich zurückgezogen hatten, war er mit Sandra noch zwei Stunden im Wohnzimmer sitzen geblieben und hatte den Rest der Weinflasche geleert. Zu dumm, dass der Rest der Flasche noch ungefähr neun Zehntel entsprochen hatte und Sandra selbst keinen Alkohol trank, da sie immer noch stillte. Aber es war ein schönes Gespräch gewesen. Horndeich ging auf in seiner Familie. Heute Morgen beim Zähneputzen war ihm aufgefallen, dass er in den ganzen Jahren, in denen er nun mit Sandra zusammen war, nicht einmal den Gedanken gehabt hatte, ob es nicht vielleicht besser gewesen wäre, mit einer seiner Verflossenen eine Familie gegründet zu haben. Die Antwort war nicht nur ein klares Nein, sondern schon die Frage war für ihn völlig irrelevant. Ein glückliches Gefühl, wären da nicht die Kopfschmerzen gewesen.

Das Büro von Pjotr Poznanski entsprach nicht Horndeichs Vorstellung eines Direktorenbüros. Der Raum maß zwar sicher zwanzig Quadratmeter, doch er glich eher einem vollgestopften Lagerraum als einem repräsentativen Empfangszimmer. Ähnlich wie bei seinem Kollegen Feller waren sämtliche Wandflächen mit Regalen zugestellt. Nur waren die Regalbretter hier nicht mit technischem Equipment, sondern bis auf den letzten freien Zentimeter mit Büchern und Notenblättern beladen. Auf drei kleineren Tischen stapelten sich ebenfalls Papierberge undefinierbaren Inhalts. Um dem Ganzen die Krone aufzusetzen, war neben Schreibtisch und drei Stühlen auch noch ein Flügel im Raum untergebracht. Zu allem Überfluss war Poznanski rund einen Meter neunzig groß und breitschultrig wie ein Profiboxer. Horndeich fühlte sich beengt.

»Entschuldigen Sie, Herr Horndeich, unser etwas repräsentativerer Besprechungsraum ist heute leider den ganzen Tag belegt. Ich hoffe aber, dass ich Ihnen auch hier weiterhelfen kann. Sie sagten gestern, Ludwig sei tot?«

Horndeich ließ sich auf den einzigen freien Stuhl vor dem Schreibtisch sinken. »Ja. Er wurde ermordet.«

Poznanski setzte sich auf den Schreibtischstuhl. »Das ist ja furchtbar.«

Horndeich fragte sich, wie oft er diesen Satz schon gehört hatte. Auf der anderen Seite fragte er sich ebenfalls, ob es eine echte Alternative zu diesem Satz gab, die mehr Betroffenheit ausdrückte. Wäre Poznanski als Zeuge nun in Tränen ausgebrochen, wäre Horndeich sicherlich irritiert gewesen.

»Kann ich irgendwie dazu beitragen, dass Sie den Mörder finden?« Poznanskis Stimme war sachlich, fast ein wenig unterkühlt.

»Zunächst habe ich da eine Standardfrage, die ich immer stellen muss: Wissen Sie, ob Ludwig Daunberg Feinde hatte? Gab es Konflikte oder Streitereien mit Kollegen oder Studenten?«

Noch während Horndeich sprach, schüttelte Poznanski bereits den Kopf. »Nein, Herr Horndeich, da ist mir überhaupt nichts bekannt. Ich bin seit zehn Jahren hier Direktor, und Ludwig war bereits vor mir an der Hochschule. Ich habe von Anfang an ein sehr gutes Verhältnis zu ihm gehabt. Ihn als Freund zu bezeichnen, wäre vielleicht ein wenig hochgegriffen, aber wir haben uns auch – wenn auch nicht oft – mit unseren Familien getroffen. Ludwig war ein sehr ruhiger, sehr überlegter und vor allem ein unglaublich kompetenter Kollege. Er war niemand, der aufbrauste, der einem Worte an den Kopf warf, die er zwei Minuten später wieder bereut hätte. Da haben wir ganz andere Kollegen hier.«

»Könnte es sein, dass einer seiner Studenten etwas gegen ihn hatte? Einer, der sich ungerecht behandelt fühlte, weil er eine Prüfung nicht bestanden hatte oder Ähnliches?«

»Auch da ist mir überhaupt nichts bekannt. Es klingt zwar pathetisch, aber es trifft es trotzdem: Wir sind hier wie eine Familie. Wenn sich hier jemand ungerecht behandelt fühlt, dann weiß es vier Stunden später die gesamte Klasse und einen Tag später die gesamte Studentenschaft. Und wenn es dann mal lang dauerte, zwei Tage später auch das gesamte Kollegium. Ich habe wirklich nichts gehört. Also nicht nur, dass jemand sauer gewesen wäre, sondern nicht einmal, dass jemand auch nur den leisesten Groll gegen Ludwig gehegt haben könnte.«

»Ich frage ganz direkt: Kann es sein, dass Ludwig eine Affäre hatte? Mit einer Studentin beispielsweise? Eine Affäre, die aus dem Ruder gelaufen ist, die er eventuell beenden wollte?«

Wieder schüttelte Poznanski den Kopf. »Ich kann Ihnen nur sagen, dass mir davon überhaupt nichts bekannt ist. Wenn Ludwig tatsächlich eine Affäre mit einer Studentin gehabt hätte – und ich kann mir nicht vorstellen, dass das der Fall gewesen ist –, dann hätten sie das kaum geheim halten können in diesem kleinen Kreis hier. Ich kann es mir wirklich nicht vorstellen. Und Darmstadt ist ja nun wirklich ein Dorf. Nach ein paar Wochen hätte irgendjemand sie irgendwo gemeinsam gesehen.«

»Was genau hat Ludwig Daunberg denn unterrichtet?«

»Zwei Fächer: Komposition und Klarinette. Dabei war er immer unglaublich flexibel. Gerade im Bereich der Komposition. Ein perfekter Analyst bestehender Werke, von Mozart bis zu Schönberg, dann ein unglaublich kreativer Geist, der bereits selbst einige hervorragende Musikstücke komponiert hat – sogar eine Oper –, der aber durchaus auch Bezug zu Populärmusik hatte. Gerade im Wahlpflichtbereich waren seine Kurse über Bandarbeit beim Jazz immer überbucht. Und er war sich auch für eine spontane Jamsession nie zu schade. Klarinette war sein Hauptfach, aber wenn es für den Begriff Allroundtalent einen Namen geben sollte, so war der Ludwig Daunberg.«

*Das klingt alles fast zu perfekt,* dachte Horndeich. »Und auch innerhalb des Kollegiums gab es keine Reibereien?«

»Reibereien? Nein. Zumindest nicht mit Ludwig Daunberg.«

»Und es gab auch keine Extravaganzen, keine Marotte, keinen Spleen, den Ludwig Daunberg hier auslebte?«

Nun musste Poznanski grinsen. »Doch, einen Spleen hatte er. Sie kennen sicher das Lied *Die da* von den Fantastischen Vier mit der Textzeile ... *das ist die Frau, die freitags nie kann.* Ludwig nannten wir immer den Mann, der mittwochs nie kann. Jeden Mittwoch hatte er einen Abendtermin, und an diesen Tagen war er nicht da. Wenn ich jetzt darüber nachdenke, so gab es schon ein paar Auseinandersetzungen, weil Daunberg auf diesen Termin nie verzichten wollte. Keine Veranstaltung, an der er hätte teilnehmen müssen, konnte auf einen Mittwoch gelegt werden. Mittwoch ist jetzt auch nicht so der Tag, auf den wir Abendveranstaltungen legen. Das sind dann doch eher die Freitage oder die Samstage. Aber auch bei einem Festival, das über mehrere Tage geht, war sein Mittwoch heilig und nicht zu diskutieren. Das fing so vor drei Jahren an. Und er hat auch nie jemandem erklärt, was an diesen Mittwochabenden stattfand.«

»Und Sie wissen auch nicht, was an diesen Mittwochabenden immer stattfand?«

»Nein, er hat darüber nicht gesprochen und sehr deutlich gemacht, dass er das auch nicht will. Ich hatte mal den Verdacht, dass er vielleicht zu den Anonymen Alkoholikern ging. Aber dagegen sprach, dass ich ihn auch zuvor nie habe Alkohol trinken sehen.«

Horndeich hatte inzwischen seinen Notizblock aus der Innentasche des Jacketts genommen und sich einige Notizen gemacht. Für ihn war das immer noch die beste Methode, seine Gedanken festzuhalten. Die jüngeren Kollegen arbeiteten mit Tablets, auf die sie mit einem Stift ohne Mine handschriftliche Aufzeichnungen machten, die das Gerät dann erstaunlich gut in gewöhnliche Textdokumente transferierte. Das war nie Horndeichs Ding gewesen. Wenn er die Notizen auf den Rechner übertrug, musste er seine Gedanken nochmals strukturieren. Er hatte immer das Gefühl gehabt, dass ihm das beim Lösen kniffliger Fälle geholfen hatte.

»Könnten Sie mir bitte die Teilnehmerlisten seiner aktuellen Kurse zukommen lassen?«

»Natürlich. Ich begleite Sie gleich zum Sekretariat, die können Ihnen das ausdrucken.«

»Gut. Wir werden Ihre Studenten dann nach und nach alle befragen müssen.«

»Selbstverständlich. Vielleicht geht es auch einfacher: Morgen wäre der nächste Unterrichtstermin, und da wären dann ohnehin alle Studenten aus seinen Kursen hier, wenn wir ihnen vorher Bescheid sagen.«

»Da komme ich gern drauf zurück.«

Der nächste Gang war schwerer. Horndeich wollte sich nochmals mit Chiara unterhalten. Und auch mit ihren beiden Töchtern. Er fuhr wieder direkt ins Komponistenviertel, stellte den Wagen gleich vor dem eigenen Heim ab und ging die paar Meter zu Chiara Daunbergs Haus zu Fuß.

Fünf Minuten nachdem er an der Tür geklingelt hatte, saßen sie zu zweit im Wohnzimmer. Leonora und Nicola, die beiden Töchter, waren in ihren Zimmern. Gerald war im Kindergarten. Chiara hatte Kaffee gekocht, sogar ein paar Kekse auf den Tisch gestellt. Die Szenerie trug surrealistische Züge, denn das Ambiente wirkte wie das eines netten Kaffeekränzchens. »Kommst du gerade von der Hochschule?«, erkundigte sich Chiara.

Horndeich bestätigte das.

»Irgendwas herausgefunden? Irgendetwas Neues?«

Horndeich blieb nur, den Kopf zu schütteln. »Nein, auch dieser Direktor, Poznanski, hat nur bestätigt, was du auch gesagt hast: dass er bei allen sehr beliebt war und mit allen gut ausgekommen ist. Ist dir seit gestern noch irgendetwas eingefallen?«

Chiara goss Kaffee ein. »Steffen, seit du gestern gegangen bist, habe ich an nichts anderes mehr gedacht als an das, was ich hätte übersehen können. Momente, in denen Ludwig komisch zu mir war. Momente, in denen er komisch zu den Kindern war. Momente, in denen er plötzlich einen Streit angefangen hat. Aber er hat nie Streit angefangen, in den ganzen verdammten zwanzig Jahren, in denen wir zusammen sind, nicht. Und er hat sich auch nie seltsam benommen. Das ist es ja, was ich an ihm so mochte: Er war ein unglaublich verlässlicher Mann, in jeder Beziehung. Und dabei nicht langweilig. Aber eben absolut zuverlässig.« Sie zögerte einen kurzen Moment. »Und es hat auch nie irgendwelche bösen Überraschungen gegeben.«

Das Zögern war Horndeich nicht entgangen. »Keine bösen Überraschungen? Gar keine? Auch keine, die vielleicht schon ein bisschen zurückliegen?«

»Steffen, Ludwig und ich haben uns in dem Monat kennengelernt, als er von Reutlingen nach Darmstadt gezogen ist. Ich glaube, die Anzahl der Tage, an denen wir seitdem nicht zusammen gewesen sind, lassen sich an den Fingern einer Hand abzählen. Wir sind beide nie die Menschen gewesen, die Abstand gebraucht haben, um sich selbst zu verwirklichen. Wir kennen uns, also wir *kannten* uns richtig gut, auch unsere dunklen Seiten. So wie du und Sandra inzwischen wohl auch von den jeweils nicht so tollen Eigenschaften des anderen mehrere Kostproben bekommen habt. Das Ganze nennt sich Ehe. Und es gibt wirklich absolut nichts, bei dem ich dir sagen könnte: Das war ein Moment, bei dem ich ein komisches Gefühl hatte. Ist deine Frage damit beantwortet?«

Da war Horndeich sich nicht ganz so sicher. Doch er ließ es zunächst dabei bewenden, denn er hatte noch eine andere Frage: »Chiara, dieser Direktor Poznanski hat mir gesagt, dass der Mittwochabend für Ludwig ein Abend war, auf den kein Termin gelegt werden durfte. Warum nicht? Was hat er jeden Mittwochabend gemacht?«

Chiara zögerte. Dann seufzte sie. »Er ist jeden Mittwochabend zu den Anonymen Alkoholikern gefahren.«

»Dein Mann war Alkoholiker?«

»Ja. Ich wusste das lange Zeit gar nicht. Ich trinke keinen Alkohol, und er hat auch nie welchen getrunken. Das war zwischen uns nie ein Thema.«

»Und was ist dann passiert vor drei Jahren? Poznanski sagte, dass er seit damals diese regelmäßigen Mittwochstermine hatte.«

»Er war mit einem Freund was trinken. Das hat er hin und wieder gemacht. Aber auch wenn er in einer Kneipe saß, hat er meistens Cola oder manchmal auch nur eine Flasche Wasser getrunken. Und an diesem Abend, so hat er mir erzählt, hatte er das erste Mal seit über zwanzig Jahren einen Whisky getrunken. Und danach ging es ganz rasch. Es war aber zum Glück nur eine kurze Phase. Er hat sehr schnell wieder die Kurve gekriegt. Und so, wie er alles sehr strukturiert angeht, so hat er es auch damit gehandhabt. Ihm war klar, dass er, wenn er jetzt keine Hilfe bekommt, abrutscht. Und da hat er sich eine Gruppe gesucht, zu der er jeden Mittwochabend gefahren ist.«

»Wo war diese Gruppe?«

»Ich weiß es nicht. Es war ihm wichtig, zu einer Gruppe zu fahren, die sich nicht in Darmstadt trifft. Er wollte auf jeden Fall vermeiden, irgendeinem bekannten Gesicht zu begegnen. Und er hat es mir auch nicht gesagt.«

»Er hat dir nicht gesagt, wohin er fährt?«

»Nein, hat er nicht. Und ich habe auch nicht gefragt. Das war sein Ding. Ich habe gemerkt, dass es ihm guttut, und damit war die Sache für mich erledigt.«

Horndeich konnte sich nicht vorstellen, dass Sandra irgendwohin fuhr, ohne dass er wüsste, wohin genau. Ganz besonders, wenn ein paar Kilometer zwischen diesem Ort und ihm lägen. Aber gut, so führte jedes Paar seine Ehe auf eigene Weise.

»Darf ich noch mit deinen Kindern reden?«

»Klar. Am besten gehst du einfach hoch und klopfst an ihre Tür. Es klebt jeweils ein Namensschildchen drauf. Es ist vielleicht besser, wenn ihr diese Gespräche unter vier Augen führt. Vielleicht können sie dir ja etwas sagen, was sie sich nicht trauen würden, wenn ich danebensitze. Ich glaube nicht, dass da irgendwas Spektakuläres ans Tageslicht kommt. Aber das Allerwichtigste ist, dass du den Menschen findest, der Ludwig erschossen hat. Das ist das Allerwichtigste.«

Während Horndeich sich erhob, liefen über Chiaras Gesicht Tränen.

Sandra hatte für sie alle gekocht, Schnitzel und Pommes und ein guter Salat dazu. Sebastian hatte sich dieses Mahl gewünscht, und Sandra hatte den Wunsch gern erfüllt.

Es war schön, in großer Runde gemeinsam zu Mittag zu essen. Stefanie war noch im Kindergarten, Alexander schlief fest, da er vor zwanzig Minuten gefüttert worden war. Und so saßen sie zu viert um den Esstisch.

Sebastian hatte Horndeich gefragt, ob er schon einen neuen Ansatz habe, der sie zu dem Mörder führen könnte. »Dieser Mann scheint ein verdammter Heiliger gewesen zu sein«, brachte es Horndeich auf den Punkt. »Ein Mann, der sich mit jedem gut verstand, der jedem Streit aus dem Weg ging, der, nachdem er nach fast zwei Jahrzehnten wieder anfängt zu trinken, das sofort in den Griff bekommt, der keine Affären hat, der seinen Töchtern ein liebevoller, zugewandter, verständnisvoller, humorvoller Vater war. Das ist alles so verdammt glatt, dass es nur zwei Möglichkeiten zu geben scheint: Entweder er war wirklich ein Heiliger, oder es gibt eine riesige Verschwörung, die mich das glauben machen will.«

»Es gibt keine Heiligen«, kommentierte Sebastian die Tirade kurz und knapp. »Es gibt gute Menschen. Aber es gibt keine Heiligen.«

Horndeich zuckte mit den Schultern. »Ich weiß es nicht.« Er wollte gerade ein großes Stück Schnitzel zwischen die Zähne schieben, als das Handy klingelte. Also legte er die Gabel samt Fleischstück nieder und griff nach dem elektronischen Quälgeist. Das Handy zeigte Fellers Konterfei auf dem Display. Horndeich nahm das Gespräch an. »Ja«, sagte er knapp.

Als Feller vor anderthalb Jahren in ihre Abteilung gekommen war, hatte Horndeich sich nicht vorstellen können, dass er und dieser Mann länger als eine Woche zusammenarbeiten würden, ohne dass einer den anderen erschlagen hätte. Eine von Fellers damaligen Schwächen, die Horndeich inzwischen in der Schublade »Marotte« abgelegt hatte, war, dass Feller immer sehr knapp in seinen verbalen Äußerungen war. Horndeich hatte das inzwischen übernommen, wenn er mit dem Kollegen sprach.

»Wir haben gerade Antwort aus Wiesbaden bekommen. Ludwig Daunberg ist mit derselben Waffe erschossen worden wie dieser Helmut Glockner aus Wiesbaden. Ein und dieselbe Waffe. Kein Zweifel.«

»Bin in zehn Minuten im Büro«, beendete Horndeich das Gespräch. Und auch das Mittagessen.

Wenig später stand er im Büro von Richard Feller.

»Dieselbe Waffe also?«

Richard Feller nickte. »Hier ist das Gutachten.« Er hatte das Dokument aufgerufen. »Kein Zweifel: Es handelt sich um Neun-Millimeter-Parabellum-Munition. Die Waffe ist wohl eine SIG P210.«

»Ist die Waffe früher schon irgendwo mal aufgetaucht?«

»Nein, bei keiner anderen Straftat. Habe das bereits über ganz Deutschland gecheckt.«

Horndeichs Blick fiel auf den zweiten Tisch. »Was sind das da für Festplatten? Waren in dem Rechner von Daunberg mehrere eingebaut?«

»Nein. Das sind die Festplatten aus den beiden Rechnern von Helmut Glockner. Und auch seine externe Festplatte. Ja, unser Helmut Glockner aus Wiesbaden.«

Solch einen Redeschwall hatte Horndeich schon lange nicht mehr von seinem Kollegen vernommen. »Festplatten aus Wiesbaden? Ich denke, du hast das Gutachten gerade eben erst bekommen?«

»Ja. Aber gestern Abend war Leah Gabriely bereits hier. Sie war auf der Suche nach jemandem, der sich den Inhalt der Festplatten ansieht.«

»Ach. Und in Wiesbaden haben die keinen IT-Forensiker? Und nebenan beim LKA auch nicht?«

»Nein. Die Wiesbadener IT-Forensik hat gerade Urlaub, und beim LKA stapeln sich die Platten höher als bei Mediamarkt. Dann wollte sie dich anrufen, aber du warst gestern Abend ja schon nicht mehr da. Da habe ich mit ihr gesprochen. Und außer Daunbergs Rechner haben wir ja im Moment keine weiteren auf dem Tisch. Da habe ich gedacht, leisten wir mal Amtshilfe.«

Horndeich hätte es nicht für möglich gehalten, doch Fellers Züge überzog tatsächlich ein ganz leiser Rosé-Ton.

»Und? Hast du schon was rausgefunden?«

Noch bevor Feller zu einer Antwort ansetzen konnte, unterbrach Horndeich sich selbst noch einmal: »Du hast doch jetzt sicher Gabrielys Durchwahl? Ruf sie an, sie soll herkommen, ich denke, wir sollten alle unsere Erkenntnisse zusammenwerfen.«

Eine Stunde später saßen sie um den runden Tisch im kleinen Besprechungsraum: Richard Feller, Horndeich und auch Leah Gabriely.

»Schön, dass Sie auch mit von der Partie sind«, sagte Horndeich zu Leah.

Feller nickte Leah nur zu. Doch es war ein Nicken, das zeigte, dass Leah gestern offensichtlich länger als nur zehn Minuten im Präsidium gewesen war.

Horndeich eröffnete die kleine Besprechungsrunde. »Unsere beiden Mordopfer sind mit derselben Waffe umgebracht worden. Und damit wahrscheinlich vom selben Täter.«

Gleich grätschte Feller dazwischen: »Das wissen wir noch nicht.«

»Ich sagte ja auch nur, dass es wahrscheinlich ist, dass es sich um denselben Täter handelt.«

Als Feller vor anderthalb Jahren in der Abteilung angefangen hatte, wäre das jetzt ein großer Diskussionspunkt gewesen. Feller hätte nochmals betont, dass dieselbe Waffe nicht bedeutete, dass es sich um denselben Täter handelte. Er war ein Mensch der Fakten. So unbestimmte Begriffe wie *wahrscheinlich* mochte er nicht. Inzwischen waren Horndeich und Feller jedoch so aufeinander eingespielt, dass Feller die Freiheit hatte, einmal die Bessernase markieren zu dürfen, aber auch wusste, dass es keinen Sinn hatte, ständig unnötige Diskussionen heraufzubeschwören. Wofür Horndeich ganz dankbar war.

Kurz schwieg die Runde, dann meldete sich Leah: »Daraus

ergibt sich eine ganz neue Frage: Was verbindet unsere beiden Mordopfer?«

»Ich kann ja mal zusammenfassen, was ich von seiner Frau und vom Direktor der Hochschule für Musik über Ludwig Daunberg erfahren habe«, sagte Horndeich.

Leah sah sich im Raum um.

Unbeirrt fuhr Horndeich fort: »Daunberg kam vor rund zwanzig Jahren nach Darmstadt. Er hat hier als Musiklehrer an der Hochschule für Musik angefangen.«

Leahs Blicke huschten jetzt unruhig durch den Raum.

»Er ...« Horndeich unterbrach sich und wandte sich an Leah: »Irgendwas nicht in Ordnung?«

»Gibt es bei Ihnen nicht ein Whiteboard?«

»Ja. Natürlich haben wir ein Whiteboard. Brauchen wir ein Whiteboard?«

Fellers Blick wanderte zu dem Sechzig-Zoll-Bildschirm an der Wand: »Tun's der hier und ein Laptop vielleicht auch?«

»Nein«, sagte Leah leise. Dann etwas lauter: »Ich kann mit einem Whiteboard am besten arbeiten. Und mit einem Satz von Markern in Grün, Orange, Rot und Blau.«

Während Horndeich noch fragte: »Wozu denn das?«, war Feller bereits aufgestanden und hatte den Raum verlassen. Horndeich betete innerlich, dass sein Kollege nicht schon wieder sauer geworden war.

»Ich habe da so mein System. Es hilft mir, die Gedanken auch im Kopf zu sortieren. Es ist ganz einfach: In Grün schreibe ich auf, was gesichert ist. Orange sind noch nicht gesicherte Informationen, rot sind die Hypothesen und blau Fragen. Und wenn man das dann konsequent durchzieht, sieht man den Stand der Dinge auf einen Blick.«

Sekunden später rollte Feller tatsächlich ein Whiteboard in den Raum. Gleichzeitig reichte er Leah ein Set mit Markern. Dann setzte er sich wortlos wieder hin.

»Gut«, meinte Horndeich, »dann können wir fortfahren. Geben Sie mir die Marker, dann fang ich schon mal an.«

Statt Horndeich die Stifte in die Hand zu drücken, erhob sich Leah. »Ich mache das schon.«

Horndeich zuckte nur mit den Schultern. Dann setzte er sich wieder. »Gut. Ich fasse mal zusammen. Ludwig Daunberg kam vor zwanzig Jahren nach Darmstadt. Seitdem unterrichtete er an der Hochschule für Musik. Klarinette und Komposition. Er war beliebt…«

Leah unterbrach ihn. »Was bedeutet das?«

»Wie? Was?«

»Das ist keine quantifizierbare Information.«

»Äh. Er war beliebt heißt: Er war beliebt.«

»Bei wem? Bei einem ja wohl nicht, sonst würde er jetzt noch leben.«

»Es sei denn, er ist ein Zufallsopfer.« Feller hatte sich eingemischt.

»Ja, das ist sicher richtig. Spricht irgendetwas für die These Zufallsopfer?«

Wieder Feller: »Ich habe mir heute Nacht noch deinen Bericht durchgelesen, Leah. Glockner war ganz bestimmt kein Zufallsopfer. Er ist aus nächster Nähe hingerichtet worden. Auch seine Wohnung ist nicht durchwühlt worden, also war er sicher kein zufälliges Raubopfer. Zumal er als Hartz-IV-Empfänger sicher nicht über Juwelen im Kleiderschrank verfügte. Abgesehen davon hätte ein Räuber bestimmt die Laptops mitgehen lassen.«

»Außerdem«, fügte Leah hinzu, »ist in die Wohnung nicht eingebrochen worden. Das Schloss war intakt, und die Fenster waren zu.«

Hatte Feller in der Nacht den Bericht von Leah Gabriely durchgelesen? Hatte Horndeich irgendetwas verpasst? Und außerdem duzte Feller Leah bereits. Darüber würde er sich später Gedanken machen, beschloss er. »Es spricht auch alles dagegen, dass Ludwig Daunberg ein Zufallsopfer war. Auch bei ihm wurde nichts gestohlen. Okay, jemand hat sich das Rad gegriffen, wahrscheinlich der Täter, aber er hat es auch nicht behalten, sondern ein paar Kilometer entfernt entsorgt.«

»Und damit muss es irgendwo ein verbindendes Element zwischen unseren beiden Opfern geben«, wiederholte Leah.

»Gut, nachdem wir nun ausgeschlossen haben, dass die beiden zufällige Opfer eines Irren gewesen sind, können wir ja die Fakten zusammenfassen. Ich wiederhole noch mal: Daunberg war beliebt. Und er…«

Jetzt unterbrach ihn Feller, bevor Leah dazu kam. Er sah Leah an. »Beliebt heißt: Seine Kommunikation mit den Studenten war stets freundlich. Und sie war angemessen. Er hat seine Studentinnen und Studenten gesiezt, und im gesamten Mailverkehr habe ich nichts entdecken können, was darauf hinweist, dass es einen ungelösten Konflikt mit jemandem gab oder dass es umgekehrt ein Verhältnis gegeben hat, das zu nah gewesen wäre.«

Leah schrieb bereits mit, und Horndeich stieg wieder ein: »Seiner Frau ist nichts über eine Affäre bekannt. Und Daunberg war Alkoholiker.«

»Ist das gesichert?«, wollte Leah wissen.

»Seine Frau sagt es, und er ist jeden Mittwoch zu den Anonymen Alkoholikern gegangen. Ebenfalls nach Angaben seiner Frau. Bis vor drei Jahren war er trocken, dann hat es aber einen Rückfall gegeben. Wir sollten sehen, dass wir da noch mehr rausbekommen«, sagte er und sah dabei in Fellers Richtung.

Leah setzte den Marker ab. Nahm den orangefarbenen Marker in die Hand und schrieb damit die Worte *Anonyme Alkoholiker* auf das Whiteboard.

»Das ist aus meiner Sicht alles, was wir im Moment haben. Ich hab vorhin noch mal mit dem Direktor der Hochschule für Musik telefoniert.« Horndeich sah auf seine Armbanduhr. »In zwei Stunden habe ich alle Studenten von Daunberg dort versammelt. Ich nehme den Kollegen Ralf Marlock mit, und wir werden mit jedem sprechen. Ich denke, danach werden wir wissen, ob da irgendwelche Konflikte geschwelt haben.« Horndeich sah nun Leah an: »Was haben Sie zu bieten? Wer war Helmut Glockner?«

»Nicht sehr viel«, antwortete Leah. »Ich habe gestern noch mit der Vermietungsgesellschaft telefoniert: Helmut Glockner ist vor achtzehn Jahren in diese Wohnung gezogen. Er hat keine Frau, hat nie geheiratet und auch keine Kinder – zumindest sind keine bekannt. Innerhalb des Hauses, in dem er wohnt, habe ich bisher nur eine Nachbarin gefunden, die näheren Kontakt zu ihm hatte. Nach ihren Ausführungen lebte Helmut Glockner extrem zurückgezogen. Sie hat die Wohnung unter ihm und hätte es so wohl auch mitbekommen, wenn Glockner sehr viel Besuch gehabt hätte. Er lebte von Hartz IV, und das wohl ziemlich genau seit der Zeit, als er in die Wohnung eingezogen ist – auch wenn es damals noch Sozialhilfe hieß. Er hatte früher, so sagt die Nachbarin, eine eigene Praxis für Physiotherapie, auch in Wiesbaden. In der Innenstadt am Michelsberg. Und das war's dann auch schon. Mehr habe ich bisher nicht über ihn herausfinden können.« Sie sah zu Feller. »Wie gut, dass du dir die Rechner gleich zur Brust genommen hast. Haben wir da schon was?«

Feller schüttelte den Kopf. »Nein. Ich bin mit dem Rechner von Daunberg durch, jetzt kann ich mir die von Glockner zu Gemüte führen.«

»Na, dann sind die Aufgaben ja verteilt: Ich fahre mit Marlock zur Musikhochschule, Leah versucht, noch mehr über Glockner herauszufinden. Und du, Richard, wirfst einen Blick auf das Innenleben von Glockners Computern.«

Die vergangene Stunde war erschreckend nutzlos gewesen. Leah hatte versucht, etwas mehr über die physiotherapeutische Praxis von Helmut Glockner herauszufinden. Zunächst hatte sie bei der Industrie- und Handelskammer angerufen, in der Hoffnung, dass die vielleicht noch Daten über bereits aufgegebene Unternehmen archiviert hätten. Dort musste sie erfahren, dass eine physiotherapeutische Praxis kein gewerbliches Unternehmen ist, sondern Physiotherapeuten als Freiberufler sich weder bei der IHK noch beim Gewerbeamt anmelden mussten. Nach ein wenig Recherche bekam sie jemanden vom Deutschen Verband für Physiotherapie an die Strippe. Auch da: Keine Chance, selbst wenn Glockners Praxis dort Mitglied gewesen wäre, hätten sie nach so langer Zeit keine Daten mehr gespeichert. Man verwies sie auf die Krankenkassen, bei denen solche Praxen ja ihre Kassenzulassung beantragen mussten. Doch der Anruf bei der Krankenkasse ihres Vertrauens war ebenfalls ernüchternd: Zehn Jahre wurden die Daten aufgehoben und danach ins Nirwana geschickt.

Also entschied sich Leah dafür, einfach an den Ort des Geschehens zu fahren. Zuvor hatte sie bereits herausgefunden, dass es an der Ecke vom Michelsberg zur Kirchgasse tatsächlich eine physiotherapeutische Praxis gab. Vielleicht hatte sie ja Glück.

Die Straße Michelsberg war knapp hundertfünfzig Meter lang. Die eine Längsseite war den Fußgängern vorbehalten, auf der anderen schmalen Spur durften auch Autos fahren. Leah hatte ihren Wagen im Parkhaus abgestellt und begab sich auf die Suche. Die Praxis lag im zweiten Stock des Gründerzeitbaus. Wie viele der Wiesbadener Häuser aus jener Epoche war auch dieses hervorragend restauriert worden. Schmiedeeiserne Geländer, Marmor auf den Treppenstufen – schon das Treppenhaus zeigte, wie aufwendig der Bau wiederhergestellt worden war. Hinter der Rezeptionstheke saß eine weiß gekleidete Dame, die blonden Haare hochgesteckt, etwa in Leahs Alter.

»Was kann ich für Sie tun?«, erkundigte sie sich mit professionell freundlicher Stimme.

Leah zückte ihren Ausweis: »Mein Name ist Hauptkommissarin Leah Gabriely. Ich ermittle in einem Mordfall.«

Das geschäftige Lächeln verschwand augenblicklich aus dem Gesicht der Dame. »Oh. Soll ich den Chef rufen?«

»Das wäre sehr nett.«

Zwei Minuten später saß Leah in einem kleinen Büroraum. Der Chef war gerade mal dreißig Jahre alt, schätzte Leah. Er hatte die Praxis erst vor zwei Jahren gegründet. Und er hatte keine Ahnung, ob es in diesen Räumen zuvor jemals eine physiotherapeutische Praxis gegeben hatte. Als er die Räumlichkeiten übernommen hatte, so sagte er, hatte dort zuvor ein Facharzt für Allgemeinmedizin seine Praxis gehabt. Also ein Hausarzt, übersetzte Leah für sich. Und nein, er habe auch keine Ahnung, ob sich vor zwanzig Jahren irgendwo in dieser Straße an anderer Stelle eine solche Praxis befunden hatte.

Weitere zwei Minuten später hatte Leah die Praxis bereits wieder verlassen. Sie stand vor dem Haus, sah die Straße entlang und wünschte sich, die alten Gemäuer könnten zu ihr sprechen. Dem war aber nicht so.

Sie blickte in die andere Richtung. Und sah an einer Hauswand ein Schild. Eines jener Schilder, deren Bedeutung einem so in Fleisch und Blut übergegangen waren, dass man sie gar nicht mehr wahrnahm – es sei denn, man brauchte auf der Stelle eine Kopfschmerztablette. Leah ging auf die Apotheke zu. Sie lag nur rund fünfzig Meter von der Physiotherapie-Praxis entfernt. Sie war ebenfalls im Erdgeschoss eines Gründerzeitgebäudes untergebracht. Leah trat ein.

Hinter der Theke stand eine junge Frau, die sicher kaum älter als zwanzig Jahre war. Sie beriet gerade eine Kundin. Nachdem diese mit einer Familienpackung Hustenpastillen die Apotheke verlassen hatte, wandte sich die junge Dame Leah zu. »Guten Tag. Was kann ich für Sie tun?«

Leah zeigte wieder ihren Dienstausweis, berichtete vom aufzuklärenden Mordfall und fragte, ob sie den Chef der Apotheke kurz sprechen könne.

»Eine Sekunde bitte«, bat die Auszubildende Lena Stils, wie das Schildchen auf ihrem Kittel verriet. Kurz darauf trat ein Herr auf Leah zu. Er ging um die Theke herum und begrüßte sie mit Handschlag: »Frau Gabriely, darf ich Sie gerade nach hinten bitten?« Der Name auf dem Apothekerschildchen lautete »Waldemar Preuß«.

Leah folgte ihm in ein Büro im hinteren Bereich der Apotheke. Herr Preuß hatte die dreißig auch noch nicht erreicht, stellte Leah fest. Damit war die Wahrscheinlichkeit, dass er irgendetwas zu ehemaligen physiotherapeutischen Praxen in der Umgebung sagen konnte, eher gering.

»Kaffee?«, erkundigte sich Preuß.

Leah lehnte dankend ab.

»Womit kann ich Ihnen helfen?«

»Ich bin auf der Suche nach Informationen über eine physiotherapeutische Praxis, die bis vor achtzehn Jahren in der Straße Michelsberg gewesen sein soll.«

»Da, fürchte ich, kann ich Ihnen überhaupt nicht weiterhelfen. Erstens war ich vor achtzehn Jahren gerade einmal elf Jahre alt, zweitens bin ich überhaupt erst vor zehn Jahren nach Wiesbaden gekommen.«

*Da ist aber heute Nachmittag so richtig der Wurm drin,* dachte Leah.

»Ich habe die Apotheke auch erst im vorigen Jahr übernommen. Aber vielleicht kann Ihnen unsere Frau Kunze weiterhelfen. Soweit ich weiß, arbeitet sie schon seit über dreißig Jahren hier.«

Auf der gegenüberliegenden Seite der Apotheke öffnete jemand ein Fenster. Durch die Reflexion der Sonne blitzte kurz ein Lichtstrahl durch das Büro. *So sieht also ein Hoffnungsschimmer aus,* dachte Leah.

»Wenn Sie mich einen Moment entschuldigen, bitte ich Frau Kunze zu Ihnen.«

Damit erhob sich der Apothekeninhaber.

Kurz darauf saß Helene Kunze Leah gegenüber. Leah dachte, dass sie in rund fünfundzwanzig Jahren wohl so ähnlich aussehen würde wie diese Dame vor ihr. Ihre Frisuren waren gleich, die Statur ebenfalls. Frau Kunze trug ebenfalls eine Brille, hatte ihre Fingernägel nicht lackiert, die Augen kaum geschminkt. Auch ihre Wangenknochen waren ähnlich hoch wie die von Leah. Leah erkannte sogar eine ähnliche Stimmlage, als Frau Kunze sie begrüßte.

Abermals wiederholte Leah ihre Frage nach der physiotherapeutischen Praxis in der Nachbarstraße.

»Daran kann ich mich sehr gut erinnern«, antwortete Helene Kunze. »Die Praxis war ziemlich am Anfang der Straße. Ich glaube Haus Nummer zehn, vielleicht auch zwölf, das weiß ich nicht mehr so genau. Aber klar, ich habe Helmut Glockner gekannt. Wie geht es ihm?«

Leah rutschte auf ihrem Stuhl ein bisschen nach links. Todesnachrichten zu überbringen, hasste sie. Selbst wenn sie in diesem Fall nur an eine ehemalige Bekannte gerichtet war.

»Herr Glockner ist ermordet worden.«

»Oh. Das ist aber traurig«, sagte sie. Und tatsächlich zeigte ihre Miene eine ganz leise Spur ehrlichen Bedauerns. »Ich habe Herrn Glockner sehr gemocht. Und er war richtig gut. Er hatte eine Praxis, die sich auf Kinder spezialisiert hatte. Und er war einer der Vorreiter im Bobath-Konzept und bei der Vojta-Therapie. Das war vor zwanzig Jahren noch alles andere als allgemeines Gedankengut. Er hatte auch ein richtig gutes Team.«

Leah hatte keine Ahnung, was ein Bobath-Konzept oder eine Vojta-Therapie waren. Aber das würde sie später klären, wenn es wichtig war. »Kennen Sie noch Mitarbeiter aus seiner Praxis?«, fragte sie stattdessen.

»An die Namen von den anderen kann ich mich nicht mehr erinnern. Bis auf einen. Alexander … jetzt ist mir doch tatsächlich der Nachname weggeflutscht. Aber ich habe ihn auch über fünfzehn Jahre nicht mehr gesehen.«

Leah kannte das von sich selbst, auch wenn sie viel jünger war. Worte, die sich einfach für eine Weile aus dem Gehirn verabschiedeten. Meist nur für kurze Zeit, meist nur überlagert von anderen Erinnerungen. Ihr half es immer, wenn sie die Gedanken von dem Wort, auf das sie unbedingt kommen wollte, ablenken konnte. Vielleicht wirkte das ja auch bei Frau Kunze. Deshalb fragte sie: »Was ist das, was Sie da gerade genannt haben – Bobath und Vojta?«

»Es sind, vereinfacht gesagt, physiotherapeutische Ansätze, um Bewegungs- und Koordinationsstörungen zu kurieren. Oder zumindest die Bewegungsfähigkeit zu verbessern, gerade bei Menschen mit neurologischen Funktionsstörungen, insbesondere Kinder. Es ist etwas über dreißig Jahre her, dass Glockner diese Praxis aufgemacht hat. Und bis zum Schluss lief sie wirklich gut. Glockner hatte einen Namen. Wenn ein Kind Bewegungsprobleme hatte, dann war er die erste Anlaufstelle. Wissen Sie, bis vor zehn Jahren war hier ein kleines Restaurant um die Ecke, und die haben einen günstigen Mittagstisch angeboten. Und wie das so ist im Viertel, es waren immer dieselben Gesichter, die zur selben Zeit dort aßen. So hat man sich kennengelernt. Helmut Glockner hat dort immer wieder gegessen und auch Alexander. Verflixt, wenn mir doch nur sein Nachname wieder einfallen würde. Na ja, seine Praxis lief richtig gut. Zu der Zeit hatten wir auch eine kleine Abteilung an orthopädischen Hilfsmitteln. Es kamen ja viele Eltern gerade aus seiner Tür raus und dann direkt zu uns.«

»Und warum hat Glockner die Praxis dann aufgegeben?«

»Daran erinnere ich mich noch ganz genau. Er war nicht beim Mittagessen, obwohl wir uns verabredet hatten. Ich glaube, es war kurz vor seinem Geburtstag. Auf jeden Fall kam Helmut nicht zum Mittagessen, nur Alexander. Und der hat gesagt, sein Chef habe einen Unfall gehabt. Er läge jetzt im Krankenhaus. Genaues wusste er auch nicht. Ich habe dann erfahren, dass er sich den Arm gebrochen hat, vielmehr das Ellenbogengelenk. Er konnte danach den Arm nicht mehr richtig bewegen, geschweige denn als Physiotherapeut arbeiten. Ich habe ihn daraufhin nie wieder gesehen. Es ist ganz unglücklich gelaufen. Ich weiß nicht, ob Helmut Glockner zu viel Geld haben wollte, auf jeden Fall konnte er die Praxis nicht verkaufen. Die Mitarbeiter arbeiteten vier Monate ohne Chef, und dann war die finanzielle Situation eine Katastrophe. Zum Schluss wurde die Praxis nur noch abgewickelt. Eine kurze Zeit lang hatte ich dann immer noch Kontakt zu Alexander. Mein Mann und ich, wir haben ihn und seine Frau sogar einmal besucht. Sie uns auch. Aber dann haben wir uns irgendwie aus den Augen verloren. Und ich komme einfach nicht mehr auf seinen Namen … War eine nette Familie. Hatten zwei süße Kinder. Zwei Jungs, Zwillinge. Sie haben sie Max und Moritz genannt. Ich bin mir nicht sicher, ob sie ihnen heute dafür dankbar sind.«

»Wissen Sie denn noch, wo Alexander gewohnt hat?«

»Ja, die Adresse habe ich noch. Das war in der Eltviller Straße.«

Leah schrieb sich die Adresse auf.

»Jetzt erinnere ich mich auch wieder an den Namen: Alexander Winkler.«

*Na also,* dachte Leah, bedankte und verabschiedete sich. Sie entschloss sich, die anderthalb Kilometer zur Eltviller Straße zu Fuß zu gehen. Dort einen Parkplatz zu finden, war schlichtweg illusorisch. Vor dem Haus mit der richtigen Hausnummer angekommen, musste sie feststellen, dass auf den Schildern des Klingelbretts kein Winkler verzeichnet war.

Nacheinander betätigte sie die Klingelknöpfe. Aber von den Leuten, die sie in ihre Wohnung ließen oder die zumindest über die Gegensprechanlage mit ihr ein paar Worte wechselten, kannte keiner den Namen Winkler.

Sackgasse.

»Papa! Papa!« Stefanie kam auf Horndeich zugestürmt. Er nahm sie in die Arme und wirbelte sie zweimal um die eigene Achse.

Stefanie kreischte vor Vergnügen. Kaum hatte Horndeich sie auf dem Boden abgesetzt, rief sie: »Noch mal! Noch mal!«

Er tat ihr den Gefallen. Gemeinsam mit Marlock hatte er den gesamten Mittag, den Nachmittag und auch noch den frühen Abend damit verbracht, die Studenten über ihren Musiklehrer zu befragen. Horndeich hielt einiges auf seine Menschenkenntnis. Eine zur falschen Zeit gezogene Augenbraue, ein Zucken um die Mundwinkel, eine zu lange Pause beim Sprechen, die Stimme zu leise, die Stimme zu laut, ein abgewandter Blick – er kannte das ganze Repertoire von Gestik und Mimik, die darauf hindeuteten, dass der oder die Gegenüber nicht alles preisgab, was preiszugeben war.

Und heute? Tote Hose. Dieser Begriff war ihm schon den ganzen Nachmittag über durch den Kopf gegangen. Er musste unbedingt einmal nachsehen, wo diese völlig bescheuerte Bezeichnung ihre sprachlichen Wurzeln hatte.

Aber da war nichts gewesen. Fast fünfzig Studenten hatten Marlock und er befragt. Aber sie waren sich alle einig: Ludwig Daunberg war ein hervorragender Lehrer, gerecht, manchmal streng, eine Koryphäe sowohl beim Spielen des Instruments als auch bei der Komposition. Sie alle hatten Respekt vor ihm, und fast alle hatten ihn auch als Mensch gemocht.

Was im Umkehrschluss für sie hieß: Ein Motiv für seine Ermordung ließ sich an der Hochschule offensichtlich nicht finden.

Auch Sandra trat vor die Haustür, den kleinen Alexander auf dem Arm. Sie begrüßte ihren Mann mit einem Kuss. »Komm in den Garten, wir haben gerade angefangen zu essen.«

Che, der Hund des Hauses, ein kleiner Chihuahua, tänzelte um Horndeichs Beine und ließ sich ausgiebig kraulen. Sebastian Rossberg stand neben dem Grill.

»Gibt es irgendetwas zu feiern?«, wollte Horndeich wissen.

»Den Moment, Steffen, den Moment«, sagte Sebastian Rossberg mit einem Schmunzeln im Gesicht. Er wendete die Steaks.

Stefanie setzte sich auf Horndeichs Schoß. »Papa, stimmt das, dass dem Gerald sein Vater im Himmel ist?«

Die Nachrichten hatten sich also auch schon im Kindergarten verbreitet. Horndeich trug manchmal die Überzeugung in sich, dass Einstein nicht in allem recht gehabt hatte: Klatsch und Tratsch verbreitete sich manchmal definitiv schneller als Lichtgeschwindigkeit. Horndeich sah zu seiner Frau. Die nickte nur, was so viel hieß wie: »Ja, ich habe mit ihr auch schon darüber gesprochen.«

»Ja, meine Kleine, das stimmt.«

»Und stimmt es, dass ein böser Mann ihn totgemacht hat?«

Horndeich hasste es bis aufs Blut, wenn Geschehnisse, die mit seinem Beruf verbunden waren, ins Privatleben hineinschwappten. Ihm wurde bewusst, dass er noch nie eine Ermittlung zu einem Mordopfer geführt hatte, das tatsächlich unmittelbar mit ihm und seiner Familie in Verbindung stand. Er überlegte kurz, was er seiner Tochter sagen sollte. Und es fiel ihm wirklich nichts Besseres ein als exakt ihre Formulierung. »Ja, mein Schatz. Genauso ist das. Leider.«

»Aber du, Papa, du fängst doch die bösen Leute?«

»Ja, das ist mein Beruf.« Er hätte es jetzt noch differenzierter ausdrücken können, aber für das Weltbild einer Fünfjährigen fand er diese Antwort gar nicht mal so schlecht.

»Das ist gut.«

»Aha.«

»Ja, Papa, das ist gut. Denn wenn du die bösen Leute fängst, dann können die bösen Leute dir nichts tun. Und der Mama auch nicht. Und Opa Sebastian auch nicht und Chloe auch nicht. Und auch Alexander nicht. Ich bin froh, dass du so einen Beruf hast.«

Horndeich erwiderte nichts. Das Weltbild seiner Tochter

entsprach nur nicht so ganz der Realität. Horndeich selbst war schon angeschossen worden, aber das war gewesen, bevor Stefanie auf die Welt gekommen war. Darüber wusste sie nichts, und darüber musste sie jetzt auch noch nichts wissen, denn es hätte ihr Bild der unantastbaren Eltern in den Grundfesten erschüttern können. Und dafür war es noch zu früh, fand Horndeich. Natürlich kannte sie die Narbe. Im Schwimmbad hatte sie ihn gefragt, was das für ein komischer Fleck an seiner Haut war. Ob er da ein Aua gehabt habe. Er hatte das bestätigt, aber nicht näher erklärt. »Aua« – das war die Untertreibung des Tages gewesen. Denn für Momente war nicht klar gewesen, ob er durchgekommen wäre. Es war dieser Fall gewesen, bei dem Margot ihren Nick kennengelernt, Sebastian seine Chloe wiedergefunden – und er, Horndeich, fast sein Leben gelassen hatte, bevor er seine Tochter einmal hätte sehen können.

Stefanie schmiegte sich an ihren Papa, und Horndeich hatte den Eindruck, dass es ein wenig fester war als sonst. Sie war ein intelligentes Kind, und es würde nicht mehr lange dauern, bis sie begriff, dass diese Logik, die sie gerade entworfen hatte, nicht so ganz der Realität entsprach. Auf der anderen Seite ging Horndeich nicht davon aus, Opfer eines Verbrechens zu werden. Ebenso wenig natürlich wie seine Frau, Opa Sebastian und Chloe. Aber diese Hoffnung war immer trügerisch für Menschen, die dann doch Opfer eines Verbrechens wurden. Die Ahnungslosigkeit zuvor, die zeichnete wohl die meisten Geschädigten aus.

Che registrierte, dass er übergangen worden war, und bellte kurz auf. Stefanie sprang sofort vom Schoß ihres Vaters hinab und nahm Che in beide Arme. Horndeich war sich nicht ganz sicher, ob es sich tatsächlich um eine Umarmung handelte oder vielmehr um einen Würgegriff. Doch der Hund protestierte nicht.

»Nein, Che, dir kann auch nichts passieren. Da passt der Papa drauf auf.«

Sebastian Rossbergs Handy schlug an. Auf seine alten Tage hatte er sich tatsächlich noch ein iPhone gegönnt. Seine Technikverliebtheit hatte mit dem Alter also eher zu- als abgenommen. Aus dem Lautsprecher erklang Countrymusic mit Banjo und Fiedel. Dann sang eine Frauenstimme »Chère Dorothée«, und danach schnell gesprochene französische Worte.

Sebastian legte die Grillzange ab und ging zum Tisch. »Das ist Doro«, sagte er und nahm das Gespräch an. »Meine Liebe! Wie schön, deine Stimme zu hören!«

Dann schwieg er, und sein Gesicht verfinsterte sich.

»Doro? Margots Doro?«, fragte Horndeich verblüfft.

Chloe nickte nur.

Doro hieß eigentlich Dorothee Traunstein und war die leibliche Tochter von Margots Exmann Rainer. Doros Mutter war sechs Jahre zuvor bei einem Haushaltsunfall gestorben, und damit war die damals Sechzehnjährige zu Margot und ihrem Mann in dieses Haus gezogen, in dem sie nun wohnten. Vor anderthalb Jahren war Doro mit dem Sohn von Margots jetzigem Lebensgefährten Nick Peckhard in die USA gegangen. Danach hatte Horndeich nichts mehr von dem Mädchen gehört und auch nie etwas über sie erfahren. Woher auch? Wie er schon festgestellt hatte, waren die Telefonate mit Margot immer seltener und kürzer geworden. Daher wusste er nicht, ob Doro noch in den USA war oder schon wieder hier. Und vor allem hatte er keine Ahnung, wieso Sebastian Rossbergs Miene immer nachdenklicher wurde. Er hatte damals am Rande noch mitbekommen, dass Doro Sebastian Rossberg quasi als Großvater adoptiert hatte, auch wenn keinerlei Blutsverwandtschaft bestand.

»Beruhig dich, meine Kleine. Aber wir sind überhaupt nicht in Florida. Wir sitzen im Augenblick gerade im Garten im Richard-Wagner-Weg. Wir sind doch hierhergeflogen.«

Wieder schwieg Sebastian Rossberg, während Doro am anderen Ende der Leitung sprach.

»Ist das nicht sauteuer, wenn sie Sebastian über den großen Teich hinweg anruft?«, staunte Horndeich.

Chloe schüttelte den Kopf und sagte leise: »Sie telefonieren über WhatsApp. Geht übers Internet. Kostet keine Telefongebühren.«

Aha, dachte Horndeich. Es gab auch für ihn immer noch ein paar Entdeckungen zu machen.

»Einen Moment, ich kläre das.« Sebastian Rossberg hielt die Hand über das Mikro des iPhones. »Ist es möglich, dass Doro hier unterkommen kann? Sie hat sich von Milo getrennt. Und sie muss irgendwohin.«

»Will sie denn nicht zu Margot?«, fragte Horndeich. Nicht, dass er Doro nicht Asyl gewährt hätte. Die Zimmer unterm Dach waren derzeit ja nicht belegt. Doch Horndeich dachte, dass Doro vielleicht eher zu ihrer Stiefmutter fahren wollte, zumal die ja derzeit in den USA lebte. Oder vielleicht zu ihrem leiblichen Vater, der ... Horndeich hatte keine Ahnung, wo der eigentlich im Moment war.

»Nein, Margot ist im Augenblick in Norwegen.«

Die Überraschungen nahmen nicht ab. Horndeich wollte schon fragen, was Margot denn derzeit in Norwegen machte, aber Sandra klärte zunächst einmal die Dinge, die in dieser Sekunde geklärt werden mussten: »Selbstverständlich kann sie herkommen.«

Sebastian Rossberg nahm die Hand vom Mikro, sah auf den Bildschirm und sagte: »Mist! Ich werde mich nie dran gewöhnen, dass die kleinste Berührung auf diesen Bildschirmen ein Gespräch beenden kann.«

In diesem Moment erklangen wieder Fiedel und Banjo. »Ja, Doro, du kannst gern hierherkommen. Und du bist herzlich willkommen.«

Das Gespräch dauerte nicht mehr lange, dann verabschiedete sich Sebastian Rossberg von Doro. Er stieß einen tiefen Seufzer aus. »Ach, ich hätte gehofft, dass das glücklicher ausgeht. Übermorgen kommt sie mit dem Flieger an.«

Er berichtete knapp den aktuellen Stand der Dinge. Seit über einem Jahr hatte Doro mit Milo in den USA gelebt. Sie war zwischenzeitlich kurze Zeit wieder in Deutschland gewesen wegen des Visums. Auch das machte jetzt Probleme. Sie durfte nicht arbeiten, und sie durfte auch nicht mehr lange in den USA bleiben. Damit stand im Raum, dass sie und Milo heiraten müssten. Und daran war es jetzt wohl gescheitert. Diesen Schritt wollte Doro nicht gehen.

»Kriegen wir noch mehr Besuch?«, fragte Stefanie.

»Ja. Doro kommt noch hierher«, erklärte Sandra ihrer Tochter.

»O prima, das finde ich toll, dann wohnen ganz viele Leute hier in dem Haus!«, freute sich die Kleine. Horndeich fiel auf, dass sie eigentlich keine Ahnung haben konnte, wer Doro war. Aber offensichtlich ging sie davon aus, dass in ihrem Haus nur nette Leute wohnten. Und Horndeich freute sich einmal mehr über die unbeschwerte Art seines Lieblings.

# TOBIAS III

»Du riechst ein bisschen.«

Ich sehe Wanja mit großen Augen an. Seit einer halben Stunde machen wir wieder Hausaufgaben, Deutsch haben wir fertig, jetzt ist Mathe dran. Ich bin schon viel besser geworden, seit Wanja mir das erklärt. Auch die Mama ist ganz begeistert, denn ich hab tatsächlich eine Zwei geschrieben in Mathe.

»Was meinst du?«, will ich von Wanja wissen.

»Na ja, du schwitzt halt ein bisschen. Aber das ist ganz normal. Ganz besonders bei Jungs, die bald in die Pubertät kommen.«

Das mit der Pubertät, das hat Wanja mir schon erklärt. Aber das weiß ich ja eigentlich auch so: Dann kriege ich Haare untenrum, dann unter den Achseln und vielleicht auch auf der Brust. Ich hab Mama gefragt, ob Papa auch Haare auf der Brust hatte. Sie hat so komisch gelächelt und gesagt: »Ja, eine ganze Menge.« Wir sprechen selten über Papa. Obwohl ich gern viel mehr von ihm wissen will. Aber ich trau mich nicht, Mama zu fragen. Ich hab das zwei Mal gemacht, und zwei Mal hat sie angefangen zu weinen. Seitdem lass ich das besser. Ich hab auch schon versucht, mit Papa direkt zu reden. Der Pfarrer, der bei uns Religion macht, den hab ich mal gefragt, ob man mit den Menschen reden kann, die gestorben sind. So eine richtige Antwort hat er mir auch nicht gegeben, aber ich hab gedacht, dann versuch ich's halt mal. Also hab ich gebetet und gefragt: »Hallo, Papa, geht's dir gut, wo du jetzt bist?« Er hat aber nicht geantwortet. Ich hab das dann noch mal versucht, so über einen

Umweg: »Hallo, Gott, kannst du mir sagen, ob es meinem Papa gut geht, da wo er jetzt ist?« Aber Gott hatte wohl zu viel zu tun, geantwortet hat er auf jeden Fall auch nicht. Na ja, manchmal, wenn ich allein zu Haus bin, also nicht bei Wanja, und Mama arbeitet, guck ich mir das Fotoalbum an. Meine Mama, als sie noch ganz jung war, und eben auch meinen Papa. Da gibt es viele Bilder, wo sie mit ihren Motorrädern zu sehen sind. Papa hat sein Motorrad geliebt, das hat Mama mir mal gesagt. Aber sie hat auch gesagt, dass sie, nachdem sie mich bekommen hat, auf kein Motorrad mehr draufgestiegen ist. Aber Papa ist noch gefahren. Bis zu dem Unfall. Einmal, das ist jetzt, glaube ich, so ein Jahr her, da war die Mama ganz komisch. Da hat sie in der Küche gesessen, und da stand eine leere Weinflasche vor ihr, und in der anderen war noch die Hälfte drin. Und in dem Glas auch. Und Mama hat ganz komische rote Zähne gehabt. Und sie hat so komisch gesprochen. Und da hat sie mir von dem Unfall erzählt, bei dem Papa gestorben ist. »Er ist immer ganz vorsichtig gefahren«, hat Mama gesagt, ich glaube zehn Mal an diesem Abend. Und immer hat sie den Ring gedreht, den schönen mit dem Glitzerstein, den sie immer trägt, den Papa ihr geschenkt hat. Als ich ins Bett gehen wollte, hat sie gesagt: »Bleib hier, du musst das wissen!« Also bin ich halt sitzen geblieben. Auf der Strecke nach Amorbach, da ist es passiert, an einem Wochenende. Papa wollte einfach nur eine kleine Runde drehen, vielleicht hundertfünfzig Kilometer. Und da gab es ganz viele Kurven, und Papa ist auch ganz vorsichtig in die Kurven reingefahren. Aber ein anderer Motorradfahrer, der war nicht so vorsichtig, und in der Kurve kam er genau auf Papa und sein Motorrad zu. Beide waren sofort tot. »Und du, versprich mir«, sagte Mama, »versprich mir«, schrie sie fast, »du wirst niemals auf ein Motorrad steigen!«

Sie hat wieder angefangen zu weinen, und ich hab ihr das versprochen.

Und jetzt sitze ich neben Wanja, und der sagt mir, dass ich stinke. Auch wenn er das nicht so direkt gesagt hat.

»Gerade bei klugen Menschen ist das oft so. Wenn die viel nachdenken, müssen sie etwas mehr schwitzen«, erklärt er mir.

»Super!«, erwidere ich. »Und was mach ich jetzt?«

»Na, du hast ja Glück, dass du einen Freund hast. Einen Freund wie mich. Der dir so was sagt, ohne dich zu beleidigen.«

Ich schnüffel herum, aber ich rieche nix.

Wanja grinst. Er knöpft sich sein Hemd auf, dann sagt er: »Hier, riech mal an meiner Achsel.«

Das finde ich nun ein bisschen schräg.

»Na los, mach schon«, sagt er und zieht meinen Kopf ein bisschen in Richtung seiner Brust. Viel kann ich nicht riechen. Ein bisschen Deo, und ja, auch ein kleines bisschen Schweiß.

»Und? Was riechst du?«

»Seife oder Deo oder so was«, sage ich.

»Noch was?«

»Nein«, lüge ich.

Er sieht mich an mit so einem komischen Blick. »Wir sind doch Freunde, oder?«

Was ist das denn jetzt für eine komische Frage? »Ja«, sage ich.

»Und Freunde sagen einander die Wahrheit. Oder lügen sich Freunde an?«

»Freunde sind ehrlich zueinander«, sage ich.

Wanja nickt. Er sagt nichts. Dann fragt er: »Also, was riechst du?«

»Na ja, wenn ich so nah rangehe, dann riech ich auch ein bisschen Schweiß.«

»Oh!«, sagt Wanja, als ob er jetzt total überrascht wäre. »Dann gehören wir wohl beide zu den schlauen Menschen, die durch das Denken etwas schwitzen.«

So richtig leuchtet mir das nicht ein, aber ich nicke.

»Das Schlimme ist, dass man seinen eigenen Schweiß gar nicht riechen kann. Also braucht man Freunde, die einem sagen, wenn man stinkt. Und was hilft gegen schlechten Geruch am Körper?«

Was meint der denn jetzt?

Wanja grinst mich an: »Wenn du mit deiner Hand in Hundescheiße gegriffen hast, was machst du dann?«

»Hände waschen?«, sage ich. Das ist ja wohl das Klarste der Welt. Und eklig ist es auch.

»So ist es. Also: Dann werden wir uns jetzt waschen.«

Er steht auf und geht in Richtung Badezimmer. Ich folge ihm. Natürlich kann ich mir die Hände waschen, wenn er das möchte. Als wir im Bad sind, schließt er die Tür zu. Dann zieht er sich seine Klamotten aus.

Ich stehe da und schau ihn an.

»Na los, du auch! Oder willst du mit deinen Klamotten unter die Dusche?«

Er zieht sich auch die Unterhose aus.

Ich hab noch nie einen Mann nackt gesehen. Also in echt. Papa vielleicht, aber da kann ich mich schon nicht mehr dran erinnern. Frenzel, der hat in der Schule mal seinen Kumpels Bilder auf dem Handy gezeigt. Ich hab das zufällig mitgekriegt. Und da war auch ein nackter Mann. Der hatte eine Erektion. Das Wort hab ich in Bio gelernt und mir gemerkt. Ich hab gleich weggeguckt. Und wenn ich ganz ehrlich bin, kenn ich das von mir auch. Wanjas Ding, das hängt einfach runter, genau wie meins jetzt.

Er geht in die Duschkabine. »Wenn du dich ausgezogen hast, komm nach.«

Ich zieh mich auch aus. Bis auf die Unterhose. Ich halte meine Nase an meine Achsel. Aber ich kann wirklich nichts riechen. Doch Wanja hat ja gerade gesagt, dass man das selbst auch gar nicht riechen kann. Er hat das Wasser angemacht, die Scheiben beschlagen. Ich sehe ihn gar nicht mehr richtig.

Plötzlich geht die Tür etwas zur Seite auf, er guckt heraus und sagt: »Kommst du heute noch?«

Ich zieh meine Unterhose aus, dann gehe ich zu ihm in die Duschkabine.

Das Bad bei ihm ist viel schöner als unseres. Unsere Duschkabine ist viel enger, und das weiße Isolierzeug hat bei uns lauter schwarze Flecken. Mama putzt da immer, aber das kriegt sie auch nicht weg.

Wanja hat eine grüne Seife, die richtig gut riecht. Er reibt sich ein, von oben bis unten, auch sein Ding. Dann reibt er mich ein, von oben bis unten, auch mein Ding. Das fühlt sich komisch an, aber Gott sei Dank ist das ja schnell vorbei. Also die Mama, die hat mir auch gesagt, dass ich mich untenrum waschen muss. Aber das mache ich ja schon selbst.

Als wir beide ein paar Minuten später aus der Duschkabine rausgehen, riechen wir wirklich gut. Ich frag mich, warum ich den eigenen Schweiß nicht riechen kann, aber die gute Seife.

»Ein kluger Geist fühlt sich nur in einem sauberen Körper wohl«, sagt er.

Und ich fühle mich jetzt wohl. »Was ist das für eine Seife?«, möchte ich wissen. »Die riecht toll! Wie heißt die? Kann die meine Mama auch kaufen?« Ich denke, Wanja freut sich darüber, dass ich die Seife so toll finde. Aber er funkelt mich plötzlich böse an und sagt dann ganz leise: »Das ist eine ganz besondere Seife. Es ist eine Seife, die man nur mit Freunden teilt. Und wir beide sind doch Freunde, richtig?«

Ich nicke nur.

Er trocknet mich ab, trocknet sich ab, zieht sich wieder an. Auch ich ziehe meine Klamotten an. Und Wanja sagt kein Wort. Ich fühle mich, als ob ich gerade irgendwas richtig Teures kaputt gemacht hätte. Aber ich hab doch gar nichts gemacht. Manchmal sind Erwachsene echt kompliziert.

Wanja geht schweigend aus dem Bad, als ich mein Hemd zugeknöpft habe, folge ich ihm.

Da sitzt er schon im Wohnzimmer. Und hat das Schachspiel aufgebaut.

Das ist gut. Wenn wir Schach spielen, hat er immer gute Laune.

# MITTWOCH, 8. JUNI

Leah saß auf ihrem Balkon. Sie mochte die frühe kühle Morgenluft. Vor ihr dampfte der Kaffee in einer Tasse, auf dem Teller lagen zwei Croissants. Die Vögel zwitscherten. Wenn das Sprichwort recht hatte, durfte es um diese Uhrzeit schon überhaupt keine Würmer mehr geben, weil offensichtlich alle Vögel Frühaufsteher waren.

Leah tunkte ein Croissant in den Kaffee und biss in den aufgeweichten Teig. Diese morgendlichen zehn Minuten gehörten zu ihrem Ritual. Auch wenn das Wetter es nicht immer erlaubte, dieses auf dem Balkon zu zelebrieren.

Sie hatte den gestrigen Nachmittag und den Abend noch dazu nutzen wollen, Alexander Winkler, den Arbeitskollegen ihres Wiesbadener Todesopfers, ausfindig zu machen. Doch Fehlanzeige. Sie fand ihn in keinem Online-Telefonbuch, auch in den sozialen Medien nur Fehlanzeige. Wer konnte es schon wissen: Vielleicht lebte Alexander Winkler ja auch gar nicht mehr.

Während das erste Croissant Stück für Stück in ihrem Mund verschwand, arbeitete ihr Gehirn bereits auf Hochtouren. Außer dem ehemaligen Beruf von Helmut Glockner hatten sie noch nichts über ihn herausgefunden. Nein, so stimmte das nicht: Helmut Glockner musste ein einsamer Mensch gewesen sein, denn offensichtlich hatte er keine Familie und auch keine regelmäßigen Besucher gehabt. Sein wesentlicher sozialer Kontakt schien aus der Bekanntschaft zu einer über zwanzig Jahre älteren, inzwischen alleinstehenden Frau zu bestehen. Umso weniger verstand Leah, wie solch ein Mensch jemanden so aufbringen konnte, dass der ihn umbrachte. Irgendetwas musste der Hartz-IV-Empfänger Helmut Glockner mit dem renommierten Musikprofessor Ludwig Daunberg gemeinsam haben. Leah hoffte, dass Richard Feller in Darmstadt den beiden Rechnern irgendwelche Geheimnisse entlocken konnte.

Feller war ihr sympathisch. Sicherlich ein bisschen kratzbürstig, aber offenbar kompetent und auch hilfsbereit. Ihr gemeinsames Abendessen war viel unkomplizierter verlaufen, als Leah sich das vorgestellt hatte. Besonders seine letzte Eigenschaft, die Hilfsbereitschaft, vermisste sie in ihrem Team hier in Wiesbaden sehr. Und auch mit Steffen Horndeich schien es sich auf den ersten Eindruck gut zusammenarbeiten zu lassen.

Ihr Mobiltelefon schlug an. Sie hatte sich vor ein paar Monaten ebenfalls ein etwas moderneres Gerät gegönnt, aber was Klingeltöne anging, war sie einfach konservativ: Keine Musik drang aus dem winzigen Lautsprecher, sondern der Klingelsound eines alten Bakelit-Telefons. Das Display zeigte Richard Fellers Nummer an. Sie hatte seinen Datensatz vorgestern mit den Fingern in ihr Handy eingetippt. Gleichzeitig sah sie die Uhrzeit: 7.15 Uhr. Auch Feller war offensichtlich gut im Würmerfangen. »Guten Morgen, Richard. Schon so früh am Schreibtisch?«

Der Angesprochene antwortete: »Nicht schon. Noch.«

Die drei Worte und der angespannte, aber müde Tonfall ihres Gegenübers sorgten dafür, dass sich die zarten Härchen in Leahs Nacken aufstellten. Als Kind hatte sie es geliebt, einen Luftballon über ihren Polyesterpulli zu ziehen und dann vor dem Spiegel mit dem Ballon über den Kopf zu streichen, sodass sich alle Haare vom Kopf streckten. Ohne Luftballon war das Gefühl eher dazu angetan, Panik anzuzeigen.

Feller wartete ihre Antwort nicht ab. »Am besten, du kommst sofort her. Ich habe den Inhalt von beiden Rechnern von Glockner sichtbar gemacht. Und damit ein mögliches Motiv.«

Leah verabschiedete sich, nahm Teller und Kaffeetasse und stellte beides in der Küche ab. Sie kümmerte sich nicht darum, dass auf dem Teller noch das zweite Croissant lag, und auch dass die Kaffeetasse erst zur Hälfte geleert war, spielte für sie keine Rolle mehr.

Zu dritt saßen sie im kleinen Besprechungsraum. Leah war tatsächlich noch vor Horndeich im Präsidium eingetroffen. Während Richard Feller das technische Equipment einrichtete, hatte sie im Küchenraum Kaffee besorgt.

»Ich werde euch das jetzt der Reihe nach zeigen«, sagte Richard Feller. Seine dunklen Augenringe dienten als Kronzeugen dafür, dass er in der Nacht zuvor wenig oder gar keinen Schlaf bekommen hatte.

»Ich fange mit dem ersten Rechner an. Der ist zirka sechs Jahre alt. Das Betriebssystem ist Windows 7. Glockner hatte auf dem Rechner nur einen Benutzer eingerichtet und diesen mit einem Passwort gesichert. Das Passwort ist eine lange Kombination aus Buchstaben und Zahlen und Sonderzeichen – da wollte dieses Arschloch wohl was ganz besonders gründlich machen. Aber wie ihr wisst, ist so ein Startpasswort für unsere Forensiksoftware kein wirkliches Problem. Fahren wir einfach drumherum, sozusagen.«

»Arschloch?« Horndeich war irritiert.

»Später. Sorry. Im Gegensatz zu mir ist mein Wortwahlmodul schon vor vier Stunden eingeschlafen.« In sachlichem Ton fuhr er fort: »Auf dem Rechner waren keine besonderen Programme drauf. Ein Office-Paket, ein Browser fürs Internet, Software, um Filme und Musik abzuspielen. Und das war's dann eigentlich auch schon. Ach ja, natürlich auch Outlook für E-Mails, Adressen und Termine. Besser fange ich mal damit an, was es auf dem Rechner nicht gab. Glockner hatte keinen einzigen Termin eingetragen. Entweder hat er einen kleinen Taschenkalender aus Papier geführt, oder er hatte überhaupt keine Termine notiert.«

Leah schaltete sich ein: »Wir haben kein einziges persönliches Papier in der ganzen Wohnung gefunden. Keinen Kalender, kein Fotoalbum. Das Persönlichste waren noch die Kontoauszüge gewesen. Aber auch da hat es ja keine Auffälligkeiten gegeben: die Standardüberweisungen von Miete, Strom, Telefon und so weiter. Außerdem auch immer mal wieder kleinere Barabhebungen oder Kartenzahlungen beim Rewe-Markt.«

»Ja, das passt«, fuhr Feller fort. »Auch das E-Mail-Postfach war extrem übersichtlich: mal eine E-Mail an den Vermieter, mal eine an den Telefonanbieter vom Festnetz. Ansonsten bestand das gesamte Postfach ausschließlich aus Spam-Mails. Über diesen Kanal hat Glockner nicht kommuniziert.«

»Wir haben gestern Abend sogar noch die Verbindungsnachweise vom Festnetz bekommen. Fehlanzeige. Die Einzige, mit der er telefoniert hat, war die Nachbarin unter seiner Wohnung«, fügte Leah hinzu.

»Auch wenn es gelöscht war, konnte ich dennoch den Browserverlauf wiederherstellen und damit sehen, auf welchen Seiten er sich so rumgetrieben hat. Auch hier kaum Vielfalt: Im Wesentlichen hat er illegale Streaming-Portale angeklickt. Dort hat er sich dann Spielfilme und Serien angesehen.«

»Pornos?«, fragte Horndeich ganz automatisch.

»Nein. Fehlanzeige.«

»Wenn ich das mal kurz zusammenfassen darf: Glockner war völlig vereinsamt, und das ist das Einzige, was uns dieser Rechner bestätigt«, meinte Horndeich.

»Ja, du hast es genau auf den Punkt gebracht.«

»Also sitzen wir hier wegen des zweiten Rechners«, schlussfolgerte Leah messerscharf.

»Ja. Und jetzt wird es interessant.« Feller unterbrach sich selbst und stand auf: »Ich brauch eine Cola. Jemand von euch auch?«

Horndeich und Leah schüttelten den Kopf.

Als Feller den Raum verlassen hatte, sagte Horndeich: »Der hat die Nacht kein Auge zugetan.«

Leah nickte nur. »Und ich bin mir nicht sicher, ob ich sehen will, weshalb.« Zwei getrennte Rechner, der eine völlig harmlos. Leah konnte sich vorstellen, was der andere Rechner beherbergte: Wahrscheinlich genau das Sammelsurium an sexuellen Vorlieben, das auf dem anderen Rechner nicht sichtbar gewesen war. Wenn sie Glück hatten, so dachte Leah, würden sie nur die von Horndeich bereits angesprochenen Pornos sehen. Aber für ein paar Sexfilmchen hätte Feller bestimmt nicht die ganze Nacht durchgemacht, um dem Rechner das kleinste Detail zu entlocken. *Frauen quälen*, dachte sie, das wird wohl die Quintessenz dessen sein, was ich gleich auf dem Bildschirm sehen werde.

Feller kam zurück, eine Literflasche Cola in der Hand. Er goss sich ein Glas ein, das er sich von der Mitte des runden Tisches gegriffen hatte, wo immer ein paar frisch gespülte Gläser standen.

»Gut. Dann leg ich mal los. Das Rechnermodell Nummer zwei ist auch sechs Jahre alt. Betriebssystem ebenfalls Windows 7. Ebenfalls durch ein Passwort geschützt. Auch dieses Passwort eine lange Mischung aus Buchstaben, Ziffern und Sonderzeichen. Ein anderes Passwort als auf dem ersten Rechner. Wie gesagt, ein Kinderspiel für unsere Software. Die Festplatte in diesem Rechner fasst fünfhundert Gigabyte. Und davon waren nur noch fünfzig frei.«

»Mach's nicht so spannend. Was ist da drauf?«

Feller sah Leah an, dann Horndeich. »Kinder«, sagte er tonlos.

Horndeich sah, wie jegliche Farbe aus Leahs Gesicht verschwand. Und gleichzeitig fühlte er, dass er ähnlich aussehen musste.

»Ich habe mir heute Nacht über die Hälfte des Materials angesehen. In der Hoffnung, auf einem der Bilder vielleicht noch einen zweiten Erwachsenen zu sehen, auffällige Möbelstücke und so weiter und so fort. Ich habe nichts gefunden, was irgendeinen Hinweis auf Glockner selbst gibt. Ich hab schon Volker Kellermann Bescheid gesagt, er wird die Koordination mit den Kollegen im Landeskriminalamt und im Bundeskriminalamt übernehmen. Läuft alles schon.«

Kollege Kellermann kümmerte sich um den Schwerpunkt Kinderpornografie in ihrem Dezernat. Wenn es um die Zerschlagung von Ringen oder Banden ging, lief ohne die Zusammenarbeit über Stadtgrenzen oder Bundeslandgrenzen, ja sogar über Ländergrenzen hinweg gar nichts.

»Ich werde euch jetzt ein paar der Bilder und Videos zeigen. Ich werde mir danach auch noch die zweite Hälfte ansehen – und dann werde ich wohl erst mal zwei Tage am Stück schlafen. Aber ich will auf jeden Fall, dass wir …« Feller unterbrach sich selbst. Den Satz zu beenden mit … *das Schwein kriegen* brachte in diesem Fall überhaupt nichts. Glockner war tot.

Die Auswahl an Bildern und Filmen, die Horndeich nun zu sehen bekam, ließen ihn daran zweifeln, ob er wirklich den richtigen Job gewählt hatte. Nicht, dass er nicht hart im Nehmen gewesen wäre. Es blieb nicht aus, dass der eine oder andere Tatort ziemlich unappetitlich war. Aber da funktionierte die emotionale Ritterrüstung mit herabgelassenem Visier. Diese Ritterrüstung war ihm jedoch offenbar genau in diesem Moment abhandengekommen. Horndeich fühlte sich einfach nur nackt, als sich die Bilder in sein Gehirn brannten.

Die Bilder, die auf dem Bildschirm zu sehen waren – Feller war so gnädig gewesen, sie nur in einem kleinen Fenster zu zeigen und nicht bildschirmfüllend –, zeigten nackte oder halb bekleidete Kinder in unterschiedlichsten Posen. Da spürte Horndeich bereits, wie das Frühstück, das er nach Fellers Anruf vorhin hastig runtergeschlungen hatte, mit aller Macht nach oben drängte. Diese ersten Bilder waren …

eigentlich harmlos. Horndeich war oft mit seiner Tochter am Badesee gewesen. Und da sprangen immer ein paar Kinder nackt oder halb nackt herum, und daran war überhaupt nichts Anstößiges. Diese Bilder hier jedoch zu sehen und zu wissen, was ihr Zweck war – ihr einziger Zweck –, ließ neben dem Frühstück auch eine Wut in Horndeich aufsteigen, die er so selten erlebt hatte.

Zahlreiche Bilder waren mit Teleobjektiven genau an solchen Badestränden aufgenommen worden. Die Vorstellung, dass jemand am Strand hinter ihnen in einem Busch hockte und seine Tochter auf diese Weise fotografierte, steigerte die Wut. »Pause!«, rief Horndeich. Er stand auf.

Mit einer Tastenkombination sperrte Feller den Computer, und der Bildschirm wurde schwarz.

»Ich muss kurz raus«, flüsterte Horndeich nur noch. Er verließ den Besprechungsraum, ging den Flur entlang, spurtete die Treppe hinab, verließ das Gebäude. Eigentlich wollte er hier jetzt ein paar Minuten stehen, versuchen, die Emotionen wieder herunterzufahren und einfach ein wenig frische Luft atmen. Er merkte, wie seine Knie weich wurden. Dann setzte er sich auf die Stufen vor dem Haupteingang. Er starrte in Richtung des Parkplatzes, nahm aber überhaupt keine Autos wahr.

Keine Minute später kamen Feller und auch Leah durch den Haupteingang. Leah setzte sich neben Horndeich. Einige Sekunden später tat es ihr Feller nach. Aus einer seiner Taschen zauberte er ein Päckchen mit Zigarillos heraus. Horndeich musste schmunzeln. Als er das erste Mal ein paar persönliche Worte mit Feller gewechselt hatte, hatte der ebenfalls einen Zigarillo geraucht. Es war das erste und einzige Mal in seinem Leben gewesen, dass Horndeich aus Solidarität ebenfalls ein solches Tabakröllchen versucht hatte mit Feuer und Atemluft zu vernichten. Es war ihm nicht wirklich bekommen.

Feller steckte sich einen der Sargnägel an. Dann inhalierte

er tief. »Tut mir leid, euch das sagen zu müssen. Aber das war erst die Spitze des Eisbergs.«

Dann schwiegen alle drei. »O.k., Richard, bevor wir da jetzt wieder hochgehen und uns den Rest ansehen, würde ich gerne wissen, was auf mich zukommt.«

Richard Feller sah sie nicht an. Er schwieg noch ein paar Sekunden, dann sagte er: »Wie ihr ja schon bei den Nacktbildern gesehen habt, war Helmut Glockner nicht auf ein Geschlecht festgelegt, obwohl natürlich deutlich mehr Jungs zu sehen sind. Ich formuliere es mal ganz drastisch: Hauptsache jung. Keines der Kinder ist älter als acht. Ich hab mich mal mit Kellermann unterhalten, und ich trau mich das so zu formulieren: Wir haben Glück, dass kein Kind unter drei zu sein scheint.«

Horndeich sog hörbar die Luft ein. »… haben Glück …«, hallte es zwischen den Schädelwänden hin und her, als ob diese Ausmaße und Akustik eines Doms hätten.

»Dann hat er Bilder drauf, bei denen die Genitalien der Kinder manipuliert werden. Und es gibt noch ein paar Bilder … Scheiße, das sind einfach Vergewaltigungen. Es ist mir völlig unbegreiflich, wie sich jemand so eine kranke Scheiße anschauen kann!«

Wieder schwiegen sie. Wieder war es Leah, die fortfuhr. Ihre Stimme war in diesem Moment nur noch ein Flüstern. Horndeich fragte sich, ob ihr das bewusst war. »Und die Filme?«

»Die ganze Palette, nur ohne die Szenen am Badesee.«

»Die ganze Festplatte voll?«

»Die ganze Festplatte voll. Übrigens auch die externe Festplatte. Mit demselben Material. Scheint nur eine Sicherheitskopie zu sein. War verschlüsselt und mit einem Passwort gesichert. War aber dasselbe Passwort wie das Windows-Passwort.«

Es hatte bisher nur einmal einen ähnlichen Moment wie diesen gegeben, an dem Horndeich am Sinn seines Berufs gezweifelt hatte. Es war schon etliche Jahre her, er war damals in einer Sonderkommission in Kassel eingesetzt worden, gemeinsam mit Margot. Ein Kind war entführt worden, sie hatten es nicht mehr retten können. Der gesamte Polizeiapparat war mehrere Tage auf Hochtouren gelaufen, und es war ihnen tatsächlich gelungen, den Täter festzunehmen. Horndeich war dabei gewesen. Ein Kollege der Kasseler Polizei hatte dem Mann die Handschellen angelegt und ihm seine Rechte vorgetragen. Er erinnerte sich sehr genau an die Worte und seine Gefühle dabei. »Sie sind beschuldigt, Anna Maria Subrowska entführt, vergewaltigt und getötet zu haben«, hatte der Kasseler Kollege gesagt, während die Handschellen eingerastet waren. »Sie müssen sich nicht zu der Ihnen vorgeworfenen Tat äußern. Sie haben das Recht, sich jederzeit einen Rechtsbeistand zu nehmen. Sie haben das Recht, Beweiserhebung zu beantragen.« Wie aus dem Lehrbuch, bloß keine Silbe vergessen, damit nicht vor Gericht die unterlassene Belehrung zur Einstellung des Verfahrens führte. Horndeich erinnerte sich ganz genau daran, wie er das erste und bislang einzige Mal daran gedacht hatte, vielleicht doch die Dienstwaffe zu entsichern und abzudrücken. Kein Verfahren, sondern Auge um Auge. Der Gedanke hatte ihn über Tage verfolgt. Und es hatte weit mehr als diese Tage gebraucht, bis er sich wieder einigermaßen im Griff hatte. Wahrscheinlich hatte jeder Polizist irgendwann in seiner Karriere einen solch toten Punkt, an dem er auf den Rechtsstaat pfeifen wollte und der Begriff Selbstjustiz süßer klang als Sirenengesang.

Und jetzt? Helmut Glockner war tot. Irgendjemand hatte ihn erschossen. Natürlich hatten sie keine Ahnung, aus welchem Motiv heraus. Aber auf einen Zusammenhang zwischen dem Inhalt der Festplatte und dem Motiv des Mörders zu schließen, fand Horndeich alles andere als abwegig. Es war ein guter Kompasspfeil, der ihnen zeigen würde, in welche Richtung sie weiter ermitteln konnten. Und genau da lag der Haken. Horndeich hatte in diesem Moment überhaupt keinen Drang, weiter zu ermitteln. Er wollte dem Mörder Beifall zollen. Gut gemacht, Fremder. Dann können wir uns wieder den Fällen widmen, bei denen es einen Guten erwischt hat und wir den Bösen suchen.

Er wusste selbst, dass diese Schwarz-Weiß-Malerei der momentanen Wut geschuldet war. Und er wusste auch, dass Wut kein guter Ratgeber war. Aber wenn er sich vorstellte, dass seine Stefanie – oder sein Alexander – … Das Grummeln im Magen brach plötzlich los, und der Magensäuretornado erhöhte von Windstärke zwei auf Windstärke zwölf in wenigen Sekunden. Horndeich sprang auf und schaffte es gerade noch bis zum Gebüsch, wo er binnen weiterer zwei Sekunden sein Innerstes nach außen kehrte.

Sie wussten, dass sie es tun mussten. Also ließen sie sich von Feller weitere Bilder und dann auch Videos zeigen. Dadurch, dass Feller die Videos auf doppelte Geschwindigkeit stellte, manchmal noch schneller, wirkten sie nicht ganz so real. Und Horndeich war auch dankbar dafür, dass sie keinen Ton hörten.

Nach zwanzig Minuten beendete Feller die Horror-Show. »Ich werde mir den Rest heute Nachmittag ansehen. Vielleicht gibt es irgendeinen Hinweis zu der Person Helmut Glockner. Kellermann arbeitet auch schon dran. Ich habe ihn gebrieft, ihm unsere bekannten Fakten zu Glockner gegeben. Wenn ihm etwas auffällt, zeigt er uns das auch sofort.«

»Warum der zweite Rechner?«, wollte Leah wissen. »Es genügt doch eine verschlüsselte Festplatte, die Glockner bei Bedarf an den ersten Laptop hätte anschließen können.«

»Ja und nein«, antwortete Feller. »Zum einen legen das Betriebssystem und die Programme immer temporäre Daten auf der Systemfestplatte ab. Und da können wir, auch wenn es etwas Aufwand erfordert, immer noch einiges rauslesen. Mit dem zweiten, völlig unabhängigen Rechner war Glockner da schon auf der sicheren Seite. Aber was noch viel wichtiger ist: Der Rechner diente nicht nur für seinen Schmuddelkram, sondern er war auch die Kommunikationszentrale mit den Gleichgesinnten.«

»Und das muss ich mir wie vorstellen?«, wollte Leah wissen.

»Ich weiß nicht, ob Glockner irgendeine Ahnung vom Internet oder überhaupt von Computern hatte. Wenn ich mir seinen ersten Rechner ansehe, habe ich nicht den Eindruck, als ob er auch nur an einer Stelle irgendwelche Standardeinstellungen verändert hat. Ich denke eher, dass er einen Kumpel hatte, der ihm diesen Rechner fix und fertig konfiguriert hat oder der ihm vielleicht sogar einen vorkonfigurierten Rechner verkauft hat.«

»Und was ist jetzt das Besondere an diesem zweiten Rechner? Wieso kann er mit dem kommunizieren und nicht mit dem ersten?«

»Das ist ganz einfach: Mit dem zweiten Rechner konnte er fast komplett anonym surfen und kommunizieren.«

»Wie das?«

»Wenn du mit deinem Rechner zu Hause ins Internet gehst, dann bekommst du von deinem Internetanbieter eine Adresse zugeteilt, die sogenannte IP-Adresse. Diese Adresse speichert ein Internetanbieter für ein paar Wochen. Und nehmen wir dann einmal an, einem Filmstudio passt es nicht, dass der aktuelle Kino-Blockbuster – sagen wir mal *Ice Age V* – kostenlos im Netz heruntergeladen wird. Ich formuliere das jetzt mal etwas vereinfacht: Dein Internetanbieter kann der Filmfirma dann durch diese IP-Adresse deinen echten Namen und deine echte Adresse weitergeben. Wie gesagt, alles sehr vereinfacht. Es geht eigentlich nicht um Downloads, sondern um Uploads, aber diese Details erspare ich uns jetzt.«

Danke, dachte Horndeich. Ein bisschen Ahnung hatte er inzwischen von diesem ganzen Computer- und Netzwerkkram schon allein deshalb, weil seine Frau Sandra vor Jahren Fellers Stelle innegehabt hatte. Auch Sandra erschien für Horndeich wie jemand, der wie Feller einfach einen Blick auf eine CD warf und allein dadurch schon deren Inhalt zu kennen schien.

»Glockner hatte auf seinem zweiten Rechner einen Schutzmechanismus, der ihn davor bewahrte, dass irgendjemand mitbekam, was genau er über das Netz sendete und empfing.«

»Und wie geht so was?«, hakte Sandra nach.

»Es gibt professionelle Anbieter, die ermöglichen es, dass du über ihre Computer – sogenannte Server – im Internet surfst. Die Verbindung zwischen deinem eigenen Rechner und diesen Servern ist verschlüsselt. Sagen wir mal, so ein Unternehmen sitzt in Großbritannien. Dann bezahlst du jeden Monat fünf Euro, dass du diesen Service nutzen kannst. Wenn dann jemand nach deiner IP-Adresse fragt, bekommt er als Antwort nur die IP-Adresse des Unternehmens in Großbritannien. So etwas nennt man VPN, also Virtual Privat Network. Oder vereinfacht gesprochen: Du baust einen verschlüsselten Datentunnel zwischen deinem Rechner und diesem Unternehmen.«

»Und wenn jemand das ausländische Unternehmen auffordert, meine IP-Adresse rauszurücken?«

»Das ist theoretisch möglich, aber es gibt Anbieter in anderen Ländern, die werben damit, dass sie diese IP-Adressen überhaupt nicht speichern.«

»Können wir denn nicht die IP-Adressen von Seiten finden, auf denen solche Bilder zum Verkauf angeboten werden?«

»Wenn jemand so blöd ist, seine Bilder im ganz normalen Internet anzubieten – ja, dann hätten wir da eine gute Chance.«

»Aber?«, hakte Horndeich nach.

»IP-Adressen, die wir problemlos finden können, beziehen sich auf den Teil des Internets, in dem wir uns jeden Tag bewegen. Die Seiten, auf denen ich Kinderpornografie kaufen kann oder Waffen oder Drogen, die finde ich in diesem Internet nicht. Ich nenne es mal das Google-Internet, in dem ich allein durch die Eingabe von Suchbegriffen auf der richtigen Seite lande.«

»Verstehe ich nicht«, sagte Leah.

»Ganz einfach. Das Internet, so wie wir es kennen, kannst du dir vorstellen wie das Branchenbuch einer Stadt. Du willst einen Fernseher kaufen, du suchst in der Rubrik Unterhaltungselektronik, dann findest du drei Märkte, in denen du das kaufen kannst, und entscheidest dich, wohin du fährst. Wenn du im richtigen Leben eine Waffe kaufen willst, nützt dir das Branchenbuch überhaupt nichts. Du musst die genaue Adresse kennen, zu der du fährst und den Waffenhändler deines Vertrauens triffst. Und da steht dann auch ganz bestimmt nicht über der Tür in Leuchtschrift: *Kalaschnikow heute 20 % Rabatt.*«

»O.k., das habe ich verstanden.«

»Und es gibt noch eine Hürde: Solche Seiten finden sich besonders häufig im sogenannten TOR-Netzwerk. Ich erspare euch jetzt die Details, aber das Wichtigste daran ist: Die Verbindung zwischen Kundenrechnern, wie zum Beispiel dem von Glockner, und den Anbieterrechnern, läuft über mehrere Zwischenrechner. Und keiner dieser Rechner kennt die gesamte Verbindungsstrecke, sondern immer nur den Rechner unmittelbar vor sich und unmittelbar nach sich. Das macht die ganze Sache für uns so schwierig.«

»Und wie komme ich in dieses TOR-Netzwerk, von dem du gerade sprichst?«

»Auch dafür gibt es Zugangsprogramme, die man frei im Internet laden kann. Also im Google-Internet.«

»Na super. Ich lade mir das Programm runter, gebe den Begriff Kinderporno ein – und schon lande ich auf der Amazon-Seite für illegale Sachen?«

»Nein, eben nicht. Dieses ›ich gebe den Begriff Kinderporno ein‹, das funktioniert nicht. In diesem Netzwerk gibt es kein Google. Wie gesagt, du musst die echte Adresse kennen, sonst kannst du auf diese Seiten nicht zugreifen.«

»Und wie finde ich die?«

»In entsprechenden Chatrooms oder Foren. Auch das ist wieder ähnlich wie in der echten Welt: Du möchtest Drogen kaufen? Dann kannst du auch nicht zu Aldi gehen. Aber du weißt, in welchem Park man Drogen kaufen kann. Da gehst du hin. Ein bisschen beobachten, vielleicht doch mal einen direkt ansprechen – wenig später hast du dein Päckchen. Und wenn du öfters in den Park gehst, beginnst du, die Gesichter zu kennen. Mit dem einen unterhältst du dich mal ein wenig länger. Und der sagt dann: Ich kann dich zu jemand bringen, der dir noch viel besseres Gras für viel weniger Geld gibt. Mit ein bisschen Ausdauer kommst du in die Szene. Und genauso läuft das dort auch. Nur spricht man nicht miteinander, sondern man schreibt sich Nachrichten.«

»Ein verstecktes Facebook für Kinderschänder?«

»Ja, ungefähr so kannst du dir das vorstellen.«

»Und wenn ich solches Material kaufen will? In dem Augenblick, wo ich irgendwo meine Kreditkartennummer angebe, bin ich doch auch zu identifizieren. Das hat doch inzwischen sogar schon Politikern den Kopf gekostet.«

»Also Glockner hat das ganz einfach gemacht: Er hat nichts gekauft. Er hat einfach nur mit anderen getauscht. Ich habe mir genau angesehen, was er so geschrieben hat. Auch hier die Kurzversion: Wenn Helmut Glockner nur sechs Stunden am Tag online gewesen war, dann hatte er einen schlechten Tag. Für gewöhnlich waren es rund zwölf Stunden. In dieser Zeit hat er sich mit anderen Gleichgesinnten ausgetauscht, im wahrsten Sinne des Wortes.«

»Zwölf Stunden jeden Tag? Das klingt für mich irgendwie sehr nach einer Sucht.«

»Ja. Ich hab mich mit Kellermann unterhalten. Es ist genau

das. So wie ein Junkie immer den nächsten Schuss braucht, ein Alkoholiker immer den nächsten Drink, so war Glockner immer auf der Jagd nach dem nächsten Bild oder Video.«

»Ätzend«, sagte Leah und erhob sich. »Ich brauche wieder frische Luft.«

Mit diesen Worten verließ sie den Raum.

Als Leah wenige Minuten später wieder zurückkam, stieß auch Volker Kellermann zu ihnen. Feller hatte ihn darum gebeten.

»Wir gehen im Moment von der Arbeitshypothese aus, dass irgendjemand herausbekommen hatte, woraus Glockners Hobby bestand, und dem ein Ende gesetzt hat. Aber auch diese Arbeitshypothese hat ein paar ganz große Lücken«, erklärte Horndeich, als Leahs Handy klingelte. Leah sah auf das Display und tippte auf *Anruf ablehnen*. Da hat der Anrufer wohl Pech gehabt, dachte Horndeich.

»So, wie wir die Daten auf der Festplatte derzeit interpretieren, hat Glockner mit anderen Gleichgesinnten ausschließlich Material getauscht. Er hat nichts gekauft, er hat nichts verkauft. Und er scheint auch nichts selbst produziert zu haben.« Horndeich hörte seine eigenen Worte und musste schlucken. *Material produzieren* – dazu brauchte es heute kein Filmstudio, keine Filmkamera, keine Beleuchtung, überhaupt nichts mehr, was Geld kostete, sondern nur noch ein Smartphone.

Wieder schlug Leahs Handy an. Wieder drückte Leah das Gespräch weg. »Sorry«, flüsterte sie. Dann schaltete sie die Lautstärke des Geräts auf null.

»Wer sollte sich also ausgerechnet an Glockner rächen?«

»Aber ihr habt doch ein zweites Todesopfer, das mit derselben Waffe umgebracht worden ist, nicht wahr?«, warf Kellermann jetzt ein.

»Ja. Aber es gibt im Augenblick überhaupt keinen Hinweis darauf, dass Ludwig Daunberg etwas mit Kinderpornografie zu tun hatte. Sein Rechner war sauber, sein Handy auch. Er hat Familie, er hat selbst drei Kinder«, sagte Horndeich und ertappte sich in diesem Moment selbst bei dem Gedanken, dass Familie und eigene Kinder auch nur Tarnung sein konnten.

»Wie wird jemand zum Kinderschänder?«, stellte Leah die vermeintlich triviale Frage. »Wird man so geboren? Ist er selbst missbraucht worden? Ich muss gestehen, ich weiß nicht wirklich viel darüber.«

Feller sah sie an: »Deshalb sitzt Volker ja jetzt bei uns. Vielleicht kannst du ein bisschen was dazu sagen?«

»Mach ich gern. Also mal ganz von vorn: Nach derzeitigem Stand der Forschung ist Pädophilie eine sexuelle Ausrichtung. Sie ist einfach da. Wie auch Homosexualität. Und Heterosexualität.«

»Na, es ist ja wohl etwas anderes, sich an Kindern zu vergehen, als …«, intervenierte Horndeich sogleich.

»Moment, Horndeich, dazu komme ich gleich.«

Es fiel Horndeich schwer, bei diesem Thema ruhig zu bleiben. Doch er zwang sich dazu. Ein Maulkorb wäre jetzt unglaublich hilfreich gewesen.

»Ich rede nur von der Ausrichtung«, fuhr Kellermann fort. »*Pädophilie* sagt grundsätzlich erst mal nur aus, dass kleine Kinder einen sexuellen Reiz auf den Pädophilen ausüben. So wie bei Homosexuellen attraktive Gleichgeschlechtliche und bei heterosexuellen Attraktive anderen Geschlechts. Nicht mehr. Und nicht weniger.«

»Und das ist nicht heilbar?« Es gelang Horndeich doch nicht, die Klappe zu halten.

»Ich sage jetzt mal ganz provokant: Das ist nicht heilbar, weil es keine Krankheit ist. Ebenso wenig wie Homosexualität und ebenso wenig wie Heterosexualität. Das ist zumindest der derzeitige Stand der Forschung.«

»Na super!«, fuhr Horndeich doch wieder in die Parade.

»Kollege, jetzt lass Kellermann mal ausreden.«

Horndeich war sich über Fellers Qualitäten als Moderator bislang gar nicht bewusst gewesen.

»Horndeich, ich will hier überhaupt nichts verteidigen. Feller hat mich gefragt, ob ich was dazu sagen kann, und das tue ich jetzt. Wir können uns auch die ganze Fragerei, woher Pädophilie überhaupt kommt, schenken. Akzeptieren wir einfach, dass es Menschen gibt, die auf Kinder sexuell reagieren. Punkt. Damit wissen wir jetzt, was ein Pädophiler ist. Und davon scheint es eine ganze Menge zu geben. Ich verschone uns jetzt mit Zahlen, da die eh kaum verifizierbar sind. Aber sexuelle Fantasien mit Kindern scheinen gar nicht so selten zu sein. Wobei ich hier ausdrücklich nur über *Fantasien* spreche, Vorstellungen, Kopfkino. Der kritische Punkt ist der, an dem ein Pädophiler diese Fantasien ausleben möchte. Und hier scheidet sich jetzt die Spreu vom Weizen. Ich skizziere das jetzt mal ganz platt: Ich hab mir auch schon vorgestellt, wie es wäre, eine Bank auszurauben und danach eine Viertelmillion Euro zu besitzen. Aber den Schritt von der Vorstellung allein hin zur Planung bin ich nie gegangen. So, wie die meisten Menschen mit pädophilen Gedanken diese nicht ausleben.«

»Aber wenn Sie sagen, Pädophilie ist nicht heilbar, dann stehen wir hier doch auf völlig verlorenem Posten. Alle Gedanken, die in eine andere Richtung gehen, als *Wegsperren für immer,* sind doch dann überflüssig.«

»Sie dürfen Pädophilie nicht mit Kindesmissbrauch gleichsetzen, das ist der Unterschied. Unser gesamtes Sexualstrafrecht beruht auf dem Grundsatz, dass Geschlechtsverkehr in Ordnung ist, wenn er einvernehmlich geschieht. Und es beruht auch völlig zu Recht darauf, dass Einvernehmlichkeit nur zwischen erwachsenen Menschen möglich ist. In dem Augenblick, in dem ein Erwachsener sexuelle Handlungen an einem Kind ausübt, kann es keine Einvernehmlichkeit geben, sondern es handelt sich selbst im leichtesten Fall immer um Manipulation. Das bedeutet in der Praxis:

Ein Pädophiler, der seine Neigung auslebt, macht sich strafbar.«

»Wenn Sie sagen, Pädophilie ist eine sexuelle Ausrichtung, dann wissen Pädophile auch sehr früh, dass sie diese Neigung haben. Oder gibt es Pädophile, die ihre Neigung erst sehr spät entdecken?«

»Vielleicht gibt es die. Aber das dürfte eher die Ausnahme sein. Die meisten Pädophilen, die sich über ihre Neigung geäußert haben, haben bereits während oder kurz nach der Pubertät festgestellt, dass sie durch Kinder sexuell erregt werden können.«

»Und Glockner? Der war jetzt über sechzig Jahre alt, hat seit zwanzig Jahren allein gewohnt. Hat er seine Neigung dann auch schon früher ausgelebt?«

Kellermann antwortete nicht gleich: »Ich gehe davon aus. Der Weg vom Pädophilen hin zu jemandem, der Festplatten voll mit Kinderpornografie hortet, dauert. Es ist also sehr unwahrscheinlich, dass Glockner vorher nicht schon in dieser Richtung aktiv war. Zumal es vor zwanzig Jahren noch kein Internet gab, so wie es das heute gibt. Wer das ausleben wollte, musste es in der Praxis tun. Oder sich den Quelle-Katalog mit den Kinderbildern ansehen. Aber das ist für einen Pädophilen, der seine Neigung umsetzen möchte, kein Mittel auf Dauer.«

»Und ist das dann ein geradliniger Weg vom Pädophilen zum Kindervergewaltiger?«

»Absolut nicht. Denn da gibt es noch eine weitere wichtige Unterscheidung. Die Vergewaltigung eines anderen Menschen ist in erster Linie kein sexueller Akt, sondern ein Akt der Machtausübung. Macht über den anderen Menschen zu haben und diese zu demonstrieren, darum geht es eigentlich. Bei Kindern ist es natürlich sehr viel einfacher, zu so einem Machtgefühl oder gar Machtrausch zu kommen. Oder ich sag's noch ein bisschen einfacher: Menschen, die diese Videos, die ihr da auf der Festplatte habt, anschauen, mit

Ton anschauen, und statt Ekel eine sexuelle Erregung empfinden, das sind Sadisten, in unserem Falle pädophile Sadisten.«

Horndeich sah zu Leah. Inzwischen war ihr jegliche Gesichtsfarbe abhandengekommen. Aber so ging es ihnen gerade allen. Bis auf Kellermann. Der arbeitete nun schon so lange in diesem Metier, dass er sich seine Gesichtsfarbe wahrscheinlich vor einigen Jahren einfach wieder zurückgeholt hatte.

»Und Glockner war ein pädophiler Sadist?«

»Diese Frage kann ich euch nicht beantworten.«

Feller schaltete sich ein: »Auch da gibt es zwei Möglichkeiten: Entweder wir beantworten diese Frage mit Ja, oder wir ziehen in Betracht, dass es sich hier nur um Währung handelt.«

»Währung?« Leah schien irritiert, ebenso wie Horndeich.

»Glockner lebte von Hartz IV. Er hatte gar nicht die Kohle, mal eben fünfhundert Euro für die neuesten Bilder auszugeben. Vielleicht ist dieses riesige Archiv so eine Art Konto. Die sadistischen Bilder konnte er vielleicht gegen Bilder tauschen, die seiner eigenen Neigung entsprachen.«

»Wie kommst du darauf?«, wollte Horndeich wissen.

Statt Feller antwortete Kellermann: »Mir ist das auch aufgefallen«, wandte er sich in Richtung des Kollegen. »Die Bilder von den Mädchen. Davon gibt es nicht so viele. Vielleicht sind diese Bilder nur Tauschware. Die meisten Pädophilen reagieren nur auf ein Geschlecht.«

Wieder entstand eine Pause. Dann fragte Leah: »Ist es ungewöhnlich, dass Glockner jeden Tag so lange vor dem Rechner hing?«

Kellermann schüttelte den Kopf. »Nein, überhaupt nicht. Viele dieser Menschen fühlen sich total einsam und neigen zur Depression. In den Internetforen geht es ganz oft genau darum. Aktive Pädophile können ihrem Trieb ja nicht einfach nachkommen. Jeder Alkoholiker kann in den Supermarkt gehen und seine Sucht befriedigen. Und solange er nicht völlig unangenehm auffällt, ist das gesellschaftlich akzeptiert. Ein Pädophiler hingegen steht immer mit einem Bein im Knast, wenn er seinem Trieb nachkommen möchte.«

»Wenn Sie sagen, dass Pädophilie sich bereits im Jugendalter zeigt, ist es dann möglich, dass wir auch bei Ludwig Daunberg in diese Richtung denken sollten?«, wollte Horndeich nun wissen. »Ich formuliere das jetzt absichtlich sehr vorsichtig: Wenn ich das richtig sehe, habt ihr zwei Männer, die sich nicht kennen, die aus völlig unterschiedlichen Milieus stammen, die aber mit derselben Waffe erschossen worden sind. Der eine davon hat einen ganzen Rechner voll Hardcore-Kinderpornos. Dann würde ich mir die Vergangenheit des anderen auch etwas genauer ansehen.«

Es klopfte an der Tür zum Besprechungsraum.

»Herein«, rief Horndeich.

Silvia Rauch von der Spurensicherung stand im Türrahmen: »Ich habe keine Ahnung, wie er an meine Nummer gekommen ist, aber da ist ein Kollege aus Wiesbaden. Ein Herr Rünzig. Und er möchte unbedingt mit Leah Gabriely sprechen. Im letzten Telefonat wurde er dann ein bisschen ausfallend und sagte, Frau Gabriely solle ihren – ich zitiere – *Arsch* umgehend nach Wiesbaden schaffen.«

Leah lief rot an. Die Farbe erreichte an Intensität fast jenes Rot des »Anruf nicht annehmen«-Buttons auf ihrem Smartphone. Irgendwie war Horndeich froh, dass sich auf Leahs Gesicht jetzt etwas anderes zeigte als diese weiße Blässe.

»Danke, Silvia«, sagte Horndeich. Dann sah er Leah an. »Da wir es ja offensichtlich mit ein und demselben Täter zu tun haben, denke ich, wir sollten die Ermittlungen an einem Ort bündeln. Wärst du damit einverstanden, dass wir die Zentrale hier in Darmstadt einrichten?«

Leah nickte nur. Das Rot war inzwischen einem Rosé gewichen.

»Gut. Wenn dein Kollege sich in Wiesbaden so aufregt,

frage ich unseren Präsi, ob er das nicht mit seinem Wiesbadener Kollegen auf Augenhöhe abklären kann. Dann sollte Rünzig dich wohl erst mal in Ruhe lassen.«

Es war Horndeich gar nicht aufgefallen, dass er Leah nun auch zum ersten Mal geduzt hatte.

»Das ist nicht dein Ernst?« Chiara hatte sich vom Sofa erhoben und lief quer durch den Raum. Dann blieb sie stehen, sah Horndeich an, der immer noch saß.

»Doch, Chiara. Ich muss dich das fragen. Weißt du, ob dein Mann pädophile Neigungen hatte?«

»Steffen! Vor drei Tagen ist mein Mann ermordet worden. Er ist ein Opfer. Er ist kein Täter!«

Eine sinnlose Diskussion. Natürlich war Chiaras Mann ein Opfer. Er war Opfer seines Mörders geworden. Und dennoch änderte das überhaupt nichts daran, dass jedes Opfer auch ein potenzieller Täter gewesen sein könnte.

»Wie kannst du es auch nur wagen, mir eine solche Frage zu stellen?« Die Lautstärke von Chiaras Stimme hatte den üblichen Pegel einer Unterhaltung inzwischen deutlich hinter sich gelassen. Horndeich fühlte sich an die LED-Lautstärkeanzeige seines ersten Kassettenrekorders erinnert. Gelb war grenzwertig, rot definitiv übersteuert. Und Chiara erreichte gerade zumindest den ersten kleinen Leuchtfreund in roter Farbe.

Auch Horndeich erhob sich jetzt. »Chiara, du möchtest, dass wir den Mörder deines Mannes finden? Dann darf ich keine Scheuklappen aufhaben. Und ich habe nicht gesagt, dass dein Mann solche Neigungen *gehabt hat,* sondern ich *frage* dich. Hat er?«

Chiara schwieg, sah Horndeich aber nicht an. Dafür verschränkte sie die Arme vor der Brust.

»Versetze dich ganz kurz einmal in meine Lage, Chiara. Zwei Todesopfer. Beide mit derselben Waffe und damit wahrscheinlich vom selben Täter erschossen. Die beiden kannten sich nicht. Und es gibt keine Gemeinsamkeit zwischen den beiden. Aber der eine hat eine formidable Sammlung an Kinderpornos. Würdest du dich nicht fragen, ob das zweite Todesopfer sich nicht vielleicht auch auf diese Art für Kinder interessiert hat?«

Chiara sah Horndeich mit giftigem Blick an. »Gut. Ich werde deine Frage beantworten: Nein. Hat er nicht. Und da bin ich hundertprozentig sicher. Mein Gott, Steffen, wir sind seit zwanzig Jahren eine Familie. Eine Familie, die auf engstem Raum zusammenlebt und das Leben wirklich miteinander teilt. Wir haben drei Kinder zusammen. Alle drei sind wohlgeraten, ohne psychischen Knacks. Wenn Ludwig sich an unseren Kindern vergangen hätte, dann hätte ich das ja wohl mitbekommen. Und wenn ich es nicht gleich gesehen hätte, dann hätte ich die Konsequenzen mitbekommen. Du kennst uns doch!« Beim letzten Satz hatte sie jede einzelne Silbe betont.

*Nein, ich kenne euch nicht,* dachte Horndeich. Er hatte in seiner Laufbahn nun schon einige Menschen gesehen, die anderen etwas Böses getan hatten. Und er war oft überrascht gewesen, wer letztendlich tatsächlich einem anderen das Lebenslicht ausgelöscht hatte. *Kennen, kennen tun wir einen anderen Menschen in Wirklichkeit immer nur ein bisschen.* Horndeich fragte sich außerdem, weshalb Chiara die Frage nach der Pädophilie sofort auf die eigenen Kinder bezogen hatte. Er hakte an dieser Stelle nicht nach. Zumindest für den Moment nicht. »Danke. Danke für deine Antwort.«

Chiara setzte sich wieder, wenngleich der Abstand zu Horndeich jetzt deutlich größer war als vor dieser Frage.

Horndeich wusste, dass er mit der nächsten Frage die soeben geglätteten Wellen mit einer Böe wieder auffrischen würde. »Hatte Ludwig noch einen anderen Computer? Oder hatte er noch ein anderes Handy?«

Chiaras Stimme war leise, als sie antwortete. Ihr Tonfall wirkte wie Säure, die das Trommelfell verätzen wollte: »Du meinst einen anderen Rechner, auf dem er seine Kinderficker-Bilder versteckt hat? Ja, unten im Keller. Ich hab mich schon gefragt, weshalb er da unten drei Rechner braucht, ein Sicherheitsschloss an der Kellertür angebracht und überall Nacktbilder unserer Töchter aufgehängt hat.«

»Ich interpretiere das mal als ein Nein«, sagte Horndeich und fuhr fort, ohne kaum Luft zu holen: »Wir müssen rausfinden, wo der Zusammenhang oder die Gemeinsamkeit zwischen Ludwig und dem Opfer aus Wiesbaden liegt. Dazu muss ich einfach noch mehr über deinen Mann aus der Zeit wissen, bevor ihr euch kennengelernt habt.«

»Ich habe schon gesagt, dass das nie ein Thema zwischen uns war. Er kam aus der Ecke von Stuttgart, er hat Abitur, er hat Zivildienst gemacht, an einer Musikschule gelernt und danach an einer anderen Musikschule unterrichtet.«

»Was ist mit Ludwigs Eltern? Leben sie noch? Und wenn ja, wo?«

»Ludwigs Eltern sind gestorben, bevor wir uns kennengelernt haben. Das war etwas, was Ludwig auch mit an mich gebunden hatte: Er wollte eine Familie gründen. Er wollte eine Familie haben. Das waren auch meine Wünsche, und wir waren beide alt genug, um zu wissen, dass wir damit nicht noch zehn Jahre warten wollten. Deswegen ging es mit uns ja auch so schnell.«

»Wo ist Ludwig zur Schule gegangen? Wo hat er sein Abitur gemacht, wo Zivildienst?«

»Wir haben nie viel darüber gesprochen. Einen Moment, Steffen, ich bin gleich wieder da«, sagte Chiara, stand auf und verließ den Raum. Die LEDs bewegten sich inzwischen wieder ausschließlich im unteren Bereich des grünen Balkens.

Zwei Minuten später kam sie mit einer schwarzen Mappe aus Leder in der Hand zurück. »Das ist sein Leben vor unserer Zeit«, sagte sie und setzte sich neben Horndeich aufs Sofa. »Seine Dokumentenmappe.«

Sie reichte Horndeich den edlen Hefter.

»Darf ich?«, fragte Horndeich, bevor er ihn öffnete. Chiara nickte.

Er legte die Mappe auf den Couchtisch vor sich ab. Das erste Dokument war eine Kopie der Geburtsurkunde. Ludwig William Franziskus Daunberg war am 3. März 1962 um 12.05 Uhr im Marienhospital in Stuttgart geboren worden. Die Eltern hießen Peter und Petra.

»Hat Ludwig dir erzählt, wie er zu seinen beiden anderen Vornamen gekommen ist?«

»Nein. Von Franziskus wusste ich bis gerade eben gar nichts.«

Horndeich blätterte weiter. Das nächste Dokument war bereits das Abiturzeugnis aus dem Jahr 1981. Es war ausgestellt vom Karlsgymnasium, ebenfalls in Stuttgart. Ludwig hatte das Abi mit einem Schnitt von 2,3 absolviert. Aber es war vermerkt worden, dass er seit der fünften Klasse im Schulorchester aktiv war und sich dort durch hervorragende Leistungen hervorgetan hatte. Dementsprechend waren auch die Musikkurse alle mit Bestnoten bewertet worden inklusive der Abiprüfung.

Es folgte die Bescheinigung des Zivildienstes. Das nächste Schriftstück war bereits der Abschluss an der Hochschule für Musik in Stuttgart, 1987. Abschlussnote 1,0.

Es folgte nur noch eine einzige Urkunde, ein Arbeitszeugnis der Osternau-Musikschule in Reutlingen, unterzeichnet von Giselher Osternau, dem Direktor der Schule. Horndeich überflog es. Es entsprach genau dem, was er erwartet hatte: Ludwig Daunberg war ein ausgezeichneter Musiker gewesen. Außerdem war er hervorragend in der Lage gewesen, sein Wissen sowohl theoretischer als auch praktischer Natur anderen zu vermitteln. Das Zeugnis war ausgestellt worden am 6. August 1995.

Danach folgten die Heiratsurkunde mit Chiara und die Geburtsurkunden von Nicola, Leonora und Gerald.

Das nächste Dokument wird die Sterbeurkunde von Ludwig sein, dachte Horndeich bitter.

»Möchtest du die Mappe mitnehmen?«, erkundigte sich Chiara.

»Nein, nicht nötig. Ich fotografiere die Seiten gerade ab, das sollte genügen.« Horndeich zückte das Handy.

Der Abschied von Chiara fiel bei Weitem nicht mehr so herzlich aus wie vor diesem Gespräch. Aber damit konnte Horndeich leben.

# TOBIAS IV

Ich erinnere mich noch genau daran, wie das war, als ich nach der Schule zu Wanja gegangen bin und das mit Mathe nicht kapiert hatte. Da hat er mir ganz toll geholfen. Seitdem bin ich in Mathe ein richtiges Ass.

Aber das mit dem Sport, das kriege ich einfach nicht gebacken. Frau Sylter, unsere Sportlehrerin, die hat gesagt, dass bald Bundesjugendspiele sind. Zuerst hat sie gesagt, Reichsjugendwettkämpfe und dabei so komisch gegrinst. Egal, ich bin bei uns der Kleinste von den Jungs und auch der Langsamste. Und es gibt auch nur fünf Mädchen, die noch lahmer sind als ich. Und dann dieser bescheuerte Weitsprung. Entweder springe ich zu spät ab, dann gilt der Sprung nicht, oder ich springe viel zu früh, und dann ist das, was zählt, viel zu kurz. Ich hasse das!

Doris hat wieder gekocht, sie isst heute Mittag sogar mit uns zusammen. Nach dem Mittagessen geht sie wieder. Zu ihren Freundinnen, wie Wanja immer sagt. Nach dem Essen legen wir uns wieder eine halbe Stunde hin zum Mittagsschlaf. Wanjas Hand liegt die ganze Zeit auf meinem Hintern. Das macht er inzwischen bei jedem Mittagsschlaf.

Nach dem Mittagsschlaf, als ich meine Hose anziehen will, sagt er, das solle ich lassen. Als ich ihn frage, weshalb, sagt er, dass ich wieder stinken würde. Irgendwie tue ich das wohl immer öfter. Es vergeht kaum ein Tag, an dem wir nicht gemeinsam duschen. Er sagt nur: »Komm.«

Er geht vor ins Bad, und in der Hand hat er ein Zentimetermaß. Also so eins, das man ausrollen kann.

»Zieh dich aus«, sagt er.

Das ist ja jetzt nichts Besonderes mehr für mich. Also tue ich es.

Aber Wanja, er ist heute irgendwie anders. Und auch sein Ding, es hängt nicht wirklich.

»Ich kann dir sagen, ob aus dir ein starker Mann wird.«

Aha. Ich muss wieder an diesen blöden Liebesfilm denken, den ich mit Mama zusammen geguckt habe. Da konnte sie mir auch Dinge sagen, bei denen es mir ein Rätsel war, woher sie das wusste.

»Streck mal deinen Arm aus«, sagt Wanja.

Ich strecke den Arm, und Wanja legt das Maßband um die Muskeln meines Oberarms.

Er sagt nichts, dann kniet er sich vor mich und misst meine Oberschenkel. Danach meine Waden. Dann misst er die Länge meiner Beine, wobei er natürlich oben auch an mein Ding stößt.

»So, jetzt mach ihn groß«, fordert er mich auf. Erst kapier ich gar nicht, was er meint.

»Wenn ich dir sagen soll, ob du ein kräftiger Mann werden wirst, dann muss ich das auch messen.«

Das finde ich jetzt echt schräg. Und es ist mir richtig unangenehm. In wie viel Stunden kommt meine Mama heim? Das hab ich mich schon lange nicht mehr so gefragt.

»Komm, wir gehen duschen«, sagt er. Und verschwindet in der Duschkabine. Das Zentimetermaß lässt er einfach fallen.

Als wir unter der Dusche stehen, fragt er mich nochmals, ob ich wissen will, ob ich ein kräftiger Mann werde. Klar will ich das wissen.

Es ist ganz komisch. Ich mag seine Hand dort nicht. Aber irgendwie fühlt es sich auch nicht ganz schlecht an. Aber ich fühle mich schlecht. Und auch sein Ding… In diesem Moment frage ich mich nur, ob meins auch mal so groß werden wird.

Auch als er sich anzieht, hängt sein Ding immer noch

nicht. Ich bin froh, als wir kurz darauf endlich aus dem Badezimmer raus sind.

Wanja hat das Schachspiel nicht aufgebaut. Er sitzt neben mir, eine Hand ruht auf meinem Oberschenkel. »Du wirst sicher über einen Meter achtzig groß. Ich kann das ausrechnen, denn das Verhältnis von deinem Bizeps zu deinen Oberschenkeln und deinen Waden, das steht in direktem Verhältnis zu deinem … wie wollen wir ihn eigentlich nennen?«

Meine Lehrerin hat immer von Penis gesprochen. Ich selbst nenne ihn Pimmel. Auch kein schöner Name. Frenzel sagt immer Schwanz. Und Mama … ich glaube, die hat gar kein Wort dafür. Was auch nicht sein kann, denn sie und Papa haben mich ja gemacht. Also muss Papa ja mit seinem … ich mag überhaupt nicht weiter darüber nachdenken. Und ich mag auch keinen Namen. Und überhaupt – das hier ist alles so komisch! Komisch und doof.

Ich sage nichts, aber Wanja nimmt plötzlich die Hand von meinem Oberschenkel. Dann steht er auf, geht an den Schrank und holt das Schachspiel raus.

Ich glaube, ich hab mich noch nie so sehr auf ein Schachspiel gefreut wie heute.

# DONNERSTAG, 9. JUNI

Der Schöne Weg in Reutlingen machte seinem Namen alle Ehre. Er schmiegte sich in den Anstieg zur Achalm, die kleine schwäbische Stadt lag einem zu Füßen.

Giselher Osternau hatte Leah und Horndeich ins Wohnzimmer gebeten. Von der gemütlichen Sitzecke aus hatten die beiden einen fantastischen Blick über die Dächerwelt der Stadt.

»Sie sagten, Sie hätten einige Fragen an mich wegen Ludwig Daunberg«, eröffnete der Hausherr das Gespräch. Horndeich hatte schon erfahren, dass dessen Frau eine Bekannte besuchte und sie daher ungestört waren. Osternau sah Horndeich an. »Es ist sehr lange her, dass ich diesen Namen gehört habe.«

»Herr Daunberg hat in Ihrer Musikschule gearbeitet bis vor zwanzig Jahren.«

»Ja. Das ist richtig. Ich hätte jetzt nicht mit einer Jahreszahl dienen können, aber ich erinnere mich an ihn. Er war ein guter Lehrer.«

»Wie lange hat er bei Ihnen gearbeitet?« Horndeich wusste das natürlich. Die genauen Angaben standen im Arbeitszeugnis. Dennoch wollte er wissen, wie gut sich Osternau an den ehemaligen Angestellten erinnerte.

»Das war schon eine ganze Zeit. Sieben Jahre, acht oder neun? So genau weiß ich es nicht mehr. Warum fragen Sie mich das? Was ist mit Ludwig Daunberg? Hat er irgendetwas ausgefressen?«

»Wie kommen Sie darauf?«, schaltete sich nun auch Leah in das Gespräch ein.

»Na ja, wenn die Kriminalpolizei zweihundert Kilometer fährt, nur um mit mir über Ludwig Daunberg zu sprechen – was liegt da näher?«

Horndeich sah sich um. Hier lebte ein Musiker, daran gab es keinen Zweifel. Das Wohnzimmer maß sicher vierzig Quadratmeter. Und Horndeich hatte den Eindruck, dass es genau denselben Inhalt hatte wie auch jenes des Direktors der Hochschule für Musik in Darmstadt. Nur dass dieser für all seine Utensilien dort nur etwa sechzehn Quadratmeter zur Verfügung hatte. Drei Gitarren standen in Gitarrenständern, zwei Klarinetten daneben, ebenfalls auf den passenden Ständern. Und in einer anderen Ecke des Zimmers war sogar ein Kontrabass geparkt. Es fehlte der Flügel, doch ein etwas zierlicheres Klavier an der einen Wand übernahm dessen Job.

Leah hatte sich Zeit gelassen mit einer Antwort. »Es könnte ja auch sein, dass er Opfer eines Verbrechens geworden ist.«

»Nun, wenn seine Wohnung ausgeraubt worden wäre, dann wären Sie kaum persönlich hergefahren.«

»Ludwig Daunberg ist ermordet worden. Und wir untersuchen die Umstände seines Todes.«

»So«, konstatierte Osternau.

Diesen Kommentar empfand Horndeich als recht knapp. Als Osternau nicht von selbst weitersprach, sagte er: »Können Sie uns denn etwas über Ludwig Daunberg sagen?«

»Herr Horndeich, das ist so lange her.«

»Gab es vielleicht irgendwelche Episoden, an die Sie sich heute noch erinnern? Dinge, die ungewöhnlich waren? Konflikte?«

»Herr Horndeich, da erinnere ich mich an überhaupt nichts. Daunberg war völlig unauffällig. Das Einzige, woran ich mich wirklich spontan erinnere, ist, dass er wirklich ein fantastischer Musiker war. Und er hatte ein didaktisches Händchen.«

»Wie groß war Ihre Schule damals? Wie viel Schüler unterrichteten Sie? Oder wie viele Klassen?«

»Ich habe die Schule vor vierzig Jahren gegründet. Damals habe ich das Haus von meinem Vater geerbt. Also nicht dieses hier, sondern das Haus, in dem die Musikschule ihren Sitz hatte – und heute noch hat. Uns gehörte dieses Gebäude in der Wilhelmstraße bereits seit über drei Generationen, mitten in der Stadt, fantastisch gelegen. Als mein Vater starb und ich das Haus als einziger Sohn erbte – meine Mutter war damals schon zwei Jahre tot –, dachte ich: Jetzt oder nie. Mein Vater hatte mir auch noch etwas Vermögen hinterlassen. Das habe ich alles in die Schule gesteckt. Anfangs war ich nicht wählerisch, ich unterrichtete Klavier, Gitarre und Klarinette, die Instrumente, die ich von Kindesbeinen an gespielt hatte. Dann stieß Susanne zu mir, heute meine Frau. Und mit ihr kamen die Instrumente Saxofon und Fagott dazu. Es war genug Platz im Haus, sodass wir expandieren konnten. Fünf Jahre später hatten wir bereits fünf angestellte Lehrer. Es lief prima. Auch unter den Kollegen. Es ist etwas abgedreht, aber es trifft zu: Wir waren wie eine Familie. Unser Ruf war so gut, dass unser Einzugsgebiet bis nach Stuttgart reichte, nach Göppingen und Ulm. Wir hatten vor allem Lehrer, die gut mit Kindern umgehen konnten, das hat letztlich unseren Ruf begründet. Und da passte Ludwig Daunberg natürlich hervorragend rein. Wir hatten Musikklassen für die Grundlagen, Kleingruppen für die Instrumente, und wer es sich leisten konnte, bekam natürlich auch Einzelunterricht. Daran hat sich bis heute nicht viel geändert. Über zehn Lehrer unterrichten heute an der Schule. Meine Frau und ich haben uns vor fünf Jahren komplett aus dem operativen Geschäft herausgezogen. Wir haben einen Schulleiter eingestellt, und das funktioniert auch hervorragend.«

»Wissen Sie noch, wie Ludwig Daunberg an Ihre Schule gekommen ist?«

»Nein, ich erinnere mich natürlich nicht genau. Wir haben

damals einige Anzeigen geschaltet, und ich denke, er hat sich darauf beworben.« Osternau runzelte kurz die Stirn. »Nein, jetzt erinnere ich mich wieder genau. Daunberg hatte damals gerade seinen Abschluss an der Hochschule für Musik in Stuttgart gemacht. Sein Professor war ein Bekannter von mir, und er hat mir Daunberg direkt empfohlen.«

»Wissen Sie, ob er eine feste Freundin hatte?«

Osternau zögerte kurz. Dann sagte er: »Er war nur ein Lehrer an meiner Schule. Über sein Privatleben wusste ich nicht viel.«

»Gerade sagten Sie noch, Sie wären alle wie eine große Familie gewesen. Weiß man nicht, mit wem die anderen Familienmitglieder befreundet sind?«, hakte Horndeich etwas schärfer nach.

»Mein Kollege Horndeich«, warf Leah ein, »er ist zum Beispiel verheiratet. Und er hat zwei Kinder. Und er ist noch nicht mal ein Kollege, mit dem ich schon lange zusammenarbeite.«

Soweit Horndeich wusste, lebte Leah allein. Dass sie so gut über seine Familienverhältnisse informiert war, überraschte ihn zwar nicht, aber er war sich sicher, dass er mit ihr darüber noch nicht gesprochen hatte.

»Was verlangen Sie von mir? Ich kann Ihnen doch nur das sagen, woran ich mich erinnere. Und nein, ich erinnere mich nicht daran, ob Ludwig Daunberg eine Freundin gehabt hat.«

Horndeich hatte den Eindruck, dass sie konkreter werden mussten. »Wenige Tage vor Ludwig Daunberg ist in Wiesbaden ein weiterer Mann ermordet worden. Sowohl er als auch Ludwig Daunberg sind mit derselben Waffe erschossen worden.«

»Und was ist jetzt Ihre Frage an mich?«, sagte Osternau nach wenigen Sekunden Pause.

»Herr Osternau, Sie haben Ludwig Daunberg ein fantastisches Zeugnis ausgestellt. Er war ein Genie an den Instrumenten, und wenn man Ihren Worten Glauben schenken darf, gab es auf der Welt kaum einen zweiten Musiklehrer, der es so gut verstand, die Talente seiner musikalischen Schützlinge weiterzuentwickeln. Das Zeugnis klingt eher, als ob Sie es einem guten Freund geschrieben hätten als einem Ihrer Angestellten, an den Sie sich kaum erinnern können. Das passt für mich nicht zusammen.«

»Ich kann Ihnen nur das sagen, an was ich …«

Leah unterbrach ihn: »An was Sie sich erinnern. Ja, das sagten Sie bereits.«

Osternau veränderte seine Sitzposition. Er zog die Beine an, wirkte etwas verkrampfter. Und er kratzte sich kurz am Kopf.

Horndeich erinnerte sich immer noch daran, wie sie am Vortag schon fast verzweifelt versucht hatten festzustellen, ob es irgendwelche Gemeinsamkeiten zwischen Glockner und Daunberg gegeben habe. Nachdem Musikdirektor Osternau von sich aus so gar nichts Erhellendes beitragen konnte, versuchte Horndeich es mit einem Schuss ins Blaue: »Auf dem Computer des zweiten Mordopfers haben wir eine große Zahl kinderpornografischer Bilder und Videos gefunden. Ist das etwas, was vielleicht eine Verbindung zu Ludwig Daunberg sein könnte?«

Der stattliche Mann, der bis zu diesem Moment aufrecht und mit breiter Schulter auf seinem Sessel gesessen hatte, sank förmlich in sich zusammen. Er schien Horndeich wie ein gespannter Regenschirm, bei dem man die Arretierung löste und die Streben von einem Moment auf den anderen alle Spannung aufgaben. Gleichzeitig war alle Farbe aus seinem Gesicht gewichen.

Er sprach sehr leise, und auch seine Stimme schien nun die eines alten Mannes zu sein: »Von dem Moment an, als Sie mich gestern angerufen haben, hatte ich befürchtet, dass Sie mir genau solch eine Frage stellen würden. Ich habe immer gewusst, dass mich diese Geschichte irgendwann einmal einholen würde. Dann ist heute also der Tag.«

»Können Sie etwas genauer werden?«, fragte Leah. Es war das erste Mal, dass Horndeich den Eindruck gewann, dass sie ihre ausgeglichene Art und ihre stoische Ruhe verlieren könnte. Auch Horndeich hatte die vergangene Nacht nicht wirklich gut geschlafen. Er war immer wieder aufgewacht, und in dieser dünnen Sphäre zwischen Schlaf und Wachsein hatten sich immer wieder Ausschnitte der Bilder und Videosequenzen eingeschlichen, die er gestern Vormittag hatte sehen müssen.

»Nein, Ludwig Daunberg hatte keine Freundin. Ich habe mich manchmal gefragt, weshalb nicht. Er war ein gut aussehender Kerl, er hatte Charme, Esprit. Tja, und dann kam dieser Samstag. Vor gut zwanzig Jahren. Ich wohnte damals schon mit meiner Frau in dieser Wohnung hier, und ich wollte an einem Sonntagvormittag ein wenig Klarinette spielen. Aber ich hatte keine Blättchen mehr für das Mundstück. Und in der Musikschule haben wir natürlich immer einen großen Vorrat. Also hatte ich mich entschlossen, dorthin zu fahren. Mit dem Fahrrad, ich erinnere mich noch genau. Als ich die Schule übernommen hatte, war eine der ersten Investitionen sehr gut isolierende Fenster, verstellbare Jalousien und eine gute Klimaanlage gewesen – ganz einfach deshalb, um die Temperaturschwankungen so gering wie möglich zu halten. Wir hatten damals bereits drei Klaviere und einen Flügel. Und wenn Sie die alle drei Monate nachstimmen müssen, weil der Sommer so heiß war oder der Winter so kalt, dann rechnet sich so was ganz schnell. Und ich erinnere mich noch genau, dass ich mich gewundert habe, wieso an zwei Fenstern die Jalousien heruntergelassen waren – und das im Herbst, nachdem wir gefühlt drei Wochen lang die Sonne nicht mehr gesehen hatten.

Ich betrat die Musikschule, stieg hinauf in den zweiten Stock, in dem sich der Raum befand, in dem unter anderem eben der Vorrat an Klarinettenblättchen gestapelt war. Es war Sonntagvormittag. Ich ging nicht davon aus, dass irgendjemand in der Schule wäre. Deshalb klopfte ich selbstverständlich auch nicht an, als ich die Tür zu diesem Raum öffnete. Und das Bild, das sich mir bot, verfolgt mich bis heute. Daunberg saß auf einem Stuhl. Auf seinem Schoß einer unserer Schüler – und beide hatten keine Hosen an. Sie wissen, was ich meine. Also, da spielte sich keine Szene ab, wie Sie sie auf Ihren Bildern und Videos gesehen haben mögen. Sie saßen halt beide da, hatten eine Erektion, und die jeweiligen Hände waren …« Osternau hörte auf zu sprechen, und Leah beendete den Satz: »… beim jeweils anderen.«

Osternau nickte nur.

»Was haben Sie getan?«, wollte Leah wissen. »Haben Sie die Polizei gerufen?«

Osternau schüttelte den Kopf. »Ich war wie vor den Kopf gestoßen. Ich schloss die Tür und öffnete sie dreißig Sekunden später wieder. Da waren dann beide angezogen, und jeder saß auf seinem Stuhl. Ich hätte mir in diesem Moment einreden können, ich habe überhaupt nichts gesehen, meine Sinne wären überreizt gewesen – und alles wäre beim Alten geblieben. Aber das konnte ich nicht. Ich musste handeln.«

»Ich nehme an, Sie haben die Polizei nicht gerufen?«

»Das habe ich auch nicht. Dem Jungen, einem unserer besten Schüler, liefen jetzt Tränen die Wangen hinunter. Ich sagte zu Daunberg, er solle bitte ins Sekretariat gehen und dort auf mich warten. Er ging widerspruchslos. Ich setzte mich dann auf den Stuhl, auf dem Daunberg gesessen hatte. Und dann sagte ich zu Adam – so hieß der Junge –, dass er nichts falsch gemacht hätte.« Osternau hielt inne, runzelte die Stirn, fuhr dann fort: »Nein, ich saß gar nicht auf dem Stuhl. Ich kniete mich vor ihm auf den Boden, sodass ich mit ihm auf Augenhöhe war. Und ich fragte ihn, ob er weiter Klarinette lernen wollte, aber bei einem anderen Lehrer. Adam nickte nur. Und da sagte ich ihm, dass er Daunberg nie wieder begegnen würde. Zu diesem Zeitpunkt hatte ich bereits den Entschluss gefasst, ihm fristlos zu kündigen.«

»Warum haben Sie nicht die Polizei gerufen?«, wollte Leah wissen, und Horndeich spürte die Kälte in ihrer Stimme.

»Ich konnte doch nicht ... ich wollte doch nicht ...«, stammelte Osternau.

»Sie konnten die Polizei nicht rufen?«

Osternau straffte die Schultern, richtete sich wieder ein wenig auf und sagte dann: »Nein. Das konnte ich nicht. Und ich sage Ihnen auch, warum ich das nicht konnte: Hätte ich die Polizei gerufen, hätte ich in diesem Moment meine Existenz vernichtet. Reutlingen hatte zwar auch vor zwanzig Jahren bereits über Hunderttausend Einwohner – aber eigentlich ist es ein Dorf. Jeder kennt jeden. Gute Nachrichten verbreiten sich innerhalb von Stunden, schlechte innerhalb von Sekunden. Kinderschänder in der Musikschule Osternau – solch eine Überschrift, und ich hätte dichtmachen können. Und damit wäre niemandem gedient gewesen. Ich rede jetzt nicht einmal von mir. Ich rede von meinen Angestellten, die auf der Straße gelandet wären. Ich rede von den Kindern, die keinen Unterricht mehr bekommen hätten. Ich spreche auch von Adam, wer weiß, was ihn erwartet hätte. Und natürlich rede ich auch von mir und meiner Frau, deren Lebenswerk vernichtet worden wäre. Von einem Moment auf den anderen, ohne dass wir uns auch nur das Geringste hätten zuschulden kommen lassen. Wäre das gerecht gewesen?«

War es gestern Horndeich gewesen, der beim Anblick der missbrauchten Kinder aus dem Raum hatte flüchten müssen, war es heute Leah, die sich erhob und wortlos ging. »Einen Moment bitte«, sagte Horndeich und folgte ihr. Obwohl Leah nur wenige Sekunden Vorsprung hatte, musste sie das Haus fast fluchtartig verlassen haben. Horndeich sah sie erst wieder, als er vor die Haustür trat und seine Kollegin an ihrem Wagen lehnte. Er trat auf sie zu.

»Sorry.« Mehr sagte sie nicht.

Ein paar Sekunden standen sie wortlos einander gegenüber. Auch Horndeich wusste nicht, was er sagen sollte. Er konnte Leah Gabriely sehr gut verstehen. »Ich kann da jetzt nicht mehr rein. Sonst springe ich diesem selbstgerechten Arschloch an die Gurgel.«

Das konnte sich Horndeich bei Leah zwar nicht wirklich vorstellen, aber wie sagte der Volksmund so schön: Man hatte schon Pferde kotzen sehen. Und er wollte es nicht drauf ankommen lassen.

»Kriegst du das alleine fertig?«, fragte sie mit leiser Stimme.

»Ja«, antwortete Horndeich.

»Danke.«

Eine Minute später saß Horndeich wieder im Wohnzimmer von Giselher Osternau.

»Ich habe mich in den vergangenen Jahren immer wieder gefragt, ob ich damals richtig gehandelt habe. Aber nach Abwägung aller Güter – und damit schließe ich ausdrücklich das Wohlbefinden von Adam mit ein – glaube ich tatsächlich, dass ich die richtige Entscheidung getroffen habe.«

»Wie kommen Sie darauf, dass es auch für Adam das Richtige gewesen war?«

»Herr Horndeich, er hat seinem Musiklehrer an den Schniedel gefasst und sein Musiklehrer ihm an den seinen. Dass das für das Kind keine angenehme Situation war, das habe ich in diesem Moment auch begriffen. Aber sollte der Junge deshalb keinen Unterricht mehr bekommen?«

»Doch. Bei einem anderen Lehrer.«

»Ja. Aber nicht in meiner Schule. Denn wie ich bereits sagte: Hätte ich die Polizei gerufen, hätte es die wenige Wochen später nicht mehr gegeben. Alle Eltern hätten ihre Kinder sofort von der Schule genommen.«

Horndeich hatte keine Lust, diese fruchtlose Diskussion weiterzuführen. »Was haben Sie mit Ludwig Daunberg gemacht?«

»Ich war unglaublich wütend auf ihn.«

*Das wiederum kann ich nachvollziehen,* dachte Horndeich.

»Dass er es gewagt hatte, meine Schule zu gefährden.«

Nun gut, die Wut konnte Horndeich verstehen, den Grund eher weniger.

»Als ich ins Sekretariat kam, saß er zusammengesunken auf dem Besucherstuhl und schluchzte. Er schluchzte! Er! Wenn einer Grund zum Heulen gehabt hätte, dann war das ja wohl in diesem Moment ich.«

*Oder Adam,* fügte Horndeich in Gedanken hinzu.

»Ich wollte ihm schon eine richtige Gardinenpredigt halten, da hob er den Kopf, sah mich an und sagte: *Danke.* Ich hatte keine Ahnung, wovon er sprach. Doch dann fuhr er fort und meinte sogar, es wäre gut, dass ich ihn erwischt hätte. Dass er das schon lange nicht mehr wollte und da rauswolle. Da war ich erst recht aufgebracht.«

»Hat er noch mehr dazu gesagt?«

»Er wollte. Ich hatte den Eindruck, er wollte bei mir die Beichte seines Lebens ablegen. Aber dazu hatte ich wirklich keinen Nerv. Das Einzige, was ich wünschte, war, dass er verschwindet. Auf der Stelle. Ich wollte ihn so richtig zusammenstauchen, aber er sah mich nur mit traurigem Hundeblick an. Also hab ich's mir gespart. Ich habe ihm gesagt, dass ich ihn in meiner Schule nicht mehr sehen möchte, dass ich ihn in Reutlingen nicht mehr sehen möchte, dass ich ihm ein Zeugnis schreiben werde, mit dem er sich woanders bewerben kann.«

»Ein Zeugnis? Warum haben Sie ihm solch ein Zeugnis geschrieben? Ich meine, Sie hätten es doch auch so formulieren können, dass er damit gewiss keinen Job mehr bekommt.«

»Das hatte ich ursprünglich auch vor. Aber dann habe ich ihm doch noch zugehört. Er hat gesagt, er müsse mir unbedingt etwas sagen, bevor er jetzt diesen Raum verlasse. Ich habe ihm schon klargemacht, dass ich nicht sein Beichtvater bin. Er hat nur gesagt, dass er schon seit Jahren versuchen würde, diesen Drang zu bekämpfen. Und dass er weiß, er hat nur noch diese eine Chance. Er würde sich jetzt überall in Deutschland bewerben, aber nur noch an Schulen, wo er keine Kinder unterrichten müsste. Deshalb würde er mich bitten, dass ich ihm ein gutes Zeugnis schreibe, damit er diese letzte Chance in seinem Leben noch bekommen würde. Ich bin kein Unmensch. Aber ich verschweige auch nicht meine wahre Motivation: Mit einem guten Zeugnis in der Hand hatten er und ich auch eine gute Chance, dass wir uns in diesem Leben nicht mehr begegnen würden. Und so habe ich es dann gemacht.«

»Gab es noch mehr Kinder, die Daunberg missbraucht hat?«

»Ich weiß es nicht. Bei mir hat sich nie jemand gemeldet. Auch keine Eltern. Ich weiß es wirklich nicht. Und wenn ich ehrlich bin, dann will ich es auch gar nicht wissen.«

»Dann bräuchten wir eine Übersicht aller Schüler, die von Ludwig Daunberg unterrichtet wurden und die damals unter fünfzehn waren.«

Das Lachen von Osternau war kurz und trocken. »Herr Horndeich, wenn Sie so eine private Schule betreiben, dann ist eines ganz wichtig: Effizienz. Wir müssen unsere Unterlagen zehn Jahre aufheben, das sagt das Finanzamt. Daran halten wir uns. Aber alles, was den elften Geburtstag feiert, wird sofort geschreddert. Es tut mir leid, darüber habe ich keine Unterlagen mehr.«

»Wie ist denn der Name des Schülers?«

»Adam? Ich weiß gar nicht, ob ich Ihnen den geben darf.«

»Wir können jetzt den komplizierten Weg gehen, mit richterlichem Beschluss, Hausdurchsuchung in der Musikschule und so weiter und so fort. Das Ganze können Sie sich und mir ersparen, wenn Sie mir den Namen geben.« Horndeich bluffte. Aber das wusste Giselher Osternau ja nicht.

»Kosakowski. Adam Kosakowski. Und nein, ich weiß nicht, was aus ihm geworden ist. Er war noch zwei Jahre an unserer Musikschule. Ich glaube, seine Eltern sind dann umgezogen. Aber das weiß ich nicht mehr genau.«

»Wie alt war Adam damals?«

»Neun Jahre.«

»Dann ist er jetzt neunundzwanzig?«

»Das sollte hinkommen.«

Fünf Minuten später saß Horndeich neben Leah im Auto. Horndeich fuhr, Leah schickte noch eine Nachricht an Feller, mit den wenigen Informationen, die sie über Adam Kosakowski hatten. Der Rest der Fahrt verlief dann ziemlich schweigsam.

Sie hatten gerade Heidelberg hinter sich gelassen, als Feller anrief. Horndeich schaltete das Telefongespräch auf die Lautsprecherboxen des Autos.

»Richard, was hast du für uns?«

»Ich hab euren Adam Kosakowski gefunden. Der wohnt nicht mehr in Reutlingen, aber auch nicht so weit weg in Seligenstadt.«

»Du bist schnell!«, sagte Leah anerkennend.

»Ich bin gut!«, lachte Richards Stimme aus den Lautsprechern.

»Adam Kosakowski, wo wohnt der genau? Wir könnten eigentlich gleich einen Schlenker machen.«

»Nein, könnt ihr nicht.«

»Warum nicht? Wir müssen einfach nur …«

»Kollege, glaub mir, das könnt ihr nicht. Ihr fahrt jetzt direkt zum Bismarckturm in Darmstadt. Denn dort haben Spaziergänger vor einer Stunde eine Leiche gefunden.«

»Schon wieder?«, entfuhr es Horndeich.

»Ja. Und es sieht so aus, als wäre dieser Mann ebenfalls erschossen worden.«

»Bismarckturm, sagst du? Wo ist der? Und wie kommt man dahin?«

»Ich schick dir die Koordinaten auf dein Handy. Also nicht die Koordinaten vom Turm, sondern die vom Parkplatz an der Straße. Der Turm befindet sich im Südosten von Darmstadt, genau zwischen Darmstadt und Traisa. Du siehst den Turm dann schon, er liegt östlich der Nieder-Ramstädter-Straße. Hinrich ist auch schon auf dem Weg. Er wird wahrscheinlich vor euch eintreffen.«

Das Navi schickte sie bereits in Eberstadt von der Autobahn. Sie fuhren die ausgebaute Karlsruher Straße Richtung Darmstadt. Über die Landskron- und die Klappacher Straße landeten sie schließlich auf der Landstraße Richtung Ober-Ramstadt. Schon nach einem knappen Kilometer mussten sie nach links in einen ausgebauten Waldweg abbiegen. Der führte zu einem Parkplatz. Auf dem Parkplatz standen mehrere Streifenwagen der Polizei. Ein rot-weißer Schlagbaum, der zu einem weiterführenden Waldweg führte, war geöffnet.

Ein Kollege der Schutzpolizei kam auf Horndeich zu: »Horndeich, mit Ihrem Wagen kommen Sie da nicht hoch. Aber es ist nicht weit, keine fünfhundert Meter. Nicht zu verfehlen.«

Horndeich war ein einziges Mal zu diesem Turm spaziert. Es war ein längerer Spaziergang gemeinsam mit Sandra, Stefanie und natürlich auch Che gewesen. Sandra hatte dem Hund nach der Tour vier Zecken entfernen müssen.

»Ihr habt tatsächlich einen Bismarckturm«, sagte Leah unvermittelt, als sie den Waldweg entlanggingen.

»Wie meinst du das? Gibt es in Wiesbaden auch einen Bismarckturm?«

Leah lachte. »Gewissermaßen. In Wiesbaden hätte es fast mal einen Bismarckturm gegeben. Und zwar auf der Bierstadter Höhe. Sollte auch so ein massives Monument werden wie eures. 1910 wurde zunächst ein Turm aus Holz gebaut. Den nannte man auch den Wiesbadener Eiffelturm. Sah von den Proportionen tatsächlich sehr ähnlich aus, war aber nur fünfzig Meter hoch. 1918 wurde er bereits abgebaut, da er nicht mehr stabil genug war. Den geplanten steinernen Bismarckturm hat man an der Stelle nie gebaut.«

»Aha. Und was genau ist ein Bismarckturm?« Horndeich hatte sich diese Frage nie gestellt. Es gab halt einen Bismarckturm im Darmstädter Wald, der war seines Wissens nur ungefähr fünfundzwanzig Meter hoch. Horndeich wusste auch, dass man ihn als Besucher nicht betreten konnte und dass irgendwelche Antennen auf seiner Spitze irgendwelchen Funkverkehr maßen, damals im Auftrag der Post. Heute steckte seines Wissens die Bundesnetzagentur dahinter.

»Die Idee der Bismarcktürme ging im Wesentlichen auf die deutsche Studentenschaft zurück. Die wollten solche Türme errichten, um den ehemaligen Reichskanzler Otto von Bismarck zu ehren. Zweihundertvierzig Stück wurden bis 1934 errichtet, aber es wurden auch bestehende Türme umbenannt. Heute sind davon sicher noch mehr als hundertfünfzig erhalten.«

Horndeich sah Leah erstaunt an. »Und woher weißt du das?«

Leah zuckte die Schultern. »Ich hab mich mal für unseren Eiffelturm in Wiesbaden interessiert. Und da liest man dann halt das ein oder andere.«

*Aber nicht jeder kann sich das alles merken,* dachte Horndeich.

Schließlich erreichten sie das Plateau vor dem Turm. Ein Bauzaun versperrte den Zugang. Dort waren zwei der Gitterelemente zur Seite geschoben, die so eine Öffnung freigaben. Flatterband der Polizei sperrte den Bereich noch großräumiger ab.

Horndeich zeigte sich das gewohnte Bild: Weiße Ameisen, die den Fundort der Leiche dokumentierten und alle Spuren akribisch einsammelten.

Silvia Rauch trat auf Leah und Horndeich zu. »Das Übliche. Anzüge an, und dann könnt ihr über diesen Weg zur Leiche.« Sie deutete auf einen markierten Trampelpfad. »Da haben wir schon alles erledigt, da könnt ihr keine Spuren mehr kaputt machen. Hinrich ist auch schon da.«

Noch während sie in Richtung Leiche liefen, kam Hinrich schon auf sie zu.

»Und?«, fragte Horndeich nur.

»Vier Schüsse ins Herz. Sehr ähnlich wie bei Daunberg am vergangenen Montag. Silvia hat schon ein Projektil gefunden, das ist aber gegen das Steinfundament des Turms gekracht und völlig verformt. Trotzdem: neun Millimeter.«

Unmittelbar vor dem Turm führte noch ein Treppenabsatz auf eine Art Vorhof. Der Tote lag vor den Stufen. Horndeich schätzte, dass die Leiche etwa fünfzehn Meter vom Turmeingang entfernt war. Horndeichs Blick glitt entlang des Turms nach oben. Über einem wuchtigen Sockel erhob sich der eigentliche Turmschaft. Darauf noch ein Aufbau, darüber ein gewölbeartiger Turmkopf. Und dann das Zeichen der Moderne: die riesige Antennenanlage.

Horndeich trat auf die Leiche zu. Er hatte den Toten noch nicht erreicht, da verlangsamte er den Schritt.

Leah bemerkte das sofort. »Was ist?«

Horndeich ging behutsam weiter. »Ich glaube, den kenne ich.«

»Wer ist der Mann?«

Horndeich ließ sich neben der Leiche in die Hocke sinken. »Verdammt«, flüsterte er. Dann sah er zu Leah auf. »Das ist Charlie Patras. Der Erzieher meiner Tochter, also aus dem Kindergarten.«

Der Mann auf dem Boden war keine dreißig Jahre alt. Er hatte volles dunkelblondes Haar, das er am Hinterkopf mit einem Haargummi zusammengebunden hatte. Er trug Turnschuhe, eine Jeans, ein Karohemd, darüber eine leichte Sommerjacke in blauer Farbe.

»Mist!«

»Hast du ihn gut gekannt?«, fragte Leah.

Horndeich nickte nur. Ja, er hatte Charlie ganz gut gekannt.

Charlie war der Star im Kindergarten. Alle Kinder himmelten ihn an. Und Horndeich hatte immer den Eindruck gehabt, seine Tochter wäre die Vorsitzende des Fanclubs. Er hatte Charlie ein paarmal beobachtet, wie er mit den Kindern umging. Das letzte Mal, als er Stefanie etwas früher hatte abholen müssen, schon zur Mittagszeit. Die Kleinen waren gerade bei der Raubtierfütterung, also beim Mittagessen gewesen. Stefanie hatte ihrem Papa schon vorher von den zwei Regeln erzählt: »Was man sich auf den Teller nimmt, das isst man auf«, lautete die erste. Und die zweite: »Erst wenn der Teller leer gegessen ist, kann man sich noch einen Nachschlag nehmen.« Als Stefanie ihren Papa gesehen hatte, war sie aufgesprungen und wollte sofort zu ihm rennen. Charlie hatte sie abgefangen, sie wieder zu ihrem Stuhl geleitet und nur gesagt: »Regel Nummer eins.« Leise, deutlich. Stefanie hatte kurz zu ihrem Vater gesehen, und Horndeich hatte genickt. Er würde die Einhaltung dieser Regel ganz bestimmt nicht torpedieren.

Horndeich hatte Charlie auch einmal auf dem Schlossgrabenfest gesehen, dem großen, viertägigen Musikfestival in der Innenstadt von Darmstadt. Charlie hatte mit einer weiblichen Begleitung auf der kleinsten Bühne gespielt, die zumeist Liedermachern vorbehalten war. Charlie hatte Gitarre gespielt, seine Begleiterin einen Kontrabass, und gemeinsam hatten sie gesungen. Horndeich hatte noch gedacht, dass beide sehr schöne Stimmen hatten, die Lieder für seinen Geschmack jedoch ein klein wenig zu melancholisch waren.

Und nun hockte er hier neben dem toten Erzieher und Musiker. Sehr viele Berührungspunkte hatten sie nicht gehabt. Aber in diesem Moment merkte Horndeich, dass ihm der Mann richtig sympathisch gewesen war. Und er hatte keine Ahnung, wie er das, was er hier sah, seiner Tochter erklären sollte.

Silvia Rauch trat wieder auf sie zu. »Wir haben ihn schon identifiziert, sein Name ist …«

»Charlie Patras«, vollendete Horndeich.

»Du kennst ihn?«

Als Horndeich nicht gleich antwortete, übernahm das Leah. »Er ist der Erzieher seiner Tochter. Also er war es.«

»Oh. Das tut mir leid.«

Leah stand auf. »Haben Sie irgendwas bei ihm gefunden?«

»Ja. Die Brieftasche, darin Personalausweis, Führerschein und so weiter. Und auch seinen Schlüsselbund. Er wohnt im Lucasweg 6. Ist ganz in der Nähe der Mathildenhöhe«, erklärte sie der Wiesbadener Kollegin. »Wenn wir hier fertig sind, fahren wir direkt in die Wohnung.«

»Haben Sie ein Handy gefunden?«

»Nein. Er hatte keins dabei.«

»Vielleicht hat der Mörder es mitgenommen.«

»Wahrscheinlich. Wer geht heute noch ohne Handy aus dem Haus?«

Nachdem Silvia Rauch wieder zu ihren Kollegen gegangen war, sagte Horndeich zu Leah: »Könntest du mit in die Wohnung fahren? Dann fahre ich mit Hinrich nach Frankfurt.«

»Klar, kann ich machen.«

»Danke.«

»Du willst dort auf keine Angehörigen treffen, nicht wahr?«, schlussfolgerte Leah.

»Ja. Du hast es erfasst.«

Charlie Patras' Wohnung lag in einem der oberen Stockwerke des Hauses. Bereits bevor Silvia Rauch den Schlüssel ins Türschloss steckte, hatten sie sich wieder alle in weiße Ameisen verwandelt.

Silvia öffnete die Wohnungstür, einer ihrer Kollegen begann sofort, den Flur zu fotografieren. Leah betrat die Wohnung. Der kleine Flur führte zu vier weiteren Türen. Die Aufteilung der Wohnung erinnerte sie an die Wohnung von

Helmut Glockner: ein Schlafzimmer, ein Wohnzimmer, eine Küche und ein Bad.

Die innen liegende Küche war nicht groß. Auf der Arbeitsplatte in der Küche stand ein Gerät mit zwei Induktionskochplatten. Daneben befand sich eine ziemlich große Mikrowelle. Kein Herd, keine Geschirrspülmaschine. Aber ein frei stehender hoher Kühlschrank mit großem Eisfach. Leah warf einen Blick hinein. Patras war definitiv ein Freund von Fertiggerichten gewesen. Sie sah sich den Rest des Küchenequipments an. Drei Töpfe, ein Wasserkocher, drei Teekannen, ein bisschen Besteck, im Vorratsschrank sechs Beutel mit Nudeln, acht Gläser mit Fertigsoße, der Brotschrank war leer. Hier wohnte eindeutig ein Single. Keine Frau anwesend.

Leah ging weiter ins Bad. Es war winzig. Eine Duschkabine neben der Toilette, ein Waschbecken und ein Badschrank, mehr hätte auch nicht hineingepasst. Auf der Ablage unter dem Spiegel stand ein Becher mit einer Zahnbürste darin. Deren Zustand zeigte, dass Patras offensichtlich nach dem Motto lebte: »Deine Zahnbürste, ein Freund fürs Leben.« Daneben ein Trockenrasierer in der Akkuladestation, Deo, Zahnpasta – und das war's auch schon. Das Bad glänzte zwar nicht wie in einem Möbelprospekt, aber es war sauber.

Das Erste, was Leah im Schlafzimmer auffiel, waren zwei Poster über dem Bett. Das erste Poster war ein Nachdruck des Original-Filmplakats von *Krieg der Sterne* aus dem Jahr 1977. Das Poster daneben war im Format etwas kleiner. Es zeigte einen Mann, der der Welt den Stinkefinger zeigte, darunter der Slogan: *Fuck FBI.* In der freien Hand hielt der Mann einen angebissenen Apfel. Es handelte sich aber nicht um eine Frucht, sondern um das Emblem des kalifornischen Computerherstellers Apple. Sie kannte sich nicht wirklich gut aus mit Computern. Aber dass das FBI jüngst einen Konflikt mit dem Computerhersteller gehabt hatte, nachdem dieser sich geweigert hatte, sie dabei zu unterstützen, die Verschlüsselung eines Apple-Handys zu knacken, daran erinnerte sie sich.

Es war nur so ein Bauchgefühl, das sie sofort zum Handy greifen ließ. Sie rief Richard Feller an: »Richard, wir sind gerade mit der Spurensicherung in der Wohnung des jüngsten Mordopfers. Hier hängt so ein Poster mit der Aufschrift *Fuck FBI*. Und dann dieses Logo des Computerherstellers Apple. Irgendwas, das wir beachten sollten, wenn wir irgendwelche EDV-Geräte finden?«

»Habt ihr schon ein Gerät gesehen?«

»Ich weiß es nicht.«

»Wenn ihr eins findet, dann bitte nicht anfassen!«

»Ich sehe mal nach.« Leah beendete das Gespräch, dann ging sie ins Wohnzimmer.

Als sie den Raum betrat, sagte einer der Kollegen von Silvia Rauch: »Hoppla.«

Leah ging einen Schritt weiter und erkannte, dass er gerade einen Laptop aus einer Dockingstation gelöst hatte. Intuitiv rief Leah: »Stopp!«

»Was ist?«, wollte der Kollege wissen.

»War der Laptop gerade noch in der Dockingstation?« Leah hatte für ihren eigenen Computer, der auch nur ein Laptop war, ebenfalls eine solche Apparatur gekauft. War unglaublich praktisch. An die Dockingstation schloss man einfach einen Monitor, eine Tastatur und eine Maus an, vielleicht noch eine externe Festplatte oder den Drucker. Dann dockte man den eigenen Laptop in die Station und konnte damit arbeiten wie an einem großen Computer. Wollte man den Laptop mitnehmen, klinkte man ihn aus und steckte ihn in die Tasche. Der Kollege hatte einen Kohlestaubpinsel in der Hand, mit dem er den Laptop an einigen Stellen bepinselte.

»War der Computer an?«

Der Kollege nickte.

Leah rief wieder Richard Feller an. »Ich weiß nicht, ob es

wichtig ist. Aber einer der Kollegen hat einen Laptop aus einer Dockingstation entfernt.«

»Ist der Computer an?«, fragte Feller.

Leah gab die Frage weiter.

»Jetzt nicht mehr«, sagte der Kollege. »Als ich ihn aus der Dockingstation rausgenommen habe, wurde der Bildschirm schwarz. Da unten ist eigentlich ein Akku dran. *Eigentlich.* Hier nicht.«

Leah gab die Information an Feller weiter.

»Scheiße! Einmal mit Profis arbeiten! Einmal nur!«, brüllte der so laut ins Telefon, dass bestimmt auch die anderen im Raum es hören konnten.

Leah ignorierte Fellers Ausbruch und sagte nur: »Irgendetwas, auf das wir hier noch achten müssen?«

»Ja. Wenn ihr noch irgendetwas seht, was auch nur im Ansatz nach einem Kommunikationsgerät aussieht: Denkt nicht einmal darüber nach, es zu berühren! Wenn ihr so was findet, komme ich persönlich vorbei.«

Es gab kein weiteres Gerät, wie sie fünf Minuten später festgestellt hatten. Es gab nicht einmal ein Festnetztelefon.

Charlie Patras' Wohnzimmer war ebenfalls nicht besonders geräumig, aber es bot einen fantastischen Ausblick nach Westen in Richtung Rheinebene. Gleichzeitig hatte man vom Sofa aus einen Blick auf den Hochzeitsturm. Innen liegendes Bad, innen liegende Küche – da gab es sicher elegantere Lösungen. Aber dieser Blick entschädigte für vieles. In diesem Moment klingelte schrill und laut eine Glocke. Als wäre dies ein Signal in einem Theaterstück, verharrten alle Beamten gleichzeitig in ihren Bewegungen.

Leah sah zu Silvia Rauch, dann ging sie in den Flur, in dem eine Gegensprechanlage und ein Taster für den Türöffner angebracht waren. »Ja bitte?«, sagte Leah in das Mikrofon der Anlage.

»Ist Charlie da?« Eine weibliche Stimme.

»Kommen Sie doch bitte hoch«, sagte Leah. Dann hielt sie

kurz inne: »Einen Moment. Ich komme lieber zu Ihnen runter.« Hier in der Wohnung konnte sie im Moment ohnehin nichts Nützliches beitragen.

Sie besprach sich noch kurz mit Silvia Rauch, man würde sich später noch auf dem Revier sehen, dann verließ Leah die Wohnung.

Vor der Haustür stand eine junge Frau. Leah öffnete die Tür von innen, trat heraus und musterte sie innerhalb einer Sekunde von oben bis unten. Ihre Füße steckten in einfachen Flipflops, die ausgefransten Hosenbeine einer alten Jeans reichten bis knapp über die Knie. Sie trug eine Bluse, sehr weit aufgeknöpft, was den Blick auf den schwarzen BH freigab. In den brünetten Haaren waren einige Strähnen lila, andere grün gefärbt. Ihre Haut war eher bleich, das Gesicht mit zahlreichen Sommersprossen übersät.

Leah reichte der Frau die Hand. »Guten Tag. Mein Name ist Leah Gabriely. Ich bin von der Kriminalpolizei in ...« Eigentlich hätte sie Wiesbaden sagen wollen, auf der anderen Seite hatte sie keine Lust, dieser jungen Frau irgendetwas zu erklären. Daher beendete sie den Satz ohne eine weitere Ortsangabe.

»Kriminalpolizei? Hat Charlie was ausgefressen?«

»Nein. Darf ich fragen, wer Sie sind?«

»Ich heiße Katharina. Katharina Melker. Ich bin eine Freundin von Charlie. Also, wir machen zusammen Musik. Charlie & Cathy – vielleicht haben Sie uns ja mal irgendwo gesehen?«

Wieder ein Moment, in dem Leah hätte sagen können, dass sie eigentlich nicht aus Darmstadt stammte. Wieder ein Moment, den sie einfach verstreichen ließ.

»Was ist mit Charlie?«

»Frau Melker, ich habe eine sehr schlechte Nachricht für Sie.« Katharina Melker sah sie mit großen Augen an. Leah überbrachte solche Nachrichten niemals mit einem Satz. Sie tastete sich heran. Mit dem vorigen Satz hatte sie klargemacht, dass es im Leben von Katharina Melker in diesem Moment eine Zäsur geben würde. Katharina Melkers Körper und Geist stellten sich jetzt in Sekundenbruchteilen darauf ein, dass sie eine unschöne Nachricht empfangen würden. Diese Sekunden, so zumindest Leahs Theorie, würden ihr helfen, den kommenden Knüppelschlag besser wegzustecken. Denn der Körper war bereits darauf eingestellt.

»Was ist mit Charlie?«, wiederholte Katharina Melker, aber der Tonfall war schon ein ganz anderer. Leise, zitternd, furchtsam, ängstlich.

»Er lebt nicht mehr.« Wie oft hatte Leah darüber nachgedacht, welche die beste Formulierung für das Unvermeidliche war. *Er ist gestorben?* Ganz schlecht. Das galt nur für Menschen, die eines natürlichen Todes starben. *Er ist ermordet worden?* Auch nicht gut. Traf zwar die Tatsache, war aber die Holzhammermethode. Als Einleitung empfand sie den Satz, den sie gewählt hatte, als den passendsten. Und sie würde ihn so lange benutzen, bis ihr jemand einen besseren nannte.

»Er ist tot?«, stammelte Katharina leise.

»Ja.«

»Woran? Was ist passiert?«

Noch ein bisschen näher herantasten: »Er ist keines natürlichen Todes gestorben.« Wofür ja einiges sprach, wenn die Nachricht von einer Kriminalhauptkommissarin überbracht wurde.

»Er ist ermordet worden?«

Leah nickte nur. »Können wir irgendwo hingehen, wo wir miteinander reden können?«, wollte Leah nun wissen.

Katharina Melker nickte nur. Sie drehte sich um und ging. Leah folgte ihr. »Da vorne sind ein paar Bänke«, sagte Katharina Melker. »Mit ein bisschen Glück ist eine frei.«

Sie gingen über die schachbrettartige Terrasse vor dem Hochzeitsturm, über den Sandboden vor dem Ausstellungsgebäude und dann an der Russischen Kapelle vorbei. Eine der weißen Bänke an der Mauer zum Platanenhain war unbesetzt. Katharina Melker ließ sich darauf fallen. Leah setzte sich neben sie.

»Was ist mit Charlie passiert?« Noch bevor Leah antworten konnte, fügte Katharina hinzu: »Sagen Sie mir bitte die Wahrheit. Wenn ich etwas nicht verkraften kann, dann sind es Lügen. Lügen sind noch viel schlimmer als die bestialischsten Wahrheiten.«

Leah nickte. Eine Einstellung, die sie teilte. Wenn es ihr auch nicht immer gelang, das für sich selbst zu leben. »Es sieht so aus, als habe jemand Charlie Patras erschossen.«

»Erschossen?«, echote Katharina Melker tonlos.

»Wir wissen im Moment noch überhaupt nichts über Charlie Patras. Hatte er Familie? Wo wohnen seine Eltern? Hatte er eine Freundin? Hatte er Kinder?« Vielleicht waren das auch zu viele Fragen auf einmal.

Doch Katharina Melker antwortete sehr präzise: »Seine Eltern leben noch. Irgendwo im Taunus. Ich kenne die Adresse nicht. Das Verhältnis zu seinen Eltern ist auch nicht besonders gut. Er hat einen Bruder, aber der ist, glaube ich, fünfzehn Jahre älter. Charlie war ein Versehen. Ein Versehen von Eltern, die sich eigentlich trennen wollten. Wo der Bruder lebt, weiß ich nicht. Sein Name ist Rudolf, wenn ich mich richtig erinnere. Und nein, er hat keine Freundin und er hat auch keine Kinder. Beides wünscht er sich, aber es hat noch nicht geklappt.«

Katharina Melkers Stimme war so voller Wärme, dass Leah nicht verstand, wieso diese junge Frau nicht die Freundin von Charlie war. Als ob Katharina Melker die Frage gespürt hätte, fügte sie noch an: »Er mag mich sehr. Ich glaube, am Anfang war er auch sehr verliebt in mich. Aber ich stehe halt mehr auf Frauen. Ich bin mit meiner Freundin seit fünf Jahren zusammen. Das ändert aber nichts daran, dass wir fantastische Musik zusammen gemacht haben.« Das war der Moment, in dem ihre Tränen anfingen zu fließen.

»Wie lange machen Sie schon zusammen Musik?«

»Schon fünf Jahre. Jetzt sollte endlich unsere erste CD erscheinen. Früher haben wir nur fremde Lieder gecovert – also Charlie, er war ein richtig guter Arrangeur. Unsere Musik, das ist immer nur Kontrabass und Gitarre. Und Charlie, er wusste genau, wie man diese Musik spielen musste, dass sie mit unseren beiden Instrumenten völlig neue Seiten von bekannten Liedern zeigte. *Roxanne* zum Beispiel, von The Police. Er hat das Tempo völlig runtergefahren und den Bass in den Mittelpunkt des Liedes gestellt. So wie Rita Farouz, eine israelische Sängerin. Das war auch das Lied, das zu unserem Markenzeichen geworden war. Kein Konzert, auf dem wir es nicht gespielt haben. Und in den vergangenen zwei Jahren, da hat Charlie dann selbst einige Lieder geschrieben. Ich war begeistert. Er ist der, dem die Melodien zufliegen. Er erfindet das Rad nicht neu, und trotzdem hat jede seiner Melodien etwas ganz Besonderes. Die Texte, die haben wir dann meistens zusammen geschrieben. Oft hatte er ein Gerüst, und gemeinsam haben wir dann ein Tütchen geraucht und so lange am Text gefeilt, bis er richtig gut war. *Kleine Rebellin*, das war sein Lieblingslied, und so sollte auch die ganze CD heißen. Aber warum erzähle ich Ihnen das alles …«

Hinrich war nervös. So nervös hatte Horndeich ihn schon lange nicht mehr erlebt.

Er und seine Assistenten bereiteten die Obduktion vor. Der Leichnam von Charlie Patras war inzwischen entkleidet, Hinrich hatte auch schon die äußere Leichenschau abgeschlossen. Da klingelte sein Handy. Hinrich hatte sich bereits die Plastikhandschuhe angezogen. Jetzt tippte er auf das Display seines Handys – das nicht reagierte. Fluchend zog er einen der Handschuhe aus und nahm das Gespräch an.

Horndeich verstand nicht, was die Person auf der anderen Seite des Gesprächs sagte. Kurz darauf antwortete Hinrich:

»Wie oft soll ich es dir noch sagen? Da war nichts! Da war überhaupt nichts.« Doch offensichtlich hatte der Gesprächspartner an dieser Stelle das Gespräch bereits beendet, denn Hinrich fluchte leise, dann packte er das Handy weg. Und Horndeich erkannte, dass er es jetzt stumm schaltete.

»Frauen«, grummelte er nur, bevor er anfing, mit der Säge den Brustkorb aufzuschneiden.

Auch diese Obduktion dauerte rund zwei Stunden. Der Befund war ähnlich wie bei Ludwig Daunberg, auch wenn der fünfundzwanzig Jahre älter gewesen war. Der einzige Unterschied war, dass Charlie Patras offensichtlich zu viel getrunken hatte. Die Leber war deutlich vergrößert. Ansonsten war Patras ein gesunder und unversehrter Mensch gewesen. Bis eben auf die vier Schusswunden, die er sich eingefangen hatte. Die Abfolge der Schüsse glich genau jener von Daunberg: zwei Schüsse von unten nach oben, zwei Schüsse, als Patras bereits auf dem Boden gelegen hatte und der Mörder neben ihm stand. Die tödlichen Schüsse waren in diesem Fall nicht die gewesen, die von unten abgefeuert worden waren. Der tödliche Schuss, der das Herz zerrissen hatte, war einer der beiden gewesen, die von einem stehenden Mörder auf das liegende Opfer abgegeben worden waren. Als Todeszeitpunkt nahm Hinrich den vorigen Abend an. »Irgendwann zwischen einundzwanzig und null Uhr. Wahrscheinlich eher zwischen zehn und elf. Aber mit dem größeren Zeitfenster seid ihr auf der sicheren Seite.«

Während seine Assistenten den Leichnam optisch wieder herrichteten, legte Hinrich bereits die Handschuhe ab und zog sich den Kittel aus. Sofort griff er nach seinem Handy. »Zehn Nachrichten«, konstatierte er. Er sah Horndeich an: »Gehen Sie mit mir noch einen Apfelwein trinken?«

Horndeich überlegte kurz. Doro sollte an diesem Abend zu ihnen kommen. Horndeich hatte Sandra bereits mitgeteilt, dass er sie nicht vom Flughafen abholen konnte. Das war kein Problem gewesen, Sandra und Sebastian Rossberg und auch Stefanie würden das Empfangskomitee stellen. Es war das erste Mal, dass Horndeich das Gefühl hatte, seiner Tochter nicht unter die Augen treten zu wollen. Ihr Lieblings-Erzieher war erschossen worden. Und er konnte, durfte und wollte nicht derjenige sein, der seiner Tochter diese Nachricht überbrachte. Er hatte keine Ahnung, wie die Erzieherinnen damit umgehen würden. Ob sie wussten, wie man solch eine Nachricht den Kindern beibrachte? Aber dafür gab es ganz bestimmt keinen vorgegebenen Ablaufplan. Den hatte er als Mordermittler ja selbst nicht. Es war fürchterlich, dass dieser Mordfall sich zwischen ihn und seine Tochter stellte. Zumindest für diesen Abend. Aber das war für Horndeich schon zu viel der Zeit. »Ja. Ich gehe gerne mit Ihnen noch ein Schöppchen trinken.«

Eine Stunde später saß Horndeich dann im Auto in Richtung Heimat. Hinrich hatte ihm sein Leid geklagt. Er hatte den Gerichtsmediziner immer nur als Schürzenjäger gekannt. Keine seiner Eskapaden hatte je länger als drei Monate gehalten. Und er kannte das Beuteschema des Gerichtsmediziners ganz genau: Die Anzahl der Zentimeter, die sie seinen Kopf überragten, glich ziemlich genau der Anzahl von Jahren multipliziert mit zwei, die sie jünger waren. Und jetzt hatte der Gerichtsmediziner sich verliebt. So bis über beide Ohren. In eine Frau, die ein Jahr älter war, zehn Zentimeter kleiner und sicherlich fünfzehn Kilo schwerer als er selbst. Auch sie war Ärztin, allerdings Kinderärztin. Sie hatten sich auf einem Kongress kennengelernt, und es hatte gefunkt. Auf beiden Seiten. Aber so was von. Hinrich, der sich nicht wohlfühlte, wenn er nicht mindestens im achten Himmel schwebte, hatte sechs wundervolle Wochen mit dieser Frau, Carina war ihr Name, verbracht. Und dann hatte sie ihn gesehen. Mit einer zehn Jahre jüngeren, blonden, einen Meter achtzig großen Dame in einem Café in Sachsenhausen. Ja, er habe sich mit ihr getroffen, offenbarte er Horndeich. Aber die Dame war die Schwester von Chantal, mit der er zuvor kurz zusammen gewesen war. Und die den Anstand besessen hatte, seine Sachen nicht in den Müll zu schmeißen, sondern sie ihrer Schwester Muriel zu geben, damit sie eine Übergabe arrangieren konnte. Und genau die habe in jenem Café stattgefunden. Und genau zu jenem Zeitpunkt wäre Carina an diesem Café vorbeigegangen. Hinrich war am Verzweifeln. Denn Carina wollte sich partout nicht davon überzeugen lassen, dass Hinrich seine alten Gepflogenheiten aufgegeben hatte.

Horndeich hatte zugehört. Wenig erwidert. Sich berieseln lassen von Hinrichs Herzeleid. Er war dankbar gewesen für die ausführliche Beschreibung, die ihn etwas von seinen eigenen Sorgen ablenkten. Und er war erstaunt gewesen über das Vertrauen, das ihm der Gerichtsmediziner entgegenbrachte. Hinrich hatte es sich nicht nehmen lassen, die gesamte Rechnung zu begleichen.

In wenigen Minuten würde Horndeich zu Hause sein. Und er hoffte inständig, dass sein Liebling, dass sein Augenstern, dass das Wichtigste in seiner Welt, seine Tochter Stefanie, bereits schlafen würde.

»So eine verdammte Scheiße!« Auch wenn in den umliegenden Büros die Türen verschlossen gewesen wären, hätte man in jedem einzelnen Richards Feller dröhnendes Organ hören können. Dabei war er nicht einmal allein im Büro. Leah Gabriely saß, wie schon am vergangenen Montag, auf dem Besucherstuhl.

Als Leah zuvor den Gang entlanggegangen war, war ihr schon aufgefallen, dass zehn Meter um Fellers Büro herum offensichtlich eine unsichtbare Grenze gezogen worden war. Niemand war in der Nähe zu sehen. Jetzt verstand sie auch, wieso. Wenn Feller jedes Mal so ausrastete, wenn irgendetwas schieflief, dann konnte sie gut nachvollziehen, dass die Kollegen mit ihm ein kleines Problem hatten. Vielleicht auch ein etwas größeres.

Leah wunderte sich über sich selbst, dass sie nicht auf der Stelle aufstand und verschwand.

»Gut, das war's dann.« Fellers Stimme wurde wieder leiser.

»Kannst du mir erklären, was hier gerade passiert?«

Richard Feller wandte den Blick in ihre Richtung. Er atmete dreimal tief ein und aus. Dann lächelte er sogar: »Hat mein Arzt mal gesagt. Bevor ich losschreie, soll ich dreimal tief ein- und ausatmen. Manchmal hilft's. Manchmal leider auch nicht.«

»Also, was ist mit dem Rechner?«, hakte Leah nochmals nach.

»Der Rechner ist verschlüsselt. Also die gesamte Festplatte. Dieser Patras hatte offensichtlich wirklich Ahnung davon, was er tat. Er hat ein Verschlüsselungsprogramm installiert, das sich meldet, bevor das Betriebssystem einen Mucks tut. In diesem Fall also, bevor man das Windows-Logo sieht. Dann muss man ein Passwort eingeben. Erst dann fährt der Rechner hoch.«

»Ist das so was wie das Windows-Passwort, das ich eingeben muss, wenn ich meinen Rechner hochfahre?«

»Nein. Das Passwort, das du eingibst, dient nur dazu, dass das Betriebssystem dich mit deinem Nutzer anmeldet. Dabei geht es aber nicht um Verschlüsselung. Glockners Rechner war nur mit einem Windows-Passwort geschützt. Aber die Daten waren alle im Klartext abgelegt. Durch die Verschlüsselung jedoch erkennen wir auf der Platte nur Datenmüll, wenn wir den Schlüssel, also das richtige Passwort, nicht haben.«

»Und warum regst du dich so auf? Da hat also jemand seinen Rechner verschlüsselt. Damit müssen wir leben.«

»Was mich so maßlos aufregt, ist, dass diese Pfeife von der Spurensicherung den Rechner einfach aus der Dockingstation gelöst hat.«

Leah hatte vorhin mit Silvia Rauch gesprochen. Der junge Mann war ein Praktikant gewesen. Und noch bevor der Kollege hatte Stopp rufen können, war der Rechner auch schon aus der Dockingstation herausgehebelt gewesen.

»Und dann war der Rechner aus. Und das war's dann.«

»Er war davor noch eingeschaltet gewesen«, sagte Leah.

»Das ist es ja gerade, was mich so wahnsinnig macht: Wäre der Rechner eingeschaltet geblieben, wäre ich an die Daten herangekommen. Dadurch, dass er aus ist, habe ich keine Chance.«

Leah war sich sicher: Wenn Feller sagte, er habe keine Chance, dann gab es wirklich keine realistische Möglichkeit, an die Daten dieses Rechners heranzukommen.

»Warum war da kein Akku in dem Laptop?«, wunderte sich Leah.

»Da gibt es zwei Möglichkeiten: Wenn du den Akku schonen willst, weil du ihn längere Zeit direkt mit Strom aus der Steckdose versorgst, dann bewahrst du den Akku am besten separat auf – dann hält er länger. Die zweite Möglichkeit: Jemand, der den Rechner klauen will, hebt ihn aus der Dockingstation, und der Rechner ist sofort aus. Niemand kommt mehr an die Daten heran. Quod erat demonstrandum.«

»Den Akku haben sie in einer der Schubladen gefunden.«

Feller zuckte nur mit den Schultern. »Das nützt mir auch nichts mehr.« Er erhob sich: »Sorry, dass ich vorhin so rumgebrüllt habe.«

Leah erhob sich ebenfalls. »Lassen wir's gut sein für heute.«

»Italiener?«

Leah war überrascht. Überrumpelt. Und bevor sie all ihre Gefühle und Gedanken zu dieser Frage sortiert hatte, antwortete ihr Mund bereits: »Gern.«

# TOBIAS V

Ich lege den Schulranzen in meinem Zimmer ab, dann gehe ich Richtung Badezimmer, um mir die Hände zu waschen.

Mama ist wohl schon weg, wir haben uns knapp verpasst. Auf dem Weg zum Bad komme ich an der Küche vorbei und sehe, dass auf dem Herd ein Topf steht. Ich gehe kurz in die Küche und hebe den Deckel: Nudeln und Tomatensoße. Perfekt. Der Topf ist noch warm. Ich linse auch noch in den Kühlschrank: Da steht das Glasschälchen mit dem Salat. Einmal habe ich den Salat einfach in den Müll geworfen. Denn ich mag keinen Salat. Den Salat im Müll hat Mama aber leider entdeckt und ein Riesentheater gemacht. Deshalb nehme ich das Schälchen jetzt mit ins Bad, klappe den Klodeckel auf, kippe den Salat hinein und drücke die Spültaste.

Als ich mir die Hände wasche, sehe ich auf der kleinen Ablage unter dem Spiegel, wo die Zahnputzbecher von mir und Mama stehen, den Ring. Also den Ring, der mir so unglaublich gut gefällt und den sie eigentlich immer am Finger hat.

Ich bringe das leere Salatschälchen zurück in die Küche, stelle es in die Spülmaschine. Dann gehe ich zurück ins Bad.

Papa hat Mama den Ring geschenkt, aber das war, bevor es mich gab. Er ist unglaublich schön, golden, und oben hat er einen Glitzerstein. Ein Brillant, hat Mama mir mal erklärt. Einmal habe ich den Ring selbst in der Hand gehabt. Da bin ich heimlich an ihr Schmuckkästchen gegangen. Da sind viele schöne Dinge drin, Armreifen, Ketten, Ringe, und ich hab mit dem Schmuck gespielt. Mama kam leider früher von der Arbeit, und sie hat mir den Ring fast aus der Hand geschlagen. Sie war stinksauer. Seitdem habe ich den Ring nicht mehr angefasst.

Nicht oft, aber manchmal ist Mama so hektisch, bevor sie zur Arbeit geht. Sie versucht dann, in den letzten fünf Minuten all das noch zu erledigen, was sie davor nicht geschafft hat. Ganz schlimm ist es, wenn Mama dann noch unter die Dusche muss. Da geht man ihr dann am besten aus dem Weg. Kann mir vorstellen, dass heute auch so ein Tag war und dass sie deshalb vergessen hat, den Ring anzuziehen. Denn das vergisst sie sonst nie.

Da sie Spätschicht hat, wird sie nicht vor neun zu Hause sein. Ganz vorsichtig nehme ich den Ring von der Ablage und betrachte ihn ganz genau. Ich nehme ihn mit zum Fenster, halte ihn schräg gegen das Licht. Unglaublich, wie das glitzert! Vielleicht kann ich ihn noch ein bisschen polieren, und dann glitzert er noch mehr.

Ich reibe den Ring an meinem T-Shirt. Doch irgendwie bleibt er am Stoff hängen. Er fällt auf den Boden. Ich höre ein Klack-Klack auf den Fliesen und dann noch ein ganz leises, hohes Pling-Pling-Pling. Zuerst sehe ich, dass im T-Shirt ein Loch ist. Scheiße. Es war das teure T-Shirt. Da habe ich ziemlich lang betteln müssen, bis Mama mir das gekauft hat. Dann schau ich auf den Boden. Da liegt der Ring. Ich hebe ihn auf. Und da, wo vorher der Brillant war, ist – nichts.

Ich lege ihn aufs Fensterbrett, dann bücke ich mich auf den Boden. Aber ich sehe den Brillanten nicht. In meinem Kopf höre ich schon das Donnerwetter von Mama. Nein, es wird kein Donnerwetter geben. Mama schreit selten, aber als sie mich mit dem Schmuck gesehen hat, da hat sie wirklich gebrüllt. *Das* war ein Donnerwetter. Aber wenn der Ring *kaputt* ist, wenn Papas Ring, den sie so liebt, wenn der kaputt ist, dann gibt es kein Donnerwetter, dann gibt das den Weltuntergang. Ich glaube, dann redet Mama, nachdem sie gebrüllt hat, kein Wort mehr mit mir.

Dieser Brillant ist ganz schön klein. Ich versuche einen Trick. Ich lege meinen Kopf auf den Fliesenboden, kneife das rechte Auge zu. Das linke Auge ist jetzt ganz knapp über den Fliesen. Damit müsste ich den Brillanten eigentlich sehen, weil er dann ein kleiner Hügel auf den Fliesen ist.

Ich drehe meinen Kopf ein bisschen – und tatsächlich, da ist er. Er ist sicher einen Meter weit weggesprungen. Ich hebe ihn auf. Auch jetzt glitzert er, aber das beachte ich gar nicht. Ich nehme den Ring vom Fensterbrett und versuche, den Brillanten wieder einzusetzen. Tatsächlich flutscht er genau an die Stelle, an der er vorher war. Ich bin unendlich erleichtert. Bis zu dem Moment, in dem ich den Ring ein bisschen zur Seite drehe. Denn dann fällt der Brillant einfach auf den Boden.

Ich weiß ja jetzt, wie ich suchen muss. Also finde ich ihn schnell wieder. Das ändert aber nichts daran, dass ich Mamas Ring kaputt gemacht habe. Ich drücke den Brillanten noch mal an seinen Platz, fester, vielleicht hilft das ja.

Tut es nicht. Er fällt wieder raus, aber in meine Hand, die ich diesmal darunterhalte.

Ich fange an zu weinen.

Ich will Mama auf keinen Fall sagen, dass ich ihren Ring kaputt gemacht habe. Ich weiß nicht, was ich machen soll. Ich könnte es mit Uhu versuchen. Aber als ich das letzte Mal eins meiner Plastikautos mit Uhu reparieren wollte, war dann das ganze Auto verklebt. Geht also nicht. Es dauert ein paar Minuten, bis ich die Idee habe, zu Wanja zu gehen. Ich packe den Brillanten in einen Fetzen Klopapier und lege ihn zusammen mit dem Ring in eine Streichholzschachtel. Dann gehe ich zu Wanja rüber.

»Wanja?« Ich trete durch seine Wohnungstür.

»O Gott, was ist denn passiert?« Wanja kann ich nichts vormachen. Ich will nicht heulen. Aber es geht nicht anders. Die Tränen kommen ganz von selbst.

»Wanja? Ist der Tobias da?« Doris' Stimme kommt aus der Küche. »Dann kann er ja mit uns essen.«

Er wendet sich wieder mir zu: »Lass uns erst mal essen. Dann erzählst du mir, was passiert ist, ja?«

Ich nicke. In dem Moment ist mir ganz egal, dass auf dem Herd noch die Nudeln stehen.

Wanja tupft mit seinem Taschentuch meine Augen ab.

Dann essen wir. Doris hat eine Suppe gekocht. Mit Spätzle, Rindfleisch, viel Knoblauch und Gemüse. Das Essen ist lecker. Ich mag Spätzle. Ich mag auch Rindfleisch. Und ich liebe Knoblauch. Das Gemüse – na gut.

Doris streicht mir über den Kopf: »Du bist schon viel kräftiger geworden, seit du und deine Mama unsere Nachbarn seid!«, sagt sie. Ich werde nachher die Nudeln einfach auch ins Klo schütten. Ich hatte schon mal Nudeln zu Hause, als Doris gekocht hat. Sie hat gesagt, es ist wichtig, dass ich gesundes Essen esse. Und Nudeln sind nicht gesund. Ich hab dann bei Doris gegessen. Und danach war Mama sauer, dass ich die Nudeln nicht gegessen habe, die sie extra für mich gekocht hat. Ich schiebe mir gerade ein Stückchen Rindfleisch mit einem Stück Möhre in den Mund, als ich wieder anfange zu heulen.

»Schmeckte das Gemüse nicht?«, will Doris wissen.

Ich lege den Löffel neben den Teller. Ich kriege keinen Bissen mehr runter, und schon gar nicht, wenn die Tränen in die Suppe tropfen.

»Was ist los?«, will Wanja wissen.

Ich hole die Streichholzschachtel aus der Hosentasche. Lege den Ring auf den Küchentisch. Friemele ganz vorsichtig den Brillanten aus dem Klopapier und lege ihn daneben.

»Ist das der Verlobungsring deiner Mutter?«

Ich habe keine Ahnung, was ein Verlobungsring ist. Aber auf jeden Fall ist es der Ring meiner Mutter. Der *kaputte* Ring meiner Mutter.

Doris schweigt. Wanja fragt: »Hast du ihn kaputt gemacht?«

Ich nicke. Und würde so gern aufhören zu heulen. Aber es klappt nicht.

Wanja nimmt den Ring. Und den Brillanten. Schaut sich beides an. Dann sagt er mit leiser Stimme: »Ich frage mich, womit deine Mutter es verdient hat, dass du ihre Sachen nicht achtest.«

»Aber ich hab ihn doch nicht absichtlich kaputt gemacht. Er ist mir einfach aus der Hand …«

»Tobias, das interessiert mich nicht. Hier ist das wichtigste Stück, was deine Mutter an deinen Vater erinnert. Und du hast es kaputt gemacht. Und du erzählst jetzt irgendetwas von nicht absichtlich. Deine Mutter wird sehr enttäuscht sein von ihrem Sohn. Und damit hat sie völlig recht.«

Ich heule weiter. Kann nicht aufhören, und eine leise Stimme in meinem Kopf fragt mich: Wenn ich jetzt aufhöre, auch nur noch einen Schluck zu trinken, muss ich dann vielleicht nie wieder weinen?

Wanja sagt nichts, Doris sagt auch nichts. Aber sie sieht mich mit einem Blick an, als ob es ihr Ring wäre, der da kaputt auf dem Tisch liegt. Sie schüttelt den Kopf und steht auf.

Wanja sagt immer noch nichts. Ich schau ihn an. Auch er steht auf, verlässt den Tisch. Von oben herab begutachtet er mich, und seine Stimme ist ganz leise, als er sagt: »Hast du eigentlich eine *Ahnung*, was du da gemacht hast?«

Ich nicke. Wenn ich irgendwas kapiert habe, dann das.

»Ich kann mir vorstellen, dass deine Mutter mit dir kein Wort mehr reden möchte. Du hast ihr das Letzte genommen, was von deinem Vater übrig geblieben ist.«

Es gibt auch noch den Ehering. Aber der ist nicht so schön, weil der keinen Brillant hat. Ich hab's ja kapiert. Es war der wichtigste Ring für meine Mutter. Könnte Wanja jetzt bitte mal damit aufhören?

Wanja greift wieder zu Ring und Brillant, betrachtet beide gegen das Licht, dann sagt er: »Oh-oh.«

Ich frage die Frage, die einzige Frage, die ich eigentlich von Anfang an fragen wollte: »Kannst du ihn reparieren? Bevor Mama nach Hause kommt?«

Wanja schüttelt kaum merklich den Kopf. »Tobias, Tobias. So einen Ring kann man nur reparieren *lassen*. Aber das dauert eine Woche. Mindestens.«

Eine Mischung aus Schrei und Schluchzen kommt aus meinem Mund.

»Und das kostet richtig viel Geld. Mehr, als deine Mama aufbringen kann.«

Zum verdammten Heulen kommen jetzt auch noch Kopfschmerzen.

»Aber ich kenne einen Juwelier, den besten von allen Juwelieren. Wenn irgendjemand die Schande, die du angerichtet hast, beheben kann, dann er.«

Wir fahren zusammen mit Wanjas Auto in die Stadt. Tränen habe ich keine mehr, nur die Kopfschmerzen sind übrig. Aber davon sage ich nichts.

Auf dem ganzen Weg in die Stadt erklärt mir Wanja, was dieser Ring bedeutet für meine Mama. Und dass ich *Tölpel* darüber nachdenken müsse, was ich anfasse. Und *wie* ich es anfasse. Ich habe keine Ahnung, was ein Tölpel ist, aber ich kann mir ziemlich gut vorstellen, was Wanja meint.

Als er zum Juwelier geht, muss ich im Auto sitzen bleiben. Nach zehn Minuten ist er wieder da. »Der Laden hat bis halb sieben auf. Dann sollen wir kommen. Er glaubt, er kann den Ring bis dahin reparieren.«

Und wie soll ich das bezahlen? Ich meine, wenn das mehr Geld kostet, als Mama bezahlen kann, dann kann *ich* das niemals bezahlen.

Auf der Rückfahrt schweigt Wanja, und obwohl die Frage mit einem Hammer von innen gegen meinen Kopf haut, spreche ich sie nicht aus.

»Du hast Glück, dass du einen Freund wie mich hast«, sagt

Wanja nur, als wir zurück in die Wohnung gehen. Es ist inzwischen halb drei. »Komm, wir machen einen Mittagsschlaf.«

Ich muss die Frage stellen: »Wie soll ich das bezahlen?«, flüstere ich, als wir auf der Couch liegen.

»Wie viel Geld hast du in deinem Sparschwein?«

Ich zucke mit den Schultern. »Ich glaube, so 35 Euro.«

»Deine Mama weiß auch, wie viel in deinem Sparschwein ist?«, will Wanja wissen.

Ich nicke.

»Dann kannst du das Geld nicht nehmen. Wenn sie das nächste Mal zu dir sagt, du sollst was mit dem Geld aus dem Sparschwein selbst bezahlen, dann kannst du es nicht, und dann musst du alles erklären.«

Wieder fang ich an zu heulen, ganz leise nur.

»Tobias, Tobias.« Immer wenn er einen Satz so anfängt, kommt nichts Gutes. Und er hat ja auch recht. Was habe ich mir bloß dabei gedacht? Warum habe ich den Ring nicht einfach liegen lassen? Ich weiß doch ganz genau, was der Ring für Mama bedeutet.

»Du hast Glück, Tobias, dass du so einen Freund wie mich hast.«

Ich schaue ihn an. Ich verstehe gar nichts.

»Wenn deine Mutter erfahren würde, was du getan hast, das würde ihr das Herz brechen. Ich glaube nicht, dass sie erfahren sollte, was für einen Sohn sie hat. Sie muss so schon viel zu viel arbeiten, um euch beide durchzubringen. Ich glaube, es ist das Beste für sie, wenn sie es nie erfährt.«

Ich sehe Wanja weiter an, frage tonlos, wie das denn gehen soll.

»Ich glaube, der Juwelier kann den Ring reparieren. Und ich werde das bezahlen. Wir legen ihn genau an die Stelle, an der er lag, bevor du deine Finger nicht von dem Ring lassen konntest. Deine Mutter muss nie erfahren, was du angestellt hast. Es wird unser Geheimnis sein. Und jetzt schlaf ein bisschen.«

Und so liegen wir auf seiner Couch, er hält mich im Arm. Tatsächlich schlafe ich kurz danach ein. Bin ja auch völlig fertig.

Als ich wieder aufwache, ist Wanjas Hand, die sonst immer über meinen Hintern streichelt, das kenne ich ja schon, plötzlich vorne. Ich halte die Augen noch geschlossen. Er reibt seine Hand an mir. Erst bewege ich mich nicht, dann räkele ich mich, damit er merkt, dass sich gerade aufwache. Seine Hand geht weg. Und das ist gut so.

»Tobias, Tobias«, sagt er nur.

# FREITAG, 10. JUNI

Als Horndeich am Abend zuvor zu Hause angekommen war, hatte Sandra Doro bereits vom Flughafen abgeholt. Er hatte sich darauf gefreut, die junge Frau wiederzusehen. Doch sie war aus dem Auto mit einem kleinen Umweg über die Dusche direkt ins Bett gesunken. Auch als er am Morgen mit seiner Frau und Stefanie gefrühstückt hatte, hatte sie noch tief und fest geschlafen. Sie musste wirklich ziemlich erschöpft sein.

Auf dem Weg zum Auto erhielt Horndeich eine SMS von Feller: »Ohne Zweifel dieselbe Waffe wie bei Daunberg und Glockner.«

Nun fuhr Horndeich in Richtung Kindergarten im westlichen Teil des Richard-Wagner-Wegs. Stefanie saß schweigend in ihrem Kindersitz auf der Rückbank des Mazda. Schon beim Frühstück hatten Sandra und er ihrer Tochter mitgeteilt, dass deren Lieblingserzieher nicht mehr lebte. Dass er jetzt da war, wo auch Geralds Vater war. »Im Himmel«, hatte Horndeich gesagt und fand diese Bezeichnung absolut blöd. Schwebte er also in der Stratosphäre herum, oder was?

Ja, es war kindgerecht, und es war eine sanfte Watteverpackung für etwas Grausames. Horndeich erinnerte sich daran, wie er zwölf Jahre alt gewesen war. Er war krank gewesen, hatte eine Grippe gehabt. Also war er den Tag über allein zu Hause gewesen. Damals hatte ihn die Erkenntnis der eigenen Endlichkeit wie mit einer Dampframme getroffen. Er hatte sich den Vormittag über die Augen aus dem Kopf geweint, immer vor sich hin brabbelnd, er wolle nicht sterben. Einen Tag später hatte die Dampframme dann wieder zugeschlagen: Und zwar als ihm klar geworden war, dass alle Erwachsenen, die ihm wichtig waren, vor ihm sterben würden. Und auch das war der Tränenproduktion ebenfalls sehr zuträglich gewesen.

Stefanie hatte die Nachricht vom Tod ihres Erziehers sehr ruhig aufgenommen. Zu ruhig für Horndeichs Empfinden. Sie war ganz in ihren Gedanken versunken. Und Horndeich wusste, dass das keine Ruhe war, sondern dass das Räderwerk in ihrem süßen Köpfchen auf Hochtouren lief. Irgendwann, völlig unerwartet, verkündete sie dann das Ergebnis des Gedankengangs. Oftmals schon ziemlich klug, manchmal zum Schreien komisch.

»Papa, warum sagst du nichts?«, vernahm Horndeich ihre Stimme aus dem Fond.

»Ich denke nach«, sagte er. Erst in diesem Moment wurde ihm bewusst, dass er genauso geschwiegen hatte wie seine Tochter.

»Über was denkst du nach?«

»Wie ich mit euch nachher am besten rede«, erklärte er ihr.

Schon am Vorabend hatte er die Leiterin des Kindergartens, Jytta Kramer, gesprochen. Dank dänischer Vorfahren hatte man ihr das Y im Vornamen spendiert. Horndeich hatte ihr mitgeteilt, dass Charlie Patras ermordet worden war. Als er in den Elternbeirat gewählt worden war, waren die beiden zum gegenseitigen Du übergegangen. Nach fünf Minuten hatte Jytta ihn gefragt, ob er nicht mit in den Kindergarten kommen und mit den Kindern sprechen könne. Er hatte nicht lange darüber nachdenken müssen und sich darauf eingelassen.

»Warum musst du darüber nachdenken, wie du mit uns redest? Wir sprechen doch alle Deutsch? Nur der Grzegorz nicht, aber der wird auch immer besser.«

»Da hast du auch wieder recht, mein Schatz«, sagte Horndeich.

Das letzte Mal, dass Horndeich in einem Stuhlkreis gesessen hatte, war wohl zu der Zeit gewesen, als er selbst auf Kindergartenstühlen noch bequem hatte sitzen können. Jytta saß rechts neben ihm, links von ihm seine Tochter. Darauf hatte sie bestanden.

Jytta begrüßte die Kinder und sagte ihnen, dass es heute Morgen um ein trauriges Thema ging. Denn es sei jemand gestorben. Jemand, den sie alle kannten und den sie gern mochten.

»Und warum ist der Papa von Stefanie da?« Gerald. Der, so hatte er Stefanie unter dem Siegel der Verschwiegenheit mitgeteilt, darauf bestanden hatte, wieder in den Kindergarten zu gehen, weil zu Hause, nach dem Tod seines Papas, alle so komisch waren.

»Der Papa von Stefanie ist bei der Polizei, wie ihr wisst.«

Die Kinder nickten einhellig. Die, die es nicht gewusst hatten, wussten es jetzt und stimmten in die Kopfbewegung ein.

»Charlie ist gestern gestorben.«

Einige Augenpaare wurden aufgerissen, einige Köpfe sanken, einige Kinnladen folgten dem Ruf der Schwerkraft.

Ein paar der Kinder fingen an zu weinen. Die Kolleginnen von Jytta – Charlie war der einzige Mann im Kindergarten gewesen – versuchten, die weinenden Kinder zu beruhigen. Einige standen auf und gingen zu ihren Erzieherinnen, setzten sich auf den Schoß, fassten sie am Arm oder ließen sich einfach auf dem Boden zu ihren Füßen nieder. Nur nicht ganz allein sein jetzt. Auch Stefanie krabbelte auf Horndeichs Schoß. Auch sie weinte, aber still.

»Und warum ist jetzt Stefanies Papa da?« Ein anderer Junge.

Jytta erklärte: »Charlie war ja noch nicht alt. Und er ist auch nicht an einer Krankheit gestorben. Er ist gestorben, weil jemand anders ihn getötet hat.«

Wieder ging ein Raunen durch die Gruppe.

»Und Kommissar Horndeich ist jetzt zu euch gekommen, damit ihr ihn fragen könnt, was ihr dazu wissen möchtet.«

Vier oder fünf Kinder schrien durcheinander, Jytta sorgte dafür, einigermaßen Disziplin in den Laden zu kriegen und das mit den Handzeichen, wenn man etwas sagen wollte, noch mal zu üben.

»Und du verhaftest den Mann, der den Charlie umgebracht hat?« Jytta intervenierte: »Kommissar Horndeich müsst ihr schon mit Sie anreden. Er ist ein Erwachsener. Und er ist sogar bei der Polizei.«

»Aber Sie haben gar keine Uniform an. Und Sie haben auch gar keine Pistole.«

Seine Dienstwaffe befand sich natürlich im Schließfach im Präsidium. Horndeich schob seine Tochter ein klein wenig nach links, griff in die rechte Hosentasche und holte die messingsfarbene Polizeimarke heraus. Nachdem er am Vorabend mit Jytta telefoniert hatte, hatte er sie extra noch poliert. Sie glänzte fast golden. »Aber ich habe meine Polizeimarke und auch meinen Polizeiausweis dabei. Meine Pistole ist auf dem Polizeirevier. Die nehme ich nur mit, wenn ich damit rechnen muss, dass es gefährlich wird.«

Er reichte die Marke seiner Tochter und sagte ihr: »Kannst sie mal rumgehen lassen.« Stefanie gab die Marke augenblicklich weiter, denn sie hatte sie ja schon öfters in der Hand gehalten.

»Ist Charlie erschossen worden?« Die leise Stimme eines Mädchens. Erschossen werden war für die meisten Kinder wohl die übliche Todesursache durch Fremdeinwirkung. Das Fernsehprogramm war voll davon. Im richtigen Leben wurden die wenigsten Mordopfer mit Schusswaffen getötet. Doch auf Charlie Patras traf das nicht zu. »Ja. Charlie Patras ist erschossen worden.«

»Kann ich auch erschossen werden?« Die Stimme noch leiser, zitternder, wieder die eines Mädchens. Ganz spontan sagte Horndeich: »Nein. Natürlich nicht.«

Das Mädchen sah ihn mit großen Augen an: »Warum nicht?«

Horndeich hätte jetzt etwas erzählen können über Motive, über Beziehungstaten, über Rache, über Verzweiflung, über Eifersucht. All das würde das Mädchen kaum trösten. Das Nein war wohl doch etwas zu spontan über seine Lippen gekommen. Doch dann fiel ihm die richtige Antwort ein: »Ganz einfach: Weil du ein Kind bist. Kinder werden nicht erschossen. Ich bin schon viele Jahre bei der Polizei und ich habe es noch nie erlebt, dass ein Kind erschossen worden ist. Erschießen tun sich nur Erwachsene. Aber auch nur ganz, ganz, ganz selten.«

Das Mädchen schien zumindest für den Moment beruhigt.

»Aber Sie suchen doch Mörder?«, fragte ein Junge. »Dann muss es doch genug Mörder geben, die Sie überhaupt fangen können. Sonst gäbe es doch Ihren Beruf gar nicht.«

Horndeich schmunzelte: »Mörder müssen wir zum Glück nur ganz selten suchen. Wir kümmern uns ja auch um alle anderen Verbrechen: Diebstahl, Prügeleien, Einbrüche – solche Sachen. Und das passiert sehr viel öfter als ein Mord.«

»Und kriegen Sie alle Mörder?«, wollte nun wieder ein Mädchen wissen.

Es war Stefanie, die antwortete: »Klar. Mein Papa fängt sie alle.«

Horndeich übernahm wieder: »Ja, in Darmstadt haben wir in den letzten zwanzig Jahren alle Mörder überführen können. Aber das mache ich natürlich nicht allein. Da arbeiten immer ganz viele zusammen. Einer allein kann keinen Mörder fangen.« So ein paar Blätter des Lorbeerkranzes, den seine Tochter ihm da gerade auf den Kopf gesetzt hatte, wollte Horndeich dann doch auch den Kollegen zukommen lassen.

»Und der Charlie, der kommt jetzt nie wieder?«, fragte ein Junge, dem immer noch Tränen über die Wangen liefen. Sein freundlicher kleiner Nachbar blaffte sofort los: »Du bist ja doof. Der ist doch tot. Der kann nicht wiederkommen.«

Eine von Jyttas Kolleginnen griff augenblicklich ein.

Danach herrschte erst mal Stille.

Jytta sagte: »Hat jemand von euch jetzt noch Fragen?«

Das Schweigen hielt an.

»Ich muss dann mal wieder zum Polizeipräsidium«, sagte Horndeich.

»Und den bösen Mann fangen, der den Charlie umgebracht hat.« Wieder das Mädchen, das gerade noch besorgt gewesen war, selbst auf eine Todesliste zu geraten.

»Genau«, sagte Horndeich. Er setzte seine Tochter sanft auf den Stuhl neben sich, gab ihr noch einen Kuss, steckte seine Polizeimarke wieder ein und erhob sich.

Jytta begleitete ihn aus dem Raum. »Hast du schon irgendeine Idee, wer Charlie ermordet haben könnte?«

»Können wir darüber noch kurz sprechen? In deinem Büro?«

Jytta nickte nur und bat ihn in den Arbeitsraum.

Nachdem sie sich gesetzt hatten, stellte Horndeich zunächst die Gegenfrage: »Kannst du mir etwas zu Charlie sagen? Hatte er Probleme, hatte er Streit mit jemandem?« Es waren Routinefragen. Horndeich glaubte nicht, dass er darauf eine befriedigende Antwort bekommen würde. Denn selbst wenn Jytta ihm jetzt sagen würde, dass Charlie große Probleme mit einem Geldverleiher hatte, würde das nicht erklären, wieso Ludwig Daunberg und auch Helmut Glockner in Wiesbaden mit derselben Waffe erschossen worden waren.

Die Antwort von Jytta fiel genau so aus, wie Horndeich es erwartet hatte: »Nein. Charlie war ja eher der zurückhaltende Typ. Also auch hier im Kollegium. Wir kamen gut miteinander aus. Es gab auch keine Probleme mit ihm. Wir haben Dinge miteinander abgesprochen, und dann liefen sie auch so. Mit den Kindern hat er sich viel besser verstanden.

Wirklich, er war da ein richtiger Zauberer. Kinder trösten, das können viele. Aber er war jemand, der konnte ein wütendes Kind beruhigen, auch kreischende Kinder, die sich völlig in ihre Wut hineingesteigert hatten. Ganz ehrlich: Darum habe ich ihn beneidet. Die Kinder in seiner Gruppe liebten ihn. Und eben nicht nur, weil er einen auf ›guter Kumpel‹ machte, sondern weil er so ein Fels in der Brandung war. Sie konnten sich auf ihn verlassen, wenn sie Trost brauchten, aber auch wenn sie was ausgefressen hatten. Benjamin, unser Raufbold im Kindergarten, den keiner in seiner Gruppe haben wollte, den hat Charlie freiwillig genommen. Das Elternhaus von Benjamin ist eine Katastrophe. Eigentlich könnte ein Betreuer vom Jugendamt fest dort einziehen. Aber innerhalb des Kindergartens hat Benjamin sich schließlich so benommen, was man in Ansätzen sozialkompatibel nennen könnte. Er ist auch heute noch kein Engel. Aber Charlie hatte ihn im Griff. Er hat aufgehört, mit Steinen zu werfen, er hat aufgehört, anderen Kindern an die Gurgel zu gehen. Und er hat auch nur noch ein einziges Mal seinen Haufen auf den Teppich gesetzt. Und mit so einem ist Charlie zurechtgekommen.«

Wenn Horndeich solche Schilderungen hörte, dann war er über seine Berufswahl doch wieder ganz froh. Diese Benjamins, die gab es natürlich in jedem Alter. Aber Horndeich hatte das Gefühl, dass er mit den erwachsenen Benjamins deutlich besser zurechtkam.

Irgendwie erinnerte ihn die Beschreibung von Charlie nun an die von Ludwig Daunberg: ein Mensch, der in seinem Beruf absolut perfekt war. Bei ihm hatte es dann jedoch auch eine dunkle Seite: Mindestens einmal hatte er sich an einem Kind vergangen. Horndeich schluckte. Er mochte den Gedanken nicht, aber er konnte ihn auch nicht verdrängen. »Jytta, gab es irgendwelche Hinweise darauf, dass Charlie sich den Kindern in nicht angebrachter Weise genähert hat?«, sprach er es schließlich laut aus.

Jyttas Augen weiteten sich, als Horndeich die vermeintlich ungeheuerliche Frage gestellt hatte, und ihr Tonfall machte deutlich, dass sie Horndeichs Idee für völlig abwegig hielt: »Nein. Charlie war ein absolut geschätzter Kollege. Ich würde so etwas mitbekommen. Wir würden so etwas mitbekommen. Und, Steffen, allein deine Frage könnte einen von uns in ein schlechtes Licht rücken.«

Horndeich nickte. »Ich weiß das. Aber ich musste diese Frage stellen.«

Jytta nickte. Dann runzelte sich ihre Stirn für den Bruchteil einer Sekunde.

»Ja?«, fragte Horndeich nur.

Sie schüttelte den Kopf. »Nein, es ist nichts.«

Horndeich sagte nichts, machte aber auch keine Anstalten, aufzustehen. »Jytta, jede Kleinigkeit kann uns helfen, seinen Mörder zu fassen. Und nicht nur seinen. Zwei andere Menschen sind mit derselben Waffe erschossen worden. Jede, absolut jede Beobachtung ist wichtig.«

Jytta zögerte noch. Dann rang sie sich dazu durch zu sprechen: »Es war so vor einem halben Jahr, genau, kurz vor Weihnachten, da sprach uns eine Mutter an. Ihre Tochter war in Charlies Gruppe. Vielleicht sollte ich andersrum anfangen: Nach dem Mittagessen gibt es für die Kinder ja immer den Mittagsschlaf. Wir haben hinten einen großen Raum mit vielen Matratzen drin. Manche Kinder nutzen das gerne und schlafen tatsächlich eine halbe Stunde lang richtig tief. Andere ruhen sich ein bisschen aus, und jemand von uns liest vielleicht noch etwas aus einem Buch vor. Das alles ist sehr entspannt. Aber im Kollegium nicht sonderlich beliebt. Keiner von uns reißt sich darum, mit den Kindern den Mittagsschlaf zu machen. Ich persönlich bin danach selbst so müde, dass ich ewig brauche, bis ich danach wieder auf vollen Touren laufe. Aber Charlie, er machte das gerne. Er meldete sich da immer freiwillig.«

Horndeich wurde hellhörig.

»Weißt du, für uns ist es etwas ganz Normales. Für die Kinder auch. Eine komische Färbung bekommt es in dem Moment, wenn man dieses Standardritual in einen anderen Kontext setzt. In Charlies Gruppe war ein Mädchen. Lena. Sie war ein aufgewecktes Kind. Ziemlich klug für ihr Alter, aber auch sehr impulsiv. Konnte ein richtiger Sonnenschein sein, aber auch ein richtiger Zornbeutel. Sie hat ihren Charlie angehimmelt. Auch das alles im Rahmen, nichts Besonderes, weder Lena noch Charlie haben sich irgendwie komisch verhalten. Steffen, wir sehen die Kinder jeden Tag, manchmal länger, als die Eltern sie sehen. Wir haben alle sehr feine Antennen. Und da zeigte sich bei keinem von uns auch nur der geringste Ausschlag. Wir machen jede zweite Woche eine Stunde lang eine Runde mit einem Supervisor. Da besprechen wir mit einem externen Profi alles, was uns in den vergangenen vierzehn Tagen besonders beschäftigt hat. Seien es Konflikte im Team oder eben auch mit den Kindern. Das habe ich durchgesetzt.«

»Und was war mit Lenas Mutter?«

»Sie kam zu mir und fragte uns, warum denn immer Charlie bei uns mit den Kindern das Mittagsschlafritual übernehmen würde. Am Anfang habe ich überhaupt nicht verstanden, worauf sie hinauswollte. Sie druckste ein bisschen herum, dann sagte sie, dass sie schon das Gefühl habe, nun, dass Charlie sich für Lena mehr interessiere, als sich das für einen Erzieher geziemt. Ich habe sie gefragt, wie sie das meine. Dann fuhr sie fort, Lena würde immer so davon schwärmen, dass Charlie sich ganz besonders um sie kümmern würde. Und dass er so gerne mit ihr schmusen würde.«

»Und was hast du dann gemacht?«, wollte Horndeich wissen. Und in seinem Kopf spulte sofort ein ganzer Film ab. Ihm wurde mit einem Mal bewusst, wie solch eine Vermutung, einmal ausgesprochen, die komplette Atmosphäre in einem Team verderben konnte. Alles kaputt machen konnte.

Wenn sie nicht wahr war. Wie ein einziger winziger Tropfen Spülmittel ein ganzes Aquarium kippen lassen konnte.

»Ich habe mit Charlie allein gesprochen. Er war wie vor den Kopf gestoßen. Er sagte, dass er Lena wirklich gernhabe. Und dass es richtig sei, dass sie sich gerade beim Mittagsschlaf oft an ihn kuscheln würde, wenn er aus einem Buch vorlas. Aber dass dieser Körperkontakt völlig im normalen Bereich wäre und dass er auch nie irgendetwas anderes zulassen würde. Geschweige denn herausfordern. Es war ein sehr unschönes Gespräch. Stell dir einfach vor, dein Chef kommt auf dich zu und sagt: ›Herr Horndeich, jemand hat gesagt, dass er sich vorstellen könne, dass Sie von dritter Seite Geld annehmen und dafür ab und an mal ein Auge zudrücken.‹«

»Wie hat Charlie reagiert? Wie habt ihr reagiert?«

»Ich habe noch mal ein langes Gespräch mit der Mutter geführt. Habe sie gefragt, ob es außer ihrem Gefühl irgendeinen anderen, konkreteren Anhaltspunkt gäbe, der darauf hinweisen würde, dass Charlie sich gegenüber Lena unangemessen verhalten hätte. Sie konnte da überhaupt nichts benennen. Lenas Verhalten hatte sich nicht verändert, es gab keine seltsamen Bilder, die sie plötzlich gemalt hat, es war einfach nur so ein schlechtes Gefühl gewesen. Lenas Mutter hatte sich ein halbes Jahr zuvor von ihrem Mann getrennt – vielleicht war Charlie für Lena auch nur der Ersatzvater im Kindergarten, wer weiß das schon.

Wir haben dann noch zwei Gespräche geführt. Eins mit dem gesamten Team. Und dann noch eins mit Charlie, Lenas Mutter und mir. Ich hatte den Eindruck, dass es Lenas Mutter inzwischen fürchterlich peinlich war, dieses Thema auch nur angestoßen zu haben. Im Frühjahr ist sie mit ihrer Tochter nach Frankfurt gezogen. Und Charlie machte nach wie vor den Mittagsschlaf mit den Kindern. Das war von allen im Team so beschlossen und gewollt.«

»Gab es seitdem noch irgendwelche Auffälligkeiten?«

»Ich würde lügen, wenn ich sagen würde, dass die ersten Wochen nach dieser Anschuldigung wirklich entspannt gewesen wären. Aber Charlie hat da viel richtig gemacht. Es war einfach so, dass dann immer mal wieder eine Kollegin beim Mittagsschlaf kurz reingeschaut hat, etwas, was vorher völlig unüblich gewesen war. Charlie hat das mit stoischer Gelassenheit ertragen. Als Lena dann aus der Gruppe genommen wurde, hat sich die Situation wieder entspannt. Meine ganz persönliche Meinung: Ich bin seit zwanzig Jahren in diesem Beruf tätig. Und Charlie war *ein wenig* verschlossen. Und Charlie konnte *richtig gut* mit Kindern umgehen. Und Charlie hat sich *keinem* Kind unsittlich genähert. Davon bin ich absolut überzeugt. Ich habe dir das jetzt auch nur gesagt, weil du mich direkt darauf angesprochen hast.«

Vom Kindergarten aus fuhr Horndeich direkt ins Büro, wo Feller und auch Leah bereits auf ihn warteten.

»Ich habe bereits mit Adam Kosakowski telefoniert«, sagte sie. »Dem Jungen, der von Daunberg in der Musikschule missbraucht worden ist. Seine Frau hat gesagt, wir können direkt zu ihm fahren, heute Vormittag wäre er zu Hause.«

»Dann machen wir das doch«, entgegnete Horndeich und wollte sich sofort auf den Weg machen.

Feller bremste ihn. »Wir haben auch was Neues zu Charlie Patras' Handy. Wir haben den Provider gefunden, bei dem er einen Vertrag hatte. Das Handy war zuletzt in der Funkzelle eingeloggt, die zum Bereich des Bismarkturms passt. Bis 22.07 Uhr. Dann wurde es ausgeschaltet. Wahrscheinlich hat der Mörder es an sich genommen, ausgeschaltet, vielleicht zerstört und dann weggeworfen.«

Wenige Minuten später saßen Horndeich und Leah bereits im Auto auf dem Weg nach Seligenstadt. Horndeich hatte schon mehrfach mit seiner Familie das kleine Städtchen am Main besucht. Damals hatten sie die Einhardbasilika erkundet. Er mochte die schnuckelige Altstadt und die Gärten der Klosteranlage. Seine Tochter Stefanie war durch den Garten gelaufen und hatte gesagt: »Oh, ist das schön hier!« Es war das erste Mal gewesen, dass sie eine Landschaft bewusst wahrgenommen hatte. Vielleicht hatte die Ortschaft für ihn auch deshalb eine besondere Bedeutung.

Adam Kosakowski wohnte im Neubaugebiet im Westen in einem der kleinen Einfamilienhäuschen in der Straße In den Spitzäckern. Horndeich parkte den Wagen vor dem Haus.

Nachdem sie geklingelt hatten, öffnete eine junge Frau die Haustür. Sie war groß gewachsen, schlank, blond, wirkte sehr gepflegt: »Sie sind von der Kripo in Darmstadt?«

Horndeich stellte Leah und sich vor, dann bat die Dame sie herein. Linda Kosakowski war Adams Frau, wie sich gleich darauf herausstellte. »Kommen Sie doch bitte herein, Adam wird sofort bei Ihnen sein.«

Leah und Horndeich betraten das Wohnzimmer. Für Horndeich sagte die Gestaltung eines Zimmers viel über die Bewohner aus. Dieser Raum war modern eingerichtet. Gleichzeitig konnte man erkennen, dass im Haushalt kleine Kinder wohnten: Zwei Barbie-Puppen lagen in der Ecke, umrahmt von sieben Modellautos, darunter ein Chrysler Crossfire im Maßstab 1:43, wie Horndeich auf den ersten Blick erkannte. Er selbst hatte einmal ein solches Auto gefahren. Doch der Sportwagen war inzwischen der Familienkutsche gewichen. An den Wänden hingen Kinderzeichnungen, allerdings gerahmt. Horndeich tippte darauf, dass das Mädchen drei war, der Junge sechs. Adam Kosakowski und seine Frau schienen in guten Verhältnissen zu leben.

Leah und Horndeich setzten sich auf eine Couch aus schwarzem Leder. Linda Kosakowski brachte eine Kanne mit Kaffee und drei Tassen, dazu Zuckerdose und Milchkännchen. »Bitte bedienen Sie sich doch schon.«

Horndeich hatte den Eindruck, er befände sich im Besprechungsraum eines Unternehmens. Ganz Gentleman goss er Leah eine Tasse Kaffee ein, tat zwei Stück Zucker hinein – er hatte sich gemerkt, dass sie den Kaffee so mochte – und gönnte sich selbst ebenfalls eine Tasse.

»Guten Tag, die Herrschaften«, grüßte Adam Kosakowski, als er den Raum betrat. Er war etwas über einen Meter achtzig groß, trug Jeans, ein Hemd über der Hose, ein modisches Jackett. Die elegante Kleidung kaschierte, verbarg aber nicht, dass er ein paar Kilo zu viel auf den Rippen hatte. Besonders auf der Hüfte. Das Haar war von tiefschwarzer Farbe.

Leah erhob sich, Horndeich ebenfalls. Kosakowski gab beiden die Hand, und Horndeich stellte seine Kollegin und sich abermals vor.

Kosakowski ließ sich auf das Sofa fallen, goss sich ebenfalls eine Tasse Kaffee ein, bevor er fragte: »Ludwig Daunberg ist tot – und was hat das mit mir zu tun?«

Horndeich wechselte kurz einen Blick mit Leah, dann eröffnete er das Gespräch: »Herr Kosakowski, entschuldigen Sie, dass wir Ihnen ein paar unangenehme Fragen stellen müssen. Ludwig Daunberg ist ermordet worden, und bei unseren Recherchen haben wir festgestellt …« Eigentlich wollte Horndeich nicht gleich mit der Tür ins Haus fallen. »Wir haben uns mit seinem früheren Leben beschäftigt und dabei auch mit Giselher Osternau gesprochen.«

Kosakowski zeigte keine Reaktion. Er sah Horndeich weiterhin unvermittelt an.

»Sie waren damals an der Reutlinger Musikschule von Osternau.«

Kosakowskis Blick wich nicht aus. Aber nach wie vor sagte er keinen Ton.

Na gut, dann doch die harte Tour. »Giselher Osternau hat ausgesagt, dass Sie damals von Ludwig Daunberg sexuell missbraucht worden sind.«

Adam Kosakowski sah Horndeich an, dann ging sein Blick zu Leah, er trank einen Schluck Kaffee, setzte die Tasse ab und lehnte sich langsam zurück. »Ludwig Daunberg war das größte Arschloch, das mir in meinem Leben begegnet ist.

Wenn er tot ist, dann werde ich der Letzte sein, der eine Träne um ihn weint. Aber um all Ihre kommenden Fragen zusammenfassend jetzt schon zu beantworten: Ich habe ihn nicht umgebracht. Doch wenn Sie den Täter finden, werde ich derjenige sein, der bei seinem Einzug ins Gericht Beifall klatscht. Und zwar nicht, weil ich froh bin, dass er seine Strafe erhält, sondern weil ich froh bin, dass er das getan hat, was ich mich nie getraut habe.«

Hoppla, dachte Horndeich, da schreitet aber jemand sehr mutig voran. Es war Leah, die versuchte, den Druck etwas abzubauen. »Herr Kosakowski, wir reden mit Ihnen nicht als Verdächtigen. Es sind zwei Dinge, die wir beantworten müssen, eigentlich drei. Erstens müssen wir wissen, ob es außer Ihnen noch weitere Opfer von Ludwig Daunberg gab. Zweitens interessiert uns, ob Sie eine Vorstellung haben, wer Ludwig Daunberg getötet haben könnte. Und drittens, wir wissen kaum etwas über Ludwig Daunberg aus der Zeit, als er an der Musikschule unterrichtet hat. Vielleicht können Sie uns hier ein bisschen weiterhelfen.«

»Ich glaube, da kann ich Ihnen weiterhelfen. Ich weiß viel aus der Zeit, zu der Ludwig Daunberg an der Musikschule Osternau unterrichtet hat.« Die Herablassung troff aus seinen Worten wie Wassertropfen aus einem Container mit Eiswürfeln in der Sahara. »Ich bin nicht daran kaputtgegangen. Sonst säße ich jetzt nicht hier. Sonst wäre ich nicht verheiratet, hätte keine bezaubernde Frau und keine zwei Kinder, die ich über alles liebe. Aber Daunberg überlebt zu haben – das ist wohl eine der großen Leistungen in meinem Leben.«

Horndeich sagte nichts, ebenso wenig Leah. Sie warteten darauf, was Adam Kosakowski von sich aus erzählen würde.

»Ich war sechs Jahre alt, als meine Eltern mich in der Musikschule anmeldeten. Mein Vater hat Blockflöte gespielt, nicht einmal schlecht. Mit vier Jahren habe ich mir sein Instrument das erste Mal geschnappt, mit viereinhalb hatte ich raus, wie man ihm verschiedenste Töne entlockt, und keine drei Monate später hatte ich begriffen, wie man ihm *harmonische* Töne entlockt. Bei aller Bescheidenheit: In dieser Beziehung war ich ein Wunderkind. Ich konnte Noten lesen, lange bevor ich Buchstaben lesen konnte.«

Kosakowski stand auf. Er ging quer durch den Raum auf den großen Einbauschrank zu. Er öffnete eine der Türen, griff nach einer Flasche, nach einem Cognacglas und goss sich bernsteinfarbene Flüssigkeit hinein. Ohne sich zu den Beamten umzudrehen, sagte er: »Sie sprechen hier ein Thema an, über das ich seit Jahren nicht mehr geredet habe. Und um ganz ehrlich zu sein, ich hab es auch nicht vermisst. Und jetzt stirbt dieser Idiot, und ich muss wieder darüber reden. Über den Tod hinaus vergrätzt er mich.«

Er kehrte mit dem reichlich gefüllten Glas zurück, setzte sich wieder. Dann fuhr er fort: »Ludwig war ein guter Lehrer. Im ersten Jahr in der Musikschule. In wenigen Wochen brachte er mir bei, die Blockflöte so zu spielen, dass sie wie ein ernst zu nehmendes Instrument klang und nicht wie eine Fiepse für Kindergartenkinder. Wir haben uns sogar schon an Stücke von Bach herangetraut. Ich erinnere mich besonders an die Sarabande der Partitia in a-Moll. Ich war stolz wie Harry, als ich das spielen konnte. Der Stolz wurde nur übertroffen vom Stolz meiner Eltern.«

*Und wann kippte das dann?,* dachte Horndeich. Adam Kosakowski beantwortete die Frage, ohne dass Horndeich sie laut gestellt hätte. »Zuerst begann er einfach nur, mich zu streicheln. Und dass das ein anderes Streicheln war als das meines Vaters oder das meiner Mutter, das habe ich lange Zeit überhaupt nicht begriffen. Mit sechs Jahren habe ich angefangen Klarinette zu spielen. Meine Hände waren damals schon groß genug, der Körper hat erst später nachgezogen. Irgendwann sagte Daunberg mir, wir sollten jetzt mal eine Übung ausprobieren, die den Brustkorb richtig frei macht. Ich sollte mich ausziehen. Zunächst nur bis zur Unterhose, später dann ganz. Auch er begann sich irgendwann auszuziehen, aber immer nur beim Sonntagsunterricht. Das waren die Extrastunden, die er mir gab, ganz umsonst, also ohne Geld, einfach so, weil ich so begabt war.«

Kosakowski nahm einen großen Schluck und leerte den Cognacschwenker zur Hälfte. »Ich war vier Jahre in seiner Gewalt. Manchmal war es nur das Streicheln, seine Hand über meiner Hose, aber sonntags, da wusste ich, jetzt geht es zur Sache. Ich musste ihn anfassen, er fasste mich an. Er betonte immer, was für ein tolles Team wir wären, welch große Fortschritte ich machte, was für ein begnadeter Künstler ich sei und dass er in der Lage war, das Beste aus mir herauszuholen, auch wenn seine Methoden unkonventionell waren. Weshalb ich darüber auch nichts sagen durfte. Und nichts gesagt habe. Die Scham war zu groß und das passende Vokabular zu spärlich.«

Er setzte erneut das Glas an, und der Rest des Cognacs verschwand.

»Ich war ehrgeizig. Ich wollte gut sein auf dem Instrument. Und so ging ich seinen Weg mit und habe nie verstanden, dass die sexuellen Übergriffe überhaupt nichts mit der Musik zu tun hatten. Also, ich begriff es nicht gleich. Vielleicht erst im letzten halben Jahr. Da stellte ich mir immer wieder die Frage, wieso ich mich ausziehen musste, um gut Klarinette spielen zu können. Und dann kam der Tag, als Osternau uns erwischt hat.«

»Und damit haben diese Übergriffe von einem auf den anderen Tag aufgehört, nicht wahr?«, fragte Horndeich.

»Ja. Das stimmt. Aber Osternau war ja nicht viel besser als Daunberg. Osternau hat mich genauso zum Schweigen verdonnert. Daunberg hat immer gesagt, wenn man uns so erwischen würde, dann würde er im Gefängnis landen, und ich könnte an keiner Musikschule mehr lernen. Der erste Gedanke, als Osternau an diesem Sonntag in den Raum geplatzt ist, war: *Oh, Scheiße.* Ich habe mich unglaublich geschämt. Gleichzeitig war da der Gedanke: *Gott sei Dank, es ist endlich vorbei. Jemand hat es gesehen, jemand ist Zeuge, diese ganze blöde Heimlichtuerei hat endlich ein Ende.* Pustekuchen. Osternau hat mir gesagt, dass ich Daunberg nie wieder sehen würde. Aber ich dürfe auch niemandem davon erzählen. Denn sonst würde ich keinen Unterricht mehr bekommen können. Ich habe es erst Jahre später begriffen: Osternau hatte Angst, dass ihm seine Musikschule um die Ohren fliegen würde, wenn bekannt geworden wäre, dass sich ein Lehrer an einem der Kinder vergriffen hatte. Damals habe ich nur gedacht: Du darfst immer noch nicht reden. Das Schweigen wurde mir versüßt durch eine nagelneue und sehr hochwertige Klarinette. Und durch Gratisstunden. Von irgendeinem anderen Lehrer, der mich nicht mehr begrapschte. Wissen Sie, was das Irre daran ist?«

Horndeich vermochte im Moment gar nichts zu sagen. Leah war es, die ein knappes »Nein« herausbrachte.

»Ich war nicht mehr gut. Der neue Lehrer konnte mir nicht viel beibringen. Ich hatte es verbockt. Mein ganzes Talent ging den Bach runter. Ich konnte es mir nicht erklären. Heute denke ich, vielleicht war es das zweite Schweigen, das man mir aufgezwungen hatte. Damit kam ich nicht zurecht. Das wirklich Schlimme war, dass Daunberg ein wirklich guter Lehrer gewesen war. Und als er weg war, war auch meine Karriere an der Klarinette zu Ende. Ich habe lange gedacht, dass ich daran schuld wäre. Es hat mich Jahre gekostet zu begreifen, dass es allein seine Schuld war.«

»Wissen Sie von anderen Schülern, die von Daunberg missbraucht worden sind?«

Kosakowski nickte. »Das war wieder so ein Schock. Daunberg hatte mir immer erzählt, ich wäre der beste Schüler von allen, nur mich würde er auf diese besondere Art behandeln, damit ich, der gute Schüler, zum besten Schüler von allen werden würde. Und als er weg war, fing plötzlich das Tuscheln unter den Schülern an. Allein zu meiner Zeit waren es vier, die Daunberg begrapscht hatte. Zwei auf eine Art wie bei mir und zwei, bei denen er zurückhaltender gewesen war. Warum, ist mir bis heute nicht klar.«

»Können Sie uns die Namen dieser Schüler geben?«

»Ja, das könnte ich. Aber das werde ich nicht tun. Ich weiß nicht, wie diese Jungs, die heute Männer in meinem Alter sind, mit dieser Zeit damals umgehen. Ich bin immer offensiv damit umgegangen. Habe nicht geschwiegen. Aber vielleicht haben sie es verdrängt, es in einem inneren Kästchen verschlossen und den Schlüssel dazu weggeworfen. Dann werde ich nicht derjenige sein, der Ihnen jetzt diesen Schlüssel in die Hand drückt.«

»Sie wissen, dass einer dieser Jungen der Mörder von Ludwig Daunberg sein könnte?«

»Ja. Und Sie wissen, was ich davon halte. Es tut mir leid – nein, es tut mir überhaupt nicht leid –, aber ich werde Sie in keiner Weise unterstützen, den Mörder von Ludwig Daunberg zu finden.«

»Wo waren Sie am Morgen des 6. Juni?«

Kosakowski grinste breit. »Ich wusste, dass Sie mich das fragen würden. Der 6. Juni? Das war am Montag? Moment.« Kosakowski zog ein Smartphone aus der Innentasche seines Jacketts, wischte ein paarmal darauf herum, dann sagte er: »Da habe ich ja richtig Glück gehabt. Ich hatte am Montag um zwölf Uhr einen Termin in Hamburg. Das können Sie gern überprüfen. Ich bin mit dem Zug um 6.06 Uhr ab Seligenstadt losgefahren. Für die Heimfahrt habe ich den Zug um 18.01 Uhr ab Hamburg genommen und war genau um 22.46 Uhr wieder in Seligenstadt. Ich kann Ihnen gerne mein Handyticket per E-Mail zuschicken. Leider habe ich nicht solch schöne Knips-Stempel auf der Fahrkarte, die tatsächlich belegen würden, dass ich mit genau diesen Zügen gefahren bin. Aber wie gesagt, ich war bei der Konzertagentur Rödermann in Hamburg, und das können Sie nachprüfen.«

Damit fiel Kosakowski als Täter wohl aus. So viel war klar.

»Sagt Ihnen der Name Charlie Patras etwas?«

»Diesen Namen habe ich nie gehört. Wer soll das sein?«

»Auch Charlie Patras ist ermordet worden, mit derselben Waffe. Und sagt Ihnen der Name Helmut Glockner etwas?«

»Nein. Ist der etwa auch erschossen worden?« Es sollte ironisch klingen, eine Ironie, die verpuffte, als Horndeich antwortete: »Ja.«

Kosakowski schüttelte den Kopf. »Nein, auch dieser Name sagt mir überhaupt nichts.«

»Wo arbeiten Sie?«, wollte Horndeich wissen.

»Ich leite eine kleine Firma, die die Technik für Events zur Verfügung stellt. Von der Hochzeit bis zu Veranstaltungen in der Festhalle in Frankfurt oder sogar in der Mastercard-Arena in Hamburg. Wir machen alles, was mit Ton, Licht und allen anderen Bühneneffekten zu tun hat.«

»Wo ist der Sitz Ihres Unternehmens?«

»Max-Beckmann-Straße in Frankfurt. Ganz im Süden von Sachsenhausen. Keine zwanzig Minuten mit dem Auto. Absolut perfekt.«

»Und Ihre Firma heißt?«

»Auch das ist sehr einfach: Adam Kosakowski Events, kurz: AKE.«

Feller hatte mal wieder ganze Arbeit geleistet: Binnen einer Stunde hatte er herausgefunden, dass Adam Kosakowski zweifellos in Hamburg gewesen war: Zunächst hatte er bei der Konzertagentur angerufen, die den Besuch bestätigt hatte. Der Geschäftsführer hatte sogar beim gemeinsamen Mittagessen mit dem Handy ein paar Bilder geschossen, auf denen auch Kosakowski zu sehen gewesen war. Da ihm dieses Alibi schon wieder zu gut vorkam, hatte er sogar eine Anfrage bei der Deutschen Bahn angeleiert, ob Adam Kosakowski dort ein Handyticket gekauft habe und ob es bei der Hin- oder Rückfahrt mit einem ihrer tragbaren Supercomputer eingescannt worden war. Binnen vierundzwanzig Stunden sollte er Antwort bekommen.

Nachdem nun feststand, dass auch das Mordopfer Ludwig Daunberg seinen Hang zu Kindern ausgelebt hatte, schien es Horndeich an der Zeit, nochmals mit seiner Ehefrau Chiara zu sprechen. Zumal er sich erneut kurz mit Kellermann unterhalten hatte: Wenn jemand längere Zeit seine Neigung Kindern gegenüber schon ausgelebt hatte, war es wenig wahrscheinlich, dass er über Nacht einfach damit aufhörte. Dennoch zeigte sich Kellermann ebenfalls irritiert, dass sie auf Daunbergs Computern keinerlei Spuren in diese Richtung hatten ermitteln können. Feller war richtiggehend beleidigt gewesen, als Horndeich nachgefragt hatte, ob der sich wirklich ganz sicher gewesen war, an dieser Stelle nichts übersehen zu haben.

Auch Silvia Rauch hatte inzwischen einen vorläufigen Bericht abgeliefert. Sie hatte die Bestätigung des Landeskriminalamts bekommen, dass auch Charlie Patras mit derselben Waffe erschossen worden war wie die beiden anderen. Irgendjemand spielte hier *Das große Aufräumen*. Und wenn sie den Kerl nicht stoppen konnten, würde die Zahl der Leichen noch steigen, davon war Horndeich überzeugt. Umso wichtiger war es, herauszufinden, was die drei zu Lebzeiten verbunden hatte.

Horndeich wollte den Druck auf Chiara etwas erhöhen. Keine heimische Wohnzimmeratmosphäre, sondern die nüchterne Kälte eines Verhörraums. Auch keine persönliche Begrüßung. Er ließ sie von einem Kollegen an der Pforte abholen, als sie gegen vierzehn Uhr eintraf. Und er ließ sie zehn Minuten im Verhörraum schmoren, bevor er selbst den Raum betrat.

»Hallo, Steffen. Was soll denn diese hochoffizielle Umgebung hier?«, waren Chiaras erste Worte.

Horndeich setzte sich ihr gegenüber. Erst dann antwortete er: »Es haben sich einige neue Aspekte ergeben. Und deswegen müssen wir noch einmal miteinander sprechen.«

»Neue Aspekte. Soso.«

Einschüchtern ließ sie sich nicht, so viel stand fest. Und trotzdem meinte Horndeich zu hören, dass ihre Stimme ein klein wenig ihrer Festigkeit verloren hatte.

»Wir haben gestern einen weiteren Toten gefunden.«

»Noch jemand?«

»Ja. Du kennst ihn. Charlie Patras.«

»Charlie? Unser Charlie vom Kindergarten?«

»Ja. Genau der.«

»Ist er auch …?«, setzte Chiara zu einer Frage an, die sie nicht beendete.

»Ja. Auch er ist erschossen worden.« Horndeich sagte nichts zum Projektil.

»Das ist ja furchtbar!«, flüsterte Chiara.

Horndeich antwortete nicht, sondern ließ das Schweigen ein paar Sekunden zwischen ihnen stehen. Es war Chiara, die es brach: »Was hat das alles mit Ludwig zu tun?«

Horndeich legte ein Diktiergerät auf den Tisch zwischen ihnen. »Ich möchte unser Gespräch gerne aufzeichnen.«

Chiara nickte nur.

Horndeich sprach ein paar Formalien ins Mikro, legte das Aufzeichnungsgerät wieder ab und sah Chiara an. »Chiara, hast du den Namen Adam Kosakowski schon einmal gehört?«

Ein Stirnrunzeln zeichnete sich auf ihrer Stirn ab: »Adam wie?«

Horndeich wiederholte langsam: »Kosakowski.«

»Nein. Wer soll das sein?«

»Ludwig hat den Namen nie erwähnt?«

»Nein. Klingt polnisch. Wer ist das?«

»Adam Kosakowski war ein Schüler an der Musikschule in Reutlingen, an der Ludwig fast acht Jahre gearbeitet hat.«

»Nein. Den Namen hat Ludwig nie erwähnt. Warum? Was ist los mit diesem Kosakowski?« Horndeich war die Veränderung ihrer Stimme nicht entgangen. Ein bisschen zögerlicher, ein bisschen leiser. Horndeich meinte, das Räderwerk in Chiaras Kopf im hohen Drehzahlbereich arbeiten zu hören.

»Adam Kosakowski ist über drei Jahre hinweg von deinem Mann sexuell missbraucht worden.«

»Wie bitte?«

»Wie ich es sage. Das hat dazu geführt, dass Ludwig von der Schule geflogen ist. Und das hat dazu geführt, dass er nach Darmstadt gegangen ist, also möglichst weit weg von Reutlingen.«

»Du spinnst.«

»Nein, Chiara, ich spinne nicht. Er ist vom Direktor der Reutlinger Musikschule in flagranti erwischt worden.«

»Dann hätte er wohl hier in Darmstadt danach kaum ein unbehelligtes Leben führen können, wenn dieser Direktor ihn angezeigt hätte.«

»Er hat ihn damals nicht angezeigt.«

»Warum nicht?«, wollte Chiara wissen.

»Das tut hier nichts zur Sache.«

»Und weshalb bin ich jetzt hier?«

»Weil ich dich noch einmal fragen möchte, ob dir in den vergangenen zwanzig Jahren nicht doch etwas aufgefallen ist, was du dir jetzt, nachdem ich dir das erzählt habe, erklären kannst. Ob es in den vergangenen zwanzig Jahren nicht doch Hinweise darauf gegeben hat, dass er seine Neigung Kindern gegenüber weiter ausgelebt hat.«

Chiara zögerte. »Nein«, sagte sie und sah Horndeich direkt an.

Der sprach nicht weiter, sondern erwiderte ihren Blick nur. Nach zehn Sekunden senkte Chiara den ihren in Richtung Tischplatte, genau auf die kleine rote LED-Lampe, die an dem Aufnahmegerät leuchtete.

»Nein«, wiederholte sie. Aber ihre Stimme war nur noch ein Flüstern. Das Glitzern der Tränen, die sich langsam aus ihren Augenwinkeln lösten, war nicht zu übersehen. Weitere Tränen folgten. Und wenige Sekunden später vergrub Chiara das Gesicht in den Händen, weinte und schluchzte mehrmals auf.

Zufällig hatte Horndeich in der Innentasche seines Jacketts eine Packung Tempo-Taschentücher, öffnete sie und reichte Chiara eines. Es dauerte eine Minute, bis diese sich wieder einigermaßen im Griff hatte. Horndeich fühlte sich so gar nicht wohl in seiner Haut. Ihm gegenüber eine weinende Frau, er auf der anderen Seite des Tisches. Es entsprach einfach nicht seinem Naturell, Chiara nicht trösten zu können. Vielleicht war er doch zu nah dran an diesem Fall.

»Doch, Steffen, es gab Hinweise. Quatsch. Hinweise ist untertrieben.«

Chiara schnäuzte sich die Nase, tupfte sich die Augen, dann sah sie Horndeich wieder an. »Mein Mann war nie in seinem Leben Alkoholiker. Mein Mann war pädophil. Und ich wusste das.«

Nun begann das Räderwerk in Horndeichs Kopf sich schneller zu bewegen, begann zu rattern und spuckte jede Sekunde ein Kärtchen mit einer neuen Frage aus. Horndeich sammelte den kleinen Stapel zusammen und legte ihn in eine mentale Nische. Zu Chiara sagte er nur: »Erzähl es mir.«

»Gerald wird jetzt bald fünf. Wir waren beide glücklich, dass wir nach den Mädchen nun einen Jungen bekamen. Ich freute mich wirklich darauf, noch ein drittes Kind mit ihm zu haben. Ludwig war den Mädchen von Anfang an ein guter Vater gewesen. Er hat immer mit angepackt, vom Windelnwechseln bis zu kalten Umschlägen bei hohem Fieber, später dann als Chauffeur in der Zeit, als Leonora das Reiten als ihr Hobby entdeckt hatte. Ich wusste also, was auf mich zukam. Und ich freute mich darauf.«

Chiara hielt inne. Und Horndeich drängte sie nicht zum Weitersprechen. Er wusste, dass sie diese Geschichte nun bis zum Ende erzählen würde, wie lange es auch immer dauerte.

»Vor drei Jahren, da habe ich sie entdeckt, die Bilder auf seinem Laptop. Nein, das stimmt so nicht. Die Situation war viel entwürdigender. Ich wollte Einkaufen fahren, er sagte, er müsse noch was am Rechner erledigen und er würde bei

Gerald bleiben. Ich hatte schon die Hälfte des Weges zum Einkaufszentrum hinter mir, als mir einfiel, dass das Portemonnaie noch auf dem Wohnzimmertisch lag. Also fuhr ich wieder zurück. Ich schloss die Haustür auf, nahm mein Portemonnaie, und dachte, ich gebe meinem Mann schnell noch einen Kuss. Also ging ich in den ersten Stock in sein Zimmer, klopfte, und währenddessen öffnete ich bereits die Tür. Die Situation war so eindeutig, wie sie eindeutiger nicht hätte sein können.«

Wieder machte sie eine Pause. Dann sagte sie: »Ich sah alles gleichzeitig. Fotografien von nackten, kleinen Jungs auf dem Monitor. Seine herabgelassene Hose.«

Chiara schluckte. »Ich erzähle das genau so, wie es gewesen ist. Mir sind die Beine weggeknickt. Ich bin im Türrahmen einfach nur auf den Boden gerutscht. Nach zwei Minuten spürte ich, dass Ludwig mich berührte. Ich schrie auf. Sprang auf, schnappte mir Gerald, der in seinem Kinderbettchen sanft schlief, packte ein paar Sachen ein. Ich weiß noch, dass ich ihn anbrüllte, ob er sich jemals an einem unserer Kindern vergriffen hätte. Das habe er nie, sagte er, und das werde er nie. Ich schnappte mir also unseren Jungen und fuhr zu meinen Eltern. Dort angekommen, dachte ich, ob ich die Mädchen überhaupt bei Ludwig lassen könnte, ob ich die nicht auch sofort zu meinen Eltern holen müsste, ob ich ihn jetzt nicht einfach mit einem Kerzenständer erschlagen sollte, und alle Probleme wären gelöst. Solche Gedanken gingen mir durch den Kopf.«

»Hast du deinen Eltern gesagt, was du zu Hause erlebt hast?«, hakte Horndeich nach.

»Nein. Ich habe nur gesagt, dass wir gestritten hätten, heftig gestritten. Sie intervenieren da auch nicht. Ich habe all meine Konflikte mit meinem Mann immer unter vier Augen mit ihm ausgetragen. Ich konnte und ich kann es auf den Tod nicht ausstehen, wenn man seine Probleme vor anderen breittritt. Am nächsten Morgen waren mir ein paar Dinge klar. Vor allem eins: Ich musste mit ihm reden, ob mir das passte oder nicht. Wir hatten ein paar Krisen in unserer Ehe, die wir tatsächlich gemeistert hatten. Wir waren zu diesem Zeitpunkt miteinander im Reinen. Und dann so was. Ich wusste überhaupt nicht, wohin mit mir.«

Wieder machte Chiara eine Pause. Dann sagte sie: »Kannst du mir etwas zu trinken bringen?«

Horndeich nickte, verließ den Raum kurz und kam danach mit einer Dose Cola und einem Pappbecher wieder zurück.

Chiara trank gierig, als ob das bisher Gesagte sie angefangen hätte auszutrocknen. »Wir haben uns dann zum Reden getroffen. Es musste ein neutraler Ort sein. Und es musste ein Ort sein, mit dem ich nichts Positives verband. Wir trafen uns auf dem Georg-Büchner-Platz vor dem Staatstheater. Da sind diese Bänke. Da konnten wir uns einander gegenübersetzen, ohne uns zu berühren. Meine Eltern wohnen bei Gießen. Ich ließ Gerald da und fuhr zu diesem Gespräch. Es war das erste von vielen, vielen Gesprächen.«

»Du warst bis zu seinem Tod mit ihm verheiratet. Wie konntest du damit umgehen?«, fragte Horndeich. Er konnte sich nicht vorstellen, in solch einer Situation bei seinem Ehepartner zu bleiben. Wenn er Sandra erwischte, wie sie mit Stefanie … allein der Gedanke verursachte ihm Übelkeit. Kellermann hatte ihnen berichtet, dass es meistens Männer waren, die sich zu Kindern sexuell hingezogen fühlten. Aber es gab durchaus auch Frauen.

»Ludwig erzählte mir alles. Wie er in der Pubertät gedacht hatte, etwas stimme mit ihm nicht. Wie er sich als junger Erwachsener klar darüber geworden war, was da nicht stimmte. Vor zwanzig Jahren, da gab's noch kein Internet, da gab's noch kein Bildertauschen. Da war für ihn nur die Frage gewesen: Lebe ich es aus oder nicht? Er berichtete, wie er sich jahrelang dagegen gewehrt hatte und wie er dann doch in Reutlingen angefangen hatte, diese Neigung auszuleben.« Chiara formulierte es mit Worten, die aus einem Lehrbuch zu stammen schienen. Offenbar brauchte sie diese Distanz. »Er erzählte, wie es über Monate und Jahre vom Streicheln bis zum Missbrauch weiterging. Wie er sich selbst gehasst hatte dafür, weil da immer dieser Teil in ihm gewesen war, der wusste, dass das, was er da tat, falsch ist. Er gehörte nicht zu der Sorte, die sich das schönreden. Das klingt wie eine Entschuldigung, aber das ist es nicht, das soll es gar nicht sein. Ich erzähle dir nur, was er mir berichtet hat. Dann kam der Tag, als sein Direktor ihn erwischte mit einem kleinen Jungen. Dass dieser junge Adam Kosakowski hieß, das habe ich erst heute von dir erfahren. Der Name tat für mich auch nichts zur Sache. Es war für ihn der Moment, als er wusste, dass das seine letzte Chance war. Er musste dieses Umfeld verlassen, keinen Zugriff mehr auf Kinder bekommen. Deshalb war er so dankbar, als er hier an der Hochschule angestellt wurde. Er war nur wenige Tage in Darmstadt angekommen, da hatten wir uns schon kennengelernt. Ich habe ihn damals gefragt, wie denn das ginge, mit mir zu schlafen, wenn er eigentlich nur an kleine Jungs dachte. So direkt habe ich ihn das gefragt. Und er hat gesagt, er wollte immer eine Familie haben. Und dass er die Zärtlichkeiten mit mir auch immer genossen habe. Aber da war eben auch diese andere Seite, die immer da war, die er nur in Schach halten konnte, aber nicht abstellen.

Und er gestand mir, wie froh er darüber gewesen war, dass unsere Kinder Mädchen waren. Als er das gesagt hatte, an diesem Tag auf der Bank, stand ich auf und musste mich in den Papierkorb neben der Bank übergeben. Aber ich musste da durch. Bis zum Ende. Also setzte ich mich danach wieder hin. Und hörte weiter zu. Und sprach weiter mit ihm. Die ganze Zeit, während wir sprachen, hat er geheult. Da waren sicher einige Leute, die uns komisch angeguckt hatten. Auf jeden Fall sagte er mir, dass er es im Griff gehabt hatte – bis Gerald geboren wurde. Das hat ihn innerlich völlig aus der Bahn geworfen. Denn er wusste, dass er seinen Sohn niemals missbrauchen würde. Und gleichzeitig merkte er, dass sein

Verlangen immer größer wurde. Er hatte noch lange mit sich gekämpft, bevor er angefangen hat, sich entsprechendes Bildmaterial zu besorgen. Keine Bilder, die eindeutig pornografisch waren. Bilder von nackten Jungs, die so auch in jedem Familienalbum kein Aufsehen erregt hätten, aber in dem Zusammenhang natürlich völlig daneben waren.

Ich fragte ihn, wie er sich sein weiteres Leben vorstellen würde. Denn zu dem Zeitpunkt konnte ich mir nicht vorstellen, mit ihm jemals wieder unter einem Dach zu wohnen. Er sagte mir, dass er sich schon ein paar Wochen zuvor erkundigt hätte, ob es für Menschen wie ihn, die diese Neigung haben, aber nicht ausleben wollten, irgendwelche Hilfen gäbe. Gerade zu diesem Zeitpunkt gründete ein Projekt, das in Berlin Jahre zuvor gestartet worden war, auch in Gießen einen Ableger. Eine Therapie für Männer mit pädophilen Neigungen, die diese nicht leben wollten. Ich habe ihm klipp und klar gesagt, dass dies seine letzte Chance sei. Und ich bin mit ihm zurück in die Wohnung gefahren und habe neben ihm gestanden, als er die Mail geschrieben hat, mit der er sich um einen Platz bewarb, und ich habe danebengestanden, als er sie abgeschickt hat.

Ich kürze den Rest etwas ab: Ich bin mit Gerald zu ihm zurückgegangen. Wir hatten getrennte Schlafzimmer, Gerald schlief in meinem Zimmer. Anfangs schloss ich die Tür von innen ab. Die Mädchen haben mitgekriegt, dass irgendetwas zwischen uns richtig schieflief, aber wir bemühten uns, das aus unserer Beziehung zu ihnen herauszuhalten. Ich würde lügen, wenn ich sage, dass das alles problemlos geklappt hat. Aber trotzdem hat es das irgendwie. Ludwig fuhr jeden Mittwochabend nach Gießen. Es gab auch ein paar gemeinsame Sitzungen, zu denen ich mitgefahren bin. Die Therapie dauerte zwei Jahre. Danach hat Ludwig in Gießen eine Selbsthilfegruppe gegründet für die, die mit ihm in dieser Therapie gewesen waren. Es war für ihn der Stützpfeiler.«

Horndeich machte sich eine mentale Notiz: Sie mussten

versuchen, etwas über diese Selbsthilfegruppe herauszubekommen.

Chiara sprach weiter: »Es gab keine Bilder mehr auf seinem Rechner. Ich habe ihm schließlich irgendwann wieder vertrauen können. Und als ihr zu mir gesagt habt, dass ihr auf dem Rechner nichts gefunden habt, da war ich so was von erleichtert. Diese Lüge mit dem Alkoholismus – so weit ist das, glaube ich, gar nicht entfernt von dem, was er durchmachte.

Irgendwann haben wir die Schlafzimmer auch wieder zusammengelegt. Und tatsächlich kam die Zeit, in der ich nicht mehr zusammengezuckt bin, wenn er mit unserem Sohn rumalberte. Es waren ein paar Sachen anders bei uns: Ich war die, die sich um die Körperhygiene von Gerald gekümmert hat, also ich hab ihn gebadet und gewaschen. Und das ging nicht von mir aus. Ludwig war es, der mich darum gebeten hat, jede Situation die auf irgendeine Weise unangenehm für einen von uns sein könnte, von vornherein zu vermeiden. Und so haben wir unser Leben gelebt. Bis irgendjemand beschlossen hat, seines zu beenden. Ich habe keine Ahnung, wer das getan hat und warum. Eines kann ich dir auf jeden Fall sagen, Steffen: Seit ich und Ludwig zusammen waren, hat er niemals irgendeinen Jungen auch nur einmal falsch angefasst. Und das ist kein Schönreden. Das ist das Fazit seines Leidenswegs und auch des meinen. Es wird Adam Kosakowski nicht trösten, aber er war der letzte Junge, den Ludwig Daunberg unsittlich berührt hat. Und auch das will ich nicht beschönigen. Wirklich nicht. Ich weiß nur, dass das über zwanzig Jahre zurückliegt. Und hätte sich Adam Kosakowski einmal bei Ludwig gemeldet – ich bin mir sicher, Ludwig wäre dieser Konfrontation nicht ausgewichen. Aber Adam Kosakowski hat sich nie bei uns gemeldet. Mehr hab ich nicht zu sagen.«

Chiara schwieg, und Horndeich schaltete das Aufzeichnungsgerät aus.

Als er aufstand, fühlten sich seine Glieder schwer an. Er kam sich vor, als hätte er gerade mindestens einen Halbmarathon hinter sich gebracht. Und er hatte nur einen einzigen Wunsch: Er wollte duschen, als ob er so das Gehörte von sich abwaschen könnte.

Horndeich war sich nicht sicher, ob er Chiara Daunberg bewundern sollte, dass sie so zu ihrem Ehemann gehalten hatte. Er selbst hatte eine kleine Tochter, einen kleinen Sohn. Und er war sich nicht sicher, nicht einmal bei Sandra, der er sich so verbunden fühlte, die er liebte wie keine Frau zuvor, ob er, wenn sie … Und gleichzeitig hatte er Respekt davor, wie Chiara und Ludwig mit seinem Problem umgegangen waren. Er hasste diese Situationen, die sich einer klaren Antwort immer entzogen, egal, von welcher Seite aus man sie betrachtete.

»Was haben wir?«, eröffnete Horndeich die Runde. Es war später Nachmittag. Neben Feller und Leah war auch der Experte für Kinderpornografie Kellermann mit von der Partie.

Feller war wie immer dafür zuständig, die gesicherten Fakten zu präsentieren. Leah saß nicht, sie stand wieder neben dem Whiteboard, die vier Marker in unterschiedlichen Farben in der Hand.

»Also, erst mal das verbindende Element zwischen all unseren Opfern. Alle drei sind mit derselben Waffe erschossen worden. Das erste Opfer war Helmut Glockner in Wiesbaden. Nachdem ich seine beiden Rechner ausgewertet habe, können wir davon ausgehen, dass er am Abend des 30. Mai, also Montag vor einer Woche, ermordet worden ist. Er hat einen letzten Eintrag in einem Chat gemacht, das war um 18.35 Uhr. Danach gibt es keine elektronische Spur mehr auf seinen Rechnern.

Ludwig Daunberg wurde vergangenen Montag, den 6. Juni, wohl so gegen halb neun morgens in Nieder-Beerbach ermordet. Wieder dieselbe Waffe, eine SIG P210. Etwas mehr als fünfzig Stunden später, am Mittwochabend zwischen einundzwanzig und null Uhr wurde schließlich Charlie Patras mit dieser Waffe erschossen.«

Bislang hatte Leah nichts Neues an die Tafel schreiben müssen.

»Tja und jetzt kommen wir zu all den Dingen, die nicht auf alle drei zutreffen, zumindest nicht zwingend.«

Horndeich sah auf seine Unterlagen. »Ich mach mal weiter. Zunächst das Alter: Glockner aus Wiesbaden und Daunberg am Montag, sie waren beide deutlich über fünfzig. Patras fällt da raus, er war keine dreißig Jahre alt.«

Feller übernahm wieder: »Glockner aus Wiesbaden und Daunberg waren beide pädophil. Daunberg hat das vor über zwanzig Jahren ausgelebt, seitdem angeblich nicht mehr. Ich hab versucht, Mitglieder von dieser Selbsthilfegruppe aufzuspüren. Ist aber schwierig. Er hat da keine Mitgliederlisten geführt, das war eine offene Gruppe. Und dieser Verein mauert. Datenschutz und so. Mit einem richterlichen Beschluss bekommen wir vielleicht irgendwelche Namen, wissen aber immer noch nicht, ob die auch Mitglied in der Gruppe waren. Also eine Sackgasse, wenn ihr mich fragt.

Und Glockner, der war wohl kaum in einer Selbsthilfegruppe. Er hat einen Rechner voll Kinderpornografie, aber in den vergangenen zwanzig Jahren offenbar keine direkten Kontakte zu Kindern. Das lässt sich aus den Chats schließen, die er geschrieben hat. Und auch seine Nachbarin hat über nichts dergleichen berichtet.«

»Was Charlie Patras angeht«, schaltete sich nun wieder Horndeich ein, »gab es mal einen vagen Verdacht in diese Richtung, aber nichts Konkretes oder gar Beweisbares. Ich werde versuchen, mit der Mutter, die sich darüber Gedanken gemacht hatte, zu sprechen. Richard, kannst du rausbekommen, wo sie wohnt?«

»Habe ich bereits auf dem Server abgelegt. Sie wohnt in

Frankfurt im Stadtteil Rödelheim. Nicht weit vom S-Bahnhof.«

»Danke«, sagte Horndeich. »Auch die sozialen Verhältnisse«, fuhr er fort, »sind bei den dreien völlig unterschiedlich. Glockner aus Wiesbaden war auf jeden Fall derjenige, der am wenigsten Geld hatte. Er lebte von Hartz IV und hatte auch keine weiteren Einkünfte.«

»Woher wollen wir das wissen?«, fragte Leah.

Feller antwortete: »Auch das weiß ich aus den Chats. Er beklagte sich darüber, dass er so wenig Geld hatte. Und dass er mit seinem kaputten Arm auch nirgendwo eine Chance habe, einen Job zu bekommen. Nicht mal als Straßenkehrer.«

Leah schrieb nun in Grün: »Hartz IV. Keine Jobs.«

Feller fuhr fort: »Charlie hortete als Erzieher auch keine Reichtümer, aber offenbar kam er zurecht. Das Bankkonto war immer in den schwarzen Zahlen. Auch keine besonderen Einzahlungen oder Ausgaben – zumindest haben wir bis jetzt nichts Auffälliges entdeckt. Und Ludwig Daunberg – er war wirklich gut situiert. Eigenes Häuschen im Komponistenviertel, sicher, noch mit einem Restkredit drauf, aber dennoch: Ihm und seiner Familie ging es finanziell richtig gut.«

»Nirgendwo gibt es auch nur einen Ansatzpunkt, dass die drei einander gekannt haben. Oder dass sie einander in diesem Leben überhaupt einmal über den Weg gelaufen sind. Es ist ganz schön frustrierend«, resümierte Feller.

Horndeich seufzte. Der Fall war irgendwie ein ganz anderes Kaliber. Die Aufklärungsrate bei Mord lag bei fast hundert Prozent. Das klang unglaublich gut. Das war auch unglaublich gut. Aber die hohe Aufklärungsrate rührte auch daher, dass die meisten Morde ganz einfach gestrickt waren, wie er es oft salopp formulierte. In fast allen Fällen kannte der Mörder sein Opfer. Es ging um Eifersucht, verschmähte Liebe, Geld, Rache oder auch um Ehrenmorde, auch wenn Horndeich dieses Wort für völlig falsch gewählt hielt. Meistens stammten die Täter aus der Familie oder dem unmittelbaren Umfeld. Das hier – das war etwas ganz anderes.

Nach Horndeichs Seufzer schwieg die Runde.

Kellermann nahm das Wort wieder auf: »Wenn ich euch jetzt richtig zugehört habe«, er wandte sich Leah zu, »und ich die Aufzeichnungen unserer bezaubernden Kollegin hier richtig interpretiere, dann gibt es genau eine einzige Gemeinsamkeit zwischen allen drei Männern, auch wenn die noch nicht bewiesen ist. Ich formuliere es ganz vorsichtig: Die größte Wahrscheinlichkeit hat die These, dass alle drei eine pädophile Veranlagung haben. Auch wenn das für Charlie Patras noch nicht bewiesen ist – vielleicht genügte dem Mörder ja auch schon der Verdacht.«

»Du meinst also, dass unser Mörder jemand ist, der pädophile Männer umbringt.«

»Jein. Ich glaube, euer Mörder ist jemand, der pädophile Männer umbringt, die sich schon an Kindern vergriffen haben. Da lohnt es sich sicher, bei diesem Charlie Patras noch mal etwas tiefer zu bohren. Aber einen anderen Zusammenhang kann ich im Moment überhaupt nicht erkennen.«

Das konnte Horndeich auch nicht. Und Kellermann hatte nur seine eigenen Gedanken ausgesprochen, in einer Deutlichkeit, in der Horndeich sie gar nicht hatte hören wollen. Hatte Charlie Patras sich an Kindern vergangen? Hatte Charlie Patras sich an Kindern im Kindergarten vergangen, in dem auch seine Tochter war? Hatte Charlie Patras sich an Kindern in seiner Gruppe vergangen? Hatte Charlie Patras sich an …

Er kannte das ja schon. Aber nicht so oft und nicht so heftig: Wieder sprang er auf und schaffte es gerade noch rechtzeitig zur Toilette.

# TOBIAS VI

»Aber selbstverständlich. Tobi ist hier immer willkommen.«

Sie haben Mama jetzt angeboten, Nachtschichten zu machen. Das geht natürlich nur, wenn jemand auf mich aufpasst. Aber es ist richtig gut bezahlt, hat Mama gesagt.

Wanja hat gesagt, klar, das wäre kein Problem, er würde auf mich aufpassen. Es wäre dann aber viel einfacher, wenn ich einfach bei ihm und Doris übernachten würde. Sie hätten ja auch ein Gästezimmer, und Doris würde mir gern ein Frühstück machen und dafür sorgen, dass ich pünktlich in die Schule komme.

Mama war so glücklich, als Wanja ihr das erzählt hat.

Ich fand es nicht so toll.

Heute ist Mama zu ihrer ersten Nachtschicht gegangen. Und ich bin am frühen Abend mit meinem Schulranzen und meinem Rucksack zu Wanja.

»Na, dann machen wir mal dein Bett.« Ich stehe neben Wanja, als er das Betttuch über die Matratze des Bettes im Gästezimmer streift. Ein Spannbetttuch. Und plötzlich ein lautes Krachen, das Bett fällt zusammen.

»Was für eine Fick-Scheiße«, sagt Wanja.

Ich erinnere mich genau, dass die Zahlen bei der Multiplikation »angepisst« waren. Ich fand es schon cool, dass ein Erwachsener solche Worte benutzt. Aber Wanja benutzt zu viel von den Worten, die ich nicht benutzen darf. Und die ich so auch gar nicht sagen will.

»Na, da müssen wir wohl ein bisschen umorganisieren«, sagt Wanja. Und er trägt mein Bettzeug einfach in sein Schlafzimmer. Also das Schlafzimmer von ihm und Doris. Aber

Doris ist nicht da. Sie sei bei ihren Freundinnen, sagt Wanja. Und wenn sie spät in der Nacht nach Hause kommt, wird sie auf dem Sofa schlafen. Sie hätten das schon abgesprochen.

Ich denke kurz nach: Wie kann Wanja das mit Doris abgesprochen haben, wenn das Bett erst vor fünf Minuten kaputtgegangen ist? Aber ich frage nicht nach. Eins hab ich kapiert: Wanja ist freundlich und gut zu mir. Nur wenn man die falschen Fragen stellt, dann wird er von einem Moment auf den anderen stocksauer. Und das mag ich überhaupt nicht.

Er legt das Bettzeug auf die linke Seite des großen Bettes, in dem auch er schläft.

Der Abend ist dann schon cool. Wir gucken zusammen einen Gruselfilm. Und als der Zombie plötzlich anfängt, den einen Mann zu fressen, da bin ich schon froh, dass ich mich hinter Wanjas Rücken verstecken kann. Er lacht nur.

Danach gehen wir schlafen. Ich liege auf meiner Seite, Wanja auf seiner. Dann fragt er mich, ob mir denn Tanja gut gefällt. Ich hab keine Ahnung, woher er den Namen kennt. Und dass ich Tanja mag. Sie sitzt eine Reihe vor mir. Und hat so ganz tolle lange Haare. Und dass ich schon mal ihre Unterhose gesehen hab, als sie sich gebückt hat, das weiß auch niemand außer mir.

»Du musst üben!«

Ich hab keine Ahnung, was Wanja meint. Dann sagt er: »Du musst deinen Poldi groß machen. Das wird dann auch der Tanja gefallen.« Er hat meinen Pimmel Poldi genannt, weil ich mir ja keinen eigenen Namen ausdenken wollte. »Selbst dran schuld, junger Mann«, hat er gesagt und gelacht.

Eigentlich möchte ich jetzt lieber zurück in meine Wohnung. In mein Bett. Oder zu Mama in ihr Bett. Aber Mama hat ja Nachtschicht.

»Ich übe auch. Immer noch.«

Als Wanja meine Hand nimmt und in seine Richtung führt, fühle ich mich schrecklich. Wanjas Finger berühren

Stellen, von denen ich nicht wusste, dass man sie überhaupt mit einem Finger anfasst.

Die Zeit ist endlos.

Dann wird es warm und feucht.

Und Wanjas Finger sind weg.

Ich spüre, es ist zu Ende. Ein gutes Gefühl.

Sekunden später ist es kalt und klebrig.

Einfach nur eklig. Aber es scheint wirklich vorbei zu sein.

Für den Schweiß unter meinen Achseln hat Wanja doch immer die tolle Seife. Doch jetzt, wo ich mich waschen will, wo ich mich ganz dringend waschen will, lässt er es nicht zu.

Irgendwann schlafe ich ein.

Hoffentlich hat Mama nicht so viele Nachtschichten.

# SAMSTAG, 11. JUNI

Das Croissant auf dem Teller. Auf dem Tisch die Marmelade. Die Butter. Der Kaffee. Leah starrte auf ihr Frühstück, als ob jemand anders es dorthin gestellt hätte. Der Balkon. Die Sonne. Der Frühstückstisch. Ihr Klappstuhl. Alles wie immer. Und dennoch stimmte etwas nicht.

Der Kloß im Hals.

Er war lange nicht mehr Gast in ihrer Speiseröhre gewesen. Wirkte wie ein Pfropfen.

Sie bekam nichts runter.

Als sie versuchte, den Pfropfen mit einem Schluck Kaffee hinunterzuspülen, spie sie den Sud über den ganzen Balkon. Und über das Croissant und die Marmelade.

Ruhig atmen.

Ganz ruhig atmen.

Ihr Herz schlug schneller. Beim Auto nannte man das den roten Drehzahlbereich. Das Bild passte. Wie das Fahren durch die Stadt, wenn man nicht in den zweiten Gang schalten konnte. Der Motor glühte, und trotzdem kam man kaum von der Stelle.

Die letzte Attacke dieser Art war sicher schon anderthalb Jahre her, und Leah hatte keine Ahnung, warum ausgerechnet jetzt wieder eine kommen musste.

Brust raus, langsam atmen. Ganz langsam.

Schweiß auf ihrem Rücken, im Nacken.

Sie hatte sich gut eingerichtet in ihrer Situation. Wenig Kontakt zu anderen Menschen außerhalb des Dienstes. Viel Balkon, viele Bücher, ab und an Musik. Immer mal wieder ging sie zu Konzerten, tauchte dort unter in der anonymen

Menge der Zuhörer. Einkaufen einmal in der Woche, deshalb extra den großen Eisschrank gekauft. Nur das Obst frisch.

Langsam atmen. Langsam.

Sie hatte an vielen Fällen gearbeitet, die meisten waren aufgeklärt. Bei diesen Fällen hatte sie Bilder und Menschen gesehen, von denen sie sich im Nachhinein wünschte, sie hätte die Augen rechtzeitig geschlossen. Wieder tauchte das Bild des Mädchens im roten Kleid vor ihrem geistigen Auge auf, in einem kleinen Videofenster auf Fellers Monitor, Hinterlassenschaften von Helmut Glockners Rechner.

Vielleicht genau dieses eine Bild zu viel.

Langsam bekam sie die Atmung wieder in den Griff.

Eine Minute später stand sie auf. Konnte sie wieder aufstehen.

Sie ging in ihr Schlafzimmer. Legte sich ins Bett. Zog die Decke über den Kopf.

Sie wusste nicht, wie lange sie so gelegen hatte, als das Handy klingelte.

Sie ignorierte das Klingeln. Gleichzeitig irritierte es sie. Wer rief sie da an? Es war Wochenende, also konnte es kaum dienstlich sein, denn sie arbeitete ja jetzt mit den Darmstädtern zusammen und hatte dort keine Bereitschaft.

Bruno?

Sie erinnerte sich noch so gut an die Zeit, in der sie sich langsam nähergekommen waren. Es war so ungewohnt gewesen, wieder Dinge mit einem Menschen zu teilen. Jemand, der neben ihr saß, wenn sie Brahms zweites Klavierkonzert im Theater hörte. Jemand, mit dem sie Chips aus der Schüssel griff, wenn sie nebeneinander auf dem Sofa saßen und sich *Pretty Woman* ansahen.

Sehr langsam hatte sie Bruno ein wenig näher an sich herangelassen. Es hatte sicher ein halbes Jahr gedauert, bis er es gewagt hatte, ihre Wange zu streicheln.

Das war bereits der Punkt gewesen, an dem sie ihn hätte bitten müssen aufzuhören.

Leah spürte die Sehnsucht und zugleich den Kloß im Hals.

Es hatte ein weiteres halbes Jahr gedauert, da war sie bereits in München gewesen und nur zu Besuch gekommen. Sie hatte bei ihm übernachtet, auf der Couch. Und war von dort aus zu ihm ins Schlafzimmer gegangen.

Es war grässlich gewesen. Wobei ihr klar war, dass es nur hatte grässlich werden können beim ersten Versuch nach so vielen Jahren.

Also gab es noch einen zweiten Versuch. Der war nicht ganz so grässlich. Dachte Leah. Doch Bruno war es, der mittendrin einfach abbrach. Tränen in den Augen.

Sie quälte eine ganze Armee von Geistern, er hatte nur einen: die verstorbene Frau. Mit der er nach wie vor das Leben teilte, auch wenn sie gar nicht mehr auf dieser Erde wandelte. Von der Bruno immer noch glaubte, dass er sie betrog, mit Leah betrog.

Es war gut gewesen, so wie es gewesen war: Bruno und sie, zwei Freunde. Auf einer Ebene, auf die seine Frau nicht hätte eifersüchtig sein müssen. Und auf einer Ebene, bei der Leah selbst die nötige Distanz halten konnte.

Jene fein austarierte Beziehung war in sich zusammengefallen, als ob die verzweifelten Versuche, sich auch körperlich näherzukommen, sie unterspült hätten wie ein Sturzbach ein Gleisbett.

Der Kloß im Hals war jetzt kleiner, die Tränen wollten nicht kommen.

Bei ihrer letzten Attacke war sie einfach den ganzen Tag im Bett geblieben. Unter der Decke. Jetzt siegte die Neugier. Wer um alles in der Welt hatte sie angerufen?

Sie schob die Decke zurück. Zog das Smartphone heran, entsperrte es. Richard. Richard Feller hatte sie angerufen. Sie schob die Decke ganz zurück, setzte sich auf den Bettrand.

Sie dachte nicht darüber nach, was sie tat, als sie auf den Rückrufbutton drückte.

»Oh, hallo, Leah«, sagte er. Feller wirkte überrascht. »Damit hätte ich jetzt gar nicht gerechnet. Ich dachte, du bist vielleicht irgendwo unterwegs bei diesem tollen Wetter.«

Leah schüttelte den Kopf, dann wurde ihr bewusst, dass er sie nicht sehen konnte: »Nein. Ich bin zu Hause.« Als ob damit alles gesagt wäre.

»Ich habe mich gerade beim Frühstück ein wenig durchs Internet geklickt.«

Ein Schmunzeln konnte sich Leah nicht verkneifen. Sie fragte sich, ob es überhaupt Situationen gab, in denen Richard allein war und neben ihm kein Rechner angeschaltet war.

»Ludwig Daunberg hat ein bisschen was veröffentlicht in seinem Leben. Bücher, aber auch Videos. Eine ganze Menge. Von seinen Konzerten, von Konzerten seiner Schüler – sein Name taucht sehr oft auf. Und auch zu Charlie Patras gibt es eine Menge im Netz. Zu Helmut Glockner habe ich nichts gefunden, aber auch noch nicht ganz tief gegraben. Ich frage mich, ob wir hier vielleicht irgendeinen kleinen Schlüssel finden, der uns hilft zu verstehen, was diese drei ermordeten Männer miteinander verbindet.«

Diese Frage war Leah ebenfalls im Kopf herumgespuckt. Es war völlig klar: Wenn sie die Verbindung kannten, hätten sie eine Chance, den Mann mit der tödlichen Waffe aufzuspüren.

»Ich weiß nicht, was du an diesem Wochenende vorhast. Ich habe hier zwei Liter Eistee, einen Raum mit Klimaanlage und zwei Rechner, die ich allerdings nicht parallel bedienen kann. Falls du also an diesem Wochenende genauso viel vorhast wie ich, könnten wir zusammen stöbern.«

Richard Feller war ein grober Klotz, der mit Rechnern zärtlicher umging als mit Menschen. Und gleichzeitig musste er wohl doch über ziemlich gute Antennen verfügen. Antennen, die ihm sagten, dass es außer ihm tatsächlich noch weitere so verrückte Menschen gab, die es als Erlösung betrachteten, an einem Wochenende arbeiten zu dürfen. Solche Menschen wie Leah.

Leah stand auf, antwortete nicht sofort. Ihr Blick fiel auf die zerwühlte Decke. War das die Perspektive für einen langen Samstag und einen noch längeren Sonntag?

»Ich bin in anderthalb Stunden bei dir«, sagte sie und legte auf.

## SONNTAG, 12. JUNI

Horndeich saß auf der Bank direkt am Babyplanschbecken. Stefanie liebte das Wasser und ganz besonders die Fontäne, die in der Mitte des Beckens sprühte. Sie tanzte regelrecht durch das fliegende Wasser. Vor einer halben Stunde war noch ein anderes Mädchen zu ihr gestoßen, etwa im gleichen Alter. Jetzt tanzten sie zu zweit.

Er sah auf die Uhr. Es war schon fast sieben. In einer halben Stunde würde das Bad schließen. Horndeich hatte beschlossen, seiner Tochter auch die restlichen Minuten noch zuzugestehen.

Das ganze Wochenende hatten sie sehr entspannt verbracht und sich die meiste Zeit über im Garten aufgehalten. Stefanie hatte Sebastian und Chloe bestens unterhalten. Am Vorabend war Horndeich als großer Grillmeister aufgetreten. Er konnte sich vorstellen, wie wohl sich Margot in diesem Haus gefühlt haben musste.

Stefanie wollte dann unbedingt in den Woog gehen, den Badesee, der mitten in der Stadt lag. Doro griff den Vorschlag auf. Auch sie wollte schwimmen gehen und noch ein paar Bahnen ziehen.

Ralf wuselte nun ebenfalls über die Wiese. Der Langhaardackel war zu Beginn der Badesaison zum Woogshund erklärt worden. Er erfüllte das Anforderungsprofil vollständig: Er war wasserscheu, kam also Kindern im Wasser nicht zu nah, war gut erzogen und er machte seine Haufen immer an einer Stelle hinten im Gebüsch, wo sie nicht störten und vom Bademeister ohnehin beseitigt wurden. Wenn im Woog viel Betrieb war, wurde er vier Mal am Tag vom Bademeister über das Gelände geführt. War nicht so viel los, so wie heute, dann durfte er auch ohne Leine über den Rasen flitzen.

Ralf hatte seine Karrierechance bekommen, da seit drei Jahren der Natur-Badesee von Nil- und Kanadagänsen heimgesucht wurde, für die der Ort ebenfalls ein kleines Paradies war. Das alles wäre kein Problem gewesen, wenn gerade die Kanadagänse nicht so eine wunderbar funktionierende Verdauung gehabt hätten. Grüner Kot auf grüner Wiese, und das in Unmengen. In den vorigen Saisons hatte sich das Badpersonal im Nebenjob als Kot-Einsammler profiliert, auf Dauer ein unhaltbarer Zustand. Ralf hatte der *Scheißsituation* – Horndeich hatte schmunzeln müssen, als er diese Formulierung in der lokalen Tageszeitung gelesen hatte – schnell und gründlich ein Ende bereitet. Wo ein Hund war, fühlten Kanadagänse sich nicht wohl. Und so war Ralf innerhalb von wenigen Tagen zum Liebling des Personals geworden. Gehätschelt und getätschelt. Bademeister Rolf, dem der Hund gehörte, hatte seinen Ralf gut im Griff. Und er achtete streng darauf, dass niemand seinen Hund fütterte.

Doro kam auf die Bank zu. Stefanie winkte ihr zu, Doro winkte zurück. Sie hatte sich in ein großes Badetuch eingemummelt und setzte sich nun neben Horndeich.

»Was war das vorhin, Steffen?«

Hatte sie es also doch mitbekommen. Im Nachhinein war es Horndeich peinlich. Doro war bereits auf dem Weg in Richtung Wasser gewesen, als dieser Typ den Fotoapparat gezückt hatte, um dessen eigene Tochter zu fotografieren. Horndeich war etwas forsch auf ihn zugegangen, hatte ihn aufgefordert, die Bilder augenblicklich zu löschen, er wollte nicht, dass Stefanie, wenn vielleicht auch nur im Hintergrund, auf irgendwelchen Chipkarten von anderen Leuten abgebildet wäre. Der arme Kerl hatte gar nicht gewusst, wie ihm geschah. Er hatte Horndeich die Bilder gezeigt, mit einem Teleobjektiv geschossen, und auf ihnen war nichts anderes zu sehen gewesen als sein eigenes glückliches Kind, das im Wasser spielte. Seit er diese verdammten Fotos gesehen hatte, nein, seit diese verdammten Fotos mit einem konkreten Fall von ihm zusammenhingen, hatte seine Objektivität doch ein wenig gelitten.

»Nichts«, sagte Horndeich.

Doro grinste breit. »Für ein Nichts war das aber ganz schön heftig.«

Horndeich hatte mit Sandra kaum über den Fall gesprochen. Für gewöhnlich erzählte er ihr immer, woran er gerade arbeitete. Noch vor zwei Wochen hätte er jedem Paartherapeuten zugestimmt, der sagte, dass der Austausch, auch über das Alltägliche und über die Arbeit, so wichtig wären für eine Beziehung, um nicht den Kontakt zum anderen zu verlieren.

Der Begriff Kinderpornografie war Horndeich seit Beginn seiner Polizeilaufbahn natürlich geläufig, und gerade erst hatte er die Schlagzeilen um den gefallenen SPD-Politiker sehr genau verfolgt. Aber all das hatte nichts mit seinem eigenen Leben zu tun gehabt. Bis er die Bilder der nackten kleinen Mädchen unter dem Brunnen gesehen hatte, die nicht in ein Familienalbum geklebt worden waren, sondern eine Währung auf Tauschbörsen. Er konnte darüber mit Sandra nicht sprechen. Er wollte ihr die Gedanken ersparen, die sich seit Beginn dieses Falls in seinem eigenen Kopf festgesogen hatten wie Blutegel.

»Wir mussten Material auf einer Festplatte sichten«, begann Horndeich, und obwohl er es nicht wollte, sprudelte es plötzlich aus ihm heraus und er erzählte der jungen Frau, was sie sich hatten ansehen müssen. Und er erzählte ihr auch, dass er zum ersten Mal in seinem Leben das Gefühl hatte, vielleicht doch ein wenig mehr ein Schrotflinten-Papa sein zu müssen. Ein Papa, der die Bösen und die Jungs mit einem Schießgewehr in Schach hielt, damit sie seiner Tochter nichts tun konnten. Jetzt, da sie fünf war, und auch später, wenn sie fünfzehn sein würde. Gleichzeitig wusste er, dass er mit einer

Schrotflinte nichts erreichen konnte. Höchstens dann, wenn es zu spät war.

Es war eine seltsame Geste, als Doro ihre Hand auf seine Schulter legte. Doro, die eine Frau war und schon lange kein pubertierendes Mädchen mehr, wie Horndeich in diesem Moment feststellte. Eine Frau, die durchaus zu reflektierten Gedankengängen fähig war und auch unschönen Wahrheiten ins Auge blicken konnte: »Steffen, du bist ein guter Papa. Du wirst Stefanie beschützen, wo immer du es kannst. Und da gibt es keinen besseren Beschützer als dich. Wenn das nicht reicht, dann reicht auch kein anderer. Dann ist es Schicksal.«

Diese Gedanken schmeckten Horndeich überhaupt nicht, obwohl er sich natürlich geschmeichelt fühlte. Ihre Worte zeigten ihm, dass es Grenzen gab, die er nicht bereit war zu akzeptieren. Auch wenn ihm gar nichts anderes übrig blieb.

Er schüttelte sich. Wollte damit auch die Gedanken abschütteln. Die einzige Chance dazu war ein Themenwechsel: »Und du? Was ist mit dir? Was ist mit Milo, was ist mit euch?«

Für einen kurzen Moment grinste Doro breit: »Themenwechsel. Na gut. Sei dir zugestanden.«

Dann verschwand das Grinsen, und die Mundwinkel sanken nach unten. »Steffen, es ist einfach schlimm. Ich liebe ihn. Wie keinen Mann vor ihm. Ich möchte gern zusammen sein mit ihm. Aber ich kann ihn nicht heiraten. Ich kann ihn nicht heiraten, nur damit ich in den USA bleiben kann.«

Horndeich nickte.

»Es ist völlig bescheuert. Wären wir beide in Deutschland, und er würde mich fragen, ob ich seine Frau werden will, ich glaube nicht, dass ich Nein sagen würde. Aber die Ehe in den USA – sie ist nur Mittel zum Zweck. So empfinde ich das zumindest.«

Horndeich schüttelte den Kopf, ganz sanft, mit minimaler Bewegung. »Doro, das ist es nicht.«

Sie sah ihn nicht an, sie blickte zu Stefanie, die mit ihrer neuen Freundin immer noch die größte Freude daran hatte, durch die Wasserfontäne zu springen. Stefanie nahm sie gar nicht wahr.

Horndeich fuhr fort: »Willst du meine Meinung hören?«

Doro nickte.

»Ich glaube, du kannst dir nicht vorstellen, in den USA zu leben. Also immer zu leben, dich dort niederzulassen, dort Kinder zu bekommen, die niemals in ihrem Leben auch nur ein Wort Deutsch sprechen werden. Wenn du dir das vorstellen könntest, würde dir das Ja auch in den USA leicht über die Lippen kommen.«

Doro sagte nichts.

»Ich selbst hatte einmal eine Freundin«, sagte Horndeich. »Sie stammte aus Russland. Sie lebte lange Jahre hier, sie sprach perfekt Deutsch, sie hatte sich wunderbar integriert, wie es die Politiker formulieren würden. Wir haben uns geliebt. Aber als ihre Mutter krank wurde, ging sie nach Moskau zurück. An den Ort, an dem ihre Wurzeln lagen. Und sie kam nie wieder zurück. Und wenn ich dich so reden höre, dann hat das für mich genau denselben Tonfall.«

Horndeich sah nicht nach links. Er spürte, dass Doro weinte.

Ihr Blick war auf die grüne Wiese gerichtet, als sie antwortete: »Ich bin ziemlich rumgekommen. Ich war sogar in Afrika. Ich war jetzt lange in den USA. Ich bin in Berlin groß geworden. Es ist ganz komisch: Hier habe ich Wurzeln geschlagen, hier in dieser komischen Stadt Darmstadt. Obwohl ich erst mit sechzehn hier gelandet bin. Und dieses Edelkaff vorher nie gesehen habe.«

Nun war es an Horndeich zu schweigen. Und zu nicken. Auch für ihn war dieser Ort inzwischen ein Zuhause.

»Ich will hier leben, Steffen. Und wenn ich Kinder habe, möchte ich, dass sie hier geboren werden und aufwachsen.«

»Na, das nenn ich doch einen guten Plan. Und vor allem,

Doro: Du weißt, was du willst und was du nicht willst. Das allein ist schon Gold wert.«

»Und Milo?«

Horndeich zuckte mit den Schultern. »Er wird wollen, dass seine Kinder in den USA geboren werden und dort aufwachsen.« Manchmal war er recht gut in unverblümten Wahrheiten.

Horndeichs Handy klingelte. Er sah auf das Display. Feller. Warum rief der ihn an einem Sonntagabend an? Musste was Wichtiges sein. »Sorry, da muss ich ran.«

Doro nickte nur.

»Horndeich, wir haben was rausgefunden. Adam Kosakowski, das Opfer von Ludwig Daunberg, er kannte Charlie Patras.«

Horndeich fragte sich nicht, wie Feller ausgerechnet an einem Sonntagabend zu dieser Erkenntnis gelangen konnte. Er hatte sich schon lange daran gewöhnt, dass Fellers Leben seine Arbeit war und Urlaub eher eine Strafe.

Kurz überlegte Horndeich, ob er Feller nicht brüsk abservieren sollte. Horndeichs Dienst begann erst morgen früh um acht. Doch als ob ein Schalter umgelegt worden wäre, sah Horndeich plötzlich wie auf einem mentalen Split-Screen viele der Bilder von Glockners Festplatte vor sich. Jede Stunde, die sie diesen Fall früher lösten, war die Arbeit wert. »Wo bist du?«, wollte Horndeich wissen.

»Bei mir in der Wohnung. Kennst du ja. Heinrich-Fuhr-Straße. Am Woog.«

Horndeich schaltete das Mikrofon aus, dann wandte er sich an Doro: »Kannst du Stefanie mit nach Hause nehmen? Ich muss mich noch mal um unseren Fall kümmern.«

Doro nickte.

»Richard, ich bin in fünf Minuten bei dir.«

»Komm rein, Horndeich.« Feller öffnete die Wohnungstür, so weit es ging, und Horndeich trat ein. Er hatte Richard Feller noch nie in seinem Domizil besucht. Soviel er wusste, wohnte der noch nicht lange in der Straße mit Blick auf den Woog. Das Erste, was Horndeich auffiel, war die Damenjacke an der Garderobe. Hatte er Feller so falsch eingeschätzt?

Des Rätsels Lösung trat aus dem Wohnzimmer auf ihn zu. »Hallo, Horndeich«, begrüßte ihn Leah Gabriely.

Das konnte Horndeich nun nicht einsortieren. Vor wenigen Tagen hatte er bereits bemerkt, dass Richard und Leah einander duzten. Inzwischen war er auch zum Du übergegangen. Aber dass Leah Gabriely einen Stoffel wie Richard Feller am Wochenende besuchte, das erschloss sich ihm nicht auf Anhieb.

»Wir haben das Wochenende damit verbracht, uns durchs Netz zu pflügen. Du weißt ja, Charlie Patras hat Musik gemacht, zusammen mit Katharina Melker unter dem Namen Charlie & Cathy. Und auch Ludwig Daunberg wird bei vielen YouTube-Videos erwähnt. Oder ist sogar selbst im Bild. Komm mit.«

Horndeich erkannte, dass die Wohnung drei Zimmer hatte. Die Tür zum Wohnzimmer war geöffnet, eine weitere verschlossen – die führte wohl ins Schlafzimmer. Der dritte Raum war ein Arbeitszimmer und deutlich kühler als der Rest der Wohnung. Horndeich versuchte in seinem Kopf immer noch zu sortieren, wie er Leah Gabriely hier unterbringen sollte. So, wie er sie kennengelernt hatte, war sie keine Frau, die sehr schnell Kontakt zu anderen Menschen aufnahm. Kannte sie Feller vielleicht von früher? Irgendwann einmal musste er sie fragen.

»Habe hier eine Klimaanlage hingestellt. Macht sich bezahlt bei diesem Wetter«, erklärte Feller den Temperaturunterschied.

Das Arbeitszimmer ähnelte seinem Büro im Polizeipräsidium. Zwei Schreibtische, eine ganze Armada von Rechnern und Monitoren, ein paar Regale, über und über gefüllt mit technischem Equipment.

Feller deutete auf einen Sessel vor einem der Schreibtische. »Setz dich, Horndeich. Ich zeig dir jetzt das entsprechende Video. Es war übrigens Leah, die es entdeckt hat.«

Horndeich tat, wie ihm geheißen.

Leah erklärte: »Ich hab sie mir heute alle angesehen, die Videos, die Charlie Patras ins Netz gestellt hatte. Oder vielmehr Katharina Melker. Sie haben schon einige Konzerte gegeben. Und Katharina hat eben nicht nur sich und Charlie auf der Bühne gefilmt oder filmen lassen, sondern auch immer versucht, ein bisschen die Atmosphäre des Konzerts einzufangen. Mal völlig dilettantisch, indem sie irgendeine Frage stellte und das Handy im Selfie-Modus ihrem Gegenüber vors Gesicht gehalten hat. Manchmal scheint sie auch anderen Leuten ihre Kamera in die Hand gedrückt zu haben oder zumindest Videos von ihnen verarbeitet zu haben. Aber sieh selbst.«

Horndeich blickte gespannt auf den Monitor, als Leah das Video startete.

Charlie Patras und Katharina Melker traten gemeinsam auf die Bühne, erklärten, dass sie sich freuten, auf diesem Festival spielen zu dürfen. Dann setzten sie sich jeweils auf einen Barhocker. Katharina hielt den Kontrabass, Charlie die Gitarre in der Hand. Sie stimmten ein Lied an. Ein eingängiges Lied in flottem Rhythmus.

*Es würd dir guttun,*
*mal zu sehen, was kannst du tun.*

So lautete der Refrain.

»Wollen wir das nicht vorspulen?«, fragte Horndeich. Er hatte wenig Lust darauf, den Abend damit zu verbringen, einem Konzert von Charlie & Cathy zu lauschen.

»Nein«, intervenierte Leah. »Lass uns das mal ansehen.«

So lauschte Horndeich auch noch der letzten Strophe des Liedes, in der es darum ging, dass es immer einfacher war, Opfer zu sein, als das Leben selbst in die Hand zu nehmen. *Na dann,* dachte Horndeich und wünschte sich, dass die beiden endlich zum Ende kämen und er zur großen Erkenntnis.

Das Lied war zu Ende, als Charlie ins Mikro rief: »Ein bisschen mehr Monitor für die Gitarre. Und für meine Stimme. Ich höre hier gar nichts.«

Er spielte ein paar Akkorde, sang ein paar Verse ins Mikro, dann rief er: »Jetzt ist das super. Vielleicht die Gelegenheit, unseren Mann am Mischpult vorzustellen: Adam Kosakowski. Ohne ihn würdet ihr uns nicht hören. Adam, zeig dich!«

Der, der die Kamera in der Hand hielt, drehte sich um die eigene Achse, schwenkte in Richtung Mischpult und hatte Adam Kosakowski genau vor der Linse, als der in Richtung Bühne lief. Er schüttelte Charlies Hand, dann Katharinas Hand, dann ging er wieder zurück zum Mischpult.

»Das war vor einem Jahr, auf dem Konzert in Sommerkahl in Bayern. Ein kleines Kaff, alle zwei Jahre machen sie dort das sogenannte Acker-Festival. Dort spielen dann Gruppen aus Franken und manchmal eben auch aus der Region etwas westlich, aus Hessen.«

Leah hatte sich gut informiert, stellte Horndeich fest. Und es bestand nun kein Zweifel mehr daran, dass Charlie Patras und Adam Kosakowski einander begegnet waren. »Gut, sie sind sich in diesem Leben schon mal über den Weg gelaufen. Aber das heißt ja noch nicht, dass sie sich kennen.«

»Da hast du natürlich recht, Horndeich. Aber es ist ja auch nur das erste Video. Ich zeige jetzt eines, das gut eine Stunde danach aufgenommen worden ist.« Jetzt übernahm Feller die Maus. Er klickte sich durch ein paar Ordner, dann öffnete er eine weitere Videodatei.

»Ich lass das jetzt einfach mal laufen. Dann wirst du sehen, was ich meine.«

Charlie Patras sprach wieder ins Mikro – offensichtlich war er derjenige, der den Dialog mit dem Publikum aufnahm. Er stand auf derselben Bühne, also musste es sich um dasselbe Konzert handeln. »Danke, danke, danke – dann werden wir jetzt das letzte Lied spielen. Habt ihr sicher schon drauf gewartet. Also zum Schluss die *Kleine Rebellin.*«

Zuerst zupfte Katharina Melker alias Cathy die dicken Saiten ihres Kontrabasses, dann setzte Charlie mit dem Gesang ein, bevor er seine Gitarre erklingen ließ.

Horndeich gefiel die Melodie, der Text rauschte an ihm vorbei. Es ging um die kleine Rebellin und ihren Formalisten – er wusste nicht, was es bedeuten sollte, doch eine Zeile nahm er sehr bewusst wahr: *Wir halten uns fest, wie Bonnie und Clyde, kleine Rebellin, es ist so weit.* Er konnte nicht sagen, weshalb ihn diese Zeile berührte, aber es war einfach so.

Wenig später erklang der Schlussakkord.

Das Publikum klatschte, jubelte, brüllte »Zugabe«, aber Charlie und seine Partnerin verneigten sich und gingen von der Bühne. Keine fünfzehn Sekunden später hielt die Kamera auf Charlie, der die Arme ausbreitete. Adam Kosakowski kam auf ihn zu, und die beiden drückten sich fest wie gute Freunde.

»Spätestens jetzt ist klar, dass Adam Kosakowski und Charlie Patras sich gekannt haben«, fasste Leah die Situation zusammen.

Und Feller ergänzte: »Adam Kosakowskis Vergewaltiger wird mit derselben Waffe erschossen wie Charlie Patras. Da kann mir keiner erzählen, dass Adam Kosakowski damit überhaupt nichts zu tun hat.«

Horndeich nickte. Adam Kosakowski war die erste Person, die zumindest zwei der drei Todesopfer konkret miteinander verband. Horndeich erhob sich. Er klopfte Feller auf die Schulter, wollte dies auch bei Leah tun, unterließ es dann aber. »Super! Jetzt sind wir ein kleines Stückchen weiter. Ich denke, morgen sollten wir uns Adam Kosakowski noch mal zur Brust nehmen.«

Feller und Leah nickten.

Horndeich sah auf seine Armbanduhr. »Es ist gleich halb neun. Ich geh nach Hause. Wir wollen im Garten das Spiel zusammen sehen. Deutschland gegen die Ukraine.« Er sah Richard Feller an: »Schaust du das Spiel auch?« Er korrigierte sich: »Schaut ihr das Spiel auch?«

»Fußball? Ach nee«, sagte Feller nur. Leah sagte gar nichts.

Horndeich verabschiedete sich und wusste so gar nicht, wie er die Beziehung zwischen den beiden einzuordnen hatte.

Doch eigentlich war es egal. Die beiden hatten tief gegraben und tatsächlich ein kleines Goldstückchen ans Tageslicht befördert. Was wollte er mehr?

# TOBIAS VII

Es ist richtig heiß draußen. Deswegen hat Mama auch die Decke weggenommen und nur ein Leintuch hingelegt. Ich ziehe das Leintuch über mich.

Wanja hat gesagt, ein richtiger Mann schläft nackt. Ich finde das komisch. So richtig komisch.

Aber es ist so verdammt heiß. Mama hat mir schon extra den dünnsten Schlafanzug rausgelegt, den ich habe. Aber auch der fühlt sich an wie mein dicker Wintermantel.

Ich schlage das Leintuch wieder zurück, steige aus dem Bett und ziehe meinen Schlafanzug aus.

Krabbel wieder ins Bett, ziehe das Leintuch über mich.

Schon ein komisches Gefühl.

Ich lege mich auf den Rücken.

Mache die Augen zu. Möchte schlafen.

Und plötzlich sehe ich Wanjas kleinen Wanja. Völliger Blödsinn, dass er sein Glied »kleiner Wanja« nennt. Ich versuche, das Bild loszuwerden. Und muss an Tanja denken. Sie hatte heute auch nur einen kurzen Rock an und ein T-Shirt. Und sie bekommt auch schon Busen. Auch dieser Gedanke hilft nicht beim Einschlafen.

Also denke ich einfach an Mama.

Es ist echt blöd, dass sie so viel arbeiten muss. Und es ist echt blöd, dass ich so viel bei Wanja bin. Obwohl Wanja ja gut zu mir ist. Er spielt Schach mit mir. Er rettet mir den Arsch, wenn ich den Ring von Mama kaputt gemacht habe, ihren Lieblingsring.

Es ist nur blöd, dass Wanja immer mit mir duschen will. Ich mag das nicht. Obwohl ich das natürlich verstehe, das mit der Hygiene, und dass man sauber sein muss, damit einen die Bakterien nicht krank machen. Und wenn Wanja mich dann sauber macht mit dieser Seife, die so gut riecht, und wenn er dann meinen Poldi anfasst …

Ich denke wieder an Mama.

Hat Mama auch irgendwann mal Sex gemacht?

Na klar, sonst wäre ich ja nicht auf der Welt. So viel habe ich auch schon kapiert. Aber Papa ist ja schon lange tot.

Sieht sie auch so aus wie die Frauen, die Frenzel und seine Kumpels sich auf dem Handy angucken?

Ich will nicht daran denken.

Aber ich kann nicht einschlafen.

Schon ein komisches Gefühl, so ohne Schlafanzug im Bett zu liegen.

Ich stehe auf, ziehe mir den Schlafanzug wieder an.

Lege mich wieder unter das Leintuch.

Aber es ist zu heiß. Ich drehe mich auf den Bauch, drehe mich wieder auf den Rücken, ich stehe auf und ziehe den Schlafanzug doch aus.

Wieder lege ich mich ins Bett. Wieder hab ich diese blöden Bilder im Kopf.

Und dann merke ich, wie mein Poldi steif wird.

Ich mag das jetzt nicht!

Wie kriege ich das weg?

Meine Hand wandert dorthin.

Das will ich auch nicht. Das fühlt sich an, als ob Wanja …

Mit beiden Händen nehme ich Caspar, meinen Papagei, in den Arm. Und er heißt Caspar. Nicht auch Poldi, wie Wanja gesagt hat. Und das weiß Wanja ja auch. Aber er nennt ihn trotzdem Poldi. Und dann lacht er immer so komisch.

Ich halte Caspar fest, aber eine Hand will wieder unter das Leintuch.

Und Caspar guckt mich an.

Und Caspar darf das nicht sehen. Also halte ich ihm die Augen zu. Mit einer Hand.

Meine andere Hand …

Aber Caspar darf das doch nicht sehen!

Wenn ich Caspar in das linke Auge kneife, dann kann er das auch nicht sehen. Dann tut ihm das weh, und er macht das rechte Auge automatisch zu.

Und meine andere Hand ist immer noch unter dem Leintuch. Ich will das nicht. Ich will auch nicht, dass Wanja mich anfasst. Ich will das alles nicht. Aber Caspar guckt immer noch.

Meine Hand kommt unter dem Leintuch hervor. Sie fasst Caspars rechtes Auge an.

Und beide Hände graben sich nun unter die Glasaugen von Caspar. *Das tut ihm doch weh!*, denke ich, und gleichzeitig denke ich: *Aber er darf das doch nicht sehen! Er darf doch nicht sehen, was für ein schlechter Junge ich bin!*

Ich fange an zu weinen.

Leise.

Meine Hände lassen Caspar los.

Für einen Moment.

Dann langen beide Hände wieder zu. Graben sich unter die Glasaugen.

Und dann passiert es. Ein Auge löst sich. Caspar wird blind.

Ich schreie auf. Dann weine ich nur noch. Und ich kann nicht mehr aufhören.

Ein bisschen später klopft es an der Tür. Mama. Aber sie darf doch nicht sehen, dass ich Caspar ein Auge ausgerissen habe, dass ihr kleiner, schlechter, schlechter Junge seinem Papagei wehgetan hat. Und sie darf auch nicht sehen, dass mein Poldi immer noch fast ganz groß ist. Und sie darf schon gar nicht sehen, dass ich nackt bin unter dem Leintuch, weil es doch so heiß ist und weil Wanja gesagt hat, echte Männer schlafen immer nackt …

»Schatz, was ist los?«, höre ich ihre Stimme, sehe sie aber nicht wegen der Tränen, obwohl sie das Licht angemacht hat.

Mama setzt sich auf mein Bett.

Sie nimmt mich in den Arm. Und Gott sei Dank ist mein Poldi jetzt wieder klein.

»Was ist denn los? Hast du schlecht geträumt?«, fragt Mama wieder.

Ich drücke mich nur an sie und weine.

»Ich hab Caspar kaputt gemacht«, schluchze ich.

Mama lässt mich los, nimmt Caspar in die Hand, sucht tastend nach dem fehlenden Auge. Das kann sie nicht finden, denn ich habe es immer noch in der Hand. Ich gebe es ihr.

»Ui, das sieht nach einer ernsthaften Verletzung aus«, sagt sie. Vielleicht sollte es mich trösten, aber ich weine noch mehr.

»Aber ich denke, eine gute Krankenschwester kann dem kleinen Kerl wohl helfen.«

Meine Mama kann Caspar wieder heil machen? Ihm sein Auge wieder annähen? Langsam höre ich auf zu weinen. Meine Mama fragt mich nicht, wie das passiert ist, und ich bin dankbar dafür. Ich kann ihr nicht erzählen, dass ich so brutal bin, so schlecht bin, so scheiße bin, dass ich eigentlich genau so ein Typ wie Frenzel bin, der andere gern quält.

»Magst du heut Nacht bei mir schlafen?«, fragt mich Mama.

Ich nicke nur.

Sie nimmt mein Kissen, Caspar und das Leintuch. »Zieh dir besser deinen Schlafanzug an«, sagt sie nur, und ich tu es einfach.

Ich lege mich neben sie in das große Bett. Dort hab ich schon lang nicht mehr gelegen. Und es ist gut, einfach bei Mama zu schlafen.

Doch wieder sehe ich den kleinen Wanja vor mir, Mama und ihre Stellen. Auch Tanja.

Aber dann schlafe ich ein.

Endlich.

# MONTAG, 13. JUNI

Leah und Horndeich saßen wieder im überdimensionierten Wohnzimmer mit dem schönen Ausblick. Sie hatten Adam Kosakowski noch am Vorabend angerufen, und er hatte ihnen gesagt, dass er montagvormittags zu Hause sein werde, um sie zu empfangen.

Linda Kosakowski war nicht im Haus, trat zumindest nicht in Erscheinung.

Kosakowski hatte sie mit distanzierter Freundlichkeit empfangen, ihnen wieder einen Platz angeboten und sich selbst auf einem Sofa niedergelassen. »Was kann ich diesmal für Sie tun?«, fragte er.

Horndeich wollte nicht um den heißen Brei herumreden: »Herr Kosakowski, als wir am Freitag mit Ihnen gesprochen haben, sagten Sie, dass Sie Charlie Patras nicht kennen würden. Das stimmt nicht.«

Kosakowski runzelte leicht die Stirn. »Dann helfen Sie mir auf die Sprünge. Woher soll ich Ihren Charlie Patras denn kennen?«

»Nun, ich würde vorschlagen, dass Sie uns das sagen.«

Kosakowski seufzte. »Herr Horndeich, lassen wir die Spielchen. Der Name Charlie Patras sagt mir überhaupt nichts. Wenn Sie meinen, dass ich ihn kenne, dann sagen Sie mir bitte, wann und wo ich einen Herrn getroffen habe, der Charlie Patras sein soll.« Kosakowskis Ton war deutlich schärfer geworden.

Leah übernahm wieder: »Sie haben vor einem Jahr beim Acker-Festival in Sommerkahl für Ton und Licht gesorgt.«

»Kann sein, dass unsere Firma das gemacht hat. Ich bin

natürlich nicht bei allen Events persönlich anwesend. Das Acker-Festival in Sommerkahl? Ja, da klingelt was. Schon mal gehört. Findet, glaube ich, alle zwei Jahre statt, wenn mich nicht alles täuscht. Und das schon seit einer ganzen Weile.«

»Sehr richtig. Und im vergangenen Jahr sind dort Charlie & Cathy aufgetreten.«

»Kann sein. Weiß ich nicht. Ich persönlich war nicht bei diesem Festival.«

Horndeich griff zu seinem Tablet, wischte ein paarmal darüber, dann zeigte er Adam Kosakowski auf dem Monitor genau den Ausschnitt des Films, in dem Adam auf Charlie zuging und ihm die Hand reichte. Er zeigte ihm auch die Stelle, in der man erkannte, dass sie nebeneinander auf einer Bank saßen und sich unterhielten –, die hatte Feller noch in der vergangenen Nacht ausfindig gemacht – und zum Schluss jene, als er, offenbar zum Abschied, Charlie und auch Katharina umarmte.

»Charlie! Ja, natürlich. Charlie und Katharina. Ich habe mich mit ihnen unterhalten. Und ihre Musik hat mir gut gefallen. Jetzt macht es wieder klick. Aber ich hatte den Bandnamen überhaupt nicht mehr auf dem Schirm. Charlie & Cathy – klar. Wenn dieser Charlie Ihr Charlie Patras ist – und ich kannte nur seinen Vornamen –, dann kannte ich ihn tatsächlich. Also, ich will damit sagen, dann habe ich ihn an diesem Tag kennengelernt, mich mit ihm unterhalten, mich von ihm verabschiedet – und das war's dann auch gewesen an gemeinsamer Lebenszeit.«

»Sie haben nie davor oder danach Kontakt zu ihm gehabt?«, wollte Leah wissen.

»Nein. Ich habe mich ja nicht mal an diese Szene erinnert. Woher haben Sie überhaupt diese Bilder?«

»Katharina Melker und Charlie Patras haben einige Videos ihrer Konzerte bei YouTube eingestellt. Und Katharina hat nicht nur mit der Kamera auf dem Stativ die Bühne aufgenommen, sondern auch immer versucht, etwas von der Stimmung einzufangen.«

»Nun, dann wird dies das einzige Dokument sein, auf dem wir beide gemeinsam zu sehen sind, dieser Charlie und meine Wenigkeit. Wie gesagt, ich kann mich kaum an ihn erinnern. Eingängige Musik, auch ganz gute Texte, meine ich – aber ich höre so viel Musik, da kann ich mich nicht an jeden Musiker erinnern.«

»Glaubst du ihm?«, fragte Leah, als sie und Horndeich wenig später zu ihrem Auto gingen und in ihren Wagen stiegen.

»Nein«, antwortete Horndeich sofort.

»Ich auch nicht«, sagte Leah und ließ den Motor an.

»Er ist hier«, begrüßte Feller Horndeich und Leah.

»Wer ist hier?« Horndeich kramte kurz in seinem Gehirn, konnte sich aber nicht daran erinnern, dass er eine Verabredung mit irgendjemandem gehabt hätte.

»Alexander Winkler ist hier. Alexander Schmid, wie er heute heißt«, antwortete Feller.

Der zweite Durchlauf im Gehirndurchforsten war ebenfalls nicht erfolgreich, zumindest nicht bei Horndeich.

»Der Angestellte von Helmut Glockner?«, fragte Leah.

Jetzt klingelte das Glöckchen auch bei Horndeich. Alexander Winkler war in der physiotherapeutischen Praxis ihres Wiesbadener Mordopfers angestellt gewesen.

»Hat mich eine Weile gekostet, ihn zu finden. Liegt daran, dass er inzwischen noch mal geheiratet und den Namen seiner Frau angenommen hat. Schmid eben.«

»Und der ist hier?«

»Ja. Alexander Schmid wohnt in Gernsheim. Ist ja nicht so weit weg. Er ist inzwischen in Rente. Vor anderthalb Stunden habe ich ihn über das Netz entdeckt, vor achtzig Minuten mit ihm telefoniert, und seit zwanzig Minuten ist er hier und wartet auf euch. Er ist im kleinen Vernehmungszimmer. Hab ihm schon einen Kaffee hingestellt, damit er sich nicht plötzlich fühlt wie ein Beschuldigter.«

*Fellers Sozialkompetenz entwickelt sich zunehmend weiter,* dachte Horndeich und musste schmunzeln. Er wandte sich an Leah: »Gehen wir beide rein?«

Alexander Schmid war ein kräftiger Mann mit grauem Haar, Stupsnase, Sommersprossen, Dreitagebart und einem Bauch. Irgendwie sah er für Horndeich ein bisschen wie ein Gartenzwerg aus. Dabei wirkte der Blick aus den blassblauen Augen sehr freundlich und warmherzig.

Horndeich stellte sich und Leah vor. Sie nahmen gegenüber von Schmid Platz.

»Herr Schmid, es ist sehr nett, dass Sie so schnell zu uns gekommen sind. Hat mein Kollege Ihnen schon gesagt, worum es geht?«

»Ihr Kollege hat mir nur gesagt, dass Helmut Glockner ermordet worden ist. Und dass Sie mehr über ihn erfahren müssten und ich ja mit ihm zusammengearbeitet habe. Zwei Jahre lang.«

»Das stimmt. Wir wissen kaum etwas über sein Leben. Bis vor knapp zwanzig Jahren leitete er eine eigene Physiotherapiepraxis in Wiesbaden. Wenn wir richtig informiert sind, dann bestand diese Praxis rund zehn Jahre.«

»Ja, das stimmt. Ich kam in die Praxis zwei Jahre vor der Insolvenz.«

»Insolvenz?«, echote Horndeich.

»Wenn er ermordet worden ist, dann hat ganz sicher auch ein Rechtsmediziner eine Obduktion vorgenommen. Und der wird festgestellt haben, dass sein linker Ellenbogen fast ganz steif war. Den hat er sich gebrochen – danach konnte er nicht mehr in der Praxis arbeiten. Und, mit Verlaub, Helmut Glockner war ein sehr viel besserer Physiotherapeut als Buchhalter. Die Praxis eierte noch ein paar Monate herum, wir Angestellten taten, was wir konnten, aber es hat nicht funktioniert. Die Praxis ging den Bach runter. Ich hatte danach noch eine Stelle in Mainz, und dann arbeitete ich fünf Jahre lang in Gernsheim, nachdem ich wieder geheiratet hatte. Jetzt bin ich seit ein paar Monaten im Vorruhestand. Eine feine Lösung.«

»Sie haben den Namen Ihrer Frau angenommen?«

»Ja. Ich weiß, das ist nicht gängige Praxis. Die Kurzfassung: hässliche Ehe, hässliche Scheidung, Rosenkrieg, schließlich auch kein Kontakt mehr zu meinen Söhnen – ich wollte das alles hinter mir lassen und habe mit dem Namen auch mein altes Leben abgelegt.« Ein etwas schiefes, auf halbem Weg verunglücktes Lächeln unterstrich den nachfolgenden Satz: »Na ja, zumindest habe ich mir eingeredet, dass es so ist.«

»Wie war Helmut Glockner als Chef?« Horndeich versuchte zunächst, ein allgemeines Bild von Glockner zu bekommen. Auf die Inhalte seines Rechners würde er später noch eingehen.

Schmid zuckte mit den Schultern. »Brillant. Er hatte wirklich ...«, er zögerte kurz, »goldene Hände. Ein unglaubliches Feingefühl, gerade bei Kindern. Er kam mit Kindern sehr gut zurecht, und die Eltern haben ihn sehr geschätzt dafür, dass er auch schwierige Fehlstellungen korrigieren konnte.«

»Kam er mit Ihnen, also mit seinen Angestellten, gut aus?«

Schmid nickte, aber seine Miene glich nun gar nicht mehr der eines freundlichen Gartenzwergs. Eher der eines Gartenzwergs mit Zahnschmerzen.

Es war wohl an der Zeit, die Katze aus dem Sack zu lassen. »Herr Schmid, wir haben auf Glockners Rechner Kinderpornografie gefunden. Bilder, Filme, und nicht nur ein paar, sondern richtig viel und richtig widerliches Zeug.«

Weder Horndeich noch Leah sprachen weiter. Sie ließen die Worte erst einmal wirken.

Schmid wirkte nicht überrascht. Horndeich hakte nach: »Sie machen nicht den Eindruck, als wäre das etwas gänzlich Neues für Sie. Hatte er solche Neigungen schon, als Sie noch miteinander gearbeitet haben? Oder vielleicht sollte ich besser fragen: Hat er seine Neigungen damals ausgelebt? Wissen Sie etwas darüber?«

Schmid sah zu Boden. Er schwieg.

»Herr Schmid?«, fragte nun Leah.

Schmid sah wieder auf, blickte direkt in Leahs Gesicht. »Ja. Das hat er.«

Leahs Stimme war sanft, fast tröstend: »Erzählen Sie.« Dieser Tonfall war wohl genau der richtige, denn plötzlich sprudelte es aus Alexander Schmid heraus: »Ich bin der, der ... Nein, ich fange besser von vorne an. Ich war sehr froh, als Helmut Glockner mich zu sich in seine Praxis holte. Davor hatte ich im Taunus gearbeitet, wollte aber eine Arbeitsstelle näher an unserer Wohnung in Wiesbaden finden. Glockners Ruf, bei Kindern der perfekte Physiotherapeut zu sein, eilte ihm voraus durch das gesamte Rhein-Main-Gebiet. Ich selbst hatte in den Jahren zuvor ein paar Fortbildungen absolviert, um auch mit Kindern arbeiten zu können. Das erste Jahr in seiner Praxis war fantastisch: feine Kollegen, ein toller Chef, nicht nur von seiner fachlichen Kompetenz her, sondern auch menschlich.

Ungefähr nach einem Jahr fiel mir auf, dass zwei oder drei Elternpaare ausstehende Termine für ihre Kinder nicht mehr wahrnahmen. Sie hatten sich nicht abgemeldet, keine Nachricht hinterlassen. Am Anfang wunderte ich mich noch, dachte, man könne ja ruhig mal Bescheid sagen, wenn man Termine sausen lässt. Wir haben das damals schon so gehandhabt: Ausgefallene Termine, die nicht rechtzeitig abgesagt worden waren, mussten bezahlt werden. Aber es gab Eltern, die reagierten dann auch auf Mahnungen und zweite Mahnungen nicht mehr. Ich hatte aber auch mitbekommen, dass Glockner unserer Arzthelferin bei einigen Eltern sagte, sie solle das nicht mehr weiterverfolgen. Der Aufwand, das Geld einzutreiben, wäre höher als die tatsächlich ausstehenden Beträge. Damals beneidete ich Glockner um seine Gelassenheit.

Drei Monate vor seinem *Unfall*«, Schmid betonte das Wort fast abfällig, »bin ich das erste Mal von einer Mutter angesprochen worden. Ihr Sohn habe ihr gesagt, Glockner hätte ihn angefasst. Unten und so. Ich wollte das nicht glauben, hätte für meinen Chef damals die Hand ins Feuer gelegt. Er war so engagiert, so freundlich zu den Kindern. Dass er ihnen gegenüber irgendwie übergriffig gewesen wäre, das konnte ich mir beim besten Willen nicht vorstellen.

Sechs Wochen später sprach mich eine andere Mutter an. Da reagierte ich schon etwas gereizter. Ich sagte ihr, wenn sie so etwas behauptete, dann solle sie doch zur Polizei gehen und Anzeige erstatten. Dass sie mich nicht anspuckte, war alles. Und natürlich hatte sie recht mit dem, was sie sagte: Wenn sie zur Polizei ging, stand Aussage gegen Aussage. Und es gab sicher hundert Leumundszeugen, die für Glockner aussagen würden. Ihr Sohn würde vors Gericht gezerrt werden, um dort darüber zu reden. Und am Ende würde selbst das wahrscheinlich nichts bringen.« Schmid hörte auf zu reden.

»Noch ein Kaffee für Sie?«, beendete Leah die Pause.

Schmid nickte. »Gern.«

Leah verließ den Vernehmungsraum.

Weder Horndeich noch Schmid sprachen ein Wort. Und trotzdem nahm Horndeich eine dunkle Wortewolke wahr, die sich im Raum verdichtete und die sicher in wenigen Minuten abregnen würde.

Leah kam zurück, drei Tassen Kaffee in der Hand, ein bisschen Milch, ein wenig Zucker. Sie stellte alles auf dem Tisch ab, setzte sich wieder hin und schob Schmid die Kaffeetasse zu. »Milch? Zucker?«

Schmid schüttelte den Kopf, griff zur Tasse, nahm einen Schluck, stellte sie wieder ab. Dann sah er wieder Leah an. »Ich begann, Glockner zu beobachten. Er war ein Chef, der immer als Erster kam und als Letzter ging. Nachdem er die Praxis abgeschlossen hatte, folgte ich ihm manchmal zu seiner Wohnung. Die lag nur einen Straßenblock entfernt. Und dann sah ich, wie Eltern auch abends Kinder bei ihm in der Wohnung ablieferten und eine halbe Stunde später wieder abholten. Ich beobachtete ihn auch am Wochenende. Und tatsächlich kamen sowohl am Samstagvormittag als auch am Samstagmittag Kinder zu ihm. Wir hatten schon ein paar Feste in seiner Wohnung gefeiert. Eine große Altbauwohnung, sicher hundert Quadratmeter. Vier Zimmer. Eines davon hatte er als Behandlungszimmer eingerichtet. Mir wurde ganz anders.

Als Nächstes nahm ich Kontakt zu Elternpaaren auf, die sich von unserer Praxis plötzlich und ohne ein Wort abgewandt hatten. Eine Mutter sprach mit mir. Und auch sie erzählte mir, dass ihr Sohn davon berichtet habe, dass Helmut Glockner ihn immer so komisch angefasst hatte. Besonders, wenn die Behandlungen in seiner Wohnung stattfanden.

Ich wusste nicht, was ich tun sollte. Und ganz ehrlich: Ich hatte auch Angst um meinen Arbeitsplatz. Ich wusste, dass ich sicher irgendwo wieder eine Stelle finden würde. Aber wenn das mit Glockner rauskam, dann wäre ich der gewesen, der davon ja wohl irgendetwas mitbekommen haben musste. So wie ich es ja jetzt auch mitbekommen hatte, nachdem ich es auch hatte sehen *wollen.*

Und dann war da noch was anderes: Ich habe selber zwei Söhne. Die waren gerade zwei Jahre alt, Zwillinge. Damals lief meine Ehe noch einigermaßen.« Wieder zeigte er das verunglückte Lächeln und sagte denselben Satz wie zuvor: »Na ja, zumindest redete ich mir das ein. Und natürlich fragte ich mich, wie ich reagieren würde, wenn jemand solche Dinge mit meinen Jungs machen würde. Ich glaube, Sie können sich kaum ausmalen, welche Wut da in mir hochstieg.«

*Oh doch, das kann ich sehr gut,* dachte Horndeich. Immer noch war es ihm peinlich, dass er gestern den fotografierenden Vater am Badesee fast verprügelt hätte.

»Nachdem also samstags einer der Jungen aus dem Haus

trat, in dem Glockner seine Wohnung hatte, habe ich bei ihm geklingelt. Er öffnete die Haustür und rief aus dem ersten Stock: ›Hast du was vergessen, Charlie?‹«

Horndeich registrierte den Namen, intervenierte aber an dieser Stelle noch nicht. Er wollte Schmid erst ausreden lassen.

Der fuhr fort: »Glockner sah wohl meinen Gesichtsausdruck, als ich die Treppe hochkam, und wollte die Wohnungstür vor mir schließen. Rechtzeitig konnte ich meinen Fuß zwischen Rahmen und Tür schieben. Er ließ mich rein. Ich stellte ihn sofort zur Rede. Zuerst leugnete er, und dann wurde er plötzlich wütend. Von welch hohem Ross herab ich es wagen würde, ihn zu verurteilen. Er, der den Jungs doch nur Gutes täte. Der sie heilte. Und der ihre sexuelle Entwicklung respektieren würde, ihre sexuellen Bedürfnisse. Die Welt täte immer so, als hätten Kinder keine solchen Bedürfnisse.

*Haben sie auch nicht!*, schrie ich ihn an.

Da müsse ich ja wohl noch viel lernen, brüllte er zurück.

Dann ratterte der Film in meinem Kopf im Zeitraffer: Aussage gegen Aussage. Vielleicht eine Anzeige gegen mich wegen übler Nachrede. Ein Gesetz, das seinerzeit im minderschweren Fall von sexuellem Missbrauch an Kindern keine Mindeststrafen vorsah. Frau Gabriely, das war fünfzehn Jahre, bevor die Missbrauchsfälle an der Odenwaldschule endlich ein Skandal wurden, fünfzehn Jahre, bevor es endlich in der Öffentlichkeit ankam, dass Geistliche Kinder missbraucht hatten. Es war zehn Jahre vor der Reformierung des Paragrafen 176 zum Missbrauch von Kindern.«

Wieder verfiel Schmid in Schweigen.

Horndeich überlegte noch, was er jetzt fragen sollte, doch wieder fand Leah die richtigen Worte: »Sie waren es, der ihm das Gelenk gebrochen hat, nicht wahr?«

Schmid nickte. »Ja. Denn da war noch ein anderer Gedanke: Selbst wenn ich ihn angezeigt hätte, er hätte ein oder zwei Jahre bekommen, vielleicht sogar zur Bewährung. Und alles wäre von vorne losgegangen. Es war einfach ein Impuls: Das darf er nicht wieder tun. Als Physiotherapeut weiß man, wie man Menschen bei orthopädischen Problemen helfen kann. Man weiß aber auch ziemlich genau, wie man ihnen richtig wehtun kann. Das habe ich getan. Ganz bewusst. Ich bin da nicht stolz drauf. Wirklich nicht. Doch ich hab's getan. Dann bin ich gegangen und hab die Wohnungstür hinter mir zugeschlagen. Ab da war es Schicksal. Natürlich hätte er mich anzeigen können. Aber das hat er sich auch nicht getraut, denn dann wäre auf jeden Fall alles ans Tageslicht gekommen.«

»Wo waren Sie am Montag, den 30. Mai, gegen 18.30 Uhr?«, wollte Horndeich wissen.

Schmid lachte kehlig auf: »Herr Horndeich, bis zum Telefonat mit Ihrem Kollegen vor ein paar Stunden wusste ich gar nicht, dass Helmut Glockner noch gelebt hat. Und ich wusste schon überhaupt nicht, wo er lebt. Am Montag vor einer Woche? Fragen Sie meine Frau. Die hat ein wesentlich besseres Gedächtnis. Ich weiß, dass wir zusammen waren, weil wir immer zusammen sind. Aber was wir gemacht haben an diesem Tag, das kann ich Ihnen nicht mehr genau sagen. Außerdem: Ich habe ihn nicht umgebracht. Das hätte ich vielleicht vor zwanzig Jahren gemacht in der Wohnung, als ich ihm den Arm gebrochen habe. Danach habe ich mich dafür nur noch geschämt. Damit musste ich dann fertigwerden. Aber umgebracht habe ich ihn nicht.«

Wieder übernahm Leah den freundlichen Teil: »Herr Schmid, Sie erwähnten gerade eben den Namen Charlie, als Sie geschildert haben, wie Sie das Haus von Helmut Glockner betreten haben. Sind Sie sicher, dass Glockner diesen Namen gerufen hat?«

»Charlie? Kann sein. Vielleicht war der Name noch in irgendwelchen Untiefen meines Gehirns abgespeichert. Auch das kann ich Ihnen nicht mit Sicherheit beantworten.«

Nachdem sie Alexander Schmid verabschiedet hatten, sagte Leah zu Horndeich: »Lass mich etwas versuchen. Ich rufe Katharina an, seine Band-Kollegin.«

Sie gingen in Horndeichs Büro. Horndeich setzte sich an seinen Schreibtisch, Leah an die gegenüberliegende Seite. Dort, wo Margot immer gesessen hatte.

Leah griff zu ihrem Handy, suchte die Nummer von Katharina Melker heraus, wählte und stellte das Handy auf Lautsprecher. Katharina Melker meldete sich, Leah stellte sich vor und sagte, dass auch Kollege Horndeich mithöre.

*Kollege Horndeich.* In Horndeichs Ohren klang das gar nicht schlecht. Es fühlte sich gut an, dass jemand wieder an diesem Schreibtisch saß. Während Leah kurz mit Katharina plauderte, drifteten seine Gedanken ab. Er erinnerte sich an das fürchterliche Vorstellungsgespräch, bei dem er vor wenigen Wochen hatte dabei sein müssen. Ein Kollege aus Weinheim, etwa in seinem Alter, fachlich hervorragend, aber mit einer abschreckenden Arroganz. Und er erinnerte sich an das Desaster mit Gerlinde Schlüter. Es war nicht leicht, jemanden zu finden, der ins Team passte. Und Horndeich zählte sich nicht zu den Angebern, wenn er behauptete, dass er auch mit schwierigen Charakteren zurechtkam. Allein dass er sich mit Richard Feller arrangiert hatte, bewies das.

Leah fragte: »Katharina, wir haben noch zwei Fragen zu Charlie. Vielleicht können Sie uns weiterhelfen.«

»Klar. Schießen Sie los. Wenn ich irgendwie helfen kann, tue ich das sehr gern.«

»Zunächst: Bei einem Konzert in Sommerkahl war ein gewisser Adam Kosakowski der Tontechniker. Er hat Sie persönlich begrüßt, und Sie haben sich auch persönlich von ihm verabschiedet.«

Leah wandte sich an Feller und deckte mit einer Hand die Sprechmuschel ab. »Kannst du aus einem der Videos ein Bild rausziehen, auf dem Adam Kosakowski zu sehen ist?«

Feller lächelte: »Ist doch schon längst geschehen.«

»Kannst du es gerade an Katharina schicken?« Ihre Daten hatten sie bereits in den Fallakten elektronisch gespeichert, ebenso Ihre E-Mail-Adresse.

»Schon erledigt«, sagte Feller.

Leah wandte sich wieder Katharina zu: »Wir schicken Ihnen gleich ein Bild von Adam Kosakowski zu. Vielleicht erkennen Sie ihn.«

»Der Name sagt mir nichts. An das Konzert dort erinnere ich mich noch ganz gut. Das war im vergangenen Jahr. Und vor drei Jahren waren wir auch dort. Aber wer da die Tontechnik gemacht hat – da hab ich keine Ahnung mehr.«

»Das Bild dürfte gleich bei Ihnen sein. Bis Sie draufschauen können, habe ich noch eine zweite Frage: Wissen Sie, ob er als Kind einmal orthopädische Probleme hatte? War er einmal bei einem Physiotherapeuten in Behandlung?«

Katharina Melker antwortete nicht sofort. Dann sagte sie: »Ja. Er hat mir erklärt, dass er als Kind unter Skoliose litt, also einer Verkrümmung der Wirbelsäule. Aber da er damals noch im Wachstum war, hat ein Physiotherapeut das wohl richtig gut hingekriegt.«

»Wissen Sie, bei welchem Physiotherapeuten er gewesen ist?«

»Nein, keine Ahnung. Wir haben auch nur dieses eine Mal darüber gesprochen. Wenn Sie mich jetzt nicht gefragt hätten – von selbst wäre ich da gar nicht mehr drauf gekommen.« Sie unterbrach sich. »Eben ist das Bild angekommen. Ich sehe es mir an, einen Moment bitte.« Es folgte eine kleine Pause. Dann sagte Katharina Melker: »Nein, an den kann ich mich nicht erinnern.«

»Das ist also kein guter Freund von Charlie?«

»Das glaube ich nicht. Charlie hatte nicht wirklich viele Freunde. Und die paar, die er hatte, die habe ich immer wieder mal gesehen, wenn wir gemeinsam aufgetreten sind. Wir haben richtig gut zusammen Musik gemacht – aber er hatte einen Beruf, ich habe einen Beruf, und unsere Privatleben haben wir auch unabhängig voneinander gelebt. Also nein: Diesen Mann habe ich niemals bewusst gesehen. Wenn Sie sagen, dass er damals auf dem Festival war, ja, das kann sein. Aber ich erinnere mich nicht an ihn.«

Schade, dachte Leah. Sie hätte gehofft, dass Katharina die Verbindung zu Adam Kosakowski hätte bestätigen können. Sie sprach weiter: »Haben Sie ganz herzlichen Dank. Ich habe jetzt noch eine Frage, und das ist etwas sehr Intimes.«

Wieder eine kurze Pause am anderen Ende der Leitung. »Ja?«

»Hat Charlie Patras Ihnen jemals erzählt, ob er ein Opfer sexuellen Missbrauchs gewesen war?«

Es entstand eine lange Pause. Dann sagte Katharina Melker: »Frau Gabriely, können wir uns treffen?«

»Gern. Passt es Ihnen um vierzehn Uhr? Ich kann zu Ihnen kommen.«

»Nein. Lassen Sie uns uns dort treffen, wo wir uns auch das letzte Mal unterhalten haben. Auf den Bänken vor der Russischen Kapelle. Ich werde um vierzehn Uhr da sein.«

Leah bedankte sich bei Katharina Melker und beendete das Gespräch.

Horndeich war jetzt wieder hellwach. »Meinst du, das ist unser Charlie? Dann wäre Charlie Patras kein Pädophiler, sondern ein Opfer eines Pädophilen.«

Leah sprach aus, was Horndeich nicht denken wollte: »Das eine schließt das andere nicht aus.«

Feller steckte den Kopf zur Tür herein: »Mittagessen?«

Das hatte Horndeich bei seinem Kollegen nun noch nie erlebt.

»Klingt wie eine gute Idee«, sagte Leah. Dann wandte sie sich zu Horndeich: »Mit dabei?«

Horndeich schüttelte den Kopf und sah auf die Uhr. »Ich habe den großen Luxus, dass ich zu Hause bekocht werde. Treffen wir uns einfach in anderthalb Stunden wieder.«

Sie hatten Glück. Der Wettergott war ihnen hold. Leah sah Katharina Melker auf einer der Bänke sitzen.

Sie war mit Richard Feller wieder beim Italiener gewesen, jenem guten am Woog. Zu teuer, um es zur Gewohnheit werden zu lassen. Aber billiger als jede Therapiestunde.

»Frau Melker?«, sagte Leah.

Katharina Melker begrüßte die Kommissarin. »Entschuldigen Sie. Darüber konnte ich nicht am Telefon sprechen. Ich hatte auch keine Ahnung, dass dieses Thema für Ihre Ermittlungen irgendwie relevant sein könnte.«

»Doch. Leider. Pädophilie ist im Moment der einzige gemeinsame Nenner zwischen all den Toten.«

Katharina nickte. »Sind noch mehr Opfer von Kinderschändern umgebracht worden?«

Leah antwortete darauf nicht. »Für uns ist jetzt von besonderer Bedeutung, was Charlie erleben musste. Sie haben vorhin am Telefon angedeutet, dass er ebenfalls ein Opfer war?«

Katharina nickte, sagte aber nichts. Dann sah sie auf, blickte Leah Gabriely direkt in die Augen. Sie schwieg noch immer.

Leah flüsterte kaum hörbar: »Sie auch.«

Katharina Melker nickte abermals.

Leah richtete ihren Blick nun auf die Russische Kapelle. In Wiesbaden gab es ebenfalls eine solche Kirche. Der Architekt war ein anderer. Aber vergoldete Ruhe strahlten beide aus.

Nach ein paar Sekunden sagte Katharina: »So haben wir uns kennengelernt. Vor fünf Jahren. Über dieses Forum.«

Leah sah sie wieder an, stellte aber keine weiteren Fragen. Katharina würde von sich aus erzählen.

»Dieses Forum, es hat mir geholfen zu überleben. Ich glaube, Charlie auch.«

»Was für ein Forum?«

»Eines dieser Selbsthilfeforen. Für Menschen, die sexuell missbraucht worden sind. Gibt ja inzwischen eine ganze Menge davon. Charlie hat sich vor sechs Jahren bei einem angemeldet, das sich Missbrauchschutz.de nennt. Er war schon ein halbes Jahr dabei, als ich zu dem Forum stieß.«

»Wie kamen Sie dazu?«, fragte Leah. Eigentlich wollte sie mehr über Charlie Patras erfahren. Aber sie spürte, dass der Weg nur über diesen kleinen Umweg funktionieren würde.

»Frau Gabriely, es gibt viele Statistiken. Wie viele Mädchen missbraucht worden sind, wie viele Jungen. Ob in der Familie, in der erweiterten Familie, ob komplett von außen oder aus dem Umfeld im Bekanntenkreis – für einen selbst spielt das keine Rolle. Bei mir war es der Vater. Nachdem meine Mutter uns verlassen hatte. Also auch mich verlassen hatte.

Als Erwachsene bewertet man das alles anders, als Kind bleibt nur die große Leere. Wissen Sie, mein Vater … ich war elf. Sie kommen nicht raus aus diesen Spinnweben. In diesem Alter schon gar nicht. Seine Litanei, was meine Mutter uns angetan hätte. Ach, ich bin so müde, darüber zu sprechen. Es ist auch nicht wichtig für Ihre Ermittlungen.«

Nein, für die Ermittlungen war es nicht wichtig. Aber für Leah war es wichtig. Sie wollte nicht ganz direkt fragen, also formulierte sie es so: »Was ist Ihnen passiert?«

»Ganz einfach. Ich musste dafür herhalten, was er nicht mehr hatte, weil meine Mutter weg war. Wie gesagt, ich war elf. Und er wollte nicht riskieren, mich ins Krankenhaus bringen zu müssen. Also: anfassen. Im besten Falle. Es gibt ja noch andere Methoden …«

»Wie lange?«, fragte Leah tonlos.

»Wenn ich lese, was andere erlebt haben, dann bin ich gut davongekommen. Anderthalb Jahre. Dann hat er meine Stiefmutter kennengelernt. Und ich war, zumindest bei diesem Thema, raus. Ich habe mich mit ihr nie verstanden, aber irgendwie war ich ihr sehr dankbar, dass sie diesen Job übernommen hat. Und ich ihn nicht mehr übernehmen musste.«

Sie saßen in der Sonne, die das Gold der Kuppeln der Kirche majestätisch glänzen ließ. Der Himmel leuchtete in einem überbordenden Blau. Das Weiß der Schäfchenwolken bildete den Kontrast – die Natur zeigte, zu welch schönen Kompositionen sie fähig war. Doch da gab es eben auch die andere Seite. Eine grausame, dunkle Welt. Und jemand, der direkt neben Leah auf der Bank saß, hatte sie auf die schlimmste Weise zu spüren bekommen. In diesem Moment war Katharina ein Häufchen Elend, geprügelt, gepeinigt, nicht spürend, dass all das fünfzehn Jahre zurücklag. Leah hatte den Impuls, Katharina einfach in den Arm zu nehmen. Aber sie war die Falsche dafür. »Und Charlie?«

»Ich habe ihn in diesem Forum kennengelernt.«

»Wie?«

»Es tummeln sich viele in diesem Forum, und das ist schon sonderbar. Ich selbst erzähle meine Geschichte und fühle mich einzigartig. Und dann erzählen zwanzig andere ihre Geschichten, und du merkst, wie sie sich gleichen. Wie die Probleme sich gleichen. Wie die Kommentare sich gleichen. All das in bester Absicht – aber mir hat es nie geholfen. Mal war ich dort mehr aktiv, mal weniger. Und dann kam der Beitrag von Charlie. Er ist mir nur aufgefallen, weil Charlie geschrieben hat, dass sein Peiniger sein Physiotherapeut war. Mein Papa war auch Physiotherapeut. Also, er ist Physiotherapeut. Er hat sich aber nie an seinen Patienten vergangen.«

Katharina unterbrach sich selbst. »Mein Gott! Das alte Schema. Ich fange an, ihn zu schützen. Es ist völlig unwichtig, ob er sich an Patienten vergangen hat oder nicht. Er hat sich an mir vergangen.«

Leah kommentierte das nicht. Auch Katharina sah in den Himmel, und Leah fragte sich, ob sie diese Farbkompositionen auf ähnliche Weise wahrnahm.

»Ich habe ihm geschrieben. Wir haben uns geschrieben.«

»Wissen Sie, wer noch mit ihm geschrieben hat?«, wollte Leah wissen.

»Nein. Wer mit ihm Privatnachrichten ausgetauscht hat,

das weiß ich nicht. Aber ich konnte sehen, was andere Forumsteilnehmer gepostet hatten.«

»Wissen Sie, ob ihm da jemand an den Karren gefahren ist? Ob ihn jemand nicht … mochte?«

Katharina sah Leah nun direkt in die Augen. »Das ist überhaupt nicht der Punkt, um den es geht. Alle in diesem Forum sind Betroffene, und alle halten sich an die Regeln des Umgangs im Forum.«

»O.k. Aber ich kenne diese Regel nicht. Und ich kenne auch das Forum nicht. Und ich kann auch nicht sehen, wer mit Charlie worüber gesprochen hat. Oder wer auf seine Beiträge reagiert hat. Oder wie er auf die Beiträge anderer reagiert hat. Es wäre sehr wichtig für uns, das zu wissen.«

Katharina schwieg. Schwieg lange. Dann sagte sie: »In Ordnung. Ich stelle Ihnen meinen Account zur Verfügung. Sie bekommen meinen Namen für das Forum, und ich gebe Ihnen auch mein Passwort. Aber daran sind zwei Bedingungen geknüpft.«

Leah nickte. »Welche?«

Katharina sagte: »Erstens möchte ich, dass nur Sie mit meinem Namen in diesem Forum lesen.«

Leah nickte. »Das würde ich gerne, aber das kann ich nicht garantieren. Ich bin ein ziemlicher Computer-Legastheniker. Ich brauche jemanden an meiner Seite, der sich damit auskennt. Aber bevor wir darüber diskutieren – was ist Ihre zweite Bedingung?«

Katharina knetete ihre Hände. »Es ist eigentlich Schwachsinn. Trotzdem: Bewegen Sie sich mit Respekt in diesem Forum. Die Menschen, die dort schreiben, sind Menschen, die Schlimmes durchgemacht haben. Man muss nicht immer der Meinung sein, die der Schreibende vertritt. Manches klingt naiv. Aber das ist nicht wichtig. Wichtig ist, dass hier Menschen eine Plattform haben, um über Dinge zu sprechen, die Menschen, die diese Dinge nicht erlebt haben, nicht immer verstehen können. Ich weiß nicht, ob Sie verstehen, was ich sagen will. Ich meine nur: Bewegen Sie sich in diesem Forum mit Respekt. Darum bitte ich Sie.«

Leah sah wieder in die Wolken. Wie unglaublich groß war der Kontrast zwischen dieser ästhetischen Schönheit, die ihre Augen erreichte, und den Worten, die ihre Ohren hören mussten. »Diesen Respekt, den kann ich Ihnen garantieren. Aber ich würde gerne einen Kollegen hinzuziehen, der sich einfach mit Rechnern besser auskennt als ich. Ich habe den Hut auf. Er sorgt nur dafür, dass ich das lesen kann, was ich lesen will. Wäre das in Ordnung für Sie?«

Katharina nickte wieder. Zaghaft. Kaum wahrnehmbar.

»Dann bräuchte ich noch den Namen, unter dem Sie sich einloggen. Und Ihr Passwort. Und den Namen, den Charlie benutzt hat.«

Katharinas Körper straffte sich. »Mein Name ist *ToriA*. Eine kleine Reminiszenz an Tori Amos. Sie hat mit *Me and a gun* eines der großen Lieder über dieses Thema geschrieben. Charlie, er nannte sich *R2D2*. War halt ein großer Fan von Krieg der Sterne …«

Dann nannte Katharina Leah noch das Passwort, das sie gleich aufschrieb.

»Es geht hier nicht.«

Feller sah sie direkt an. »Ich kann jetzt nicht einfach gehen. Schau mal auf die Uhr. Es ist noch nicht mal vier.«

»Ich kann das nicht hier. Lass uns zu dir gehen. Ich weiß nicht, was wir da lesen werden. Und ich möchte nicht, dass irgendjemand zur Tür hereinplatzt, wenn wir lesen, was Katharina Melker geschrieben hat. Es ist mir einfach zu privat.«

Fellers Blick ruhte immer noch auf ihr. »Gut. Aber ich muss Horndeich Bescheid sagen.«

Feller verschwand und war zwei Minuten später wieder im Büro. »Geht in Ordnung. Er kümmert sich mit den Kollegen weiter darum, aus den Ordnern aus Charlie Patras Wohnung vielleicht noch irgendetwas Interessantes herauszufiltern. Lass uns gehen. Wir können das Ganze auch von meinen Rechnern aus machen.«

Leah spürte einmal mehr, wie wohl sie sich in dieser Abteilung, hier in Darmstadt, fühlte. Sie mochte Richard Feller und auch den Kollegen Horndeich. Und nicht zum ersten Mal dachte sie darüber nach, ob es eine Möglichkeit gab, vielleicht hier zu arbeiten. In einem Kollegium, das ihr wohlgesonnen war. Und ohne einem Idioten wie Rünzig an der Spitze. Aber sie hatte auch gespürt, wie sie im Gespräch mit Katharina Melker immer dünnhäutiger geworden war. Am liebsten hätte sie die Recherche im Forum ganz allein gemacht. Aber sie wusste, dass sie das nicht konnte. Ihre Stärken lagen weniger im Bereich der Navigation in Computersystemen als in der Kombination von Fakten aus dem realen Leben.

Kaum zwanzig Minuten später saßen sie bereits auf der Dachterrasse von Richard Fellers Wohnung.

Er hatte einen seiner Laptops mit hinausgebracht und ihn auf dem Balkontisch abgestellt. Auch zwei Kaffee standen inzwischen dort. Leah hatte sich mit Fellers Kaffeemaschine vertraut gemacht.

Er tippte die Adresse des Forums in die Adresszeile des Browsers. Dann loggte er sich mit Katharinas Zugangsdaten ein. Feller steuerte auf Charlie Patras Profilseite, die er unter dem Pseudonym *R2D2* angelegt hatte.

Viel hatte er nicht über sich verraten, nur das Alter und sein Geschlecht wurden angezeigt. Es gab einen Willkommensbereich im Forum, in dem sich die neuen Mitglieder vorstellen konnten. Das hatte Charlie bereits vor fünf Jahren getan:

*R2D2: Hallo in die Runde. Ich bin R2D2. Und ich bin hier, weil ich, als ich zwischen sieben und neun Jahre alt war, von mei-*

*nem Physiotherapeuten missbraucht worden bin. Ich selbst hab damit ganz gut abgeschlossen. Aber vielleicht kann ich anderen ja ein bisschen zur Seite stehen.*

Als Erstes hatte ihm ein Forumsnutzer mit dem Namen *Showtec* geantwortet:

*Showtec: Willkommen in der Runde. Schön, dass du den Wunsch hast, einigen zu helfen. Aber vergiss dabei nicht: Vielleicht brauchst auch du etwas Hilfe. Aber dafür sind die anderen da. Und da bist du hier im Forum goldrichtig.*
*R2D2: Danke für die freundliche Begrüßung. Nein, ich glaub nicht, dass ich da noch Hilfe brauche. Ich hab damit wirklich abgeschlossen. Weißt du, ich bin in der glücklichen Lage, dass er mich nicht vergewaltigt hat. Also, es gab nichts, was wehgetan hätte oder Ähnliches.*

Es folgten weitere Willkommensbekundungen, doch die waren eher allgemein gehalten.

*Showtec* meldete sich noch einmal:

*Showtec: Bei mir ist auch nichts passiert, was wehgetan hätte. Wenn du dich hier umschaust, wirst du da noch von ganz anderen Fällen lesen. Und trotzdem bist du vergewaltigt worden. Und so, wie du das geschrieben hast, mindestens über zwei Jahre hinweg. Und vielleicht darf ich dich korrigieren: Wehgetan hat es auf jeden Fall. Wenn vielleicht auch nicht körperlich. Aber ich will hier nicht gleich den Schulmeister raushängen lassen. Schön, dass du da bist. Ich hoffe, du fühlst dich hier wohl.*

Das Forum bot die Möglichkeit, nach Beiträgen eines Nutzers zu suchen. Also gaben sie den Namen *R2D2* in die Suchleiste ein.

Der jüngste Beitrag von *R2D2* lag bereits fünf Monate zurück.

»Vielleicht sollten wir uns chronologisch von der Vergangenheit in die Gegenwart vorarbeiten«, schlug Leah vor.

Feller scrollte auf der Seite ganz nach unten. Die Anzeige in der Liste war für jeden Eintrag gleich aufgebaut: der Name des Nutzers, in diesem Fall *R2D2*, dann das Datum des Beitrags und schließlich der Bereich des Forums, in dem er veröffentlicht worden war. Gut die Hälfte aller Beiträge stammten aus dieser Zeit von vor fünf Jahren kurz nach der Anmeldung. Es dauerte eine Weile, bis Leah und Feller sich durchgearbeitet hatten. In den ersten Wochen war *R2D2* sehr aktiv gewesen im Forum. Er hatte jeden neuen Teilnehmer ausführlich begrüßt. Einer davon stach Leah sofort ins Auge: *ToriA*. Das Pseudonym von Katharina Melker. Sie war dem Forum drei Wochen nach Charlie Patras beigetreten. Katharina Melker hatte sich vorgestellt und ihre Vorstellung mit dem Satz beendet:

*ToriA: Ich bin ziemlich verzweifelt. Ich weiß nicht, ob ich meinen Vater anzeigen soll wegen dem, was er mir angetan hat.*
*R2D2: Ich habe den Typen, der mir das angetan hat, nicht angezeigt. Ich werde es auch nicht tun.*
*ToriA: Warum nicht? Sollte er nicht bestraft werden?*
*R2D2: Das ist die eine Seite. Die andere ist: Wenn ich mir vorstelle, das alles der Polizei erzählen zu müssen, obwohl es keinerlei Beweise gibt außer meiner Aussage – ich glaube, das kann ziemlich demütigend werden. Ganz besonders vor Gericht. Der Kerl wird sich einen guten Anwalt nehmen, und das Ende vom Lied wird sein: Freispruch aus Mangel an Beweisen. Es ist ja ein schwieriges Feld. Jeder kann so etwas behaupten. Und damit das Leben eines anderen richtig zerstören. Dass die Gerichte da vorsichtig sind, das kann ich sogar irgendwo noch verstehen, auch wenn es mir nichts nützt.*
*ToriA: Ja. Darüber habe ich auch schon nachgedacht. Mein Vater würde auch alles abstreiten. Und gleichzeitig habe ich*

*so eine unbändige Wut. Ich weiß gar nicht, wohin damit. Wie machst du das? Wie gehst du mit dieser Wut um?*
*R2D2: Ich habe gar keine so große Wut. Vielleicht, weil ich ein gelassener Mensch bin. Mir hilft die Musik, die ich mache.*
*ToriA: Ich mache auch Musik. Würde mich freuen, wenn wir vielleicht in den Chatroom wechseln. Schreibe dich gleich an.*

Es folgte noch eine weitere Bemerkung, wieder von Showtec:

*Showtec: R2D2, wenn du tatsächlich glaubst, dass du diese Wut nicht hast, dann glaube ich nicht, dass du das gut verarbeitet hast.*

»Wie funktioniert das mit einem Chatroom?«, wollte Leah wissen.

»Bist du bei Facebook?«

Leah lachte auf. »Ganz gewiss nicht. Verstehe bis heute nicht, warum das *soziale* Medien heißt…«

»O.k., dann erklär ich es dir anders. Das, was wir hier sehen, kann jeder im Forum lesen, der sich dort angemeldet hat. Chatroom ist dann am ehesten vergleichbar mit WhatsApp oder mit E-Mail – zwei Leute schicken sich Nachrichten, die nur füreinander bestimmt sind. Wobei man in einem Chatroom auch größere Gruppen einrichten kann, sodass drei, vier oder auch fünf Leute gleichzeitig miteinander schreiben können. Wird aber irgendwann unübersichtlich.«

Leah grinste frech: »WhatsApp kenne ich.«

»Benutzt du es?«

Das Grinsen wich aus Leahs Gesicht. Sie erinnerte sich genau an den Moment, als sie dieses Chat-Programm zum ersten Mal auf ihrem damals neuen Smartphone installiert hatte. Sie war danach ihre Kontaktliste durchgegangen. Und da war niemand gewesen, mit dem sie privat Kontakt hatte. Sie saß damals regungslos mit dem Smartphone in der Hand auf ihrem Klappstuhl auf dem Balkon und wusste nicht, ob sie anfangen sollte zu lachen oder zu weinen. Sie hatte das gemacht, was sie in solchen Fällen meistens tat: Sie griff zu einem Buch. Andere Leute betäubten sich mit drögem Fernsehprogramm, sie las. Die einzige Ausnahme: Sie liebte Hitchcock-Filme. Doch damals hatte sie selbst darauf keine Lust gehabt.

Es war dasselbe Smartphone, das sie auch heute noch nutzte. Sie konnte diesen Wahn nicht nachvollziehen, alle sechs Monate ein neues Handy besitzen zu müssen. Dann war Bruno vom dienstlichen tatsächlich in ihr privates Leben getreten. Mit ihm hätte sie das Chat-Programm nutzen können. Doch er trennte seine Welt ganz sauber in *privat* und *dienstlich*. Dienstlich hatte er ein Smartphone, privat nutzte er ein Nokia 3650. Er hatte das Handy 2003 gekauft. Es hatte bereits einen Farbbildschirm. Man konnte auch Fotos damit machen. Und die Zifferntasten waren wie bei einem alten Wählscheibentelefon im Kreis angeordnet. Bruno hatte es gleich gekauft, als es auf den Markt kam, weil ihm die Wählscheibenoptik so gut gefallen hatte. Und bei ihrem letzten Treffen – mein Gott, auch das lag jetzt schon viele Monate zurück – hatte er es noch bei sich getragen. Aber dieses Handy stammte aus einer Zeit, als es noch nicht einmal das Wort *App* gegeben hatte.

Fellers Stimme bremste das Gedankenkarussell. Er wiederholte: »Benutzt du es?«

»Ich hab's auf meinem Handy«, sagte Leah ganz diplomatisch.

Feller griff zu seinem iPhone. Leah sah nicht, was er tat, aber Sekunden später schlug ihr eigenes Handy an. Sie machte den Bildschirm an und sah zum ersten Mal: *WhatsApp: Sie haben eine Nachricht.* Feller hatte nur einen Smiley geschickt, keinen Text.

Leah erhob sich, sagte »Ich muss mal kurz wohin«, dann verließ sie den Balkon. Sie ging in Fellers Bad, schloss die

Tür. Sie wusste nicht, warum, aber plötzlich hatte sie feuchte Augen. Zwei Minuten saß sie auf dem Rand der Badewanne, dann hatte sie sich wieder im Griff.

Wieder auf dem Balkon fragte sie: »Diese persönlichen Chats, die können wir nicht sehen, ist das richtig?«

»Ja, stimmt. Wir können nur die Chats einsehen, die Katharina geführt hat, weil wir uns über ihren Account eingeloggt haben. Doch ansonsten: keine Chance. Es sei denn, der Betreiber des Forums würde uns die Gesprächsprotokolle zeigen. Aber dafür bräuchten wir einen konkreten Hinweis auf ein Verbrechen.«

*Na ja,* dachte Leah, *alle, die sich hier tummeln, sind Opfer eines Verbrechens geworden.*

Nach diesen Beiträgen hatte *R2D2* sich offensichtlich aus dem Forum zurückgezogen. Zumindest hatte er keine öffentlichen Beiträge mehr geschrieben.

»Würde mich interessieren, ob er privat noch mit anderen geschrieben hat. Außer mit Katharina«, murmelte Leah. »Wann wurde er im Forum wieder aktiv?«

Feller markierte den Beitrag in der Liste.

»Dann war er ja fast vier Jahre lang gar nicht mehr aktiv.« Der Beitrag lag exakt anderthalb Jahre zurück. R2D2 hatte in diesem Beitrag nicht auf einen anderen reagiert, sondern selbst einen eröffnet.

*R2D2: Ich wende mich an euch, weil ich nicht weiß, ob ihr so was vielleicht auch kennt: Manchmal habe ich so völlig unangemessene Wutanfälle. Wegen Nichtigkeiten. Ich bin eher der ruhige Typ. Und mich bringt nichts so leicht aus der Bahn. Ich arbeite ja als Erzieher, und mir wurde schon oft gesagt, dass meine gelassene und konsequente Art so klasse wäre. Da komme ich auch mit schwierigen Kindern gut zurecht. Und bei denen habe ich auch nie so eine Wut. Aber manchmal … Ein Beispiel: Ich schenke mir eine Tasse Tee ein. Das passiert jeden Tag mindestens zehnmal. Ab und zu verschütte ich ein biss-*

*chen Tee. Sagen wir mal, das passiert jeden zweiten Tag. Das passiert also fünfzehnmal im Monat und hundertachtzigmal im Jahr. Und vor einem Monat ist es mir auch passiert. Und ich habe plötzlich einen unglaublichen Zorn gehabt und die Teetasse mitsamt dem Tee gegen die Wand geschmissen. War natürlich eine Riesensauerei. Hab mich danach unglaublich über mich selbst geärgert. Und überhaupt nicht verstanden, was da passiert ist. Und vorgestern, da war die Glühbirne bei der Lampe im Flur kaputt. Ich habe den Schlüssel nicht gleich ins Schloss gekriegt. Und auch da wieder: so ein Zorn! Ich hab meine eigene Tür eingetreten. Fazit: Die Tür war kaputt, die Türzarge ebenfalls und auch das Schloss. Die von der Vermietergesellschaft haben ganz schön komisch geguckt. Ich hab was erzählt von ausgerutscht, hingefallen – aber ob die mir das geglaubt haben? Das Ganze hat mich jetzt auch richtig Kohle gekostet, fast im vierstelligen Bereich.*
*Ich will das überhaupt nicht.*
*Kennt ihr das?*

Die erste Antwort folgte erst einen Tag später:

*Lakritz77: Das ist natürlich nicht schön. Hast du vielleicht mal überlegt, dir Hilfe bei einem Psychologen zu holen?*
*Geronimo45: Da kann ich Lakritz77 nur zustimmen. Hilft dir vielleicht.*

Es folgten noch ein paar weitere Beiträge, die letztlich immer eine Wiederholung der beiden ersten Antworten waren.

Dann meldete sich zwei Tage später Charlie Patras wieder:

*R2D2: Danke. Ich glaube nicht, dass ich da die Hilfe eines Waffel-Doktors brauche. Ich wollte nur wissen, ob ihr das kennt.*

Es entlud sich ein wenig Verärgerung darüber, dass die hilfreichen Tipps so abgekanzelt worden waren. Dann meldete sich jedoch *Showtec* wieder, in einem ganz anderen Tonfall.

*Showtec: Ja. Ich kenne das. Das System dahinter ist ganz einfach: Was du da erlebst, ist die unbändige Wut und der riesige Zorn auf den Menschen, der dich zwei Jahre lang vergewaltigt hat. Und du kannst hundertmal sagen, dass du das verarbeitet hast – dein Zorn zeigt aber, dass da noch ganz schön viel Wut übrig ist. Und diese Wut weiß überhaupt nicht, wohin, weil sie nicht gegen den gerichtet ist, der sie verursacht hat. Dass du die Tür eintrittst oder gefüllte Teetassen durch die Wohnung schleuderst – das ist wie ein Überdruckventil für Notfälle. Die Wut muss raus. Am besten natürlich gegen den Täter. Aber wenn das nicht der Fall ist, bringst du zumindest niemand anderen um.*
*Ich weiß, das klingt zynisch. Aber glaube mir. Ich spreche hier aus eigener Erfahrung. Ich hab einen Arbeitsplatz verloren deshalb. Jetzt bin ich selbstständig, jetzt müssen die anderen mit meiner Wut auskommen.*

Charlie Patras reagierte nicht auf diesen Beitrag, er reagierte gar nicht mehr innerhalb dieser Beitragskette.

Einige andere stimmten *Showtec* zu. Und wieder andere betonten, dass es dann ja wohl wirklich an der Zeit wäre, einen Psychologen aufzusuchen. Darauf reagierte allerdings auch *Showtec* nicht mehr.

»Komisch, dass Charlie auf diesen Beitrag von *Showtec* gar nicht mehr reagiert hat«, dachte Leah laut.

»Ich glaube eher, dass Charlie *Showtec* eine private Nachricht geschrieben hat.«

In dem Jahr nach seinem Beitrag zu seiner Wut hatte sich *R2D2* im Forum nicht mehr aktiv gezeigt. Dann tauchte er wieder auf. Aber er selbst eröffnete kein neues Thema mehr, er reagierte nur auf die Beiträge von anderen. Leah und Feller lasen sie durch. Wieder begrüßte *R2D2* Neuankömmlinge, wieder versuchte er, immer mal wieder Trost zu spenden, das war's dann aber auch. Nach drei Wochen war er wieder nicht mehr aktiv – und das sollte bis zu seinem Tod so bleiben.

»Dieser *Showtec*, wer ist es?«, wollte Leah wissen.

Feller klickte ein paarmal durch die Menüs des Forums, dann hatte er die persönliche Seite von *Showtec* geöffnet. Dort lasen sie:

*Showtec: Bin über zwei Jahre von meinem Musiklehrer missbraucht worden. Da war ich zwischen acht und zehn Jahre alt. Besonders der private Wochenend-Unterricht hatte es in sich. Kam damit über die Jahre gut zurecht. Und trotzdem: Manchmal braucht man einen Ort, an dem man darüber reden kann. Deshalb bin ich hier.*
*PS: Nachtrag November 2015: Ich bin meinem Vergewaltiger über den Weg gelaufen. Zufällig. War ein beschissenes Gefühl. Hat mich ziemlich aus der Bahn geworfen.*

Es gab darauf auch einige Antworten. Neben einigen Mitleidsbekundungen fand sich etwa der Beitrag von *Schinkel.*

*Schinkel: Es gibt immer wieder solche Trigger, die einen von einem auf den anderen Moment völlig aus der Bahn werfen. Ich kenne das sehr gut. War bei mir auch schon oft so. Echt übel, wenn man von einer Sekunde auf die andere vor Wut plötzlich nur noch rote Punkte sieht.*

Ein anderer Teilnehmer, *Androgyn,* berichtete:

*Androgyn: Ist mir vor einem Jahr so gegangen. Mitten im Einkaufszentrum. War peinlich, bin zusammengeklappt und hab nur noch gezittert. Die haben dann den Notarzt geholt. Konnten sich nicht erklären, warum mein Kreislauf plötzlich zusammengeklappt war. Na ja. Ich hatte auch keine Lust, es zu erklä-*

*ren. Hat schon gelangt, dass ich das Arschloch wiedergesehen habe. Wusste gar nicht, dass der jetzt auch in meinem Ort wohnt. Bin dann zwei Monate später weggezogen.*

»Kannst du auch die Liste anzeigen, welche Beiträge *Showtec* gepostet hat?«

Feller klickte wieder ein paarmal, dann zeigte sich die Liste des Teilnehmers *Showtec*.

Im Gegensatz zu jener von *R2D2* war diese sicherlich fünfmal so lang.

»Wollen wir uns das alles durchlesen?«, wollte Feller wissen.

»Ja. Denn ich glaube, ich weiß, wer das ist.«

Feller sah Leah irritiert an. »Woher willst du das wissen?«

»Vom Musiklehrer missbraucht? Und so viele Beiträge bei *R2D2* alias Charlie Patras? Läutet da ein kleines Glöckchen?«

»Adam Kosakowski.«

»Ja. Genau das glaube ich auch.«

»Bist du dir sicher?«

»Nein. Aber sieh dir mal das Pseudonym an. *Showtec*. Ich kenne den Firmennamen. Das ist ein ganz bekannter Hersteller von Equipment für die Bühne. Die produzieren alles, was man für Licht und Ton braucht. Das passt doch perfekt. Deshalb sollten wir uns jetzt auch noch die anderen Kommentare von *Showtec* ansehen. Vielleicht können wir dann sicher sagen, ob sich hinter *Showtec* Adam Kosakowski verbirgt.«

Natürlich waren alle Teilnehmer des Forums um Anonymität bemüht. Doch es war schon erstaunlich, welch detailliertes Bild sich von einem Menschen ergab, wenn man nur die Fakten zusammenzählte, die dieser Jemand in seinen verschiedenen Beiträgen Stückchen für Stückchen preisgab. Von *Showtec* erfuhren sie, dass er früher einmal Klarinette gespielt hatte und dass sein Musiklehrer ihn missbraucht hatte. Danach hatte er noch für zwei weitere Jahre das Instrument gelernt, aber keine Fortschritte mehr gemacht. Er war auch in der Schule immer eher ein Außenseiter, hatte immer wieder Probleme mit seinen Mitschülern gehabt und sich geprügelt. Tief in seinem Innern war da immer der Wunsch gewesen, trotzdem noch Musiker zu werden, aber dafür war er nicht gut genug. Er machte dann eine Ausbildung als Licht- und Tontechniker, und offensichtlich war das die richtige Entscheidung gewesen, denn inzwischen hatte er sein eigenes Unternehmen, war verheiratet, hatte zwei Kinder und war mit seinem Leben sehr zufrieden – bis er dann vor einem halben Jahr ausgerechnet in einer Stadt, die nur vierzig Kilometer von seinem Wohnort entfernt lag, seinen Missbraucher wiedergesehen hatte. Er hatte es dann nicht lassen können, den Namen zu googeln, und herausgefunden, dass er inzwischen tatsächlich auch in dieser Stadt wohnte.

»Kosakowski«, fasste Feller die Erkenntnisse zusammen. »Adam Kosakowski und Charlie Patras haben sich hier im Forum kennengelernt. Und das schon vor langer, langer Zeit. Da bin ich mal gespannt, was Horndeich morgen dazu sagt.«

Leah sah auf die Uhr. Es war fast zehn. Sie hatte nicht gespürt, wie die Zeit verstrichen war. Irgendwann zwischendurch hatte Feller einmal eine kleine Vesperplatte zubereitet. Tomaten, Oliven, Peperoni, ein paar Käsewürfelchen, ein bisschen Brot, sodass sie jetzt auch keinen Hunger mehr hatte.

Während ihrer Recherche hatte Feller bereits parallel dazu ein Protokoll angefertigt, die wichtigsten Textpassagen dokumentiert und ihre Schlussfolgerungen ebenfalls niedergeschrieben. Er fuhr den Rechner runter.

Leah spürte auf einmal eine bleierne Müdigkeit. Sie saß schweigend auf ihrem Stuhl, während Feller das gesamte elektronische Equipment zurück in die Wohnung brachte.

Zwei Minuten später trat er mit zwei Rotweingläsern und einer Flasche wieder hinaus auf die Dachterrasse.

Wollte sie das? Wollte sie das wirklich? Das bedeutete wieder eine Nacht auf der Couch, wieder keine frischen Klamotten.

Leah seufzte.

# TOBIAS VIII

»Wenn du was davon erzählst, dann komme ich ins Gefängnis. Und du fliegst von der Schule, kommst in ein Heim. Und deine Mama – sie wird die unglücklichste Mama auf der ganzen Welt. Willst du das?«

Wir liegen auf seinem Bett. Nackt.

Wanja ist ein bisschen wütend. Das hab ich in letzter Zeit immer wieder bei ihm erlebt.

Als ich ihm gesagt hab, dass ich das klebrige Zeug nicht mag.

Als ich ihm gesagt hab, dass »Vergnügen machen« für mich nicht wirklich Vergnügen ist. Also nicht immer. Also meistens nicht. Verdammt, so genau konnte ich ihm das auch nicht sagen. Ich weiß immer nicht, was ich tun soll, wenn mein Poldi groß wird. Und ich weiß schon gar nicht, was ich tun soll, wenn sein kleiner Wanja groß wird. Er sagt mir dann, was ich tun soll. Aber das mag ich nicht immer tun.

Manchmal zeigt er mir auch nur Bilder auf seinem Computer. Da sind dann auch Jungs drauf, so wie ich. Und so wie die lachen, scheint ihnen das richtig Spaß zu machen, was sie da tun. Auch Wanja erzählt mir ja immer, dass es das größte Vergnügen für beide ist.

Wie komme ich bloß raus aus dieser Nummer?

Wanja hat mir ganz klar gesagt, wenn ich Mama das sage, was wir in seinem Bett tun, während sie Nachtschicht hat, dass sie das dann nicht verstehen wird. Und dass sie dann richtig sauer auf mich wird. Dass Mamas das nie verstehen. Dass aber schon einige Jungs in Heimen gelandet sind, weil ihre Mamas das nicht verstanden haben. Und dass auch schon Jungs dafür ins Gefängnis gehen mussten. Ich will das ja eigentlich auch gar nicht, was wir hier machen. Also meistens nicht. Da verstehe ich mich selbst überhaupt nicht.

Wanja sagt, er bereitet mich doch nur darauf vor, wenn ich später ein richtiger Mann bin. Dass mein Poldi – ich hasse es, wenn er ihn so nennt – doch trainiert werden muss. So wie ich Mathe trainiere, muss mein Poldi das Großsein trainieren. Und als ich ihm gesagt hab, dass sich das manchmal doof anfühlt, hat er gesagt, dass Mathe lernen auch manchmal doof ist, dass ich aber jetzt nur noch Einsen und Zweien schreibe. Und wenn ich dann in der Pubertät bin, dann würde er mir eine Frau besorgen. Und wenn mein Papa noch leben würde, dann hätte er mir das beigebracht. Das machen Papas so. Und da mischen sich die Mamas auch nicht ein. Denn sie sind ja Frauen. Und ich hätte doch wirklich Glück, dass ich einen Freund wie ihn hätte, der mir das, was wichtig ist, beibringt.

Ja, das klingt alles so richtig. Wie ein Papa hat er mir Mathe beigebracht. Ich bin ganz durcheinander.

»Schau, ich hab das getan, was *dir* guttut. Von dem Ring wollen wir gar nicht erst reden. Da kannst du wirklich ein bisschen dankbar sein und das tun, was mir guttut.«

Ich weiß, was er will.

Ich will es nicht. Aber ich weiß auch nicht, wie ich mich wehren soll.

Gibt es eigentlich auch Mamas, die nicht arbeiten müssen?

# DIENSTAG, 14. JUNI

Horndeich hatte den gesamten vorigen Nachmittag bis hinein in die Abendstunden noch im Büro verbracht. Charlie Patras hatte eine ganze Menge an Schriftstücken hinterlassen, von Kontoauszügen bis zu Weiterbildungsprotokollen. Er hatte den Papierberg ganz akribisch durchforstet, sich Notizen gemacht, Querverbindungen hergestellt – aber bisher erfolglos. Es gab überhaupt keine Hinweise, die Charlie Patras mit den beiden anderen ermordeten Männern in Verbindung gebracht hätte. Auch die Spur von Charlie Patras zu Adam Kosakowski war einfach ins Leere gelaufen.

Vor einer Stunde am Frühstückstisch war Stefanie plötzlich von einem Moment auf den anderen in Tränen ausgebrochen. Sie zeterte, dass sie nicht wolle, dass Charlie im Himmel sei und nicht mehr bei ihr im Kindergarten. Sandra hatte versucht, sie in den Arm zu nehmen, doch Stefanies Gemütszustand war weniger mit Trauer zu beschreiben als mit grenzenloser Wut. Sie wehrte ihre Mutter ab, griff zu einer Tasse und donnerte sie auf den Boden. Die Tasse zersprang in viele kleine Scherben – wie auch in diesem Moment Stefanies Wut. Nun wich sie der Trauer. Während Sandra die Tochter im Arm hielt, hatte Horndeich die Spuren des Ausbruchs beseitigt.

Das Klopfen am Türrahmen riss ihn aus seinen Gedanken. Feller stand dort, neben Leah. Leahs Haare waren wieder zu einem strengen Dutt gebunden. Und doch war da eine Strähne, die sich dem unnachgiebigen Wickeln widersetzt hatte und mit leichter Welle ihre Wange streichelte. War diese Strähne das Ergebnis einer plötzlichen Unachtsamkeit? Oder war Leah bereit, etwas von ihrer Strenge aufzugeben? Dagegen sprach, dass sie das gleiche Kostüm trug wie am Vortag, in ihren Lieblingsfarben Braun und Grau. Offensichtlich musste sie dieses Kostüm in mehrfacher Ausfertigung haben, denn am Vortag hatte sie genau dieselbe Kombination getragen.

»Wir sind gestern richtig gut weitergekommen«, sagte Feller. »Wir haben die Verbindung zwischen Charlie Patras und Adam Kosakowski nicht nur herstellen, sondern auch untermauern können.«

Wenige Minuten später saßen sie im kleinen Besprechungsraum. Leah hatte das Whiteboard bereits in den Raum gerollt. Sie stand daneben, die vier Marker einsatzbereit in der eisernen Faust.

Feller fasste die Ergebnisse vom Vortag zusammen. Charlie Patras und Katharina Melker hätten sich in dem Forum getroffen, ebenso wie Adam Kosakowski und Charlie Patras. Beide hatten mehrfach auf Beiträge voneinander reagiert.

Horndeich wollte wissen, wieso sie so sicher sein konnten, obwohl man sich in dem Forum doch nur mit Decknamen bewegte. Feller grinste und ratterte den Lebenslauf von Adam Kosakowski herunter, den er gestern allein aus seinen Beiträgen zusammengestellt hatte.

»Überzeugt?«, wollte er wissen.

Horndeich nickte nur. Die beiden hatten saubere Arbeit abgeliefert. »Habt ihr über die Forumsbeiträge hinaus noch etwas lesen können?«, fragte Horndeich.

Nun übernahm Leah das Antworten: »Nein. Das Forum bietet die Möglichkeit von privaten Chats oder persönlichen Nachrichten, also E-Mails. Aber die können wir nicht einsehen.«

»Gibt es genug, damit der Betreiber des Forums uns das offenlegt?«

»Im Moment nicht. Außerdem ist nicht gesagt, dass diese ganzen Chats oder E-Mails überhaupt noch lesbar sind.

Wenn die die Teilnehmer auf dem Server gelöscht haben, kommen wir da kaum mehr dran. Zumindest nicht an das, was schon eine Weile zurückliegt.«

»Wir haben jetzt also die eindeutige Verbindung zwischen diesen beiden Männern. Aber Adam Kosakowski hatte ein perfektes Alibi für den Mord an seinem Peiniger. Er kann ihn nicht umgebracht haben.«

Leah hob plötzlich die Hand, als ob sie Schülerin einer Schulklasse wäre. »Ich habe da so eine Idee. Ihr müsst wissen, ich liebe Alfred Hitchcock. Meiner Meinung nach ist er der beste Filmemacher aller Zeiten. Ich habe alle seine Filme mehrmals gesehen.«

Feller zog eine Augenbraue hoch: »Du liebst Hitchcock? Ich habe auch alle DVDs.« Schon zum zweiten Mal innerhalb einer Woche sah Horndeich ein Lächeln auf Fellers Gesicht. Das war definitiv ein neuer Rekord.

»Ihr kennt den Film *Der Fremde im Zug*? Er ist von 1951. Wie auch in *Cocktail für eine Leiche* von 1948 und *Bei Anruf Mord* von 1954 ist das Thema des Filmes der perfekte Mord.«

»Jetzt weiß ich, worauf du hinauswillst. Opfertausch.« Feller hob eine Augenbraue.

»Genau«, sagte Leah und nickte.

Horndeichs Blick wanderte zwischen den beiden hin und her. »Kann mich jemand mal aufklären? Offensichtlich bin ich hier von Cineasten umgeben. Ich habe keine Ahnung, wovon ihr redet.«

Mit einem Blick forderte Feller Leah auf, weiterzusprechen. Es war schließlich ihre Idee gewesen. »Der Film basiert auf einem Buch von Patricia Highsmith. Zwei einander völlig Fremde sitzen in einem Eisenbahnabteil. Einer von den beiden hat politische Ambitionen und eine Ehefrau, die diesen Ambitionen im Weg steht. Der andere weiß darüber genau Bescheid, weil er das Leben des potenziellen Politikers genau recherchiert hat. Und er schlägt einen Handel vor: Er bringt die störende Ehefrau um die Ecke, und im Gegenzug bringt der Politiker in spe den verhassten Vater des anderen um. Der große Gag an der Geschichte: Da die beiden Mörder überhaupt keinen Bezug zu ihren Opfern haben, wird die Polizei auch keinen der beiden jemals verdächtigen.«

Jetzt verstand auch Horndeich: »Ihr meint, Charlie Patras hat den Missbraucher von Adam Kosakowski, Ludwig Daunberg, umgebracht und Adam dafür Helmut Glockner, der sich an Charlie vergangen hatte.«

»Das klingt für mich nach einem guten Plan. Zumal Adam Kosakowski in dem Forum ja auch gepostet hat, dass er seinen Peiniger wiedergesehen hat vor genau einem halben Jahr. Vielleicht war das der Auslöser. Die beiden treffen sich also und beschließen, dass sie jene umbringen, die sie damals gequält haben. Aber eben über Kreuz. Es bedarf einer gewissen Vorbereitung, vielleicht mussten sie auch erst noch ausfindig machen, wo Helmut Glockner wohnt. Ganz sicher mussten sie sich eine Waffe beschaffen. Dann die Absprache, wer wann wo wie zuschlägt, und das so detailliert, dass der andere ein bombensicheres Alibi hat.«

Leah grätschte dazwischen: »Das erklärt, wer Helmut Glockner und wer Ludwig Daunberg umgebracht hat. Das erklärt aber nicht, wieso Charlie Patras ebenfalls tot ist.«

»Wer weiß? Irgendwas ist zwischen den beiden nach den Morden schiefgelaufen. Vielleicht hat Charlie Patras sich ein Hintertürchen offen gehalten und wollte Ludwig Daunberg nun erpressen?«, überlegte Feller laut.

»Wir haben Adam Kosakowski nie nach seinem Alibi für den Mord an Helmut Glockner in Wiesbaden gefragt, oder?«, dachte Horndeich nun nach.

Leah sagte: »Nein. Bislang gab es ja auch überhaupt keinen Grund dafür. Bislang sind wir davon ausgegangen, dass Adam Kosakowski Helmut Glockner gar nicht kannte, ja nicht einmal etwas von seiner Existenz wusste. Das wissen wir ja erst jetzt, nachdem wir die beiden im Forum miteinander in Verbindung bringen konnten.«

»Na, dann sollten wir das vielleicht mal nachholen«, sagte Horndeich und erhob sich.

»Einen Moment noch«, sagte Feller. »Ich möchte da gerade noch mal was checken.« Auch er stand auf und verließ den kleinen Besprechungsraum.

Leah und Horndeich folgten ihm in sein Büro. Als sie es erreichten, saß Feller an seinem Rechner. Leah erkannte die Internetseite, die er gerade aufgerufen hatte, wieder. Es handelte sich um die Homepage von Charles & Cathy. Die Unterseite, die Feller aufgerufen hatte, war jene der Termine.

Auf einem zweiten Rechner öffnete er eine weitere Seite. Horndeich konnte den Namen Helmut Glockner lesen. Offensichtlich handelte es sich dabei um eine Zusammenfassung ihrer bisherigen Erkenntnisse.

Dann sagte Feller lautstark: »Mist! Das war's mit unserer Theorie.« Mit dem einen Finger deutete er auf den linken Bildschirm mit den Konzertdaten. Die Zeile neben seiner Fingerkuppe lautete: *Montag, 30. Mai 2016: Konzert im Green Sheep, Darmstadt, gemeinsam mit Ceol agus ól. Beginn 19.00 Uhr. (Pubquiz fällt an diesem Tag aus.)*

Fellers zweite Fingerkuppe zeigte auf den anderen Monitor auf die Zeile: *Todeszeitpunkt: Montag, 30. Mai 2016, ca. 18.35 Uhr.*

Horndeichs Augen wanderten zwischen den beiden Monitoren hin und her. Er fühlte sich wie am vergangenen Wochenende, als er mit seiner Tochter im Garten mit den Bauklötzchen den wunderbaren Turm gebaut hatte. Und noch bevor er ihn fotografieren konnte, war es Stefanies größtes Vergnügen gewesen, den untersten Stein herauszuziehen und den Turm zusammenkrachen zu sehen. Sie hatte gar nicht verstehen können, dass Horndeich ihre Begeisterung nicht geteilt hatte.

»Vielleicht haben sie ja dort gar nicht gespielt«, versuchte Leah in einem letzten Akt der Verzweiflung die Theorie doch noch zu retten und Horndeichs mentale Metapher als falsch zu brandmarken. Sie griff zu ihrem Handy, wählte Katharina Melkers Nummer, sprach mit ihr eine Minute, dann verabschiedete sie sich wieder.

»Sie haben dort gespielt. Sie waren ab sechs Uhr abends da, standen von sieben bis neun auf der Bühne, danach spielte Ceol agus ól, und sie haben dann noch bis ein Uhr nachts gemeinsam eine Session gemacht.«

Feller stimmte mit etwas schrägem Bariton eine Melodie von Vicki Leandros an: »Goodbye, Idee, goodbye …« Während Leah schräg grinste, fragte sich Horndeich jetzt wirklich, ob der Kollege irgendetwas eingeworfen hatte.

Sie war nach Hause gefahren am Abend zuvor. Es hatte einfach gutgetan, im eigenen Bett zu schlafen, ausgiebig zu duschen und auch heute Morgen im Bad alle notwendigen Utensilien in Griffweite gehabt zu haben. Natürlich hätte sie in Darmstadt eine halbe Stunde länger schlafen können – aber sie wollte es auch nicht zur Gewohnheit werden lassen, bei ihrem Kollegen Richard Feller zu übernachten.

Wenn sie zurückdachte, hatte sich ihr Leben in der vergangenen Woche ganz schön verändert. Fast geistesabwesend hatte sie in den Kleiderschrank gegriffen und eines ihrer Kostüme samt Bluse herausgenommen. Erst im Auto war ihr aufgefallen, dass es das gleiche Outfit wie gestern war. Na gut, die Bluse war einen Tick dunkler gefärbt. Doch vielleicht sollte auch mal ein Einkaufsbummel auf ihrer To-do-Liste stehen, bei dem sie sich ein oder zwei Blusen gönnen würde, die farblich etwas auffälliger waren.

Sie hatte Feller am Morgen vor der Eingangstür zum Präsidium getroffen, und gemeinsam waren sie zu den Büros gegangen.

Nun saß sie Horndeich gegenüber an ihrem Schreibtisch. Natürlich war es nicht ihr Schreibtisch. Der stand in Wiesbaden und war ständig von Rünzigs lautstarken Tiraden umtost. Und er war in ihren Gedanken so unglaublich weit weg.

Sie blickte auf, sah zu Horndeich. Der gerade irgendwelche Kontoauszüge mit irgendwelchen anderen Papieren verglich. Auch er konnte sich in so einen Fall richtig verbeißen. Und vor allem tat er das leise. Was würde sie machen, wenn dieser Fall abgeschlossen wäre?

Sie fand darauf in diesem Moment keine Antwort. Aber eines wurde ihr klar: Ihre Tage unter der Fuchtel von Rünzig waren gezählt. Das würde sie sich nicht mehr antun. Vielleicht eine Auszeit. Ein bisschen gespart hatte sie.

Auf der anderen Seite – was wollte sie mit einer Auszeit anfangen? Da war niemand, mit dem sie diese Zeit gemeinsam genießen konnte. Vielleicht doch ganz allein auf Weltreise gehen?

Wieso schossen ihr all diese Gedanken im Kopf herum? Es war Zeit, sich weiter darum zu kümmern, wie Charlie Patras, Helmut Glockner und Ludwig Daunberg gestorben waren. *Auf, Mädchen, die nächsten Kontoauszüge warten auf dich,* dachte sie und begann mit der Arbeit.

Ihr Job war es herauszufinden, ob sich im Bewegungsmuster von Charlie Patras irgendetwas Auffälliges finden ließ. Sie hatte sich jetzt vorgenommen, die Abhebungen von Charlie Patras Konto mit EC-Karte, die er nicht in Darmstadt getätigt hatte, mit den Konzertterminen von Charles & Cathy zu vergleichen. Vielleicht würden sie so herausfinden, ob er sich mit irgendwem an einem ungewöhnlichen Ort getroffen hatte. Vielversprechend war es nicht, aber sie wollte sich später auch nicht den Vorwurf machen, nicht alles gründlich überprüft zu haben. Genau darin lag ihre Stärke. Und genau das würde sie jetzt auch tun.

Bei manchen seiner Konzerte hatte Charlie Patras mit EC-Karte gezahlt. Und gerade bei Konzerten im Umkreis von hundert Kilometern hatte er immer wieder auf der Strecke dorthin den Benzintank gefüllt. Dann gab es in Darmstadt ein paar Kneipen, in denen er offensichtlich auch regelmäßig verkehrt und mit EC-Karte gezahlt hatte. Etwa das Green

Sheep. Auch beim Italiener am Woog hatte er schon gegessen, wie die Kontoauszüge verrieten. Es zeigte sich ein ganz klares Muster: Charlie Patras hatte, wenn er nicht gerade mit Katharina Melker ein Konzert gab, sein Geld mit EC-Karte meist in Darmstadt unter die Leute gebracht. Er hatte immer beim Supermarkt in der Dieburger Straße eingekauft, er war oft zum Getränkemarkt in Pfungstadt gefahren.

Und dann waren da diese zwei Male, die irgendwie aus dem Raster fielen. Im Februar und auch im April hatte er jeweils einmal im American Diner in Mörlenbach mit EC-Karte gezahlt.

Flamme und Feuer nannte sich das Restaurant. Leah googelte nach der Gaststätte. Wenn man von Darmstadt aus über die Landstraße fuhr, lag es immerhin vierzig Kilometer entfernt, mitten im Odenwald. An diesem Ort hatten Charles & Cathy noch kein einziges Konzert gegeben, auch nicht in den umliegenden Dörfern.

Wieder griff Leah zum Telefon und wählte Katharinas Nummer. Nach der Begrüßung fragte sie: »Katharina, kennen Sie ein amerikanisches Restaurant mit dem Namen Flamme und Feuer? Es liegt im Odenwald, in Mörlenbach. Waren Sie da gemeinsam mit Charlie? Einmal im Februar, einmal im April diesen Jahres?«

Katharinas Antwort war knapp und prägnant: »Nein. Ich kenne weder den Ort noch das Restaurant, noch war ich mit Charlie jemals dort. Weshalb möchten Sie das wissen?«

»Das kann ich Ihnen im Moment selbst noch nicht genau sagen. Aber haben Sie ganz herzlichen Dank für die Auskunft«, sagte Leah und beendete das Gespräch.

Es waren oftmals jene kleinen, auf den ersten Blick unauffälligen Dinge, die einen in manchen Fällen weiterbrachten. Und Leah hatte das Gefühl, soeben Witterung aufgenommen zu haben. Vielleicht war Mörlenbach der Ort, an dem er sich mit einer Dame getroffen hatte, die er in irgendeiner Dating-Börse kennengelernt hatte. Aber gegen eine solche Theorie sprach schon der Zeitabstand von knapp acht Wochen zwischen den einzelnen Terminen. Nein, irgendetwas wirkte hier komisch. Und Leah wollte das klären.

Sie sah auf die Uhr. Es war gerade halb fünf. Sie machte Horndeich auf ihre Entdeckung aufmerksam.

»Kann sein, dass da was dahintersteckt, kann aber auch nicht sein.« Horndeich war offensichtlich sehr in seine eigenen Recherchen vertieft, sonst hätte er wohl kaum solch einen Satz in platter Schmalspurphilosophie von sich gegeben.

»In Ordnung, ich fahr da mal hin«, sagte Leah. »Das wird sich ja schnell klären lassen.«

Leah lenkte ihren Wagen durch die engen Straßen des Odenwalds in Richtung Mörlenbach. Sie konnte sich nicht erinnern, überhaupt schon einmal durch das Mittelgebirge gefahren zu sein. Sie fühlte sich wohler in den Landschaften um den Rhein herum. Auch die Eifel hatte sie schon besucht.

Es war schon fast halb sechs, als sie den American Diner erreichte. Sie stellte ihren Golf zwischen einem riesigen Jeep und einer silberfarbenen Corvette ab. Dann betrat sie das Restaurant.

Schwarz-weiße Fliesen auf dem Boden, eine ellenlange Theke mit rot bezogenen Barhockern. Aus den Boxen klang eine Frauenstimme: »*Wrong, baby, wrong, baby, wrong…*« Hinter dem Tresen stand eine junge Frau mit grünem Polohemd. Sie trug die roten Haare zu einem Pferdeschwanz gebunden und musterte Leah ungeniert. Ihr wurde in diesem Moment klar, dass sie mit ihrem grauen Kostüm und den hochgesteckten Haaren sicher nicht ganz dem typischen Kleidungsstil des American Way of Life entsprach.

»Kann ich Ihnen helfen?«, fragte Mrs. Polohemd.

»Ja, ich glaube, das können Sie. Dürfte ich mal Ihren Geschäftsführer sprechen?«

»Hat es Ihnen bei uns nicht geschmeckt?«

»Nein, darum geht es überhaupt nicht. Ich komme aus Darmstadt und bin von der Kripo«, sagte sie und fischte ihre Polizeimarke aus der Jacke.

Sofort wurde die Stimme der Bedienung etwas leiser. »Bitte folgen Sie mir«, flüsterte sie fast. Polizei im Haus schien offensichtlich schlecht fürs Geschäft zu sein. Leah begleitete sie in den hinteren Bereich des Restaurants. »Einen Moment bitte«, bat sie und verschwand im Büro ihres Chefs. Der trat persönlich heraus, ein Mann zwischen dreißig und vierzig Jahren, der, mit Cowboystiefeln, Jeans und Karohemd ausgestattet, perfekt zu seinem Restaurant passte.

Die Bedienung verschwand, und der Mann stellte sich vor: »Frank Hensel ist mein Name. Meine Kollegin sagte mir, Sie wären von der Kripo? Haben wir was verbrochen?« Er versuchte ein Lächeln, um das Gesagte als Scherz durchgehen zu lassen. Es stürzte jedoch auf der Zielgeraden einfach ab.

»Nein, nicht dass ich wüsste«, scherzte Leah zurück. »Es geht um einen Besucher, der sowohl im Februar als auch im April einmal bei Ihnen zu Gast gewesen ist.«

»Ho! Das macht die Sache ja total einfach. Wir haben über jedem der Tische eine Kamera hängen, die vierundzwanzig Stunden am Tag aufzeichnet. Sollte also kein Problem sein.« Der zweite Versuch eines Scherzes.

»Vielleicht können wir in Ihr Büro gehen?«, schlug Leah vor.

»Gern, treten Sie ein«, sagte Hensel und öffnete seinem Gast galant die Tür.

Im Büro ließ sich Leah sogleich auf dem Stuhl vor dem Schreibtisch nieder. Hensel setzte sich hinter den Tisch. An der Wand hing eine amerikanische Flagge. Und ein Poster, auf dem drei schnittige PKWs zu sehen waren, die Leah keiner Marke zuordnen konnte.

»Jetzt im Ernst: Wie kommen Sie darauf, dass wir Ihnen da helfen könnten?«

Leah erklärte: »Er war an zwei Tagen im Februar und im

April bei Ihnen. Er hieß Charlie Patras und hat jeweils mit EC-Karte bezahlt. Ich habe ein Bild von ihm. Vielleicht können Sie herausfinden, wer an diesem Abend bedient hat? Vielleicht kann ich dieser Person dann das Bild zeigen. Ihnen natürlich auch.«

Wieder griff Leah in ihre Tasche. Sie hatte alle wichtigen Bilder auf ihr Smartphone geladen. Genau genommen hatte sie Feller alles daraufladen lassen. Sie wischte ein paarmal über die Glasfläche, dann zeigte sie Frank Hensel das Porträt von Charlie Patras.

»Tut mir leid, den habe ich auf keinen Fall gesehen. Bitte nennen Sie mir doch die Daten.«

»Am Mittwoch, den 10. Februar, hat Herr Patras um 23.15 Uhr eine Rechnung beglichen. Die Gesamtrechnung belief sich auf sechzig Euro. Ich nehme mal an, dass er nicht nur seine eigene Zeche bezahlt hat. Am Dienstag, den 5. April, war er wieder hier, diesmal belief sich die Zeche auf knapp dreißig Euro. Bezahlt um 22.55 Uhr.«

Frank Hensel wandte sich dem Monitor auf seinem Schreibtisch zu. Seine Finger klapperten auf der Tastatur, ab und an bewegte die rechte Hand eine kabellose Maus. »So, ich habe die beiden Tage hier aufgerufen. Und dank der Summe und der Uhrzeit kann ich hier genau sehen, an welchem Tisch dieser Herr Patras gesessen hat. Jolene hat zu diesem Zeitpunkt in diesem Bereich bedient, also am 6. April. Und ich seh mal nach, am 10. Februar …« Er machte eine kurze Pause. Wieder das Klappern der Tastatur und ein paar hektische Mausbewegungen, dann sprach er weiter: »… auch Jolene.«

»Wunderbar! Könnten Sie mir die Adresse und die Telefonnummer von Jolene geben? Dann kann ich mich bei ihr melden, und sie kann auch mal einen Blick auf das Foto werfen.«

Frank Hensel grinste nun, und dieses Grinsen gelang: »Wir können es natürlich auch so kompliziert machen.«

»Wie darf ich das verstehen?«, wollte Leah wissen. Ihr war überhaupt nicht nach irgendwelchen Spielchen zumute.

»Jolene arbeitet gerade hier. Ich kann sie gern zu Ihnen bringen. Oder kommen Sie doch einfach mit raus, ich spendiere Ihnen einen Burger und eine Coke, dann können Sie sich in Ruhe unterhalten.«

»Ich esse gerne einen Burger und trinke auch gerne eine Coke, aber ich werde sie bezahlen«, meinte Leah und stand auf.

Frank Hensel begleitete sie zu einem Tisch, an dem sie etwas abseits sitzen konnte. Nun drang eine männliche Stimme aus den Boxen: *»I met all my wifes in traffic jams – there's somethin' women like about a Pickup man …«*

Keine zwei Minuten später ließ sich Mrs. Poloshirt an Leahs Tisch nieder. »Ich bin Jolene Fischer«, sagte sie und reichte Leah die Hand.

»Ich darf Sie Jolene nennen?«, wollte Leah wissen. Die junge Frau war sicher gerade mal zwanzig Jahre alt.

Jolene nickte.

»Jolene, Sie haben am 10. Februar und am 6. April abends hier gearbeitet. Ich ermittle in einem Mordfall, und eines der Mordopfer war an diesen beiden Tagen hier im Restaurant. Ich wollte Sie fragen, ob Sie sich vielleicht an ihn erinnern.« Bei diesen Worten hielt sie ihr Handy in Jolenes Richtung und zeigte ihr das Bild von Charlie Patras.

Jolene war mit ihren roten Haaren und der zarten, hellen Haut ohnehin eher ein blasser Typ. Doch jetzt wich die restliche Farbe aus ihrem Gesicht.

»Ja. An ihn und seine Freunde kann ich mich gut erinnern. Das war irgendwie eine sehr seltsame Truppe.«

»Erzählen Sie«, forderte Leah Jolene auf.

»Ich habe sie nur an diesen beiden Abenden gesehen. Ich weiß nicht, ob sie noch öfter hier waren. Die waren irgendwie zu alt, um Studenten zu sein. Sie wirkten aber auch nicht wie Arbeitskollegen oder alte Freunde. Ich kann Ihnen noch den Tisch zeigen, an dem sie gesessen haben. An der einen Seite neben den Billardtischen.«

Als Leah zuvor durch den hinteren Teil des Gastraums gegangen war, war sie an den vier Billardtischen vorbeigelaufen.

»Sie sind nicht zusammen ins Restaurant gekommen. Der, den Sie mir gezeigt haben, der war zuerst da. Er hat sich ein Bier bestellt. Er ist mir aufgefallen, weil er einfach auf die anderen gewartet hat, ohne sich mit seinem Smartphone zu beschäftigen. Das lag zwar auf dem Tisch, aber er hat es nicht angerührt. War schon auffällig. Es dauerte sicher zwanzig Minuten, bis der Zweite kam.«

»Können Sie den beschreiben?«

»Ja. Etwas über einen Meter achtzig ungefähr, dunkle Haare, gut gebaut, also definitiv nicht zu dürr.«

Diese Beschreibung kam Leah doch bekannt vor. Sie wischte über ihr Smartphone, bis sie eine Fotografie von Adam Kosakowski auf dem Bildschirm hatte. »War das vielleicht der da?«

Jolene nickte. »Eindeutig. Das war der Kerl. War nicht so viel los um die Zeit. Deswegen habe ich das genau mitgekriegt, wie die sich begrüßt haben. Es wirkte so, als hätten sie sich schon eine Weile nicht gesehen, haben sich mit einer Umarmung begrüßt.«

»Wie kommt es, dass Sie sich daran so genau erinnern?«, wollte Leah wissen.

»Na, wenige Minuten später kam auch der Dritte. Die haben dann ziemlich viel Bier gebechert und sich auch ziemlich lautstark unterhalten. Also manchmal. Eigentlich haben sie fast die ganze Zeit geflüstert, aber der dritte Typ, der ist immer wieder mal laut geworden. Ich weiß nicht genau, wie ich es beschreiben soll. Irgendwie wirkte es, als wolle er die beiden anderen von etwas überzeugen. Irgendwann haben sie aufgehört zu diskutieren und dann eine Runde Billard gespielt. Danach ging die Diskussion weiter. Sie waren mir irgendwie unangenehm, besonders der dritte Typ. Der wirkte irgendwie so ... als würde er unter Strom stehen. Vielleicht hatte er auch was eingeworfen, ich weiß es nicht. Auf jeden Fall erinnere ich mich an das Trio.«

»Erinnern Sie sich, wie dieser dritte Mann ausgesehen hat?«

»Klar. Er hat mit Abstand am besten ausgesehen von den dreien. War auch so einen Meter achtzig groß, einen kleinen Tick kleiner als der, den Sie mir vorhin gezeigt haben. Der war einfach schlank, durchtrainiert, hatte dunkelbraunes Haar, ziemlich kurz geschnitten, und einen Dreitagebart.« Sie errötete ein wenig, als sie sagte: »War eine richtig attraktive Erscheinung.«

Leah hatte aus der anderen Jackentasche ein kleines Notizbuch genommen und Jolenes Aussagen mitgeschrieben.

»Na ja, der Typ, der zuerst hier reingekommen war – Patras hieß er, nicht wahr? –, der hat dann auch die Zeche bezahlt. Eigentlich wollte der andere mit seiner Kreditkarte bezahlen. Aber das Lesegerät war kaputt. Deswegen hat Patras die ganze Rechnung übernommen.«

»Sind die drei jeweils mit einem eigenen Wagen gekommen?«

»Ich habe ihnen nur nachgeschaut, als sie das Restaurant verlassen haben. Der mit den dunklen Haaren, der stieg in einen eigenen Wagen, und Patras stieg bei der Nummer drei ins Auto. War irgend so ein amerikanischer Schlitten. Irgendein heißes Coupé. Musste ich schon schmunzeln, weil es dieses Klischee hier so wunderbar erfüllt. Aber sorry, die Marke habe ich nicht erkannt.«

»Und im April? Waren sie da auch zu dritt?«

Jolene nickte. »Ja, das war die gleiche Besetzung. Damals war der Laden voller, da habe ich nicht mehr so drauf geachtet. Aber die Nummer drei war auch wesentlich ruhiger. Es gab kein lautes Wort mehr. Wenn sie sich sieben Wochen zuvor noch über irgendetwas gestritten hatten, dann waren sie sich bei ihrem Besuch im April offensichtlich einig.«

»Und ist Patras wieder bei der Nummer drei mitgefahren?«

»Keine Ahnung. Ich sagte schon, der Laden war voll, ich hatte gut zu tun. Und da sie mir nicht mehr so aufgefallen sind, hab ich auch nicht aus dem Fenster gesehen, als sie weggefahren sind.«

Leah bedankte sich bei Jolene.

»Gern geschehen. Jetzt was zu essen?«

Leah lachte. Ja, sie hatte Hunger. Und so bestellte sie sich einen All-American-Burger und eine Coke.

# TOBIAS IX

Mama hat gekocht. Ich durfte mir das Essen aussuchen. Sie hat Frikadellen gemacht und ihren leckeren Kartoffelsalat.

Wanja und Doris sitzen mit am Esstisch.

Seit Wanja so nett ist und Mama unterstützt, indem er auf mich aufpasst und mir auch bei den Hausaufgaben hilft, hat Mama gesagt, dass sie sich irgendwie zumindest ein bisschen revanchieren muss. Also lädt sie die beiden jetzt immer mal wieder zum Essen ein.

Letzte Woche, da hat sie Wanja gefragt, was er denn gerne isst. Und er wollte Rosenkohl haben. Ich finde Rosenkohl total ätzend. Und dann hab ich gesagt, wenn wir öfters zusammen essen, dann soll sich jeder mal das Essen aussuchen dürfen. Fanden die Erwachsenen in Ordnung. Und so gibt es heute also Frikadellen und Kartoffelsalat.

Die Erwachsenen reden über Politik, und da verstehe ich sowieso nichts. Ich gucke sie mir einfach nur an. Doris ist jemand, der normalerweise ganz schnell isst. Sie hat einen Bissen gerade in den Mund geschoben, da schaufelt sie schon den nächsten auf die Gabel. Und dabei redet sie auch noch. Obwohl sie zu mir immer sagt, dass man mit vollem Mund nicht redet. Ich hab nur einmal gesagt, dass sie das ja selbst macht, aber da hat sie mich angeblafft, ich würde lügen. Jetzt isst sie ganz langsam. Und sie schiebt auch immer nur ein kleines bisschen Kartoffelsalat mit dem Messer auf die Gabel. Ihr schmeckt's nicht. Auch ich weiß inzwischen, dass Doris viel besser kochen kann als Mama. Bis auf den Kartoffelsalat und die Frikadellen. Und Spaghetti Bolognese. Die könnte Doris sicher auch gut kochen, aber so was kocht sie nicht.

Wanja isst, wie er immer isst. Langsam, Gabel für Gabel, fast wie ein Roboter. Seine Hände und sein Mund bewegen sich richtig bummelig, nur seine Augen, die haben ihren ganz eigenen Rhythmus. Oft sieht er Mama an, auch direkt in die Augen. Dann wieder zu mir. Mama hat gute Laune. Ihr schmeckt der Kartoffelsalat, ihr schmecken auch die Frikadellen. Eigentlich ist es das Lieblingsessen von uns beiden. Immer wenn Wanja sie anschaut und sie zurückschaut, guckt sie immer zuerst weg. Ich frage mich, ob Mama Wanja mag. Also die Doris, die mag Mama wahrscheinlich nicht so. Mama beachtet Doris auch kaum. Aber Doris, die sieht auch sonst niemanden an. Nicht mal Wanja. Von mir ganz zu schweigen.

Ich glaube, Mama hat gute Laune, weil das jetzt so gut klappt. Weil sie arbeiten gehen kann, und sie weiß, dass für mich gut gesorgt ist. Bei diesen Abendessen, da redet Wanja oft über mich. Er sitzt auch immer so, dass er mir auf die Schulter klopfen kann. Dann, wenn er sagt, dass ich in Mathe so viel besser geworden bin, dass ich im Schach Fortschritte mache, dass ich ein kluger Kerl sei, dass aus mir bestimmt mal was werde, dass ich ganz gewiss studieren würde, dass ich einen ganz tollen Wortschatz habe. Ich finde das natürlich auch toll, wenn ein Erwachsener so über mich redet. Über unsere Geheimnisse redet er nicht. Aber das sind ja auch Geheimnisse. Geheimnisse unter Freunden. Mit Gefängnis, wenn's rauskommt.

Als die beiden an diesem Abend gehen, nimmt Mama Wanja kurz in den Arm. Auch Doris. Aber die hält Mama auf Abstand.

»Ach, Tobi«, sagt sie, »da haben wir echt Glück, dass wir solche Nachbarn haben.« Dann gießt sie sich ein Glas Wein ein und setzt sich aufs Sofa. Und dann erzählt sie wieder von ihrer Kollegin Sabine. Sabines Mann ist vor einem halben Jahr auch gestorben. Und Sabine hat drei Kinder. Und für Sabine ist alles noch viel schwieriger als für Mama. Kann ich verstehen.

»Da haben wir mit Wanja und Doris wirklich Glück«, sagt Mama. Dann nimmt sie mich in den Arm, knuddelt mich.

Ich freue mich, wenn Mama lacht.

Ist ja auch nicht so oft.

## MITTWOCH, 15. JUNI

»Steffen!!«

Horndeich hörte die Stimme von Sebastian Rossberg. Offensichtlich aus dem Erdgeschoss. Er war die Treppe von der Souterrainwohnung schon einen Stock nach oben gegangen. »Steffen!«, rief er wieder.

Noch bevor Horndeich die Decke seines Bettes zur Seite schlug, rief er: »Ich komme schon!«

Sandra wurde ebenfalls wach. »Was ist denn los?«, brummte sie.

»Schlaf weiter, mein Schatz«, sagte Horndeich, stand auf, verließ das Schlafzimmer und schloss die Schlafzimmertür. Er stieg die Treppe hinab ins Erdgeschoss. Machte das Flurlicht an. Sah Sebastian Rossberg in seinem Pyjama. Der sagte nur: »Chloe!«

Horndeich eilte die Treppe in Richtung Souterrain.

Sebastian Rossberg folgte ihm. »Im Bad. Sie ist zusammengebrochen.«

Horndeich rannte in Richtung Badezimmer. Chloe lag auf dem Boden. »Sebastian, mein Handy liegt im Schlafzimmer. Ruf Sandra, dass sie es uns bringt«, sagte Horndeich, dann ging er neben Chloe in die Hocke. Er erinnerte sich eines Wissens, das er lange verloren geglaubt hatte: Wie bringe ich einen Menschen in die stabile Seitenlage? Beine strecken. Arm angewinkelt nach oben legen, Handfläche nach oben. Anderen Arm vor der Brust kreuzen, Handoberfläche an die Wange. Oberschenkel beugen, zu sich herüberziehen, im rechten Winkel zur Hüfte. Hals überstrecken, Mund öffnen, Hand so richten, dass der Hals überstreckt bleibt.

Das war geschafft. Chloes Herz schlug noch. Wenn er den Puls auch nur schwach wahrnahm. Er hechtete die Treppe wieder nach oben, stieß dort fast mit Sandra zusammen. Die reichte ihm das Handy. Horndeich sah auf die Uhrzeit des Handys: 4.37 Uhr. Er hatte ein eigenes Icon auf der Startseite abgelegt: *Notruf*. Sein Daumen drückte zum ersten Mal auf dieses Icon.

Vier Minuten später hielten ein Krankenwagen und der Notarztwagen vor Horndeichs Haus im Richard-Wagner-Weg.

Die Rettungssanitäter und der Notarzt eilten zu der immer noch auf dem Boden liegenden Chloe.

Sie wurde auf eine Trage gelegt, in den Krankenwagen gebracht, und eine Infusion wurde angelegt. Endlich sagte der Arzt etwas: »Wir bringen sie jetzt in die Städtischen Kliniken. Ich tippe auf ein schwaches Herz.«

Horndeich nickte. Sebastian Rossberg ebenfalls. Beide Männer hatten immer noch ihre Pyjamas an.

Der Arzt sagte: »Wir fahren schon mal los. Kommen Sie einfach zum Klinikum. Die Kollegen werden Sie durchwinken.«

»Steffen, kannst du mir helfen?«, sagte Sebastian Rossberg. Er saß auf der Couch im Wohnzimmer der Souterrainwohnung. »Ich glaube, mir fehlt die Kraft, mich allein anzuziehen.«

Horndeich sah den alten Mann. Sebastian Rossberg *war* jetzt ein alter Mann. Er war so unglaublich rüstig gewesen die vergangenen Jahre. Immer wieder hatte er ihm und Margot bei Fällen geholfen. Ganz besonders dann, wenn zur Lösung irgendwelcher Fälle völlig antiquiertes technisches Equipment notwendig gewesen war, das man vielleicht mit viel gutem Willen noch bei eBay ersteigern konnte. Sebastian Rossberg hatte die notwendigen Geräte wie einen Normal-8-Filmprojektor oder einen völlig antiquierten Videorekorder immer noch in der persönlichen Sammlung gehabt.

Es tat Horndeich im Herzen weh, Margots Vater so hilflos zu sehen. »Gib mir fünf Minuten. Ich ziehe mich selbst an, dann helfe ich dir, und dann fahren wir zusammen ins Krankenhaus.«

Sebastian Rossberg nickte tonlos.

Vier Minuten später stand Horndeich wieder in der Souterrainwohnung von Sebastian Rossberg. Der hatte inzwischen schon Hose und Hemd angezogen. Horndeich wollte ihm die Jacke reichen, doch Rossberg bestand auf Weste, Jackett und vor allem auf Krawatte. Horndeich diskutierte nicht mit ihm. Es kostete sie mindestens fünf weitere Minuten, Sebastian Rossberg das würdige Outfit anzulegen. Und doch konnte Horndeich den alten Herrn gut verstehen. Wussten sie wirklich, ob Chloe noch lebte, wenn sie das Krankenhaus erreichten? Horndeich konnte nachvollziehen, dass Sebastian Rossberg in angemessener Kleidung das Krankenhaus betreten wollte.

Es war fast halb sechs, als sie das Krankenhaus erreichten.

In den vergangenen Tagen hatte sich Sebastian Rossberg nicht mehr auf den Stock stützen müssen. Doch im Moment war dies undenkbar. Wobei Horndeich wusste, dass dies keiner Verletzung, sondern einer allgemeinen Schwäche geschuldet war. Auf der Fahrt zum Krankenhaus hatte er kein Wort gesagt, und auch Horndeich hatte geschwiegen. Er war Sebastian Rossberg dankbar dafür gewesen, dass die Fahrt zum Krankenhaus nicht in Geplapper ausgeartet war. Sie mussten jetzt sehen, was die Ärzte sagten. Alle Spekulationen bis dahin waren irrelevant.

»Sie ist auf der Kardiologie«, sagte Doktor Remscheid, nachdem sie eine Stunde in der Notaufnahme gesessen und gewartet hatten.

»Was ist mit ihr?«, hauchte Sebastian Rossberg.

»Sie sind der Ehemann?«, fragte der Arzt.

»Ja, und ich bin der Sohn«, sagte Horndeich schnell, bevor Sebastian Rossberg anfangen konnte, die komplizierten Familienverhältnisse auch nur im Ansatz zu erklären. Denn diese Erklärung hätte dafür gesorgt, dass der Arzt ihnen kein weiteres Wort mitgeteilt hätte. »Wir haben ein Vorhofflimmern festgestellt. Ihre Frau hat ein sehr schwaches Herz. Hat sie früher nie über Schmerzen oder Beschwerden geklagt?«

Wieder übernahm Horndeich die Antwort: »Wissen Sie, meine Stiefmutter hat schon eine ganze Menge durchmachen müssen, sie war eher der stille Typ. Sie hat sich nie beklagt. Sie hat eine ziemlich üble Arthritis, sie weiß, was Schmerzen sind. Und alles, was unterhalb dieser Schmerzgrenze liegt, ist irrelevant für sie.« Horndeich versuchte sich in einem Lächeln.

Der Arzt nickte nur. »Sie haben auch das Versichertenkärtchen Ihrer Frau dabei?«, wandte sich der Doktor an Sebastian Rossberg.

Horndeich übernahm: »Das klären wir gleich.«

Der Arzt nickte und verschwand. Die Formalien waren zum Glück nicht seine Sache.

»Danke, Steffen«, sagte Sebastian Rossberg.

»Dafür nicht«, antwortete dieser.

Sebastian Rossberg und Chloe waren so weitsichtig gewesen, für Chloe bei ihrem Deutschland-Aufenthalt eine Krankenversicherung abzuschließen. Und Sebastian Rossberg hatte die notwendigen Papiere auch dabei.

»Ach, die Frau Gabriely! Ihnen soll ich was sagen«, sagte Frau Zupatke am Empfang. »Der Herr Horndeich, soll ich Ihnen sagen, der kommt heute Vormittag nicht ins Büro. Der kann nicht, weil seine … ach, so genau habe ich das auch nicht verstanden, also irgend so was wie seine Schwiegermutter, die ist im Krankenhaus.«

Leah Gabriely sah Frau Zupatke irritiert an. »Steffen Horndeich kommt also heute nicht?«

»Ja. So hat das Herr Horndeich gesagt. Er meldet sich.«

Leah Gabriely betrat das Büro. Sie sah nach, ob Feller schon da war. Fehlanzeige. Sie ging wieder zurück in ihr eigenes, also in Horndeichs Büro, in dem auch sie einen Schreibtisch hatte, als Feller seinen Kopf durch den Türrahmen steckte. »Der Chef ist heute Morgen nicht da. Schon mitgekriegt?«

»Ja. Irgendwas Privates. Blöd. Ich habe auf der Fahrt hierher bereits mit Adam Kosakowski telefoniert. Er ist heute Vormittag in seiner Firma und nicht in seinem Haus in Seligenstadt. Wir sollten dahin fahren.« Inzwischen kannte Leah viele der Gesichtsausdrücke von Richard Feller. Sie hatte ihn wirklich ein Stückchen kennengelernt in den vergangenen Tagen. Aber diese Mimik, die er jetzt zeigte, war ihr fremd. *Panik*, das war Leahs erste Assoziation.

»Leah, ich bin der letzte Mensch, mit dem du zu Kosakowski fahren möchtest.«

Leah schüttelte den Kopf. »Ganz und gar nicht. Horndeich ist nicht da, also fahren wir zusammen. Oder gibt es da irgendetwas zu diskutieren?«

Feller antwortete nicht gleich. »Ich weiß nicht, ob ich der Richtige bin für irgendwelche Außeneinsätze«, sagte er.

»Und ich weiß, dass ich allein überhaupt nichts tauge bei Außeneinsätzen, mit Verlaub. Und Horndeich ist nicht da. Also?« Leah ließ nicht locker.

Sie fuhren nach Frankfurt. Also Leah fuhr. Sie nutzten einen Dienstwagen des Präsidiums. Leah war schon lange nicht mehr so komfortabel Auto gefahren: ein netter Benz. Aber Feller auf dem Beifahrersitz wirkte alles andere als entspannt. An einem der Abende, als sie beim Italiener gesessen hatten, hatte er ihr erzählt, dass er seit Jahrzehnten den Außeneinsatz verschmähte, weil er darin nicht gut war. Er wusste, dass er seine Aggression nicht immer unter Kontrolle halten konnte, und er wusste, dass er mit Computern viel besser konnte als mit Menschen. Er hatte auch angedeutet, dass eine

Tante von ihm von irgendwelchen RAF-Terroristen erschossen worden war, versehentlich, etwas, das man heute mit dem Begriff Kollateralschaden versah.

Leah kümmerte das nicht. Allein zu Kosakowski zu fahren – dazu fühlte sie sich nicht in der Lage. Auch wenn sie es Feller nicht sagte. Sie musste immer jemanden haben, der an ihrer Seite war. Auch bei professionellen Befragungen. Gestern, in Mörlenbach, das war nur möglich gewesen, weil sie überhaupt nicht damit gerechnet hatte, dass die Aussage der Kellnerin irgendetwas mit ihrem Fall zu tun hatte. Aber jetzt – jetzt wäre auch dort eine weitere Befragung ganz allein ohne Unterstützung für Leah kaum erträglich gewesen. Auch wenn es Feller nicht bewusst war: Leah brauchte ihn an ihrer Seite.

Sie berichtete, was sie am vorigen Abend in Mörlenbach herausgefunden hatte: Dass Kosakowski sich nicht nur mit Charlie Patras getroffen hatte, sondern auch mit einer dritten Person, die sie noch nicht kannten.

Sie erreichten die Firma AKE von Adam Kosakowski in der Max-Beckmann-Straße in Frankfurt um halb zehn. Ein modernes Gebäude beherbergte das Unternehmen, im Hof dahinter stand eine große Lagerhalle.

Eine Sekretärin geleitete Leah und Feller in einen Besprechungsraum. Der war, ganz ähnlich wie die Gemächer in Seligenstadt, großzügig ausgestattet und, dank einer Glasfront, lichtdurchflutet. Wenig später stieß Adam Kosakowski dazu.

»Entschuldigen Sie bitte, dass ich Sie warten lassen musste. Der Terminkalender … Sie haben offenbar noch weitere Fragen an mich. Was kann ich für Sie tun?«

Leah warf Feller einen Blick zu, der besagen sollte: »Du oder ich?«

Feller antwortete nichts, was Leah Antwort genug war.

»Herr Kosakowski, Sie waren im Februar und auch im April im Flamme und Feuer in Mörlenbach?«

»Was soll das sein? Ein Pfadfinder-Lagerfeuer?«

»Sie kennen das Restaurant. Ein American Diner mitten im Odenwald. Sie waren dort mit Charlie Patras und einer dritten Person.«

»Meinen Sie den komischen Schuppen mit den Billardtischen? Und diesen schrägen Barhockern mit dem roten Kunstlederbezug? Ja, da bin ich mal gewesen. Und?«

»Sie waren dort mit Charlie Patras am 10. Februar und am 6. April diesen Jahres.«

»Ja. Kann sein, dass ich da war. Charlie war auch da. Und noch so ein komischer Typ, den Charlie mitgebracht hat.«

»Herr Kosakowski, wir haben herausgefunden, dass Sie Charlie Patras bereits seit fünf Jahren kennen, wenn auch nicht persönlich. Sie haben ihn in einem Forum für Missbrauchsopfer kennengelernt. Sie haben sich dort intensiv in dem Forum ausgetauscht. Sie haben sich auf einem Konzert gesehen, und Sie waren mindestens zweimal zusammen im Flamme und Feuer in Mörlenbach. Jetzt erzählen Sie mir nicht, dass Sie Charlie Patras nicht gekannt haben.«

»Das habe ich so nie gesagt. Nachdem Sie bei mir waren und mir dieses Video vorgespielt haben, von dem Konzert in Sommerkahl, klar, da war die Erinnerung wieder da. Und ja, wir haben uns in diesem komischen Schuppen in Mörlenbach getroffen, zweimal. Das ging jedes Mal von Charlie aus. Ich glaube, es rangierte bei ihm unter der Überschrift Kontaktpflege. Er wusste ja, dass ich durch meine Firma viele Kontakte in die Musikbranche hatte. Ich glaube, er erhoffte sich dadurch weitere Auftritte, die ich ihm vermitteln würde.«

»Aha«, sagte Leah nur trocken. »Wie kam es denn dazu, dass Sie sich in dem Restaurant in Mörlenbach getroffen haben?«

Für einen Moment schwieg Kosakowski. Leah sah zu Richard Feller. Der saß regungslos in seinem Sessel.

»Wissen Sie, Charlie Patras wünschte sich, dass mein Unternehmen ihm mehr Auftritte organisierte. Außerdem hatte er noch irgendwelche Musiker an der Hand, die ebenfalls scharf darauf waren, irgendwo auftreten zu können, vorzugsweise gegen Bezahlung. Ich mochte Charlie irgendwie. Deshalb habe ich mich darauf eingelassen. Ich wusste nicht, dass er so eine Flachschippe mit anschleppen würde.«

Leah unterbrach: »Wie hieß der Mann, den Charlie mitbrachte?«

Adam Kosakowski zögerte, schien nachzudenken: »Heinrich. Mehr weiß ich nicht. Ich weiß nicht, ob er mir den Nachnamen nicht genannt hat oder ob ich ihn sofort vergessen habe.«

Das war der Moment, in dem Richard Feller sich zum ersten Mal bewegte. Er zog einen kleinen Notizblock aus der Innentasche, dann schrieb er etwas auf eine der Seiten.

»Was können Sie uns zu diesem Heinrich sagen?«, wollte Leah wissen.

»Nichts«, antwortete Kosakowski spontan.

»Wenn dieser Heinrich so ätzend war, wieso haben Sie sich dann auf ein weiteres Treffen im April eingelassen?«, schob Leah hinterher.

Kosakowski zuckte mit den Schultern. »Gutmütigkeit. Ich glaube, das müssen Sie genau auf diesem Konto verbuchen. Ich habe mich aber kein drittes Mal mit ihnen getroffen.«

Leah wusste nichts mehr zu sagen. Kosakowski hatte sich keine Blöße gegeben.

In diesem Moment erhob sich Richard Feller. »So, Herr Kosakowski, jetzt reden wir doch mal Klartext.« Er war wenige Zentimeter vor den Stuhl getreten, auf dem Kosakowski saß. Er sah ihn von oben herab an, als er sprach: »Da ist ein Mann, der Sie als Junge missbraucht hat. Ludwig Daunberg. Dann ist da noch ein weiterer Junge, der missbraucht worden ist: Charlie Patras. Sein Peiniger heißt Helmut Glockner. Und auch der ist tot, übrigens genauso wie Charlie Patras. Und alle sind mit derselben Waffe umgebracht worden. Und das verbindende Glied zwischen den drei Toten, das sind Sie. Und Sie erzählen uns jetzt, dass Heinrich, der Dritte im Bunde, ein absoluter Unbekannter für Sie ist. Und das sollen wir Ihnen jetzt glauben?« Mit den letzten Worten hatte Richard Feller sein Gesicht ganz nah vor das von Adam Kosakowski geschoben.

Der stand nun ebenfalls auf. Er sah Feller direkt in die Augen, aufgrund der Größenverhältnisse ein klein wenig von oben herab. »Herr Feller – so war doch Ihr Name –, ich habe mit all diesen Morden nichts zu tun. Gar nichts. Ihre Kollegen kamen zu mir, nachdem Ludwig Daunberg tot aufgefunden worden war. Vielleicht habe ich mich da ein wenig unglücklich verhalten: Ja, vielleicht hätte ich ein bisschen mehr Betroffenheit heucheln sollen. Es ist mir nicht geglückt. Ich bin froh, dass Ludwig Daunberg nicht mehr lebt. Und wenn Helmut Glockner das Zeitliche gesegnet hat, nachdem er Charlie Patras missbraucht hat – auch da wird mir kein Tränchen aus den Augenwinkeln fließen. Das Problem bei der ganzen Sache: Ich habe nichts damit zu tun.«

»Sie haben nichts mit dem Mord an Charlie Patras zu tun? Sie haben nichts mit dem Mord an Ludwig Daunberg zu tun, und Sie haben auch nichts mit dem Mord an Helmut Glockner zu tun?«

»Richtig«, sagte Adam Kosakowski.

»Und da frage ich mich dennoch, wieso Sie uns nicht früher davon erzählt haben, dass Sie Charlie Patras kannten, dass Helmut Glockner Charlie Patras missbraucht hat – alles Mordfälle, bei denen Sie jetzt ganz oben auf unserer Liste der Verdächtigen stehen.«

Leah sah Feller an. Sie hätte Kosakowski nie so aggressiv angegangen. Aber vielleicht war das gar nicht so verkehrt.

»Herr … Feller? Bisher hatte ich mit Ihnen noch nicht zu tun. Zum Glück. Ich habe mit keinem dieser Morde irgendetwas am Hut. Und ich wusste genau, vom ersten Moment an, als Sie mir vom Tod Ludwig Daunbergs erzählt haben, dass Sie versuchen würden, mich damit in Verbindung zu bringen. Ja, ich kannte Charlie Patras. Lose. Ganz lose. Und ich wusste davon, dass Helmut Glockner der Mann war, der Charlie Patras missbraucht hatte. Aber als Sie den Namen Glockner nannten, wusste ich genau, dass ich dichtmachen musste. Denn jetzt ist genau das passiert, was ich versucht habe zu vermeiden: dass Sie mich mit diesen Morden irgendwie in Verbindung bringen. Ja, ich kannte Charlie Patras. Nein, ich habe Ludwig Daunberg nicht ermordet. Nein, ich habe Helmut Glockner nicht ermordet. Und nein, ich habe Charlie Patras nicht ermordet. Wenn Sie irgendwelche Indizien oder gar Beweise haben, die das widerlegen, dann nehmen Sie mich fest. Ansonsten«, Adam Kosakowski schrie jetzt, «lassen Sie mich in Ruhe. Haben Sie das verstanden? Lassen – Sie – mich – in – Ruhe!«

»Viel weiter sind wir nicht«, sagte Feller. Nun war er es, der am Steuer saß.

Wo er recht hatte, hatte er recht, dachte Leah. »Aber ich kann mir nicht vorstellen, dass dieser Heinrich überhaupt nichts mit diesem Fall zu tun hat.«

»Vielleicht war er auch in diesem Forum aktiv.«

»Und wie sollen wir das jemals herausfinden? Wir kennen ja nicht die echten Namen der Teilnehmer. Und ob Heinrich wirklich Heinrich heißt, wissen wir auch nicht.«

»Diese Bedienung gestern in Mörlenbach, die hat doch den Dritten im Bunde ganz detailliert beschreiben können, oder?«

»Ja. Das würde vielleicht sogar für einen Phantomzeichner reichen.«

»Na, dann werde ich jetzt mal schauen, was ich aus diesem Forum noch alles rausholen kann. Vielleicht finden wir ihn ja, den *Unsichtbaren Dritten.*«

Leah erwiderte Fellers Grinsen, das sich gerade auf seinem Gesicht abzeichnete: »Hitchcock 1959, Drehbuch Ernest Lehman. Cary Grant und Eva Marie Saint in den Hauptrollen. Genau genommen der erste Actionfilm der Filmgeschichte.«

Als sie das Präsidium erreicht hatten, war Horndeich immer noch nicht an seinem Platz.

»Wie willst du vorgehen?«, fragte Leah, als sie mit zwei Tassen Kaffee in der Hand bewaffnet in Fellers Büro trat.

Der hatte es sich bereits gemütlich gemacht vor seiner Rechnerarmada. »Zunächst einmal werde ich eine Liste aller Teilnehmer im Forum anfertigen. Im zweiten Schritt fliegen die raus, die weder mit Adam Kosakowski noch mit Charlie Patras in irgendeinem Artikel gemeinsam vertreten sind. Dann filtere ich die raus, die in Beiträgen vertreten sind, bei denen *sowohl* Adam *als auch* Charlie an der Diskussion beteiligt waren.«

»Aha«, manifestierte Leah ein großes Fragezeichen.

»Ja?«

»Dann hast du drei Listen mit Forumsnamen. Eine ganz kurze, eine etwas längere und die ganz lange mit allen Teilnehmern. Und wie willst du jetzt rausfinden, welche Personen hinter diesen Namen tatsächlich stehen?«

»Das wird der schwierigere Teil. Aber viele Menschen haben die Angewohnheit, bei unterschiedlichen Internetplattformen immer denselben Nicknamen zu benutzen.«

»Schön, aber dann siehst du doch immer noch keinen Klarnamen dahinter.«

»Nein, natürlich nicht so direkt. Aber in manchen Texten oder in manchen Foren findet sich der Klarname im Zusammenhang mit dem echten Namen. Du musst ihn nur einmal in irgendeinem Forum bei irgendeinem Beitrag angeben, und dann lässt sich die Verbindung herstellen.«

»Ich versteh das immer noch nicht so ganz«, sagte Leah.

»Pass auf, ich zeig es dir: Nehmen wir mal an, jemand hätte ein Pseudonym mit dem Namen *Clay_Morrow_Dyna*.«

»Wie kommst du denn ausgerechnet darauf?«

Feller zuckte nur leicht mit den Schultern. »Einfach nur ein Beispiel. Spielen wir's doch mal durch und geben den Namen in die Suchmaschine ein …« Tatsächlich tauchte eine respektable Liste von Treffern auf. Die obersten zehn der Liste bezogen sich auf die TV-Serie *Sons of Anarchy.* Auch ohne die Links einzeln anzuklicken, konnte man den einzelnen Zeilen bereits entnehmen, dass der Chef der gleichnamigen Motorrad-Truppe, um die sich die Serie drehte, Clarance »Clay« Morrow hieß und dabei ein Motorrad des Typs Harley-Davidson Dyna Super Glide fuhr.

»So, jetzt wissen wir schon mal, dass *Clay_Morrow_Dyna* diese Fernsehserie kennt und wahrscheinlich auch mag. Ich greife jetzt mal vor und scrolle ein paar Suchergebnisse weiter. Und schon sehen wir, dass es einen eBay-Account gibt von *Clay_Morrow_Dyna.*«

Feller klickte auf den Account. »Schauen wir mal, was der junge Mann so verkauft.«

»Woher willst du denn wissen, dass es ein Mann ist?«

Feller klickte auf die Angebotsliste: »Spricht eher für einen Mann, oder?« Die Angebotsliste bestand aus zwei Auspufftöpfen für eine Harley-Davidson, einer blauen Arbeits-Latzhose, Größe XXL, und zwei Ikea-Sesseln.

»Du weißt, wer sich dahinter verbirgt?«

Nun konnte sich Feller ein Grinsen nicht mehr verkneifen. »Vielleicht. Schauen wir mal, was wir noch rauskriegen. Die Bewertung von *Clay_Morrow_Dyna* bei eBay ist jetzt nicht so wirklich prickelnd. Nur einundneunzig Prozent positive Bewertungen. Aber er ist auf eBay ziemlich aktiv, er hat fast dreihundert Bewertungen.«

Feller klickte nun auf das Angebot mit den beiden Sesseln. »Artikelstandort: Wiesbaden. Jetzt wissen wir sogar, wo der Knabe wohnt.«

Leah runzelte die Stirn. Sie hatte das Gefühl, Feller würde gleich das Tuch über dem Zylinder wegziehen und ein Karnickel aus dem Hut zaubern.

»Ich mach's jetzt mal nicht so spannend.« Er scrollte sich durch die Suchergebnisse, um dann wie ein Adler, der sich auf eine Maus stürzt, gezielt eines der Ergebnisse anzuklicken, noch bevor es Leah auch nur gelungen war, drei Worte dieser Zeile zu lesen.

»Hier tummeln wir uns in einem Harley-Davidson-Forum. Man tauscht sich aus, man hilft einander, man erfreut sich daran, über die weltbesten Motorräder zu fachsimplen. So was gibt's natürlich auch für Yamaha, BMW und Co. Die Marken unterscheiden sich, die Beiträge kaum. Schauen wir mal, was hier so unter dem Button *Verkaufe* angeboten wird. Ah! Zwei Auspufftöpfe. Und der Link zu dem Angebot von *Clay_Morrow_Dyna*. Der Teilnehmer hat im Forum denselben Namen. Gehen wir doch mal auf sein Profil.«

Wieder klickte Feller, wieder erschien eine neue Seite. Dem Profil konnten sie Folgendes entnehmen: Der Vorname des Teilnehmers war Ralf, er wohnte in Wiesbaden und er war sogar so frei gewesen, zumindest sein Geburtsjahr zu verraten: 1971. Unter der Rubrik *Mein Bike* hatte er Fotos seines Motorrads eingestellt. Wie zu erwarten eine Harley-Davidson, wenn auch ein etwas kleineres Modell, eine *Revolution X*. Auf dem Nummernschild waren nur die Buchstaben WI zu erkennen, der Rest des Kennzeichens war verpixelt.

»O.k., wer ist das?«

»Ich zeig's dir gleich, aber wir sollten uns auch hier noch mal kurz die anderen Forums-Beiträge ansehen. Hier zum Beispiel«, sagte Feller. Er klickte sich durch ein paar Menüs, gab etwas in die Suchzeile ein, und zehn Sekunden später hatte er den gewünschten Beitrag auf dem Bildschirm. Leah war nun völlig klar, dass er diese Übung nicht zum ersten Mal machte und er früher schon ganz genau nach *Clay_Morrow_Dyna* gesucht hatte.

»Lies das doch mal durch«, forderte Feller sie auf.

Und Leah las: *Ja, man kann auf keinem Bike so gut abschalten wie auf einer Harley. Manchmal, wenn mich meine Mit-*

*arbeiter nerven, dann brumme ich durch den Rheingau. Habe seit einem Jahr eine total nervige Kollegin. Na ja, und wenn ich dann so am Rhein entlangcruise, kann mich Mrs. Brillenschlange mal kreuzweise.*

Ein weiterer Forumsteilnehmer mit dem Namen *Harley_forever_124* hatte darauf geantwortet: *Kenne ich. Gutes Gefühl. Ich fahre auf meinem Bike meiner Frau davon. Die trägt auch Brille.*

So langsam ahnte Leah Gabriely, was Feller ihr da vermitteln wollte.

»Der Rest der Übung ist für uns Polizisten ziemlich einfach: Dieses Motorrad, in Wiesbaden zugelassen von einem Mann, der 1971 geboren ist … Voilà: Ralf Adolf Rünzig. Vielleicht kannst du ihn mit dem Wissen um seinen Zweitnamen mal irgendwann aufziehen.«

Leah hatte sich inzwischen gesetzt. Sie war entsetzt. Zum einen darüber, wie viel man über einen Menschen mit nur wenigen Klicks im Netz erfahren konnte. Zum anderen, um was für ein Arschloch es sich bei ihrem Chef in Wiesbaden handelte. »Warum zeigst du mir das? Hättest du mir das irgendwann auch gezeigt, wenn es jetzt nicht um diese Pseudonyme im Forum gegangen wäre?« In ihre Stimme mischte sich Wut. Auf Rünzig, klar. Aber irgendwie auch auf Feller. Was dachte der sich dabei, ihr so was unter die Nase zu reiben?

Feller nahm die Hände von Tastatur und Maus, wandte sich Leah zu, dann sagte er: »Ja. Ich hätte dir das noch gezeigt. Allerspätestens dann, wenn wir diesen Fall gelöst hätten. Und warum ich dir das gezeigt hätte? Es ist immer gut, so viel wie möglich über seine Feinde zu wissen. Ich habe übrigens auch dich im Netz verfolgt – aber du machst da sehr viel richtig: Man findet dich nicht. So einfach ist das.«

Leah betrachtete Fellers Gesicht. Als sie ihn vor gut einer Woche zum ersten Mal gesehen hatte, hatte er auf sie ein wenig verkniffen gewirkt. Doch gerade diese tiefen Furchen auf der Stirn, die waren verschwunden. *Hatte sie sich auch verändert?*, fragte sie sich.

»Ich spreche jetzt Klartext: Wir suchen hier, seit Margot Hesgart fort ist, händeringend eine Nachfolgerin oder einen Nachfolger. Wir brauchen Verstärkung im Team. Und du passt da perfekt rein. Und das, was ich dir gerade gezeigt habe, solltest du kennen, bevor du wieder zurück nach Wiesbaden gehst.«

Leah stand auf. »Danke. Ich werde darüber nachdenken. Ich brauch jetzt erst mal eine Runde frische Luft.«

Feller nickte nur und wandte sich wieder Tastatur und Rechner zu.

*Eine Fahrt einen Euro! Meine Damen und Herren, heute im Sonderangebot: Fünf Fahrten nur ein Euro fünfundzwanzig! Steigen Sie ein! Seien Sie dabei! Zehn Fahrten für ein Euro dreiunddreißig! Zögern Sie nicht, so günstig gibt's das nie wieder, meine Herrschaften!*

Der Marktschreier im Kopf. Margot kannte ihn gut. Inzwischen war er ein Vertrauter, der gänzlich ungefragt in ihren grauen Zellen seine neue Heimstatt gefunden hatte. Er und sein Gedankenkarussell. Die Zehnerkarte hatte er bislang noch nicht im Angebot gehabt, doch auch diesmal konnte sie ihm einfach nicht widerstehen. Zumal vor einer halben Stunde Doro angerufen hatte, ihre Stieftochter.

Sie saß in der Sonne in einem Café in der Nähe des Havnelageret, dem ehemaligen Hafenspeicher in Oslo. Ihr Freund Nick war gerade bei einem Vortrag. In zwei Tagen war seine Fortbildung zu Ende, dann hätten sie Zeit füreinander. Sie hatten beschlossen, noch fünf Tage in Norwegen dranzuhängen und das Land zu bereisen. Schon auf ihrer großen Europareise vor drei Jahren waren sie einmal hier gewesen.

*Steigen Sie auf! Steigen Sie auf! Gleich geht es los!* Margot schloss die Augen und fühlte sich tatsächlich wie auf einem der Pferdchen, die während der Runden auf- und abwippten.

Chloe war im Krankenhaus. Doro konnte noch nicht viel zu ihrem Zustand sagen, aber offensichtlich litt die Lebensgefährtin ihres Vaters unter Herzschwäche. Margot hatte bereits gegoogelt: Mit dem Auto waren es knapp tausendvierhundert Kilometer zu fahren, und von Oslo nach Frankfurt flogen fünf Flieger nonstop täglich.

In einer Stunde würde Nick bei ihr sein, sie wollten gemeinsam einen Kaffee trinken, bevor bei ihm das Spätnachmittagsprogramm und das Abendprogramm starteten. Seit gut anderthalb Jahren lebte sie nun mit Nick in Amerika zusammen – und nein, sie bereute diese Zeit nicht. Sie liebte ihn, und sie beide kamen gut miteinander aus. Diskussionen statt Streitereien, Kompromisse, die dann auch eingehalten wurde. Nur ein Thema, bei dem konnten sie sich nicht wirklich einig werden. Es war die Frage, wo sie sich dauerhaft niederlassen wollten. Für Nick war das klar: Er wollte in seiner Heimat, in Amerika, bleiben. Bis vor einem dreiviertel Jahr hatte Margot gedacht, das könne sie ebenfalls. Zumal ja auch ihr Vater und Chloe nun auf dem amerikanischen Kontinent lebten.

Ihr Sohn hingegen, Ben, und seine kleine Familie mit inzwischen drei Kindern, sie hatten sie nie besucht auf der anderen Seite des großen Teiches. Nun, Margot musste ehrlich sein: Auch sie hatte die Familie des Sohnes nicht besucht.

»Would you like another coffee?« Die freundliche Bedienung unterbrach das Auf und Ab der Pferdchen.

Margot nickte nur.

Die Sonne glitzerte auf dem Wasser – es war einfach schön hier.

Was würde sie tun, wenn ihr Vater und Chloe nicht mehr nach Amerika zurückkämen? *Und steigen Sie wieder auf, die nächste Runde geht sofort los. Zögern Sie nicht, meine Herrschaften, eine neue Runde, ein neues Glück!* Hinzu kam, dass der Job in Amerika inzwischen einfach unerträglich war. Sie war Disponentin in einer Sicherheitsfirma. Teilte Menschen auf Routen auf, definierte die Routen, erstellte Zeitpläne. Und hatte immer das Gefühl, eigentlich nur geduldet zu sein. Inzwischen kam sie einigermaßen in ihrem Job zurecht, ihr Englisch war nach wie vor nicht brillant, aber sie konnte sich zumindest in ihrer Abteilung verständlich machen. Aber war das die Perspektive für die kommenden zehn Jahre? Der Job hatte einen großen Vorteil: Sie teilte ihn sich mit einer Kollegin, die zeitlich unglaublich flexibel war. So konnte Margot Nick bei seinen Auslandsreisen meistens begleiten. Aber das waren drei oder vier Wochen im Jahr. Die anderen achtundvierzig Wochen verbrachte sie mit dem Erstellen von Routenplänen.

Die Bedienung stellte die Tasse Kaffee vor Margot ab. *Brrrrrr.* Die Pferdchen hielten an. Sie wünschte sich, dass Nick irgendwo in Deutschland oder zumindest in Europa einen fantastischen Job angeboten bekäme, den er nicht abschlagen könnte. Dann würden sie beide wieder hier in ihrer Heimat leben. Ein frommer Wunsch.

Sie nahm einen Schluck Kaffee, sah wieder hinaus auf das Wasser, und die Pferdchen starteten zur nächsten Runde.

War ja kein Problem.

Sie hatte genug Chips in der Tasche.

Berichte schreiben. Das war immer das, wovon man in Kriminalromanen oder TV-Krimis nie etwas mitbekam. Leah mochte diesen Teil ihrer Arbeit nicht. Aber sie hatte sich einen kleinen Helfer besorgt, ein Spracherkennungsprogramm für ihr Smartphone. Sie schrieb ihre Berichte nicht mehr am Schreibtisch, sondern nahm sich die Freiheit, sich auf eine Bank im Wald zu setzen und die Erinnerungsprotokolle aus dem Gedächtnis im Grünen zu diktieren. Inzwischen war die Erkennungsrate dieser Programme so hoch, dass sie die Texte nur ein bisschen korrigieren musste.

Vom Präsidium war sie mit wenigen Schritten im Wald. Und sehr schnell hatte sie in der vergangenen Woche ihre Lieblingsbank gefunden, ein wenig abseits der Hauptspazierwege.

Aber so richtig hatte sie sich am heutigen Nachmittag nicht auf die Berichte konzentrieren können. Immer wieder waren ihre Gedanken zu Feller, Rünzig und ihrer momentanen beruflichen Situation abgeglitten. Nach dem, was Feller ihr gezeigt hatte, war es für sie kaum denkbar, in Wiesbaden weiterzuarbeiten. Einen Moment lang sehnte sie sich nach der Abteilung SB, die ihr damaliger Kollege Lorenz Rasper ins Leben gerufen hatte. Eine Art bundesweite Eingreiftruppe für Serienmorde vom BKA. Hatte leider nicht funktioniert, war mangels Serienmorden irgendwann eingestellt worden.

Und nun?

Sie erinnerte sich auch an ihre Panikattacke vom vergangenen Samstag. Schon öfters in den letzten Wochen und Monaten hatte sie darüber nachgedacht, ob diese Wohnung in Wiesbaden wirklich ein Zuhause war. Nicht, dass sie gewusst hätte, wo ein besseres Zuhause gewesen wäre. Da war nur dieses Gefühl, dort überhaupt nicht hinzugehören. Und jetzt das Angebot von Feller, vielleicht zur Mordkommission nach Darmstadt zu wechseln. Wie wäre es, mit Richard und Steffen Horndeich gemeinsam zu arbeiten?

Sie erinnerte sich auch an die Worte des Gerichtsmediziners Hinrich über Magengeschwüre. Nichts, was sie fürchtete. Aber auch nichts, was sie ausschloss, wenn sie weiter mit Señor Ranzig zusammenarbeiten musste …

Sie seufzte. Und diktierte. Die Arbeit musste gemacht werden.

Es war inzwischen sechs Uhr abends. Horndeich war bereits seit drei Stunden wieder im Büro. Chloe Manfield, die Lebensgefährtin von Sebastian Rossberg, seinerseits Vater von Margot Hesgart – mein Gott, war das alles kompliziert hier, dachte Leah –, litt unter Herzinsuffizienz, gemeinhin als Herzschwäche bezeichnet. Sie würde wieder gesund werden. Dennoch wirkte Horndeich bedrückt, als er davon erzählte.

»Sie lebt mit Margots Vater in den USA«, sagte Horndeich. »In den Wintermonaten sind sie in Florida wegen des Klimas. Und jetzt sitzt sie hier in Deutschland – und die Ärzte haben heute schon gesagt, dass sie Chloe davon abraten würden, nochmals ein Flugzeug zu besteigen.«

Klang nicht sehr gut für die alte Dame, dachte Leah.

Nun saßen sie zu dritt im kleinen Besprechungsraum. Richard Feller hatte wieder Laptops um sich herumgeschart wie eine Abwehrmauer. Auch der große Bildschirm war angeschaltet.

Sie hatten schon vor einer Stunde versucht, von Feller eine Aussage zu bekommen, ob er bei seiner Suche in den Untiefen des Missbrauchs-Forums erfolgreich gewesen war. Der hatte ihnen ziemlich unwirsch zu verstehen gegeben, dass er noch zu keiner Antwort fähig wäre. Gleichzeitig hatte Leah den Eindruck gehabt, sowohl die Rechner als auch Richards Kopf hätten geglüht.

Nun saß er vor seinen Laptops, die Gesichtsfarbe wie gewohnt blass. Keine Spur mehr von der hektischen Röte, die eine Stunde zuvor noch sein Gesicht überzogen hatte.

Horndeich sagte: »Leah hat mich bereits über euer Gespräch mit Adam Kosakowski informiert. Kannst du uns jetzt irgendetwas sagen zu dieser dritten Person aus dem American Diner?«

»Ja. Ich glaube, ich habe den Mann identifiziert.«

Damit hatte Leah nicht gerechnet. Sie war sich nicht sicher gewesen, ob Feller fünf Personen auf dem Schirm gehabt hätte, die infrage gekommen wären, oder ob er gesagt hätte, sorry, aus dem Forum lässt sich der dritte Mann nicht identifizieren. Aber dass Richard ihnen tatsächlich eine einzelne Person präsentieren konnte, das überraschte sie nun doch.

»Ich bin mir ziemlich sicher, dass das unser Knabe ist.«

»Gut, lass uns daran teilhaben«, sagte Horndeich.

»Also, es gab in dem Forum fünfzehn Teilnehmer, die sich an Diskussionen beteiligt hatten, bei denen sowohl Adam Kosakowski als auch Charlie Patras etwas beigesteuert hatten. Fünf davon konnte ich ausschließen: Es waren eindeutig Frauen.«

»Wie hast du das herausgefunden?«, wollte Horndeich wissen.

»Da bin ich auf Nummer sicher gegangen. Ich habe ihre Profile gelesen. Und wenn aus diesen Profilen nicht eindeutig hervorging, dass es sich um Frauen handelte, habe ich sie nicht gestrichen. Wie gesagt, zehn blieben übrig. Von diesen zehn habe ich acht auf anderen Plattformen im Netz gefunden. Zwei von diesen acht stellten sich dann ebenfalls als Frauen heraus. Blieben sechs übrig. Dann begann der knifflige Teil. Wer steckte hinter diesen sechs Pseudonymen?«

Feller machte eine Kunstpause. Dann sagte er: »Ich erspare euch jetzt alle Umwege und Querüberprüfungen, die ich durchgeführt habe. Unser Kerl heißt Bernd Richter. Er nannte sich im Forum *Schinkel.* Unter anderem ein Hinweis auf seine wahre Identität. Bernd Richter ist Architekt. Und sein Pseudonym steht für Karl Friedrich Schinkel, einen der großen Baumeister aus dem frühen 19. Jahrhundert in Berlin. Er gründete die Schinkelschule, hat unter anderem die Friedrichswerdersche Kirche entworfen – und so weiter.«

»Wieso bist du dir sicher, dass Bernd Richter unser Mann ist?«, wollte Horndeich wissen.

»Zwei waren in der engeren Wahl. Aber der eine wohnt in Bremen. Und unser Bernd Richter wohnt in Dieburg. Passt irgendwie besser ins Bild. Tja, beide Männer sind einen Meter achtzig groß – das hat die Bedienung im American

Diner offensichtlich gut geschätzt. Aber die junge Dame sprach auch von einem amerikanischen Schlitten, in den unser Mann und auch Charlie Patras eingestiegen seien. Und da half mir wieder das Bundeskraftfahrzeugamt. Auf Bernd Richter ist ein Chevrolet Camaro zugelassen. Der andere Kandidat in Bremen fährt einen VW Beatle. Der ist kaum als ›amerikanisches Coupé‹ zu bezeichnen, wenn Leah die Aussage von Jolene in Mörlenbach korrekt aufgenommen hat – und davon gehe ich aus.«

»Und alle anderen Teilnehmer aus dem Forum scheiden aus?«, fragte Leah.

Feller nickte. »Definitiv. Natürlich könnte auch ein anderer Teilnehmer aus dem Forum der Dritte im Bunde sein, denn zwei der fünfzehn konnte ich nicht identifizieren. Aber von den dreizehn kann es nur Richter sein. Und natürlich könnte der Dritte im Bunde auch jemand sein, der überhaupt nicht im Forum aktiv war.«

»Aber?«

»Aber? Ich mache keine halben Sachen. Ich habe Jolene aus Mörlenbach bereits ein Bild zugemailt. Und sie hat eindeutig gesagt: Das war der Mann, der mit Adam Kosakowski und Charlie Patras am 10. Februar und am 6. April im American Diner in Mörlenbach war.«

Horndeich stand auf und klopfte Richard Feller auf die Schulter. »Saubere Arbeit«, sagte er.

Auch Leah erhob sich und klopfte Richard Feller auf die Schulter. Auch wenn sich diese Geste für sie noch irgendwie seltsam anfühlte.

»Dann sollten wir uns morgen mit diesem Richard Feller in Verbindung setzen. Und vielleicht auch noch mal mit Adam Kosakowski. Obwohl ich glaube, dass der nach wie vor bei seiner Aussage bleiben wird, dass der dritte Mann ihm als Heinrich vorgestellt worden war, er keine Ahnung hat, wer das ist, und so weiter und so fort …«

»Ich bin noch nicht fertig«, sagte Richard Feller.

»Nein?«, wunderte sich Horndeich. »Du hast uns doch gerade Bernd Richter auf dem Silbertablett präsentiert.«

»Ja, klar. Aber nachdem ich wusste, dass Bernd Richter unser Mann ist, habe ich natürlich gleich weiterrecherchiert. Wollt ihr es nun hören oder nicht?«

»Klar«, sagte Leah. Auch Horndeich setzte sich wieder.

»Ich fange mit dem Forum an. Bernd Richter alias Schinkel hat sich dort vor rund zwei Jahren angemeldet. Ich habe mir seine Beiträge mal genauer angesehen. Auch er ist missbraucht worden, natürlich, sonst hätte er sich in dem Forum nicht angemeldet. Auch er hat seinen Täter nicht angezeigt. Aber im Gegensatz zu den anderen war sein Ton immer ein wenig aggressiver. Er sprach nie davon, dass er das mit sich allein abgemacht hätte. Oder dass niemand ihm geglaubt oder dass er Angst vor der Reaktion der Eltern gehabt hätte – all so was. Nein, Bernd Richter hat immer gesagt, dass sein Moment der Rache kommen würde.«

»Oha«, sagte Horndeich.

»Ja. Und ihr erinnert euch vielleicht, dass Adam Kosakowski im November davon sprach, dass er seinem Missbraucher wieder begegnet sei, zufällig. Und offensichtlich ist genau das Bernd Richter auch passiert, allerdings erst im Januar. Ich zitiere jetzt aus einem Beitrag, den er geschrieben hat, knapp acht Wochen nachdem Adam Kosakowski Daunberg getroffen hatte: *Und das sind dann diese Scheißzufälle, die einen völlig aus der Bahn werfen. Wie ihr wisst, bin ich Architekt. Und dann habe ich diesen Auftrag bekommen. Ein tolles Projekt, ein großes Bürogebäude, eine richtig tolle Aufgabe. Und dann fahre ich zum ersten Mal zu dem Gelände vor Ort, gehe in den Rewe um die Ecke, nur um mir eine Flasche Tomatensaft zu holen, der mich über den Mittag bringen würde. Und dann sehe ich ihn. Den Mann, der mich über zwei Jahre gedemütigt, vergewaltigt und wieder gedemütigt hat. Er steht einfach vor mir an der Kasse. Und er erkennt mich nicht einmal. In den vergangenen zwanzig Jahren bin ich vom Kind zum Mann gereift. Und er? Er ist nicht mehr fünfundfünfzig, sondern fünfundsiebzig. Immer noch eine drahtige Erscheinung. Und so, wie er mit der Kassiererin flirtet, auch noch völlig klar im Kopf.*

*Vor etwa sieben Jahren ist er aus unserer Stadt weggezogen, und ich dachte, er ist raus aus meinem Leben. Für immer. Aber nein. Hier, in dieser bescheuerten Stadt, gar nicht so weit weg von meiner eigenen, in diesem Scheiß-Rewe steht er vor mir an der Kasse, kauft ein Kilo Tomaten, Rucola, edlen Balsamico-Essig, fünf Knollen Knoblauch, ein Kilo Rindfleisch, Spätzle. Versehentlich trete ich ihm gegen die Ferse. Automatisch sage ich ›Entschuldigung‹. Er dreht sich um, lächelt mich an, nickt. Und ich? Zum Glück hatte ich in diesem Moment keine Pistole dabei. Sonst hätte ich ihn einfach erschossen. Jemand von euch da draußen, der das größte Arschloch in seinem Leben auch zufällig wieder getroffen hat, an einem Ort, an dem es niemand erwartet hätte?*

Es gab viele Reaktionen darauf, allerdings keine von Adam Kosakowski oder Charlie Patras.«

Es folgte eine lange Pause. Leah war die Erste, die wieder das Wort ergriff: »Was willst du uns damit sagen, Richard?«

»Es ist ein bisschen gewagt. Aber wollt ihr hören, was ich denke?«

»Klar«, sagte Horndeich.

»Wir haben gestern die Theorie gehabt, dass zwei Menschen wie in dem Film *Der Fremde im Zug* quasi ihre Mordopfer tauschen. Ich glaube, dass hier nicht zwei Menschen, sondern gleich drei ihre Mordopfer getauscht haben. Das, was Hitchcock in seinem Film präsentiert hat, ist heute schon Klischee. Auch wir sind davon ausgegangen, dass Adam und Charlie einfach ihre gegenseitigen Peiniger umbringen. Ich halte immer noch viel von dieser Idee. Aber wir haben ja gesehen, dass zumindest Charlie den Peiniger von Adam, also Ludwig Daunberg, nicht umgebracht haben kann, weil er zur gleichen Zeit an einem anderen Ort ein Konzert gegeben hat. Aber jetzt kommt dieser dritte Mann ins Spiel, Bernd Richter. Ich gehe jetzt einen Schritt weiter: Ich sage, wenn die zu dritt ihre Mordopfer getauscht haben, dann hat Adam Kosakowski aus Darmstadt Helmut Glockner in Wiesbaden umgebracht. Und Bernd Richter aus Dieburg hat Ludwig Daunberg in Darmstadt umgebracht. Und Charlie Patras' Job wäre es gewesen, den Peiniger von Bernd Richter umzubringen. Was er nicht getan hat – zumindest können wir im Moment davon ausgehen, denn es gab bundesweit kein weiteres Mordopfer, das mit unserer Waffe erschossen worden ist. Und diese Waffe scheint ja das verbindende Glied zu sein. Und damit gehe ich noch einen Schritt weiter: Vielleicht hat Charlie Patras versagt. Unser sensibler Barde fand die Idee toll, gegenseitig Vergewaltiger umzubringen. Aber als die Reihe an ihm war, da hat er es nicht durchziehen können. Er hat den Vergewaltiger von Bernd Richter *nicht* umgebracht. Das allerdings fand Bernd Richter nicht witzig. Zumal Charlie Patras, der zu diesem Zeitpunkt noch keinen Mord begangen hatte, fein raus gewesen wäre. Nur Bernd Richter und Adam Kosakowski waren zu Mördern geworden. Tja, und das ist der Moment, in dem Bernd Richter aufräumt: Er trifft sich mit Charlie Patras und hält ihm die Knarre an den Kopf. Vielmehr ans Herz. Dafür spricht auch, dass Charlie Patras' Mörder und der Mörder von Ludwig Daunberg offensichtlich dieselbe Person sind. Beide haben aus der Hocke heraus nach oben geschossen. Nun, das ist zumindest die Theorie, die ich für einleuchtend halte. Vielleicht gibt es noch einen Vierten, einen Fünften oder einen Sechsten im Bunde – aber nach dem, was du, Leah, in Mörlenbach erfahren hast, halte ich meine Theorie für gar nicht so schlecht.«

»Noch mal, damit ich das richtig verstehe: Du glaubst, dass unser Tonmeister Adam Kosakowski unseren Wiesbadener Hartz-IV-Empfänger Helmut Glockner umgebracht hat. Und dass Bernd Richter, unser Dieburger Architekt, Ludwig Daunberg umgebracht hat. Und weil Charlie Patras seinen

Teil in diesem Spiel nicht erfüllen wollte, hat Bernd Richter auch ihn umgebracht. Und wieso war das nicht unser Adam?«

»Ganz einfach. Bernd Richters Peiniger lebt noch. Charlie Patras hat ihn nicht umgebracht und sich damit gleich doppelt angreifbar gemacht: Zum einen hat er nicht erfüllt, was er zugesagt hat, nämlich Bernd Richters Peiniger umzubringen. Und zum Zweiten hat er sich damit in eine Position gebracht, der Einzige zu sein, der keinen Mord begangen hat.«

»Auch das klingt einleuchtend«, sagte Leah.

»Dem stimme ich zu.« Horndeich nickte.

Sie waren sich einig.

Und sie wussten, was sie am kommenden Tag zu tun hatten.

## TOBIAS X

Mama ist im Krankenhaus. Morgen soll sie entlassen werden. Ich hab sie nur einmal gesehen in den vergangenen zwei Wochen. Sie hat Myome. Wanja hat erklärt, das sind so Dinge im Bauch, die da wachsen und da nicht reingehören. Und die muss man rausoperieren. Und das haben sie bei der Mama gemacht. Aber es gab wohl Schwierigkeiten, da hat wieder irgendwas geblutet, dann mussten sie noch mal operieren. Auf jeden Fall geht's der Mama richtig beschissen. Das ist jetzt mein Wort. Und da werde ich auch kein anderes benutzen.

Ich war die ganze Zeit bei Wanja und Doris. Wenn ich das richtig mitbekommen habe, dann hat Doris nur dreimal auf der Couch geschlafen. Ich habe keine Ahnung, wo sie die Nächte gewesen ist – bei Freundinnen?

Wanja hat in der ersten Woche gesagt, dass ich nicht zu Mama kann, weil das viel zu anstrengend für sie ist.

Jede Nacht musste ich neben Wanja schlafen. Und jede Nacht gab es das klebrige Zeug.

Und dann ging auch noch in der Schule alles schief. Hinter der Schule, da ist gleich der Wald, und da ist ein riesengroßer Ameisenhaufen. Und ich bin da hin, mit einem Feuerzeug. Und ich hab angefangen, die Ameisen zu verbrennen. Ich wollte das gar nicht. Ich weiß gar nicht, warum ich das gemacht habe. Aber plötzlich war ich so unglaublich wütend. Als Herr Lemke, der Lehrer, gefragt hat, was ich da mache, bin ich völlig zusammengezuckt. Ich konnte es ihm nicht erklären. Und schon führten die in der Schule einen Riesentanz auf.

Ich hab den Brief, den sie mir mitgegeben haben für meine Mutter, Wanja gezeigt. Er hat ihn geöffnet und gelesen und ist dann mit mir in die Schule gegangen. Er hat ihnen erzählt, dass meine Mutter im Krankenhaus ist, dass es im Moment für mich sehr schwierig sei, und sie alle haben genickt. Das Einzige, woran ich mich wirklich erinnere von meinem Papa, ist, dass er auf dem Armaturenbrett in seinem Auto so einen Wackeldackel hatte. Und genau wie dieser Wackeldackel haben alle Lehrer im Takt genickt.

Ich dachte schon, ich wär davongekommen. Aber da hab ich mich getäuscht.

Wanja hat mir eine Standpauke gehalten, die sich gewaschen hatte. Wie ich dazu käme, unschuldige Lebewesen dem Feuertod zu übereignen – genau so hat er sich ausgedrückt. Das hab ich mir gemerkt. Ich konnte es ihm nicht erklären. Ich hab nur geheult, und die Tränen waren echt. Ich wollte ja auch keine Ameisen verbrennen. Keine Ahnung, was mich da geritten hat. Ich merke nur immer öfter, dass ich so eine riesige Wut hab. So eine wahnsinnige Wut! Wanja hat mir dann gesagt, dass es für meine Mutter viel zu gefährlich wäre, mich zu sehen. Jetzt, wo ich zum Mörder geworden bin.

Ich hab mich noch gefragt, ob Ameisen umbringen genauso schlimm ist wie Menschen umbringen. Aber ich hab gar nicht erst angefangen, mit Wanja zu diskutieren. Wanja und Doris sind dann ohne mich zum Krankenhaus gefahren. Ich weiß ja nicht mal, wo dieses Scheißkrankenhaus überhaupt ist. Ich glaube, irgendwo in Frankfurt. Aber ich weiß es nicht. Und selbst komme ich da nicht alleine hin. Und ich bin ja selbst auch so ein Arschloch, das andere umbringt, und wenn das die Mama erfährt, dann will sie mich ganz bestimmt nicht mehr haben. Das hat Wanja gesagt. Und ich kenne Wanjas unterschiedliche Stimmen. *Das* hat er ganz ernst gemeint.

Morgen kommt Mama nach Hause. Das hoffe ich auf jeden

Fall. Ich werde alles für sie machen! Ich werde kochen, ich werde putzen, ich werde einkaufen gehen. Und ich werde mich waschen! Irgendwoher muss ich die gute Seife kriegen, die Wanja hat!

Die Seife?

Ich werd schon ganz kirre im Kopf!

Ich will auf jeden Fall nicht mehr bei Wanja schlafen. Ich möchte nie mehr bei Wanja schlafen. Aber ich möchte auch nicht, dass Mama rauskriegt, wer ich in Wirklichkeit bin. Und was für schlimme Dinge ich tue.

Scheißleben.

Das hat Frenzel mal gesagt.

Und er hat recht.

# DONNERSTAG, 16. JUNI

Das Architekturbüro von Bernd Richter lag in der Zentrumsstraße in Dieburg. Es war ein wenig schwierig, dort einen Parkplatz zu finden. Leah und Horndeich stellten den Wagen schließlich vor einem Bauzaun ab. Dahinter befand sich Brachland. Es sah zumindest wie Brachland aus. Wenn auch eine teilweise freigelegte Mauer diesen Eindruck trübte. Horndeich dachte noch, dass es sich vielleicht um eine alte Mauer handeln könnte. Vielleicht sogar um eine Stadtmauer. Doch gerade gab es andere Dinge, die ihn mehr beschäftigten. Direkt neben ihrem Wagen stand der Camaro von Bernd Richter. Das war zumindest ein gutes Zeichen.

Das Architekturbüro war so groß, dass man sich eine Empfangsdame am Tresen leisten konnte. »Kriminalhauptkommissar Horndeich und Kriminalhauptkommissarin Gabriely. Wir würden gerne mit Bernd Richter sprechen.«

Die junge Dame riss die Augen auf wie ein Erdhörnchen. »Einen Moment bitte, wenn Sie Platz nehmen möchten«, sagte sie, und Horndeich konnte sie insgeheim nur beglückwünschen, dass sie diese trainierten Sätze auch noch hervorragend artikulieren konnte, wenn sie offensichtlich überrumpelt wurde.

Das Architekturbüro lag im Erdgeschoss. Horndeich hatte bereits am Klingelschild wahrgenommen, dass sich im Stockwerk darüber eine Arztpraxis befand.

»Einen kleinen Moment, Herr Richter wird Sie gleich empfangen«, sagte die junge Dame und verschwand wieder hinter der Mauer ihrer Theke.

Horndeich und Leah setzten sich auf zwei Stühle unmittelbar davor. Hätten diese Stühle in einem separaten Raum gestanden, so dachte Horndeich, würde er sich fühlen wie in einer Arztpraxis.

Bernd Richter tauchte zwei Minuten später aus seinem Büro auf, trat auf Leah und Horndeich zu. Er begrüßte sie und reichte beiden die Hand. »Kommen Sie doch bitte mit in mein Büro.«

Wenn er dem Bericht von Leah Glauben schenken durfte, hatte die Bedienung Jolene in Mörlenbach Bernd Richter gut beschrieben: einen Meter achtzig groß und gut aussehend, soweit Horndeich das beurteilen konnte.

Wenig später saßen sie in einer kleinen Sitzecke in Bernd Richters Büro.

»Herr Richter«, begann Horndeich das Gespräch. »Wir haben ein paar Fragen an Sie. Es geht um den Mord an mehreren Männern.«

Richters Gesicht verriet keinerlei Gemütsregung.

Horndeich fuhr fort: »Drei Männer sind ermordet worden mit derselben Waffe.«

»Und was habe ich damit zu tun?«, wollte Richter nun wissen.

»Nun, Sie kannten eines der Todesopfer persönlich: Charlie Patras.«

»Charlie ist tot?«

»Ja. Woher kannten Sie Charlie?«

Bernd Richter blinzelte kurz, dann zog er ein Handy aus der Hosentasche, blickte darauf. Er stand auf: »Einen kleinen Moment, die Herrschaften, ich bin sofort wieder bei Ihnen. Bitte entschuldigen Sie mich kurz.«

Er ging an ihnen vorbei, verließ das Büro, schloss die Tür hinter sich.

War schon ganz praktisch, dass man bei Handys den Klingelton auf lautlos stellen konnte. Horndeich würde sich allerdings nie daran gewöhnen, solch ein vibrierendes Etwas in der Hosentasche zu platzieren.

Er sah sich um. Das Büro war nicht riesig, vielleicht zwanzig Quadratmeter. Durch die große Glasscheibe hatte man Blick in einen schönen Garten. Neben dem Schreibtisch und einem großen Zeichenbrett füllten noch ein paar Regale die Wände. Die Sitzecke mit den drei Sesseln empfand Horndeich eher als etwas beengend. Dennoch: Bernd Richter hatte aus dem Raum einiges herausgeholt. Er fragte sich, wer für die Pflege des Gartens zuständig war. Wenn im Haus noch eine Arztpraxis untergebracht war, mussten sich die beiden Inhaber wohl irgendwie einigen. Vielleicht war der Arzt auch ein Pflanzenliebhaber. Denn der Garten war wirklich sehr schön gepflegt, und Horndeich konnte allein vier verschiedene Rosenstöcke ausmachen.

»Na, der lässt sich aber Zeit«, knurrte Leah.

Horndeich musste ihr recht geben. Höflichkeit ging anders. Er hätte erwartet, dass Bernd Richter sein Gespräch schnell beendet und gesagt hätte, er würde gleich zurückrufen. Und vielleicht dann noch der Dame am Empfang Bescheid geben, dass er auf keinen Fall gestört werden wolle.

Leah wartete noch eine weitere Minute. Dann stand sie auf. »So geht das ja wohl nicht«, sagte sie und öffnete die Bürotür.

Richter war auf dem Flur nicht zu sehen. Horndeich folgte Leah und fragte die Dame an der Theke, wo Bernd Richter denn telefoniere. Die sah sie mit großen Augen an: »Herr Richter ist doch gerade gegangen.«

»Gegangen?«, echote Horndeich ungläubig.

»Ja. Er hat sich in seinen Wagen gesetzt und ist kommentarlos davongefahren.«

»Hat er Ihnen gesagt, wann er wieder zurück ist?«

»Nein.«

»Macht er das öfter?«

»Äh … nein.«

»Der ist abgehauen«, brachte es Leah auf den Punkt.

Die beiden traten vor das Gebäude. Der Camaro stand

nicht mehr an seinem Platz. »Das gibt's doch gar nicht«, staunte Horndeich. So etwas hatte er in seiner Karriere noch nicht erlebt.

»Sehen wir es mal positiv«, formulierte es Leah. »Ich glaube, wir haben mitten reingestochen ins Wespennest.« Daraufhin griff sie zum Telefon und rief Richard Feller an: »Gib eine Fahndung raus nach Bernd Richter und seinem Wagen. Und dann kannst du schon mal mit dem anfangen, worin du am besten bist: Finde alles raus, was man über Bernd Richter herausfinden kann.«

Horndeich ging zurück an die Theke, hinter der die immer noch verdatterte Mitarbeiterin saß: »Wir bräuchten jetzt Bernd Richters Privatadresse, seine Handynummer, seine E-Mail-Adresse – alles, was Sie uns über ihn geben können.«

Die Dame nickte eifrig, wenige Sekunden später machte sich der Drucker akustisch bemerkbar. Ein paar Sekunden später reichte sie Horndeich zwei DIN-A4-Blätter.

»Wie viele Leute arbeiten hier bei Ihnen?«, wollte Horndeich wissen.

»Also eigentlich sind sie nur zu zweit. Der zweite Inhaber heißt Martin Reiberer.«

»Sehr schön. Und wo finden wir Martin Reiberer?«

»Er ist gerade bei einem Kunden. Er wollte sich mit Herrn Richter hier um die Mittagszeit treffen. Also so in einer Stunde.«

»Können Sie Herrn Reiberer telefonisch erreichen?«

»Ich kann es versuchen«, sagte die Dame.

»Bitte«, sagte Horndeich, aber es klang eher wie ein Befehl.

Die Dame hinter dem Tresen griff zum Telefonhörer, nach ein paar Sekunden sagte sie: »Herr Reiberer, bitte rufen Sie mich doch umgehend zurück, wenn Sie diese Nachricht abhören. Herzlichen Dank.«

Offensichtlich hatte die Sekretärin mitgedacht. Sollte Reiberer auch irgendetwas mit diesen Morden zu tun haben – es konnte ja sein –, dann war er jetzt wenigstens nicht gewarnt, dass die Polizei auf seinen Fersen war. »Sehr gut, herzlichen Dank. Sollte Herr Reiberer zurückrufen, sagen Sie bitte nicht, dass wir nach ihm verlangen. Aber bitte rufen Sie uns dann gleich an.« Er legte sein Kärtchen auf die Theke. »Am besten gleich unter der Mobilnummer«, fügte er noch hinzu.

Die Dame nickte nur.

Horndeich sah auf das DIN-A4-Papier. Dort war auch die Privatadresse von Bernd Richter vermerkt. Er deutete mit dem Finger darauf und sagte zu Leah: »Vielleicht fahren wir zuerst dorthin.«

»Soll ich gleich Verstärkung bestellen?«

»Ich denke, wir sehen erst mal nach, ob der Wagen dort steht. Falls ja, können die Kollegen immer noch anrücken.«

Horndeich chauffierte ihren Wagen in Richtung der Straße Am Schlangensee.

Derweil telefonierte Leah wieder mit Feller: »Richard, wenn du gerade dabei bist: Vielleicht kannst du auch den Partner von Bernd Richter unter die Lupe nehmen. Er heißt Martin Reiberer, ist ebenfalls Architekt und arbeitet mit Richter im selben Büro.«

Wenig später erreichten sie Richters Wohnung. Das Gebäude war ein Mehrfamilienhaus.

Horndeich und Leah stiegen aus ihrem Fahrzeug. Zunächst sah Horndeich sich um. Aber der Camaro war nirgends zu sehen. Die beiden gingen zur angegebenen Hausnummer. Ihre Augen wanderten über die Klingelschilder. Aber da war nirgends ein Richter vermerkt.

»Was soll das denn jetzt?«, dachte Horndeich laut.

Leah griff wieder zum Handy. »Richard, unter welcher Adresse ist unser Bernd Richter denn gemeldet? Gibt es dort vielleicht eine Festnetznummer? Ja, ich warte.«

»Das gibt es doch nicht«, sagte Horndeich. »Was ist denn hier los?«

In diesem Moment klingelte bereits Leahs Smartphone. Sie schwieg, während Feller am anderen Ende der Leitung sprach. »Super! Genau vor diesem Haus stehen wir. Aber da gibt es keinen Richter. – Ja. Schick mir die Nummer aufs Handy, dann schauen wir mal, was sich unter der Festnetznummer tut.«

Fast gleichzeitig ertönte ein »Pling« auf dem Smartphone. Die gewünschte Festnetznummer. Leah wählte. Und stellte das Gerät auf Freisprechen. Jemand nahm den Hörer ab.

»Sommer. Hallo?« Eine weibliche Stimme.

»Hier spricht Leah Gabriely von der Kripo in Darmstadt. Habe ich nicht die Nummer von Bernd Richter gewählt?«

»Der wohnt hier nicht mehr«, sagte die Stimme. Aber Horndeich hörte sie nicht nur aus dem Handylautsprecher, sondern um Sekundenbruchteile eher aus einem der Fenster über ihm. Er sah auf das Klingelschild: *Sommer* stand dort. »Frau Sommer, wir stehen gerade vor Ihrem Haus. Könnten wir Sie kurz sprechen?«

Aus dem geöffneten Fenster im zweiten Stock schob sich der Kopf einer Frau. In der Hand hielt sie das Telefon: »Wer sind Sie?«

Horndeich rief nun, da er ja kein Smartphone in der Hand hielt, direkt nach oben: »Steffen Horndeich und Leah Gabriely von der Kripo in Darmstadt. Dürften wir Sie bitte kurz sprechen?«

Er fischte schon mal die Polizeimarke aus der Tasche und hielt das glitzernde Teil in Richtung der Dame. Horndeich stellte sich darauf ein, dass nun ein langer Disput folgen würde, ob man die Beamten einlassen würde, müsste, sollte – doch der Türsummer ertönte augenblicklich.

Leah beendete die Verbindung auf dem Smartphone.

Wenige Minuten später saßen die beiden im Wohnzimmer einer Dreizimmerwohnung. Frau Sommer war vielleicht knapp vierzig Jahre alt. Sie wirkte ungepflegt. Und wenn Horndeich die Augen schloss, konnte er diese Ungepflegtheit immer noch riechen. Leider konnte man sich seine Zeugen nicht aussuchen.

»Den Herrn Richter suchen Sie? Der wohnt schon seit zwei Monaten nicht mehr hier. Er hat uns die Wohnung vermietet. Also wir sind die Nachmieter. Wir haben auch die Telefonnummer einfach übernommen. Huddel mit der Telekom. War die einfachste Lösung. Mein Mann, der ist grad arbeiten. Und der Kleine, er ist in der Schule.«

»Können Sie uns sagen, wo Herr Richter jetzt wohnt?«

»Nee. Hab ich keine Ahnung. Als wir in die Wohnung rein sind, waren alle Möbel raus und die Wände waren gestrichen. Alles picobello. Habe ich noch nicht oft so erlebt.«

»Und er hat Ihnen keine Telefonnummer dagelassen?«

»Nee. Wozu auch? War ja alles in Ordnung.«

Hier kamen sie nicht weiter, erkannte Horndeich.

Wieder einige Minuten später saßen sie in ihrem Dienstwagen. Leah hatte Feller angerufen und ihn gefragt, ob er schon irgendwelche Neuigkeiten habe. Sie hatten das Handy auf die Freisprechanlage geschaltet.

»Ja, ein bisschen was habe ich schon rausbekommen«, sagte Feller. »Zunächst: Bernd Richter ist verheiratet. Sie haben Zwillinge, die knapp zwei Jahre alt sind. Zwei Mädchen. Seine Frau heißt Lisa Richter, geborene Wolf. Die Familie ist unter der Adresse Am Schlangensee gemeldet. Aber Richters Eltern, die wohnen auch in Dieburg. Wenn ich das richtig sehe, ist Bernd Richter das einzige Kind. Und die Mutter war auch schon vierzig, als er auf die Welt gekommen ist, der Vater schon fast fünfzig. Und die Adresse von denen ist nicht weit weg von Richters Architekturbüro. Liegt am Jungfernstieg. Also nicht dem in Hamburg, sondern tatsächlich dem in Dieburg. Seine Mutter ist bereits gestorben. Und der Vater, der hat sich umgemeldet. Oder er wurde umgemeldet. Die aktuelle Adresse ist das Pflegeheim in Dieburg.«

»Und wer wohnt jetzt in diesem Haus am Jungfernstieg?«

»Keine Ahnung. Ich kann euch nur sagen, was ich rausgefunden habe.«

In diesem Moment klingelte Horndeichs Handy. Keine Nummer, die er kannte. »Kriminalhauptkommissar Horndeich, mit wem spreche ich bitte?«

»Hier ist Frau Schneider. Die Sekretärin vom Architekturbüro Richter & Reiberer. Herr Reiberer ist gerade zurück ins Büro gekommen.«

»Sehr schön«, sagte Horndeich, »dann sind wir auch gleich wieder bei Ihnen.«

Keine zehn Minuten nach dem kurzen Gespräch saßen sie im zweiten großen Büro des Architekturbüros. Ihnen gegenüber hatte sich Martin Reiberer hinter seinem Schreibtisch niedergelassen. »Herr Reiberer«, begann Horndeich, »eigentlich wollten wir mit Ihrem Kollegen Bernd Richter sprechen. Doch als wir aufgetaucht sind, hat er sich abgesetzt. Nun haben wir ein paar wichtige Fragen.«

»Könnten Sie mir vielleicht erst einmal sagen, worum es eigentlich geht?« Martin Reiberer hatte eine tiefe Stimme, die sehr gut zu seinem kraftvollen Körperbau passte.

»Nun, wir ermitteln in drei Mordfällen. Und mindestens eines der Mordopfer war mit Ihrem Kollegen persönlich bekannt. Haben Sie irgendeine Ahnung, wo er sein könnte? In seiner Wohnung Am Schlangensee haben wir ihn nicht angetroffen. Also, dort wohnt er nicht mehr.«

Reiberer strich sich mit der rechten Hand über den Kopf, als ob er seine Haare wieder in Form bringen wollte. Doch bei seinem Bürstenhaarschnitt gab es nichts in Ordnung zu bringen. »Nein, da wohnt er nicht mehr. Ihm ist so ziemlich alles um die Ohren geflogen im vergangenen halben Jahr.«

»Wo wohnt er dann?«

»Er wohnt jetzt im Haus seines Vaters. Seine Mutter ist

ja schon vor längerer Zeit gestorben. Sein Vater hat ihm das Haus überschrieben. Und vor zwei Monaten musste der Vater ins Pflegeheim umziehen. Vor vier Monaten hat ihn seine Frau mit den Zwillingen verlassen. Sie ist zu ihren Eltern gezogen nach Kiel. Kein Ort, an dem er seine Kinder problemlos besuchen kann. Läuft alles gerade nicht so gut für ihn.«

Leah stand auf, entschuldigte sich kurz und verließ das Büro. Horndeich wusste, was sie tun würde: Eine Streife zur Adresse Am Jungfernstieg schicken.

»Warum hat sich seine Frau von ihm getrennt?«, wollte Horndeich wissen.

Wieder strich sich Reiberer übers Haar. »Wissen Sie, Bernd hat sich verändert in den letzten zwei Jahren. Also, er war schon immer keine einfache Person. Besonders sein Jähzorn konnte einem ganz schön auf den Senkel gehen. Aber er ist halt ein begnadeter Architekt. So haben wir das dann auch hier in der Firma gehandhabt: Ich war mehr der, der für den Kundenkontakt zuständig war, Bernd war der Meister des kreativen Entwurfs. Und so im letzten halben Jahr, da ist das immer schlimmer geworden mit seinem Jähzorn. Kann mir schon vorstellen, dass das für Lisa – so heißt seine Frau – nicht immer einfach war. Aber dass sie gleich nach Kiel gegangen ist, das finde ich jetzt auch nicht besonders fair.«

»Aber beruflich läuft der Laden?«

»Ja. Wir können uns nicht beklagen. Wir denken sogar darüber nach, zusätzlich eine Halbtagskraft einzustellen.« Reiberer richtete sich in seinem Stuhl auf, dann fragte er: »Steht Bernd irgendwie unter Verdacht?«

»Wir müssen unbedingt mit ihm reden«, sagte Horndeich vage.

Leah kam zurück ins Büro: »Sein Wagen steht vor dem Haus. Lass uns schnell hinfahren.«

Die Kollegen der Schutzpolizei hatten den Streifenwagen unmittelbar vor dem Chevrolet von Bernd Richter abgestellt. Hinter dem Chevy parkte ein alter Käfer. Richters Wagen war zugeparkt.

»Vor zwei Minuten war er am Fenster im ersten Stock«, sagte einer der Kollegen der Schutzpolizei zu Horndeich, als dieser auf sie zutrat.

»Haben Sie schon geklingelt?«

»Nein. Wir haben auf Sie gewartet.«

»Irgendwas Auffälliges?«

»Nein. Wir haben hier einfach gewartet. Er wird ja irgendwann rauskommen müssen. Also wenn wir nicht reingehen.« Horndeich fand diese Logik einfach bestechend.

»Na, dann werden wir Herrn Richter mal einen Besuch abstatten«, sagte Horndeich.

Das Haus war kleiner als die Nachbargebäude rechts und links. Es war schmaler, es war ein Stockwerk tiefer, irgendwie wirkte es wie ein Häuserküken, das sich zwischen zwei Glucken gepresst hatte. Das Dach hatte sich so weit nach innen gewölbt, dass die Abdichtung des Schornsteins zehn Zentimeter über den Dachziegeln lag. Wenn Bernd Richter hier auf Dauer wohnen wollte, würde er eine ganze Menge Geld in eine Renovierung – oder vielleicht sogar in eine Restaurierung – des Hauses stecken müssen.

Die Haustür war aus Holz gefertigt und blau angestrichen. Das Modernste an dieser Tür war das Schloss. Ein BKS-Sicherheitsschloss. Ganz offensichtlich nachträglich eingebaut.

Horndeich klingelte. Es gab nur eine Klingel, und es gab nur ein völlig vergilbtes und unleserliches Namensschild daneben.

Auf das Klingeln folgte keine Reaktion. »Herr Richter, wir wissen, dass Sie da sind. Bitte öffnen Sie uns die Tür. Wir müssen mit Ihnen sprechen.«

Aus dem Inneren war kein Geräusch zu hören.

»Herr Richter, bitte öffnen Sie die Tür, sonst kommen wir so rein.« Klar. Das war amerikanischer Western-Slang. Aber man konnte es ja mal probieren.

Keine Reaktion.

Horndeich zuckte mit den Schultern. »Ich glaube, wir haben kein Glück. Ich kann dafür sorgen, dass der Staatsanwalt uns einen Durchsuchungsbeschluss zukommen lässt. Ansonsten können wir hier nur Belagerung spielen.«

Leah trat neben ihn. Sie legte ihre Hand auf den Türknauf und drehte ihn. Tatsächlich ging die Haustür auf. »Wir können ja so schon mal einen Blick reinwerfen«, sagte sie, zog dann die Tür ganz auf. »Waffe?«, fragte Horndeich.

Leah zuckte mit der Schulter. Sie hatte keine Waffe angelegt. Und Horndeich ebenso wenig. Ein Blick zu den beiden Schutzpolizisten klärte die Situation. Die zogen ihre Waffen aus den Halftern und gingen vor.

Im Erdgeschoss des Hauses befanden sich zwei Zimmer, eine Küche und ein kleines Badezimmer. In keinem der Räume hielt sich jemand auf. Die beiden Schutzpolizisten stiegen die Treppe nach oben, gefolgt von Horndeich und Leah.

Unter der Dachschräge lagen ebenfalls zwei Zimmer und ein etwas größeres Bad. Alle drei Räume waren leer. Nur um sich im Nachhinein nicht vorwerfen zu müssen, etwas übersehen zu haben, stiegen die Beamten die Treppe wieder hinab und folgten der Treppe in den Keller. Es roch muffig dort unten. Neben zwei Kellerräumen war in einem dritten noch ein Heizungsraum eingerichtet. Eine Gasheizung, etwa dreißig Jahre alt, wie Horndeich schätzte, war offensichtlich die modernste Einrichtung des ganzen Hauses.

»Gut, dann schauen wir uns das Ganze mal an«, sagte Horndeich, und Leah und die beiden Schutzpolizisten folgten ihm ins Erdgeschoss.

Das Badezimmer im Erdgeschoss bestand aus einer Toilette, einem winzigen Waschbecken und einer ebenfalls sehr schmalen Duschkabine. Passend zur Schneewittchenausrüstung war auch das Fenster nicht besonders groß. Dennoch: Es stand offen. Ganz offensichtlich hatte Bernd Richter diesen Weg gewählt, um sein Haus zu verlassen.

Bei den anderen Räumen handelte es sich um ein Wohnzimmer und zum anderen um ein Esszimmer. Vom Esszimmer zur Küche war eine Durchreiche in die Wand eingelassen.

In der Küche stapelte sich dreckiges Geschirr in der Spüle. Eine Spülmaschine war nicht installiert. Auch der weiße Emaille-Herd mit drei Kochplatten und die Küche mit hellblauen, blassrosa und gelben Resopal-Oberflächen konnten ihre rund sechzigjährige Geschichte nicht verleugnen.

Auf dem Tisch des Esszimmers lag nur eine Tischdecke mit einem silbernen Kerzenständer darauf in der Mitte. Zwei der sechs Stühle waren leicht beschädigt. Die beiden Sofas und der Couchtisch hätten in einem Museum für Wohnkultur der Fünfzigerjahre eine gute Figur gemacht, ganz besonders durch die Nachbarschaft der beiden Wohnzimmerschränke. Gänzlich fehl am Platz wirkte der massive Eichenschreibtisch, der bestimmt hundertfünfzig Jahre auf dem Buckel haben musste.

»Was ist das?«, fragte Leah. Sie zeigte auf einen grün gefärbten Karton, der auf der Schreibtischplatte lag. Er hatte etwa die Dimensionen von zwei Zigarettenschachteln. Auf den ersten Blick fiel er nicht weiter auf, da er sich zwischen drei Stapeln von Papier und unzähligen Büroutensilien verbarg.

»Verdammt!« Horndeichs Stimme war sehr leise geworden. »Ein Päckchen Munition. Von Sellier & Bellot. Neun-Millimeter-Luger. Fünfzig Stück.«

Er griff zu einem Kugelschreiber und hob den Karton an. Der war leer. »Das ist die Munition, die zu unserer Tatwaffe passt.«

»Wenn ich das mal zusammenfassen darf: Bernd Richter

ist weg. Und die Munition ebenfalls. Irgendwie klingt das für mich nicht gut«, flüsterte Leah. »Denn ich glaube, die Waffe ist auch weg.«

»Ich fürchte, Feller hat mit seiner Theorie gestern recht gehabt.«

»Wenn dem so ist, dann sieht das für mich so aus, als würde Bernd Richter nun versuchen, die Geschichte zu Ende zu bringen. Sein eigener Vergewaltiger, der ist noch nicht umgebracht worden. Und offensichtlich glaubt Richter, er habe nichts mehr zu verlieren.«

»Da scheinst du leider recht zu haben.«

»Und wie finden wir jetzt heraus, wer dieser Mann ist? Irgendwie habe ich Sorge, dass das nicht gut ausgeht.«

Horndeich hatte mit dem Staatsanwalt telefoniert und ihm die Lage geschildert. Dreißig Minuten später waren weitere Kollegen der Mordkommission und der Spurensicherung vor Ort. Horndeich und Leah waren ebenfalls in die schicken Spurenvermeidungsanzüge geschlüpft und bewegten sich durch die Räume.

Im oberen Geschoss befanden sich zwei Schlafzimmer. Offensichtlich hatten Bernd Richters Eltern getrennt geschlafen. Vielleicht hatte der Vater geschnarcht. Oder die Mutter.

Während eines der Schlafzimmer zwei großzügig dimensionierte Kleiderschränke beherbergte, waren im zweiten Raum Bücherregale an einer der Wände angebracht.

Horndeich entdeckte dort eine fast vollständige Sammlung von Heinz G. Konsalik. Ebenso füllte eine Sammlung von Jerry-Cotton-Taschenbüchern weitere drei Regalbretter. Auf einem anderen standen an die zwanzig Fotoalben.

Horndeich griff sich das Album, das ganz links stand. Er öffnete es, sah hinein. Leah blickte ihm über die Schulter.

Die eingeklebten Fotografien waren sehr alt. Offensichtlich handelte es sich um die Großeltern von Bernd Richter, vielleicht sogar die Urgroßeltern. Die Bilder waren alle in

Schwarz-Weiß und großformatig. Horndeich blätterte das Album schnell durch, dann stellte er es zurück. Und griff zum Album, das rechts daneben stand.

Erst im dritten Album war das Hochzeitsbild der Eltern von Bernd Richter zu finden. 12. Dezember 1973 lautete die Unterschrift. Vor gut 42 Jahren hatten die beiden geheiratet. Die Bilder der nächsten drei Alben zeigten, wie das Ehepaar nach der Hochzeit über dreizehn Jahre hinweg alterte. Urlaube, Weihnachtsbilder, Familienfeiern – ein ganzes Leben im Schnelldurchlauf. Dann, am 4. Januar 1986, erblickte Bernd das Licht der Welt. Bilder der glücklichen Mutter, Bilder der glücklichen Eltern. Die kommenden Alben sahen sich Horndeich und Leah genauer an. Bernds Eltern hatten das Leben ihres Jungen gut dokumentiert. Neben den üblichen Geburtstags-, Faschings-, Urlaubs- und Weihnachtsbildern hatten die Eltern tatsächlich auch versucht, ein bisschen Kinderalltag einzufangen: Bernd auf seinem ersten Dreirad. Bernd im Zoo. Bernd mit einem Hund. Bernd im Planschbecken. Und – Horndeich empfand dieses Bild als etwas irritierend – Bernd, wie er auf einer der Hötger-Figuren vor dem Ausstellungsgebäude auf der Mathildenhöhe in Darmstadt herumkletterte. Fast aus identischer Perspektive hatte Horndeich seine Tochter Stefanie auch schon einmal abgelichtet.

Es folgte ein Bild der Einschulung, Bernd voller Stolz eine Schultüte in der Hand haltend. Dann das erste Klassenbild mit einem lachenden Lehrer, der die Hände quasi schützend über seine neuen Zöglinge hielt.

Schließlich die Erstkommunion von Bernd Richter. Ein Bild mit der Familie, ein Bild mit der Familie und dem Pfarrer, ein Bild von Bernd und dem Pfarrer.

Danach folgten zahlreiche Fotografien, die den jungen Bernd im kirchlichen Umfeld zeigten. Immer wieder Bilder von ihm als Messdiener. Dann Fotografien von einer Jugendgruppe auf einer Freizeit. Horndeich war, was kirchliche

Symbolik anging, nicht wirklich bewandert. Aber die beiden Zwiebeltürmchen der hölzernen Versöhnungskirche im französischen Taizé, die erkannte er. Und immer der Pfarrer zusammen mit seinen Schäfchen.

Leah sprach es aus: »War Bernd so religiös? Förderte dieser Pfarrer die Religiosität? Oder war er vielleicht derjenige, der …«

Bernd wurde älter, der Pfarrer an seiner Seite auch.

Dann wurden die Bilder von Bernd seltener. Offensichtlich ging er in der Pubertät seine eigenen Wege, die ihn nicht mehr so sehr vor die Linse von Fotoapparaten führten.

In den weiteren Alben waren nur noch Bilder der beiden Eltern zu sehen. Und auch da dominierten die Aufnahmen von Bernds Mutter. Was sicher daran lag, dass der Vater als Meister der Fotografie meist auf der anderen Seite der Linse stand.

»Wir sollten herausfinden, wer dieser Pfarrer war«, sagte Leah.

»Da hast du recht. Und ich hab da auch schon eine Idee.«

Martin Reiberer saß wieder in seinem Büro, als Horndeich und Leah nun bereits zum dritten Mal an diesem Tag das Architektenbüro aufsuchten.

Frau Schneider an der Theke winkte sie einfach durch wie langjährige Kunden des Hauses.

»Was ist eigentlich los mit Bernd?«, wollte er von den Polizisten wissen, nachdem diese sich gesetzt hatten. Er wirkte in den vergangenen drei Stunden um Jahre gealtert.

»Sagen Sie es uns«, forderte Leah ihn auf zu sprechen.

»Ich kann es Ihnen nicht sagen«, antwortete der Architekt. »Ich habe nur gemerkt, dass er sich irgendwann im vergangenen halben Jahr sehr stark verändert hat. Aufbrausend, das war er schon immer. Aber nun hat er die ganze Zeit unter Strom gestanden. Wenn ich ihn darauf angesprochen habe, winkte er entweder ab oder er wurde aggressiv. Manchmal habe ich mich gefragt, ob er vielleicht Drogen nimmt, irgend so was Aufputschendes – aber das glaube ich nicht.«

»Sie kennen Bernd Richter schon lange, nicht wahr?«, wollte Leah wissen. Sie hatte jetzt die Gesprächsführung übernommen, und Horndeich war das ganz recht. Er konzentrierte sich darauf, auf welche Art und Weise Martin Reiberer antwortete.

»Ja. Wir haben uns schon kennengelernt, als wir Kinder waren. Wir sind uns in der Kirche begegnet, waren beide Messdiener. Ich war auch bei seiner Erstkommunion dabei. Wir haben uns von Anfang an gut verstanden, obwohl ich zwei Jahre älter bin.«

»Uns sind im Haus von Bernd Richters Eltern zahlreiche Fotoalben aufgefallen. Bernd Richter ist auf sehr vielen Fotografien abgebildet. Und über eine lange Zeit gibt es zahlreiche Bilder, auf denen auch der Pfarrer zu sehen ist.«

Zum ersten Mal, seit sie mit Martin Reiberer sprachen, entspannten sich seine Gesichtszüge ein bisschen. Es huschte sogar die Andeutung eines Lächelns über sein Gesicht. »Pfarrer Wannemacher. Ja, das war ein feiner Mann. Oder besser gesagt, er ist noch ein feiner Mann. Aber er ist sicher schon lange in Rente. Er war ja damals schon fast sechzig.«

»Wer war dieser Pfarrer Wannemacher?« Leahs Stimme war etwas leiser geworden, als das Thema etwas klerikaler wurde.

»Wannemacher war Gemeindepfarrer hier in der katholischen Gemeinde St. Maria Magdalena. Er war auch bei uns in der Grundschule der Religionslehrer.«

»An welcher Schule waren Sie?«

»Am Falco.«

»Wo bitte?«, hakte Leah nach. Und auch Horndeich meinte, sich verhört zu haben.

»Die Falco-Grundschule.«

Das fand Horndeich ungewöhnlich bis unwahrscheinlich. Eine Schule, benannt nach einem seiner Lieblingsmusiker.

Gäbe es in Darmstadt eine Falco-Schule, Horndeich hätte sich vehement dafür eingesetzt, dass seine Tochter genau dort lernen würde. Zumal sie bereits jetzt musikalisches Talent zeigte. *Come and Rock me, Amadeus!* »Falco-Schule?«

Jetzt grinste Reiberer breit. »Wir fanden das auch echt klasse, dass unsere Schule nach einem Rockstar benannt worden ist. Bis wir erfahren haben, dass die Schule eigentlich nach Dr. Vanessa Falco heißt. Sie war eine italienischstämmige deutsche Historikerin und keine Musikerin. Ich hab mich mal ein bisschen mit ihr beschäftigt. Sie hat einige Standardwerke zur britischen Geschichte verfasst, dabei unter anderem *das* wissenschaftliche Werk zur Shakespeare-Totenmaske. Na ja, alle außer unseren Lehrern – und ich glaube, auch von denen nicht alle – waren sich einig, dass unsere Schule eigentlich nach Johann Hölzel alias *Amadeus Falco* benannt war.«

Horndeich lenkte die Sprache wieder zurück auf das ursprüngliche Thema. »Pfarrer Wannemacher war also Ihr Lehrer in der Grundschule, und Sie waren bei ihm Messdiener?«

»Ja. Er war ein richtig guter Pfarrer. Ganz besonders für uns Kinder. Wissen Sie, ich bin in einem Haushalt großgeworden, den man heute als bildungsfern bezeichnen würde. Mein Vater war Hausmeister, meine Mutter Putzfrau. Meine Eltern sind herzensgute Menschen, aber sie haben mir nie meine Fragen beantwortet. Wenn sie eine Frage nicht beantworten konnten, sagten sie, ich solle ruhig sein, ich solle nicht so altklug sein und so weiter und so fort. Es war Pfarrer Wannemacher, bei dem ich Antworten auf meine Fragen bekommen habe. Wir hatten immer wieder so Gesprächsrunden als Messdiener, in denen wir einfach fragen konnten. Ich erinnere mich noch ziemlich genau, dass ich noch nicht zehn Jahre alt war, als ich in einer dieser Runden gefragt habe, warum das Wasser nicht aus einem Eimer herausfalle, wenn man den Eimer mit einem Arm neben seinem Körper im Kreis drehen würde und der Eimer oben ist. Es war im Juli, und es war sauheiß. Und da war ein Junge, Rainer. Und der sagte damals: ›Was für eine bescheuerte Babyfrage!‹ Ich habe es bei Wannemacher selten erlebt, dass er einen scharfen Ton anschlug. Aber diesen Rainer, den wies er sehr barsch zurück. Ob er denn erklären könne, warum das Wasser nicht aus dem Eimer laufe? Er hat uns immer eingeschärft, dass es keine dummen Fragen gäbe. Und dass die Leute, die so etwas sagen, selbst dumm wären.

Ich weiß noch, er hat eine richtige Physikstunde draus gemacht, und danach hatte ich begriffen, was die Zentrifugalkraft ist. Auch wenn wir alle patschnass waren. Übrigens auch der Pfarrer selbst. So war er. Rückblickend war er der beste Lehrer, den ich je gehabt habe. Denn er hat mich immer darin bestärkt, Fragen zu stellen und erst zufrieden zu sein, wenn ich eine für mich zufriedenstellende Antwort gefunden habe.«

Horndeich wollte nicht wieder mit der Tür ins Haus fallen. Deshalb fragte er zunächst eher zaghaft: »Und Wannemacher – er behandelte alle Schüler gleich?«

Reiberers Stirn runzelte sich: »Wie meinen Sie das? Ja. Er war ein gerechter Lehrer. Auch seine Noten waren gerecht. Er hat niemanden bevorzugt oder benachteiligt, also im Unterricht. Und auch sonst – ja, er hatte keine Lieblinge, und er hatte auch keine Kinder, die er irgendwie ausgrenzte.«

»Haben Sie noch Kontakt zu ihm?«

»Nein. Ich war Ministrant bis zu meinem sechzehnten Lebensjahr. Dann wurden andere Dinge wichtiger. Mädchen …« Reiberer grinste schief und fuhr sich mit der Hand durchs Haar, die bereits vertraute Geste, die Unsicherheit offenbarte.

»Wissen Sie, wie lange Bernd Richter Messdiener war?«

»Nein. Nicht genau. Als ich als Ministrant aufhörte, war er noch aktiv. Wir hatten uns aus den Augen verloren, denn wir waren ja nicht auf derselben Schule. Er hat Abi gemacht, ich die Fachhochschulreife. Aber er hat noch ein soziales Jahr nach der Schule drangehängt, und so haben wir uns dann beim Architekturstudium in Darmstadt wieder getroffen. Ich glaube, er war vielleicht noch ein Jahr länger als ich in der Kirche aktiv.«

Es war an der Zeit, auch Martin Reiberer mit den unangenehmen Wahrheiten zu konfrontieren. Deshalb fragte Horndeich: »Herr Reiberer, hat Bernd Richter mit Ihnen irgendwann einmal darüber gesprochen, dass er sexuell missbraucht worden wäre?«

»Bernd? Missbraucht? Nein. Davon hat er nie gesprochen. War das so? Ist er tatsächlich missbraucht worden? Das ist ja furchtbar!«

»Wir gehen im Moment davon aus. Und wir gehen davon aus, dass er in eine Mordserie verstrickt ist, auf welche Art und Weise auch immer. Wissen Sie, ob er eine Waffe besaß? Oder ob er sich in jüngster Zeit eine Waffe besorgt hat?«

»Eine Waffe?«, echote Reiberer. »Wieso sollte er eine Waffe haben?«

»Nun, wir haben in seinem Haus die Packung von Neun-Millimeter-Munition gefunden.«

»Munition?« Wenn Menschen etwas nicht auf Anhieb begriffen, neigten sie dazu, das Gehörte zu wiederholen.

»Neun-Millimeter-Munition. Mindestens fünfzig Patronen. Das Kaliber, mit dem die drei Menschen ermordet worden sind.«

Martin Reiberer griff in die Innentasche seines Jacketts, entnahm ihr eine Packung Tempotaschentücher, öffnete sie, zog eines heraus und tupfte sich die Stirn. »Darauf habe ich keine Antwort.«

»Herr Reiberer, können Sie uns die Adresse von Pfarrer Wannemacher geben?«

Reiberer nickte. Er schien erleichtert, jetzt etwas tun zu können, von dem er genau wusste, wie man es macht. Seine Finger klapperten auf der Tastatur, seine rechte Hand führte die Maus, dann rauschte ein Blatt Papier aus dem Drucker. »Die Adresse habe ich noch. Auch wenn ich Pfarrer Wannemacher nicht mehr besucht habe. Aber ich weiß, dass er immer noch in seiner alten Wohnung lebt.«

Horndeich griff nach dem Stück Papier. Wunderbar! Der Pfarrer wohnte auch in Dieburg. Horndeich liebte kurze Wege.

Doro hatte Sebastian Rossberg mit einem Taxi zum Krankenhaus begleitet und ihn auch vier Stunden später wieder abgeholt. Diesmal mit einem Auto. Mit einem eigenen Auto. War schon ein wenig schräg gewesen und auch ein wenig teuer.

Horndeich war mit öffentlichen Verkehrsmitteln zum Präsidium gefahren, Sandra bereits den ganzen Tag mit der Familienkutsche unterwegs. Sie hatte ihren alten Kumpel Manfred angerufen. Der hatte sich sehr gefreut, dass sie sich gemeldet hatte. Doro war den Tränen nahe gewesen, als sie die Stimme des alten, guten Freundes wieder hörte. Sie brauchte ein Auto, und sie brauchte jetzt ein Auto. Jedem anderen hätte sie geraten, sich für eine solche Entscheidung Zeit zu lassen, Angebote zu vergleichen und so weiter. Aber Manfred war nun mal Manfred. Er habe da ein günstiges Angebot, einen Golf IV, perfekt gepflegt, zwanzig Jahre alt, aber keine dreißigtausend Kilometer auf der Uhr. Doro hatte etwas Geld gespart, und es war Zeit, es nun zu investieren.

Und so hatte sie Sebastian Rossberg tatsächlich mit ihrem neuen, eigenen Wagen vom Krankenhaus abgeholt. Knallrot, ein wenig übermotorisiert, aber mit wundervoll blauen Leuchtinstrumenten. Sogar Sebastian Rossberg hatte gelächelt, als er sich auf dem Beifahrersitz niedergelassen hatte.

Nun saßen sie am Esstisch, an dem Doro so viele Male gesessen hatte. Sie erinnerte sich genau, wie ihr Vater Rainer sie damals zu sich geholt hatte, hier, in dieses Haus, in dem er damals mit Margot gemeinsam gelebt hatte. Sie hatte das damals nicht gewollt, war aber nach dem plötzlichen Tod der

Mutter mit ihren sechzehn Jahren damals so hilflos gewesen. Sie hatte nicht gewusst, wohin. Und Rainer war nun einmal ihr leiblicher Vater – auch wenn er damals nur ein One-Night-Stand ihrer Mutter gewesen war. Zum Glück hatte Doro schon immer einen unglaublichen Schutzreflex gehabt: Wenn sie panisch wurde, hatte sie eine Klappe, viermal so groß wie sie selbst. Margot hatte das damals erkannt. Und ihre verbalen Entgleisungen mit einem Lächeln quittiert. Na ja, meistens jedenfalls.

Nun saß sie hier, mit Margots Vater an einem Tisch in einem Haus, in dem Margot nicht mehr wohnte. Irgendwie war alles so … durcheinander.

»Soll ich uns einen Tee machen?«, fragte Doro.

Sebastian Rossberg nickte nur.

Doro ging in die Küche, bereitete den Tee zu. Als sie mit dem Geschirr und der Teekanne an den Esstisch zurückkam, hielt Sebastian Rossberg sein Gesicht in den Händen verborgen.

Sie stellte das Tablett ab und setzte sich neben den Mann, der für sie wie ein Großvater war.

Sebastian Rossberg sah auf. Seine Augen waren rot, die Wangen feucht. »Doro, ich hab solche Angst.«

Doro nickte, und sie wusste genau, was er meinte. Er hatte keine Angst um sich. Er hatte Angst um Chloe. Oder eigentlich doch um sich: Angst davor, ohne sie sein zu müssen.

Doro zog den Stuhl neben jenen von Sebastian Rossberg und nahm den alten Herrn in den Arm. Sie spürte das leichte Beben, wenn er schluchzte, niemals untermalt von auch nur dem Hauch eines Lautes. Eine Minute weinte er an ihrer Schulter, dann richtete er sich wieder auf. Sah sie an und sagte: »Doro, was willst du machen mit deinem Leben?«

Die Tränen auf seinem Gesicht waren kaum getrocknet, da sorgte er sich bereits wieder um die anderen. Sebastian Rossberg eben.

»Ich weiß es nicht.«

Rossberg sah sie weiter an, als ob sie nichts gesagt habe.

»Also eigentlich weiß ich es doch. Ich möchte Menschen helfen. Aber nicht als Krankenschwester oder Ähnliches. Eher so im alltäglichen Leben. Weißt du, Sebastian, es mag mit dreiundzwanzig Jahren etwas anmaßend klingen, aber ich bin schon ein wenig herumgekommen. Nordamerika, Afrika, Europa – ein bisschen was habe ich schon gesehen. Weißt du, was mich dabei am meisten geprägt hat?«

Sebastian Rossberg lächelte. »Nein, woher sollte ich das wissen? Sag es mir.«

»Ich konnte Ungerechtigkeit kaum ertragen. Wo das Recht des Stärkeren siegt. Nicht das Recht dessen, der recht hat.«

Obwohl er vor wenigen Minuten noch geweint hatte, lächelte er nun ziemlich breit.

»Was gibt es da zu lachen?«

»Nichts, meine Gute, gar nichts. Es erinnert mich nur irgendwie sehr an einen Dialog, den ich vor vielen, vielen Jahren mit meiner Tochter Margot geführt habe. Sie hat daraufhin ihren Weg als Polizistin eingeschlagen.«

Doro goss zwei Tassen Tee ein.

Und irgendwie wollte ihr Gedankenkarussell nicht anhalten.

Pfarrer Wannemacher wohnte bezeichnenderweise in der Pfarrgasse. Das Gebäude, in dem er zu Hause war, war ein Altbau. Klinkersteine dominierten die Architektur. Zwei Stockwerke reichten in die Höhe, darüber war noch ein Dachstuhl konstruiert. Wannemacher lebte im ersten Stock. Horndeich drückte den Klingelknopf.

Es dauerte ein paar Sekunden, bis aus der Gegensprechanlage eine Stimme klang: »Ja bitte?«

Horndeich spulte wieder den Standardspruch ab, dass er und seine Kollegin von der Kripo ihn sprechen müssten.

»Treten Sie doch bitte ein«, sagte er, als er sie wenig später von der Wohnungstür ins Innere führte. Feller hatte ihnen bereits die fehlenden Puzzleteile geliefert, wie zum Beispiel den Vornamen: Lothar. Feller hatte ihnen ebenfalls mitgeteilt, dass Lothar Wannemacher inzwischen achtzig Jahre alt war, seit dreizehn Jahren pensioniert, und dass er immer noch in der Pfarrwohnung lebte. Der Altbau war innen eher dunkel, die Fenster klein. Auch das Wohnzimmer schien vom Tageslicht nicht wirklich verwöhnt zu werden.

»Darf ich Ihnen etwas anbieten?«, fragte der Pfarrer.

Sowohl Leah als auch Horndeich lehnten dankend ab.

Lothar Wannemacher war nur etwas über einen Meter sechzig groß, seine Glatze von einem Kranz kurz geschnittener, grauer Haare umrandet. Die Kleidung lag sehr großzügig um den schmalen Körper und ließ vermuten, dass dieser einmal wesentlich fülliger und kräftiger gewesen war. Horndeich erinnerte sich an die Fotografien aus den Alben, die genau dies bestätigten.

Im Innern wirkte das Haus deutlich größer, als die Außenfassade vermuten ließ. Das lag wohl daran, dass es sehr viel tiefer als breit war. Diese bauliche Eigenheit sorgte natürlich im Zusammenspiel mit den kleinen Fenstern dafür, dass die Zimmer etwas dunkler wirkten.

Horndeich und Leah hatten sich auf einem schwarzen Ledersofa niedergelassen. Pfarrer Wannemacher setzte sich in einen der schwarzen Ledersessel, die auf der anderen Seite des flachen Couchtisches platziert waren.

»Von der Kriminalpolizei? Das klingt nicht gut. Worum geht es denn?«

Diesmal übernahm Horndeich den Auftakt: »Herr Wannemacher, sagt Ihnen der Name Bernd Richter etwas?«

Wannemachers Blick wanderte von Leah zu Horndeich und wieder zurück. »Bernd Richter? Ist schon ein paar Jahre her. Aber ja, der Name sagt mir was.« Er machte eine kurze Pause, als ob er seine Gedanken sammeln wollte.

»Bernd Richter war Messdiener bei Ihnen. Bis vor fünfzehn Jahren ungefähr. Und Sie haben ihm auch die erste Kommunion gegeben.«

Lothar Wannemacher nickte. »Ja. An den Bernd, an den kann ich mich gut erinnern. Aber was wollen Sie von mir wissen? Das ist doch alles schon so lange her.«

Leah übernahm. »Herr Wannemacher, Bernd ist in eine üble Sache verstrickt. Es geht um einen Mord. Also genau genommen geht es um drei Morde, die alle mit derselben Waffe verübt worden sind. Und wir fürchten, dass er darin verwickelt ist.«

Lothar Wannemacher erwiderte nichts.

Horndeich sprach weiter: »Herr Wannemacher, was für ein Mensch war Bernd Richter?«

Der Pfarrer blickte Horndeich direkt in die Augen. Für mehr als zehn Sekunden. Erst dann sagte er: »Herr Kommissar Horndeich, Bernd Richter war ein guter Junge. Er war einer von den aufgeweckten. Einer von denen, die Fragen stellten. Ich weiß nicht, ob Sie auch schon mit seinem besten Freund aus Kindertagen gesprochen haben, Martin Reiberer. Der war auch so. Einer, der immer alles wissen wollte. Die beiden waren wirklich zwei fantastische Jungs. Und das meine ich ohne jede Ironie. Sie stellten Fragen. Und jede Antwort führte sie nach einer gewissen Zeit des Nachdenkens wieder zu neuen Fragen. Ich habe beide gemocht. Ich habe beide sehr gemocht.«

»Wie sehr haben Sie denn die beiden gemocht?«, fragte Horndeich. Er wich Lothar Wannemachers Blick nicht aus.

»Kommissar Horndeich, ich weiß nicht, in welche Richtung Sie ermitteln. Aber wenn Sie mir auch nur im Ansatz unterstellen wollen, dass ich einem der beiden Jungs oder irgendeinem anderen Jungen auf irgendeine Art zu nahe getreten wäre, dann sind Sie völlig auf dem Holzweg. Ich helfe Ihnen gerne, den richtigen Weg bei Ihren Ermittlungen zu finden. Aber ich habe mir diesbezüglich in meinem ganzen Leben nie etwas zuschulden kommen lassen.«

»Es gibt zahlreiche Bilder, bei denen Sie sehr nah bei den Jungs stehen.«

Wannemacher nickte bedächtig. »Es ist schlimm, was einige meiner Kollegen mit ihren Verbrechen an den Kindern kaputt gemacht haben. Also nicht nur sie, sondern überhaupt all jene, die Kinder ganz egoistisch für ihr eigenes Wohl missbraucht haben. Wenn es denn überhaupt ein Wohl ist. Gesten echter Zuneigung werden nun missinterpretiert. Aber sie sind ja auch objektiv nicht voneinander zu unterscheiden. Ein Streicheln über den Kopf, eine Hand auf der Schulter, das sind Dinge, die sehr leicht falsch interpretiert werden können. Oder nein, sie können eigentlich überhaupt nicht interpretiert werden. Erst im Nachhinein kann man erahnen, was im Kopf und im Herzen von jenem vorgegangen ist, der diese Geste getan hat. Ich kann Ihnen nochmals versichern, dass ich keinem der mir anvertrauten Kinder – und auch sonst keinem Kind – jemals auf unangemessene Art und Weise zu nahe gekommen bin. Nicht als Lehrer, nicht als Pfarrer, nicht als Privatperson. Nehmen Sie dies als das Wort eines Mannes, das er vor Gott gesprochen hat.«

*Ich gebe Ihnen mein Ehrenwort.* Leider ein Satz, auf den sie sich in ihrem Job kaum verlassen konnten und nie verlassen durften. War dieser Satz aus dem Mund eines Pfarrers, der vor Gott sprach, vertrauenswürdiger? Der alte Herr vor ihm, er wirkte auf Horndeich vertrauenswürdig. Aber die wenigsten der Menschen, die sich in seinem Job als Täter herausgestellt hatten, wären Horndeich auf Anhieb aufgefallen.

Es war Leah, die die Perspektive etwas verschob: »Herr Wannemacher, hat sich Ihnen Bernd Richter anvertraut? Hatte er mit Ihnen darüber gesprochen, dass ihn jemand missbraucht hat? Denn wir wissen, dass dem tatsächlich so war.«

Wannemacher sah auf den Boden. »Mir ist in meinem Leben vieles anvertraut worden. Wissen Sie, ich bin katholischer Pfarrer. Seit ich ein kleines Kind war, bin ich mit der

Beichte vertraut. Ich erinnere mich ziemlich genau meiner ersten Beichten, in denen ich kaum wusste, was ich gestehen sollte. Denn ich war mir keiner Schuld bewusst. Mein bester Freund damals, Roger, sagte zu mir: ›Wenn dir nichts einfällt, sag dem Pfarrer einfach, du hättest sündige Gedanken gehabt. Das klappt immer.‹ Mir wurde dann eine Buße auferlegt, den Rosenkranz beten oder Ähnliches. Ich bin immer ziemlich verwirrt aus diesen Beichten herausgegangen, nicht wissend, was ich damit anfangen sollte. Das hat sich erst geändert, als ich mir dann tatsächlich mal ein paar Schnitzer erlaubt habe. Da war es gut, das an irgendeiner Stelle loswerden zu können. Ich muss neunzehn Jahre alt gewesen sein, als ich das erste Mal begriffen habe, dass ich hier nicht zu meinem Pfarrer spreche, sondern zu Gott. Und ich musste in meinem Theologiestudium erst lernen, dass das Wort Buße, so wie wir es im Alltag verwenden, überhaupt nichts mit dem theologischen Begriff der Buße zu tun hat. Ich möchte Sie jetzt nicht mit einem Vortrag langweilen, sondern Ihnen sagen, dass ich auf der anderen Seite im Beichtstuhl viele schlimme Dinge gehört habe. Und es war manchmal sehr schwer für mich zu akzeptieren, dass meine Rolle die des Mittlers zwischen den Pönitenten und Gott ist, aber nicht mehr. Mehr als einmal hatte ich den Drang, aus dem Beichtstuhl heraus direkt zur Polizei zu gehen.«

Wannemacher machte wieder eine Pause. Horndeich wusste nicht, was ein Pönitent ist, ahnte aber, dass es wohl der Beichtende im Beichtstuhl sein musste. Horndeich hatte auch keine Ahnung, worauf der Pfarrer eigentlich hinauswollte. Es ging doch hier nicht um die Beichte eines Sünders, sondern um das Geständnis, Opfer geworden zu sein.

Wannemacher schien seine Gedanken lesen zu können. Er sah Horndeich an, als er fortfuhr: »Zweimal in meinem Leben hat mir ein Mensch die Tötung eines anderen gestanden. Es waren für mich fürchterliche Momente. Denn ich fühlte mich meiner Schweigepflicht völlig ausgeliefert. Ich musste sehen, wie ich damit zurechtkam. Viel schlimmer jedoch sind für mich jene Momente gewesen, in denen mir Menschen berichteten, Opfer zu sein, aber darauf bestanden, damit nicht an die Öffentlichkeit zu gehen. Ich glaube, in meiner ganzen aktiven Zeit als Pfarrer, und das waren weit über dreißig Jahre, haben mir mehr als zehn Kinder gestanden, Opfer von sexuellen Übergriffen von Erwachsenen geworden zu sein. Ein paar davon konnte ich in Gesprächen davon überzeugen, dass das, was ihnen passiert ist, ausschließliches Unrecht der Erwachsenen war. Ein paar habe ich sogar beim Gang zu den Eltern oder zur Polizei begleitet. Je weiter der Täter von der eigenen Familie entfernt war, umso einfacher konnte ich die Kinder oder Jugendlichen überzeugen. Sehr schwer war es für mich, wenn ich den Tätern an den schweigenden Kindern immer wieder über den Weg lief. Eine der schwersten Prüfungen in diesem Beruf.«

»Und? Herr Wannemacher, hat sich Bernd Richter Ihnen anvertraut?«

»Warum wollen Sie das wissen?«

Horndeich wurde etwas ungeduldig: »Wir haben Ihnen doch schon gesagt, dass Bernd Richter in einen dreifachen Mordfall verwickelt ist.«

Wannemacher lächelte milde. »Das beantwortet meine Frage nicht.«

Leah sagte: »Herr Wannemacher, wir müssen unbedingt mit Bernd Richter sprechen. Wir wissen nicht, wo er ist. Er ist vor uns geflüchtet. In seiner Wohnung haben wir eine leere Packung Munition gefunden. Zwei weitere Männer in diesem Fall sind als Jungen missbraucht worden. Die beiden Missbraucher sind ermordet worden. Auch einer der missbrauchten Männer wurde erschossen. Wir gehen im Moment davon aus, dass Bernd Richter für mindestens zwei der Morde verantwortlich ist. Und so, wie er sich gerade verhält, haben wir die Befürchtung, dass er gerade auf dem Weg zu seinem eigenen Missbraucher ist. Er möchte das, was er gemeinsam mit den beiden anderen angefangen hat, zu Ende bringen. Wir gehen davon aus, dass der Schinder von Bernd Richter in diesem Moment in Lebensgefahr schwebt.«

Wannemacher nickte kaum merklich und blieb zunächst stumm. »Sie bringen mich hier in eine sehr unangenehme Situation«, sprach er nach ein paar Sekunden leise weiter. »Ich werde darüber nachdenken müssen.«

»Herr Wannemacher, wir wissen nicht, wie viel Zeit wir noch haben.« Horndeich fühlte Ärger in sich aufsteigen. Es konnte doch nicht so schwer sein, dass dieser Mann ihre Fragen einfach mit Ja oder Nein beantwortete. *Hat er sich Ihnen anvertraut? Nein.* Damit wäre die ganze Sache schon erledigt gewesen. *Hat er sich Ihnen anvertraut? Ja. Wie ist der Name?* Und dann Butter bei die Fische …

»Wissen Sie genau, ob der Mann, der Bernd Richter das angetan haben soll, in Lebensgefahr schwebt?«

Leah antwortete wahrheitsgemäß: »Nein. Das wissen wir nicht. Wir gehen davon aus, aber wir wissen es nicht. Aber da wir den Namen nicht kennen, können wir auch überhaupt nichts tun. Wenn dieser Mann stirbt, dann …«

Horndeich vollendete Leahs Satz in Gedanken: *… dürfen Sie sich das auf den Zettel schreiben.* Leah war ihm zuvorgekommen. Er hätte auf Wannemachers Frage mit einem schlichten Ja geantwortet.

»Ich werde in mich gehen«, sagte Lothar Wannemacher und erhob sich aus dem Sessel.

Horndeich war jetzt wirklich angefressen. Es ging schließlich um das Leben eines anderen Menschen. Und sosehr Horndeich in manch schwachen Momenten darüber nachdachte, manchmal seinen Job vielleicht nicht ganz so gründlich zu machen, um vielleicht doch jemanden ungeschoren davonkommen zu lassen – bislang hatte er diesen Impulsen immer widerstanden. Denn er wusste, dass er auf lange Sicht nicht gut damit würde leben können.

Leah war ebenfalls aufgestanden. Sie trat einen Schritt auf Wannemacher zu, nahm seine rechte Hand in ihre beiden Hände. »Sie werden die richtige Entscheidung treffen«, sagte Leah. Dann griff sie in ihre Jacke und reichte Lothar Wannemacher ihr Visitenkärtchen. »Unter der Mobilnummer können Sie mich Tag und Nacht erreichen.«

Horndeich verabschiedete sich nur mit einem Nicken. Wenn er etwas überhaupt nicht leiden konnte, dann wenn irgendetwas in der Schwebe lag, nicht klar zu fassen war, und ganz besonders dann, wenn dafür ein Gegenüber verantwortlich war, dem man sein Wissen nicht entreißen konnte. »Die richtige Entscheidung treffen«, grummelte er, als sie in Richtung ihres Wagens liefen.

»Er wird uns den Namen nennen. Es wird nicht lang dauern.«

»Und wie kommst du darauf?«

Leah zuckte nur mit den Schultern. »Ich weiß es einfach.«

Horndeich saß am Steuer, Leah auf dem Beifahrersitz. Ihr Kollege hatte gerade den Motor angelassen, als Leahs Handy klingelte. Sie sah auf das Display: Feller rief an. Ihr Handy war mit dem Audiosystem des Autos verbunden. Sie nahm das Gespräch im Freisprechmodus an.

»Hast du schon was über Martin Reiberer rausgefunden? Oder irgendetwas Neues über Bernd Richter?«, sprudelte Leah sofort los.

»Nein, über diese beiden Vögel habe ich im Moment nichts Neues. Aber ich habe etwas anderes, sehr Interessantes. Bin ja multitaskingsfähig.«

Leah musste schmunzeln. Das hatte Feller ja bereits hinreichend bewiesen.

»Wir haben doch gestern darüber geredet, dass unsere drei Missbrauchsopfer jeweils einen Täter des anderen umbringen wollten. Adam Kosakowski wäre demnach dann der

Mörder von Helmut Glockner. Und da habe ich einen Treffer gelandet. Ich hab mich gefragt, wie Kosakowski wohl nach Wiesbaden kommt, wenn er diesen Mord begehen soll. Und irgendwie hab ich nicht geglaubt, dass Kosakowski so jemand ist, der mit Bus und Bahn dorthin fährt. In der Nähe von Helmut Glockners Wohnung gibt es vier Parkhäuser. Und da habe ich den Treffer gelandet. Ein Parkticket, bezahlt mit Adam Kosakowskis Euroscheckkarte. Und obendrein noch eine Videoaufnahme, in der er zwanzig Minuten vor dem Mord mit seinem Wagen ins Parkhaus reinfährt und knapp eine Stunde später wieder raus.«

»Wow«, entfuhr es Leah.

»Gute Arbeit!«, pflichtete auch Horndeich bei.

»Ich schick euch jetzt ein Foto des Buchungsbelegs vom Parkhaus und auch das Video, schon zusammengeschnitten, auf dem man sehen kann, wie er in das Parkhaus rein- und rausfährt.«

Horndeich wendete den Wagen. »Dann sollten wir vielleicht doch noch mal zu Kosakowski fahren.« Er fuhr Richtung B45. Über die A3 wären sie dann in Nullkommanichts in Frankfurt.

Es dauerte keine halbe Stunde, bis Horndeich und Leah Kosakowskis Firma AKE erreichten. Sie stellten ihren Wagen ab und gingen auf den Haupteingang zu. Wieder geleitete sie eine Sekretärin in einen Besprechungsraum, diesmal in einen etwas kleineren. Er war nicht so teuer und exklusiv eingerichtet wie der größere, in dem sie gestern gesessen hatten. Keine Glasfront zierte die Wand – das hier war definitiv nicht der Raum, in dem man neue Kunden empfing.

Leah und Horndeich setzten sich.

Zwei Minuten später betrat nicht nur Adam Kosakowski den Raum, sondern auch seine Frau Linda. Leah erkannte die blonde, groß gewachsene Frau sofort wieder.

»Könnte es sein, dass Sie sich zu einer Art Landplage entwickeln?«, kläffte Adam Kosakowski sofort los, noch bevor er sich setzte. »Meine Frau Linda kann alles hören, was ich zu sagen habe. Wir müssen ohnehin gleich fahren. Ich habe also nicht viel Zeit.«

Linda Kosakowski begrüßte die Beamten etwas freundlicher. Wunderbar, dachte Leah, wenn er seine Frau dabeihaben will. Das selbstgefällige Gehabe von Adam Kosakowski ging ihr inzwischen mächtig auf die Nerven. Per kurzer Blickpost verständigte sie sich mit Horndeich. Er würde den Anfang machen.

»Herr Kosakowski, wo waren Sie am 30. Mai diesen Jahres zwischen achtzehn und neunzehn Uhr?«

»Das soll jetzt ein Witz sein, oder?«, blaffte Adam Kosakowski.

»Nein, das ist überhaupt kein Witz. Sehe ich so aus, als wäre ich hierhergekommen, weil mir nach Scherzen zumute ist?« Auch Horndeichs Stimme war inzwischen etwas lauter geworden. »Also?«

Kosakowski seufzte, dann griff er zu seinem Smartphone. »Einen Moment bitte.« Er wischte ein paarmal mit dem Finger über das Display, dann sagte er: »Am 30. Mai war ich hier im Büro. Den ganzen Nachmittag. Ich hatte um zwanzig Uhr noch einen Telefontermin mit einem Kunden, danach bin ich nach Hause gefahren. Das kann meine Frau bestätigen«, sagte er und warf einen Blick in ihre Richtung.

Horndeich glaubte nicht, dass Linda Kosakowski aus dem Stand das Alibi bestätigen konnte. Aber das war ja auch völlig irrelevant. »Nein, Herr Kosakowski, am 30. Mai zwischen achtzehn und neunzehn Uhr waren Sie in Wiesbaden. Sie haben Ihren Wagen dort in einem Parkhaus geparkt.«

»Blödsinn!«, rief Kosakowski. »Was soll ich in Wiesbaden?«

Jetzt war es an Leah, das Gespräch zu übernehmen: »Sie befanden sich exakt dann in Wiesbaden, als Helmut Glockner ermordet worden ist. Und ich gebe die Frage an Sie zurück: Was wollten Sie in Wiesbaden, wenn nicht Helmut Glockner ermorden?«

Kosakowski keifte diesmal nicht sofort zurück. Und Horndeich nutzte die Gesprächspause, um das Video mit der Ein- und Ausfahrt inklusive dem eingeblendeten Zeitstempel auf seinem Handy vorzuspielen. Während das Video lief, beobachtete er nicht nur Adam Kosakowski, sondern auch dessen Frau. Während Kosakowski immer angespannter wurde, wich aus Lindas Gesicht jegliche Farbe, als ob die Bewegungen auf dem Bildschirm sie ihr regelrecht entzögen.

»Adam«, flüsterte Linda Kosakowski, und ihre Hand legte sich auf seinen Arm. Er schüttelte die Hand ab, als ob es sich um die Berührung eines störenden Insekts handelte. Sie hatten auf jeden Fall einen wunden Punkt getroffen.

Während Horndeich noch überlegte, was er jetzt sagen oder fragen könnte, übernahm wieder einmal Leah: »Herr Kosakowski«, sagte sie mit leiser Stimme, »wissen Sie, wo Bernd Richter ist?«

»Was hatte denn dieser Richter mit der Polizei zu tun?«, fragte nun Linda Kosakowski ihren Mann. Noch bevor der irgendetwas erwidern konnte, wendete sie sich an die Polizisten: »Er war bei uns zu Hause. Deswegen bin ich ja gerade zu meinem Mann gefahren. Dieser Richter, der war richtig unheimlich, er …«

»Sag nichts mehr«, bellte Adam Kosakowski. »Du bringst mich in Teufels Küche!«

Wieder wandte sich Linda ihrem Mann zu: »Adam, was wird hier gespielt? Was ist hier los? Du machst mir Angst!«

Kosakowski antwortete ihr nicht.

Linda wandte sich stattdessen wieder den Polizisten zu: »Er war bei uns. Also dieser Bernd Richter. Bei uns zu Hause. Er hat mir Angst gemacht, dieser Mann.«

Kosakowski sah seine Frau nicht an, starrte nur auf die Tischplatte vor ihm. Leise murmelte er: »Halt doch die

Klappe.« Doch der Tonfall verriet, dass er sich bewusst war, den Dammbruch nicht mehr aufhalten zu können.

»Richter hat mich gefragt, wo Adam wäre. Er habe ihn angerufen, aber Adam wäre nicht ans Telefon gegangen. Ich habe ihm gesagt, dass mein Mann arbeitet. Darauf hat dieser Richter dann gemeint, dass er wartet, bis Adam zu Hause ist. Und er wollte in unser Haus rein. Es ist mir gerade noch gelungen, ihm die Tür vor der Nase zuzuschlagen. Er hat noch gegen die Tür geklopft, sicher fünf Minuten lang. Erst dann ist er weggefahren.« Linda wandte sich wieder ihrem Mann zu: »Wieso interessiert sich die Polizei für Richter? Und was hast du in Wiesbaden gemacht? Adam, was geht hier vor?«

Adam Kosakowski schwieg. Er holte tief Luft. Aber er sprach nicht.

Nun wurde auch Linda Kosakowski laut: »Wo warst du denn am Montag, den 30.? Du hast mir darauf nie eine Antwort gegeben! Verdammt noch mal, was ist denn los mit dir?« Wieder wandte sie sich dem Polizisten zu: »Unser Sohn, er ist an diesem Montagabend hingefallen. Ich wusste nicht, ob seine Hand gebrochen ist. Sie war so angeschwollen. Und ich habe meinen Mann angerufen, um ihn zu bitten, dass er sofort nach Hause kommt. Damit einer von uns beiden mit dem Jungen zum Arzt fahren kann, während der andere auf unsere Tochter aufpasst. Aber ich habe meinen Mann nicht erreicht. Über geschlagene zwei Stunden, also hundertzwanzig Minuten, also mindestens zehn Anrufe hinweg habe ich ihn nicht erreicht.«

Es schien Linda Kosakowski nicht zu kümmern, dass der Mann, über den sie gerade sprach, neben ihr saß. Aber der wirkte im Moment so weit entrückt, als ob er überhaupt nicht mehr anwesend wäre. »Wir haben eine Abmachung! Wir sind immer für den anderen erreichbar. Und wenn einer von uns beiden nicht ans Handy gehen kann, zum Beispiel wenn mein Mann gerade in einer Besprechung ist, dann schickt er zumindest eine SMS: *Bin in einer Besprechung.* Aber an diesem verdammten Abend hat er sich überhaupt nicht gerührt. Und bis heute weiß ich nicht, wo er gewesen ist. Am Anfang dachte ich, vielleicht hat er eine Geliebte, aber das schien mir auch völlig abwegig, weil es das erste Mal und auch das einzige Mal war, dass ich ihn nicht erreicht habe, wenn ich ihn erreichen wollte. Ich bin dann mit beiden Kindern zusammen ins Krankenhaus gefahren. Meine nörgelnde Tochter auf dem Rücksitz, während ich beim Fahren darauf geachtet habe, dass der Junge sich den Eisbeutel an die Hand hält. Verdammt, das war überhaupt nicht witzig!«, blaffte sie nun ihren Mann an. »Und jetzt sind Sie hier«, fuhr sie fort, »und fragen nach diesem komischen Richter. Und fragen danach, wo mein Mann an diesem Abend gewesen ist. Ich erfahre, er war in Wiesbaden.« Wieder wandte sie sich Adam zu: »Verdammt noch mal, was hast du denn in Wiesbaden gemacht? Und warum hast du dich nicht bei mir gemeldet?« Mit diesen Worten brach ihr Redeschwall in sich zusammen. Vielleicht auch, weil ihr bewusst wurde, dass sie mit diesem Redeschwall zwar ihrer Wut Luft gemacht, aber ihrem Mann bestimmt keinen Gefallen getan hatte.

Jetzt legte sie einen Arm um seine Schulter. Und dann sprach sie nur zu ihm, als ob die Beamten nicht im Raum wären: »Adam, was ist los? Du weißt doch, Poznań?«

Horndeich nahm erstaunt wahr, dass sich Adam Kosakowskis Augen mit Tränen füllten.

»Wir wollten uns nie anlügen. Das hast du damals gesagt. Als wir an der Warta standen. So viele Lügen in deiner Familie, so viele Lügen in meiner. Das wollten wir doch nicht. Das wollten wir nie. Niemals. Auch nicht für unsere Kinder, erinnerst du dich?«

Es entstand eine Pause von mehreren Sekunden, in denen niemand etwas sagte.

Und wieder war es Leah, die mit ihrer weichen, leisen Stimme den nächsten Vorstoß wagte: »Herr Kosakowski, wo ist Bernd Richter? Wir waren in seinem Haus. Die Schachtel mit den Patronen ist leer. Wo ist er hingefahren?«

»Patronen?«, flüsterte nun Linda Kosakowski. »Adam, bitte, was ist hier los?« Sie legte nun beide Hände auf den Arm ihres Mannes. Der ließ sie gewähren.

Adam Kosakowskis Blick richtete sich auf. Zuerst sah er seiner Frau in die Augen, dann zu Leah Gabriely: »Ich weiß nicht, wo Bernd Richter ist. Das ist die Wahrheit. Ich weiß auch nicht, wo er hinwill. Auch das ist die Wahrheit.«

Linda Kosakowski nahm beide Hände vom Arm ihres Mannes. Sie überlegte kurz, dann sagte sie: »Soll ich einen Anwalt rufen?«

Adam Kosakowski lachte kurz auf. Bitter. »Nein, mein Schatz, es ist vorbei. Es ist einfach vorbei. Du hast recht: Wir wollten nie lügen. Ich habe gedacht, ich komme damit durch, aber das tue ich nicht. Zeit, reinen Tisch zu machen.«

Wieder wurde Linda Kosakowskis Teint blasser. »Soll ich nicht doch …?«

Adam Kosakowski sah nun die beiden Beamten an. »Ja. Ich habe Helmut Glockner umgebracht. Ich habe ihn mit einer SIG P210 von hinten ins Genick erschossen. Am 30. Mai, gegen 18.30 Uhr.«

Es war nur eine winzige Bewegung, aber Linda Kosakowski entfernte sich einen halben Zentimeter von ihrem Mann.

»Das war der Teil eines fantastischen Plans von Bernd Richter. Fantastisch. Hat ja zwei Bedeutungen, das Wort. Utopisch oder hervorragend, je nachdem. Nun, am Anfang dachten wir, Bernds Plan wäre genau das: hervorragend. Wir waren wohl geblendet. Denn jetzt zeigt sich, dass diese Idee einfach nur utopisch war.«

Adam Kosakowski wandte sich seiner Frau zu: »Ich habe dir nie davon erzählt, denn ich dachte, diese miese Geschichte wäre es nicht wert, zwischen uns oder auch nur irgendwo am Rande unserer Beziehung zu stehen. Als ich dich kennengelernt habe, da dachte ich, alles wäre gut, die Vergangenheit hätte keinen Raum mehr, nur wir beide zählten. Ich hätte nie gedacht, dass mich das alles einholt. Dass dieses Arschloch Ludwig Daunberg sich immer noch durch irgendein kleines mieses Hintertürchen in mein Leben stehlen könnte.«

»Wer ist Ludwig Daunberg?«, fragte Linda Kosakowski tonlos.

»Das ist der Mann, der mich als Kind über mehrere Jahre hinweg missbraucht hat. Sexuell missbraucht hat.«

Linda schien in eine Art Schockstarre zu fallen.

»Sie wissen das ja schon: Ich habe mich damals in diesem Forum angemeldet, das ist schon viele Jahre her. Da habe ich auch Charlie kennengelernt. Charlie, der genau wie ich Jahre zuvor geglaubt hat, alles wäre vorbei, er hätte alles verarbeitet, er könne jetzt vielleicht sogar anderen helfen. Charlie hat nie gesehen, wie ihn die Wut auf seinen Vergewaltiger von innen heraus aufgefressen hat.«

Adam Kosakowski wandte sich jetzt wieder seiner Frau zu: »Ich war auch ein paar Stunden bei einem Psychologen. Hat mir geholfen. Hat mich stabilisiert. Bis zu dem Tag, an dem ich Daunberg über den Weg gelaufen bin. Ich hatte ja keine Ahnung, dass er ebenfalls in unsere Gegend gezogen ist. Und das hat mich richtig aus der Bahn geworfen.«

Linda Kosakowski reagierte kaum. Sie saß nun apathisch neben ihrem Mann. Der wandte sich wieder den Polizisten zu: »Mit Charlie hatte ich, wie Sie wissen, auch persönlichen Kontakt. Wir haben immer wieder über unsere Vergangenheit gesprochen, wobei wir komischerweise einander weder den Namen unseres Vergewaltigers noch dessen Wohnort mitgeteilt hatten. So als ob wir uns nach wie vor innerhalb des Forums bewegen würden, wo solche Sachen ja völlig unzulässig sind. Alles, was irgendwie justiziabel werden könnte, Verleumdungen, falsche Tatbezichtigungen oder Ähnliches, darf im Forum nicht ausgesprochen werden. Innerhalb der privaten Chats schon, aber wir haben uns die Namen unserer Peiniger nicht mitgeteilt. Letztlich war es ja auch irrelevant.«

»Wann hatte Bernd Richter seine Idee? Und wie sah sie aus?« Leah – die wieder die richtigen Worte fand. Horndeich war beeindruckt von der Kollegin auf Zeit.

»Bernd ist genau das passiert, was mir auch passiert ist: Ihm ist sein Vergewaltiger an einem völlig unerwarteten Ort über den Weg gelaufen. Das war so zwei Monate, nachdem mir das passiert war. Ich weiß, dass ihm das in Offenbach passiert ist. Und es hat ihn richtig aus der Bahn geworfen. Wir drei, wir waren an einem ähnlichen Punkt: Bernd und ich sind unseren Vergewaltigern über den Weg gelaufen, und damit ist so viel Wut nach oben gespült worden bei uns beiden. Und Charlie, der war auch voller Zorn. Und wusste überhaupt nicht, wohin damit. Bernd, er hatte das richtige Gespür. Er hat uns beide in eine Gruppe eingeladen, so eine Chat-Gruppe. Nur für uns drei. Und dann hat er gefragt, ob es denn gerecht wäre, dass die drei Männer, die uns über Wochen, Monate und Jahre vergewaltigt und gedemütigt hatten, ob es denn gerecht wäre, dass die ihr friedliches Leben lebten und es uns im Moment so richtig schlecht ging.«

Linda Kosakowski hatte sich noch ein paar Zentimeter von ihrem Mann entfernt.

»Bernd hat dann das Treffen organisiert, gleich im Februar. Und Sie haben völlig recht, Herr Horndeich, wir haben uns damals in diesem American Diner getroffen, in Mörlenbach. Da rückte er dann raus mit seiner *fantastischen* Idee: Jeder von uns solle den Peiniger eines anderen umbringen. Selbst wenn Sie, also die Polizei, die Verbindung von einem der Mordopfer zu den Opfern des jeweiligen Missbrauchs herstellen können sollten, so hätte jeder von uns ein perfektes Alibi. Und da der wirkliche Mörder zu seinem Opfer überhaupt keinen Bezug hatte, würde es der Polizei kaum gelingen, einen von uns dingfest zu machen. Und da wir das zu dritt machen würden und nicht nur zu zweit, wäre es noch viel schwerer aufzudröseln.«

Adam Kosakowski schwieg. Linda Kosakowski schwieg.

Horndeich schwieg. So war es wieder an Leah, das Gespräch erneut in Gang zu bringen. »Was ist schiefgegangen?«

Adam Kosakowski verdrehte die Augen. »Menschliches Versagen, wie das so schön heißt. An diesem Abend in Mörlenbach wurden wir uns nicht einig. Charlie hatte damals schon den Satz gesagt, der uns allen jetzt zum Verhängnis geworden ist: *Ich weiß nicht, ob ich das kann.* Das wäre der Moment gewesen, an dem wir hätten abbrechen sollen. Aber es war Bernd, der keine Ruhe gegeben hat. Der auf Charlie eingeredet hat, quasi verbal *eingeboxt* hat, ob er den Mann, der ihn so lange missbraucht habe, wirklich davonkommen lassen wolle. Ob er nicht endlich ein Leben führen wolle ohne Wut. So ging es die ganze Zeit. Im Nachhinein denke ich, Bernd Richter hat Charlie genauso manipuliert, wie Glockner ihn vor Jahren manipuliert hatte. Also psychisch.

Es dauerte noch ein paar Bier, bis wir alle glaubten, das sei der perfekte Plan. Im April trafen wir uns dann noch mal, aber das war nur noch eine formale Angelegenheit. Bernd hatte die Waffe besorgt, irgendwie hat er gewusst, wie man über die dunklen Seiten des Internets an so eine Pistole herankam. Er wollte eigentlich drei kaufen. Doch im Darknet gibt's halt keine Garantien. Er ist so richtig übers Ohr gehauen worden. Und konnte ja schlecht die Polizei rufen … Also nur eine Waffe. Da aber zwischen uns Rächern in spe kein Zusammenhang bestand, schien das Risiko gering. Und eine Waffe ließ ja dann auch nur auf einen Mörder schließen. Also eigentlich gar nicht so schlecht.

Dann besprachen wir Daten und Uhrzeiten, an denen wir unsere Vergewaltiger umbringen wollten. Von Anfang an bläute Bernd uns ein: keine Namen, keine Adressen. Je weniger wir vom anderen wussten, desto besser wäre es, wenn wir tatsächlich einmal von der Polizei befragt würden. Was aber gänzlich unmöglich schien. An diesem Abend in Mörlenbach, da schrieb jeder den Namen und die Adresse seines Vergewaltigers auf einen Zettel. Charlie gab mir seinen Zettel. Darauf stand der Name und die Adresse von Helmut Glockner. Ich gab meinen Zettel Bernd Richter. Darauf standen Name und Adresse von Ludwig Daunberg. Bernd gab seinen Zettel an Charlie. Darauf stand der Name von Bernds Vergewaltiger und dessen aktuelle Adresse. Ich habe diesen Zettel nie gesehen.

Ich war zuerst dran. Der 30. Mai. Ich war vorher schon ein paarmal in Wiesbaden gewesen, hatte mir das Haus angesehen, hatte auch Helmut Glockner schon einmal persönlich getroffen, ohne dass er mich wahrgenommen hat. Wir hatten die jeweiligen Mordtage inklusive der ungefähren Zeiten definiert, sodass die beiden anderen sich zu dieser Zeit mit einem perfekten Alibi absichern konnten. Und dann war es so verdammt einfach: Ich klingelte, sagte, ich wäre von der Post und hätte ein Einschreiben. Glockner machte auf, und ich stieg die Treppe nach oben. Er erkannte natürlich sofort, dass ich nicht von der Post war, aber ich hielt ihm die Waffe entgegen. Er hob die Hände, ich ging in die Wohnung, schloss die Wohnungstür. Ich sagte zu ihm, er solle sich an den Tisch setzen, und trat hinter ihn – dann habe ich ihn erschossen. Es war nicht mal laut, denn Richter hatte eine Waffe mit Schalldämpfer gekauft. Den habe ich davor auf die Waffe geschraubt. Ich sammelte die Patronenhülsen auf, verließ die Wohnung wieder, ging ins Parkhaus, setzte mich in mein Auto und fuhr zurück zur Firma. Erst hier in Frankfurt habe ich die Hülsen in einen Papierkorb geworfen.«

»Aber was lief schief?« Leahs Stimme, freundlich, leise, verständig.

»Erst mal lief gar nichts schief. Bernd kümmerte sich dann um Daunberg. Genau wie ich, schnell und präzise. Und dann wäre Charlie dran gewesen, schon am Mittwoch. Und er hat dann gegen alle Regeln verstoßen, die wir aufgestellt hatten. Bernd hatte Wegwerfhandys besorgt, über die wir miteinander kommunizierten. Über die wir *ausschließlich* kommunizierten. Doch Charlie hatte Bernd dann auf seinem normalen Handy angerufen. Zwei Tage nachdem Bernd Daunberg umgebracht hatte. Bernd hat dann Kontakt mit mir aufgenommen. Er war ganz außer sich. Hat gefragt, was sich dieser Rotzlöffel eigentlich einbilde. Wir hätten unseren Job erfüllt, und Charlie Patras plage plötzlich das Gewissen. Er habe Bernd gesagt, er könne sich nicht vorstellen, einen Menschen umzubringen. Und er könne sich schon gar nicht vorstellen, einen Menschen umzubringen, der ihm persönlich nichts getan habe.

Bernd tobte, völlig zu Recht. Dann sagte er, dass Charlie uns beide in der Hand habe. Wenn ihm in einem halben Jahr mal das Geld ausginge, dann könne er sich immer an uns beide wenden, weil er wisse, dass wir jeweils einen Mord auf dem Gewissen hatten. Oder vielleicht würde Charlie Patras' schlechtes Gewissen schon völlig ausreichen, um zur Polizei zu gehen. Ganz besonders mich würde es erwischen, denn bei mir wisse Charlie sogar, wen ich umgebracht habe. Mir wurde ganz anders. Ich glaube, ich habe bei diesem Telefonat nicht viel gesagt. Dafür hat Bernd geredet. Und er meinte, ich solle mir keine Sorgen machen, er würde das schon regeln. Damit beendete er das Gespräch. Und wissen Sie was? Ich war erleichtert. Ich wusste, wenn Bernd diese Sache in die Hand nimmt, dann würde ich keine Probleme mehr damit haben. Ja, ein kleiner Teil in mir wusste, dass es eigentlich nur eine Möglichkeit gab, uns vor Charlie zu schützen. Aber ich weigerte mich, weiter darüber nachzudenken.«

»Also hat Bernd Richter das Problem Charlie Patras gelöst?«, fragte Leah.

Adam Kosakowski nickte schwach. »Ja.«

»Aber Sie wissen nicht, wer der Missbraucher von Bernd Richter war?«, hakte Leah nochmals nach.

»Nein, das weiß ich nicht.«

Das war der Moment, in dem Linda ohnmächtig wurde und von ihrem Stuhl auf den Boden rutschte.

Horndeich fühlte sich wie in einem Pilcher-Film.

Einem schlechten Pilcher-Film.

Dann verließ er den Raum und stürmte in Richtung Empfangstheke.

»Wenn wir hier noch irgendetwas retten wollen, dann müssen wir unbedingt wissen, wer der Vergewaltiger von Bernd Richter war. Offensichtlich wohnt er in Offenbach – aber da leben ja rund hundertzwanzigtausend Einwohner. Also sechzigtausend männliche. Bleiben sicher immer noch zehntausend über fünfzigjährige Männer.«

Leah nickte. »Ich glaube nicht, dass wir Pfarrer Wannemacher per Telefon überzeugen können, uns den Namen zu nennen. Ich glaube, wir müssen dorthin fahren. Dann kann ich ihn knacken, denke ich.«

Horndeich überlegte. Von Frankfurt nach Offenbach fuhr man keine zehn Minuten. Das nützte aber überhaupt nichts, solange sie nicht wussten, *wohin* in Offenbach sie fahren mussten. Vielleicht war Leahs Weg doch der bessere: Sie beide würden zu Pfarrer Wannemacher fahren und versuchen, ihm Name und Adresse zu entlocken, parallel dazu wurde die Offenbacher Polizei bereits in Alarmbereitschaft versetzt.

»Dann machen wir es so: Wir fahren nach Dieburg und sorgen dafür, dass die Offenbacher in Habtachtstellung sind.«

Diesmal setzte sich Leah hinter das Lenkrad. Als sie auf die A3 auffuhren, fragte Horndeich: »Von Feller weiß ich, dass er mit dir gesprochen hat. Wegen einer Stelle bei uns.«

Leah sagte nichts, sie schien sich völlig aufs Fahren zu konzentrieren.

»Ich lehne mich jetzt mal sehr weit aus dem Fenster: Ich fände es klasse, wenn du bei uns anfängst. Richard fände es sicher auch nicht schlecht. Und Rünzig wärst du ein für alle Mal los.«

»Können wir das auf später vertagen?«, wollte Leah wissen.

»Klar«, sagte Horndeich, »lass uns erst mal den Fall lösen. Ich wollte nur mal meinen Punkt klarmachen.«

Für den Bruchteil einer Sekunde sah Leah zu ihrem Beifahrer. »Danke. Es freut mich wirklich, dass ihr mich haben wollt.«

Horndeich führte mit zwei Fingern an der Stirn einen kurzen militärischen Gruß aus und grinste.

Leah kümmerte sich nicht um die Straßenverkehrsordnung. Pfarrer Wannemacher wohnte in der Fußgängerzone, in der Autos eigentlich nichts zu suchen hatten. Doch Leah parkte den Wagen direkt vor dem Pfarrhaus.

Die beiden Beamten stiegen aus. Leah klingelte. Lothar Wannemacher ließ sie ein.

»Sie schon wieder. Ich habe mich noch nicht entschieden. Ich war vorhin in der Kirche. Aber auch dort habe ich die Antwort nicht klarer gesehen.«

Wannemacher bat die beiden dennoch in sein Wohnzimmer. Und wieder ließen sie sich auf der schwarzen Ledergarnitur nieder.

»Herr Pfarrer Wannemacher«, Leah wählte die Worte wohl mit Bedacht, »Sie haben uns vorhin gefragt, ob wir sicher wissen, dass Bernd Richter auf dem Weg ist, seinen Peiniger umzubringen. Auch jetzt kann ich Ihnen nicht sagen, dass wir das hundertprozentig genau wissen. Aber ich kann Ihnen sagen, dass wir mit unserer Theorie, dass drei Missbrauchsopfer geplant hatten, ihre Peiniger umzubringen, völlig richtiglagen. Zwei sind tot. Nur noch einer der Vergewaltiger lebt. Und das ist der Vergewaltiger von Bernd Richter. Eigentlich hätte ein anderer Mann ihn umbringen sollen, doch er hat es nicht getan. Und wir sind ziemlich sicher, dass Bernd Richter sich gerade auf seinem letzten großen Rachefeldzug befindet.«

Wannemacher sagte immer noch nichts. Also fügte Leah hinzu: »Herr Wannemacher, wir können nun noch Tage darüber debattieren, wann und unter welchen Bedingungen ein Schweigegelübde zu brechen ist. Aber wenn wir damit noch warten, dann wird Bernd Richter einen weiteren Mord begehen. Davon bin ich persönlich überzeugt. Und, Herr Wannemacher, seien Sie versichert, ich weiß ziemlich genau, wovon ich rede.«

Der letzte Satz ließ Horndeich aufhorchen. Woher wusste Leah, womit Bernd Richter zu tun gehabt hatte? War das jetzt nur eine rhetorische Figur, um dem Pfarrer endlich den Namen zu entlocken? Das glaubte Horndeich nicht. So, wie er Leah Gabriely bislang erlebt hatte, war sie eine unglaublich aufrichtige Frau.

Lothar Wannemachers Blick wanderte zu Horndeich. Dann sank der alte Mann noch mehr in sich zusammen: »Der Mann, der Bernd Richter missbraucht hat, war sein Grundschullehrer. Johannes Gromiko. Er hat ihn vier Jahre lang, also die gesamte Grundschulzeit über, unterrichtet. Erst als er pensioniert wurde, hat er Dieburg verlassen. Ich weiß nicht, wo er danach hingegangen ist. Johannes Gromiko. Sie haben doch diese ganzen Supercomputer. Sie werden ihn sicher finden.«

Als Leah und Horndeich die Wohnung verließen, hatten sie den Eindruck, dass Pfarrer Lothar Wannemacher in diesen Minuten um weitere Jahre gealtert war.

Wieder im Auto, fuhr Horndeich, und Leah sprach mit Feller: »Johannes Gromiko – lebt jetzt wahrscheinlich in Offenbach. Schick uns die Adresse. Und schicke die Offenbacher gleich vor Ort. Ich habe kein gutes Gefühl. Ich glaube, wir sind die entscheidenden paar Minuten zu spät«, sagte Leah.

Feller hörte Leah aufmerksam zu. »Alles klar, ich mach mich gleich ans Werk«, sagte er und legte auf.

Danach galoppierten seine Finger über die Tasten, die Maus musste Zusatzmeter absolvieren, und die Rechner glühten. Wenig später hatte Feller, was er wollte. Johannes Gromiko wohnte in Offenbach in der Rumpenheimer Straße. Auch die Festnetznummer hatte Feller sofort herausgefunden. Er schickte die Adresse augenblicklich auf Leahs Handy.

Dann gab Feller die Daten in das Kartensystem des Rechners ein. Die Hausnummer passte zu einem Altbau. Feller wählte die Nummer der Offenbacher Kollegen. Er schilderte die Situation und bat darum, sofort eine Streife an die Adresse zu schicken. Er erklärte außerdem, dass eventuell Bernd Richter bereits eine Waffe auf Johannes Gromiko gerichtet haben könnte. Vorsicht war geboten und möglichst wenig Geräusche vor Ort, um Richter nicht nervös zu machen.

Die Offenbacher Kollegen schickten eine Streife los, und der Kollege am Telefon versprach Feller, sich sofort wieder zu melden, wenn es irgendetwas Neues geben sollte beziehungsweise wenn die Streife die Adresse erreicht hatte.

Dann begab sich Feller wieder in die Untiefen der Netzwelt. Bereits nach fünf Minuten hatte er eine Menge Informationen über Gromiko zusammengetragen. Er wählte Leahs Handynummer.

»Ja?«, sagte diese nur.

»Die Offenbacher Kollegen sind unterwegs, und ich hab schon ein bisschen was über Gromiko herausgefunden.«

»Schieß los«, meinte Leah.

»Johannes Gromiko ist 75 Jahre alt, geboren am 20. April 1941, und zwar in der Sowjetunion. Seine Eltern waren deutschstämmig, und es ist ihnen tatsächlich gelungen, in den Westen auszureisen. 1961 kamen sie in Dieburg an. Dort machte Gromiko etwas verspätet sein Abitur, studierte und fing dann in der Stadt als Grundschullehrer an. Das war in den Siebzigern. 1965 hatte er bereits geheiratet, und aus dieser Ehe ging eine Tochter hervor, Roswitha Gromiko, Jahrgang 1973. Bereits 1976 folgte die Scheidung, erneute Heirat 1978. Einen Moment, Offenbach ruft grad an, ich melde mich gleich wieder bei euch.«

Er beendete das Gespräch, dann nahm er den Anruf der Offenbacher Kollegen an. »Hauptkommissar Richard Feller, mit wem spreche ich bitte?«

»Hauptkommissar Malltock. Ich bin mit einem Kollegen eben an der Adresse angekommen, die Sie angegeben haben. Ich habe versucht, bei Gromiko anzurufen, aber es ging nur der Anrufbeantworter dran. Es gibt einen Balkon, und die Balkontür ist geöffnet. Wir wissen nicht, ob jemand in der Wohnung ist oder nicht.«

»Im wievielten Stock liegt die Wohnung?«

»Wenn ich das Klingelschild richtig interpretiere, dann bewohnt Johannes Gromiko eine Maisonettewohnung, die über den zweiten Stock ins Dachgeschoss reicht.«

»Haben Sie schon geklingelt?«, wollte Feller wissen.

»Nein. Wenn tatsächlich Ihr Bernd Richter schon in der Wohnung ist, ist das vielleicht keine schlaue Idee. Wir versuchen jetzt, auf der gegenüberliegenden Straßenseite in eine der anderen Wohnungen zu gelangen. Vielleicht haben wir dann bessere Sicht auf die Wohnung von Gromiko und können danach mehr sagen.«

»Wunderbar! Machen Sie das, Kollege. Herzlichen Dank.«

Wieder wählte er die Nummer von Leah. Als sie dranging, führte er das Gespräch fort, als wären sie nie unterbrochen worden. »Seine Frau war ebenfalls an der Grundschule. Vielleicht haben sie sich dort kennengelernt. Er ist vor acht Jahren pensioniert worden. Dann sind sie nach Offenbach gezogen. Das ist alles, was ich bislang rausbekommen habe.«

»Danke, Richard. Es dauert noch ein bisschen. Das Navi sagt, dass wir in zwölf Minuten ebenfalls vor Ort sind«, sagte Leah.

Das war wieder so ein Moment, in dem Richard Feller ganz froh war, dass er hier seinen Platz gefunden hatte. Koordination, Informationsbeschaffung – darin war er gut, da war er schnell. Nur mit anderen Kollegen draußen im Einsatz zu sein, das war wirklich nicht sein Ding.

Wieder rief Kollege Malltock an. »Ich höre?«, sagte Feller.

»Wir haben Glück gehabt. In der Wohnung, die der von Gromiko genau gegenüberliegt, wohnt eine ältere Dame. Sie hat uns hereingelassen. Ich kann in die Wohnung von Gromiko hineinsehen. Und das sieht überhaupt nicht gut aus. Ein älteres Paar sitzt auf dem Sofa. Das Sofa steht mit dem Rücken zur Wand. Ein jüngerer Mann mit dem Rücken zu uns auf einem Sessel. Neben ihm ein kleines Tischchen. Darauf liegt zweifelsohne eine Waffe. Ich nehme an, bei dem Mann handelt es sich um Bernd Richter, auch wenn wir da natürlich nicht sicher sein können.«

Feller hatte sowohl die Fotos von Richter als auch jene von Johannes Gromiko und seiner Frau und dessen Tochter an die Beamten aufs Handy geschickt. »Richter gegenüber, also am anderen kurzen Ende des Couchtisches, sitzt eine Frau, ebenfalls auf einem Sessel. Es scheint sich um Gromikos Tochter zu handeln, sie sieht der Dame auf dem Foto, das Sie uns geschickt haben, jedenfalls verdammt ähnlich. Zwar sind die Haare blond und kurz und nicht braun und lang, aber das Gesicht passt.«

»Hat die Dame Sie bereits entdeckt?«

»Nein. Wir stehen so, dass sie uns nicht sehen kann, zumal wir hinter gehäkelten Gardinen stehen.«

Das war nicht gut. Das war überhaupt nicht gut. Bernd Richter war an seinem Ziel. Offensichtlich gab es noch Redebedarf, denn die Waffe lag ja auf einem Sofatischchen. Doch wie lange diese Ruhe währte, konnte man nicht sagen.

»Habt ihr freie Sicht?«

»Ja. Die Balkontür ist auf, es gibt kein Hindernis.«

Kollege Malltock wusste also, worüber Feller nachdachte. »Dann brauchen wir erst mal ein SEK in Bereitschaft.«

»Ja. Der Kollege hat gerade schon mit den Kollegen von unserem Präsidium gesprochen. Sie schicken eine Einheit zu uns, die aber erst mal im Hintergrund bleibt. Sie schicken uns auch einen Kollegen, der für Verhandlungen geschult ist. Vielleicht kann man Richter ja noch mit Worten erreichen.«

Da war sich Feller nicht so sicher. »Alles klar, ich geb das meinen Kollegen weiter, die sind auch in ein paar Minuten bei euch.«

Wieder legte er auf.

Es ist so verdammt schwer, die Gedanken zu sortieren, dachte Bernd Richter. Gromiko hatte ihn nicht erkannt, als er mit der Waffe in der Hand durch die Wohnungstür getreten war. Richter war nicht überrascht gewesen, auch Frau Gromiko anzutreffen. Und dann war da noch eine andere Frau, das hatte ihn völlig aus dem Konzept gebracht. Roswitha, Gromikos Tochter aus erster Ehe. Er hatte sie nie gesehen, als er in Dieburg zur Schule gegangen war. Er hatte sie auch nie gesehen, als er zu Gromiko in die Wohnung hatte kommen müssen. *Nachhilfe*, so hatte Gromiko es immer genannt, *Nachhilfe*. Seinen Rübi müsse er trainieren, damit der groß werden könne. So glasklar stand die Erinnerung vor ihm wie ein gläsernes 3-D-Bild.

Er hatte ihm alles an den Kopf geworfen, seine Erinnerungen an den Missbrauch, seine Erinnerungen an die Stunden in der Wohnung, die für ihn die Hölle gewesen waren.

»Bernd, was redest du da?«, sagte Gromiko. »Das ist doch alles nicht wahr.«

Bernd Richter war schockiert gewesen. Warum leugnete Gromiko, dass er sich an ihm vergangen hatte?

Es fiel ihm so schwer, klar zu denken. Nun saß er schon fast eine halbe Stunde schweigend in seinem Sessel. Die Waffe hatte er auf den Tisch gelegt.

Er wusste nicht, was er nun tun sollte. Er hatte Gromiko mit seinen Taten konfrontieren und ihm dann eine Kugel in den Kopf jagen wollen.

»Bernd«, sagte Gromiko. Zum wiederholten Male versuchte er, mit ihm zu reden. Aber da gab es überhaupt nichts mehr zu reden. Es war alles gesagt. Mehrmals hatte Gromiko versucht aufzustehen, doch Bernd Richters Hand war immer sofort in Richtung Waffe gewandert.

Das Schweigen im Raum hatte inzwischen eine bleierne Schwere angenommen. Und Bernd Richter spürte, wie diese Schwere ihn selbst zu erdrücken drohte.

Plötzlich schrie er: »Hast du die Kamera noch? Benutzt du immer noch eine Kamera? Hast du immer noch die Filme von uns? Videokassetten? Oder hast du inzwischen alles digitalisiert?«

Er wandte sich nun der Tochter zu: »Er hat alles gefilmt, was er mit mir gemacht hat.«

»Bernd, was erzählst du hier für einen Blödsinn?« Wieder Gromiko. Seine Tochter schwieg.

»Du bist ein undankbarer Balg, genau wie damals«, flüsterte Frau Gromiko. Auch sie hatte er in der Schule als Lehrerin gehabt, eine pädagogische Null. War Gromiko besser gewesen als Lehrer? War er pädagogisch seiner Frau voraus? Ja, bestimmt. Er war ein Meister der Didaktik. Und ein Meister der Manipulation. Vielleicht sollte er beide erschießen.

»Ein undankbarer Balg, der alles verzerrt darstellt«, wiederholte Frau Gromiko.

*Verzerrt?* So gut funktionierte sein Gehirn jetzt doch noch, dass er verstand, dass Frau Gromiko überhaupt nichts leugnete. Sondern dass sie ihm nur vorwarf, etwas *verzerrt* darzustellen.

Erst in diesem Moment verstand er, dass sie es gewusst hatte, dass sie es die ganze Zeit gewusst hatte. Dass sie nie etwas dagegen unternommen hatte. Über Jahre nicht.

Bernd Richter wurde schlecht. Er spürte, wie sein Magen rebellierte.

Er musste zu einer Entscheidung kommen.

Er musste *jetzt* zu einer Entscheidung kommen.

Er griff zu der bereits entsicherten Waffe, die neben ihm auf dem Tisch lag.

Während er auf Gromiko zielte, sprang dessen Tochter auf und warf sich vor ihren Vater und dessen Frau. Dabei rief sie: »Sie werden meinen Vater nicht umbringen!«

Es war grotesk, sie anzusehen, wie sie quer vor Gromiko und seiner Frau lag, sich aufbäumte, um noch irgendwie die Köpfe der beiden zu verdecken – dieser feigen Memmen hinter ihr, die selbst nur daran dachten, sich in Deckung zu bringen.

Wie sie bereit war, ihr Leben für das ihres Vaters einzusetzen.

Es war bizarr.

Das ganze Leben war bizarr.

Es war nicht mehr zu ertragen.

Einfach nicht mehr zu ertragen …

Bernd Richter schob sich den Lauf der Waffe in den Mund.

Dann drückte er ab.

Eine Minute bevor der Schuss gefallen war, hatten Leah und Horndeich die Wohnung im gegenüberliegenden Haus erreicht. Sie hatten die Szene verfolgen können, wie Roswitha Gromiko aufgesprungen war und sich vor ihren Vater und vor ihre Stiefmutter geworfen hatte. Und Bernd Richters Waffe, die kurz noch zwischen den möglichen Zielen schwankte und die er dann, kaum eine Sekunde später, in den eigenen Mund steckte.

Roswitha Gromiko erhob sich, schrie und stürzte aus dem Zimmer. Gromiko und seine Frau waren nicht ganz so schnell, flüchteten aber auch aus dem Raum, der nun ein grausames Bild bot.

Das alles hatte Horndeich wahrgenommen, bevor er selber aus der Wohnung rannte, in Richtung des gegenüberliegenden Hauses.

Das SEK war noch nicht eingetroffen. Er erreichte die Haustür, als Gromiko und seine Frau gerade aus dem Haus rannten.

Leah übernahm. Sie führte die beiden auf die gegenüberliegende Seite, zunächst einmal in die Toreinfahrt des Hauses, in dem die Wohnung der alten Dame lag.

Horndeich stürmte das Treppenhaus nach oben. Die Gromikos hatten die Wohnungstür nicht ins Schloss gezogen. Horndeich ging hinein. Die Wohnung passte so gar nicht zur Fassade des Hauses. Diese wirkte eher etwas schäbig, aber die Wohnung war teuer eingerichtet. Den Boden zierte echtes Parkett. Im Wohnzimmer sah er Bernd Richter mit nach vorne hängendem Kopf im Sessel. Kein schöner Anblick. Und Horndeich fragte sich, ob vielleicht durch die offene Balkontür auf die Straße …

Er verdrängte den Gedanken, ging auf den Toten zu und legte den Finger an die Halsschlagader. Wie erwartet war dort überhaupt nichts zu spüren.

In diesem Moment fiel ihm Roswitha Gromiko ein. »Frau Gromiko? Frau Roswitha Gromiko? Hier ist die Polizei. Mein Name ist Steffen Horndeich. Wo sind Sie?«

Roswitha Gromiko antwortete nicht. Horndeich betrat den zweiten Raum, ein großzügig ausgestattetes Esszimmer. Aber auch darin befand sich Roswitha Gromiko nicht. Auch im dritten Raum war keine Frau Gromiko zu sehen, ebenso wenig im Badezimmer, auf der Toilette oder in der hochwertig ausgestatteten Küche.

Horndeich ging die Eichentreppe in das höher gelegene Stockwerk, das direkt unter dem Dach lag. Noch ein Bad, noch eine Toilette, ein Schlafzimmer mit einem Doppelbett, ein Lesezimmer mit Bibliothek und Couch, dann offensichtlich ein Gästezimmer und schließlich so etwas wie ein Arbeitszimmer mit Schreibtisch und Bücherregalen.

Roswitha Gromiko saß vor dem Laptop.

»Frau Gromiko?« Horndeich flüsterte fast. Er konnte die Situation überhaupt nicht interpretieren. Herr und Frau Gromiko waren sofort auf die Straße gerannt, nachdem Bernd Richter sich selbst getötet hatte. Und Roswitha Gromiko? Sie hatte nichts Besseres zu tun, als ins Arbeitszimmer ihres Vaters oder ihrer Stiefmutter zu gehen und im Internet zu surfen?

Horndeich sah auf den Bildschirm des Laptops. Darauf zu sehen ein nackter Mann und ein nackter Junge. Sie bewegten sich. Kein Foto, ein Film.

Roswitha Gromiko drehte sich langsam zu Horndeich um. »Sie sind von der Kripo?«

Horndeich nickte nur und starrte fassungslos auf das, was da über den Monitor flimmerte.

Über Roswitha Gromikos Wangen liefen Tränen. »Ist mein Vater …«

»Können Sie das … ausmachen, bitte?«

Roswitha Gromiko wandte sich wieder dem Rechner zu, fror das Bild zumindest ein. »Ich hatte keine Ahnung. Ich hatte *wirklich* keine Ahnung.«

Horndeich zog sich einen zweiten Stuhl heran und setzte sich Roswitha Gromiko gegenüber. »War der Rechner angeschaltet?«

Frau Gromiko nickte. »Sperrbildschirm. Aber er hat immer dasselbe Passwort: *Roswitha1973*. Er hat es nicht einmal vertuscht. Alle Filme sind schön nach Jahren sortiert im Ordner *Videos*.«

Horndeich hörte, wie weitere Beamte die Wohnung betraten. »Einen Moment bitte«, sagte Horndeich, stand auf, ging die Treppen hinab in den unteren Stock und bat die Beamten, ihm und Roswitha Gromiko noch ein paar Minuten unter vier Augen zu gönnen. Er ging wieder nach oben. Später konnte er nicht sagen, was ihn dazu veranlasst hatte. Intuition? Mitleid?

Sekunden später saß er wieder neben der Frau in seinem Alter. Sie weinte noch immer, aber sie schien überhaupt nicht mitzubekommen, dass die Tränen sich den Weg nach unten bahnten. »Ich habe vorhin gedacht, dieser Mann, dieser Bernd Richter, er würde völligen Blödsinn erzählen. Und je länger wir dasaßen und nichts sagten, umso mehr regten sich Zweifel, dass er einfach nur verrückt war. Was er meinem Vater alles vorgeworfen hat – es klang völlig... irre! Aber dann fragte er meinen Vater plötzlich, ob er immer noch die Videokamera habe, ob er immer noch alles aufzeichne. Das war der Moment, in dem die Zweifel kamen. Einmal habe ich meinen Vater überrascht, war ohne Anklopfen ins Zimmer getreten. Er klappte den Laptop nicht zu, er *schlug* ihn zu. Ich dachte, ich hätte ihn vielleicht dabei ertappt, wie er sich heimlich einen Pornofilm ansah. Und nun behauptete dieser Bernd, dass er ihn nicht nur missbraucht habe, sondern alles aufgezeichnet hatte. Und da musste ich jetzt nachsehen. Bevor irgendjemand anderes an diesen Rechner ging.«

Sie machte eine Pause. Dann sprach sie weiter, völlig tonlos. »Ich kenne den Jungen, der auf diesem Video zu sehen ist. Sein Name ist Tobias Meyer. Er wohnt im Haus nebenan mit seiner Mutter. Als ich das letzte Mal meinen Vater besucht habe, waren wir zu dritt zusammen auf dem Spielplatz. Tobias ist wirklich ein netter Junge. Mein Vater hat gesagt, er gäbe Tobias ein bisschen Nachhilfe. Na ja, mein Vater war Lehrer – was lag da näher? Es wirkte auf mich etwas komisch, dass Tobias meinen Vater mit *Wanja* anredete. Das ist die Koseform seines ursprünglichen Vornamens *Iwan*. Mein Vater ist ja in der Sowjetunion geboren, aber das wissen Sie wahrscheinlich bereits. Als sie nach Deutschland kamen, hat er sofort die deutsche Variante *Johannes* in seinen Personalausweis eintragen lassen.«

# TOBIAS XI

Ich stehe auf dem Balkon und schaue runter auf die Straße. Das mache ich gern. Mama hatte heute einen Tag frei. Sie hat mich von der Schule abgeholt, und dann waren wir in der Stadt. Ich durfte mich sogar bei Burger King richtig satt essen. Dann hat sie mir noch ein paar Turnschuhe gekauft und drei T-Shirts. Ich hab mich riesig gefreut.

Ich mag diese Tage mit Mama. Und das Beste daran: Ich muss heute nicht zu Wanja. Wanja hat gesagt, dass er Besuch bekommt, ganz wichtigen Besuch. Und da hat Mama tatsächlich ein paar Tage freinehmen können.

Sie hat sich jetzt aufs Sofa gelegt, die Schuhe ausgezogen, die Beine ein bisschen hochgelegt. So liegt sie am liebsten da. Da kann ich dann kein Fernsehen gucken, weil der Fernseher ja im gleichen Raum steht. Aber das ist nicht schlimm. Ich sehe mir die Welt von unserem Balkon aus an.

Das Polizeiauto ist mir gleich aufgefallen, denn es fährt so langsam. Es verschwindet in der Seitenstraße. Aber keine Minute später kommen zwei Polizisten in Uniform die Straße entlang. Sie schauen zu unserem Haus, schauen zu dem Haus, in dem Wanja wohnt. Dann klingeln sie beim Haus gegenüber. Die Tür geht auf, sie gehen rein – aber sie kommen nicht mehr raus. Irgendwie ist das seltsam. Da wohnen keine Polizisten, das weiß ich genau. Ich sehe ganz genau hin und kann erkennen, dass sie in der Wohnung von Frau Angerschulz sind. Sie stehen dort hinter dem Fenster. Ob Frau Angerschulz was ausgefressen hat? Aber dann würden sie ihr wohl Handschellen anlegen und sie einfach mitnehmen. Aber das tun sie nicht. Sie stehen hinter dem Fenster von Frau Angerschulz und gucken auf das Haus von Wanja.

Seltsam. Ich überlege, ob ich Mama wecken soll. Aber die hat gesagt, sie möchte eine Stunde schlafen. Also lass ich es. Ich habe die Polizisten schon fast vergessen, als ich noch zwei Polizeiautos die Straße langfahren sehe. Aber sie halten nicht hier. Dann kommt ein silberner Mercedes. Mit Darmstädter Kennzeichen. Was haben die hier zu suchen?

Eine Frau steigt aus, sie sieht aus wie meine Lehrerin Frau Schröder. Und ein Mann. Sie klingeln auch in dem Haus, in dem Frau Angerschulz wohnt.

Die Frau, die aussieht wie Frau Schröder, sieht kurz danach auch aus dem Fenster von Frau Angerschulz in unsere Richtung. Ich winke ihr zu, aber sie reagiert nicht.

Und dann plötzlich der laute Knall. Ich zucke zusammen und ganz automatisch mache ich mich hinter dem Balkongeländer ganz klein. Klang wie ein Silvesterböller. Es passiert nichts, vorsichtig linse ich über das Geländer. Dann sehe ich Wanja. Und Doris. Sie rennen aus dem Haus. Die Frau, die aussieht wie Frau Schröder, kommt aus dem gegenüberliegenden Haus, legt die Arme schützend um Wanja und Doris, bringt sie in die Hofeinfahrt. Der Mann, der mit Frau Schröder gekommen ist, der geht in das Haus, in dem Wanja wohnt.

War das vielleicht kein Böller? War das vielleicht ein Schuss?

Mama steht hinter mir. »Was war das?«

Ich zucke mit den Schultern.

Jetzt kommen ganz viele Polizeiautos die Straße runtergefahren, alle mit Blaulicht.

»Komm rein, Tobias«, sagt Mama. Den Tonfall kenne ich. Keine Chance, jetzt vom Balkon aus weiterzugucken.

Sie schließt die Balkontür, zieht die Gardinen zu.

Mama erlaubt mir, fernzusehen. Das ist o.k. Ich weiß genau, was sie jetzt macht: Sie zieht sich eine Jacke über, dann geht sie vors Haus, um herauszufinden, was passiert ist.

Ich mache den Fernseher aus, die Balkontür wieder auf und schaue wieder raus. Mama steht mit unseren Nachbarn vor unserem Haus. Die Polizisten haben schon so ein Absperrband gespannt. Polizisten laufen hin und her, immer mehr Menschen kommen, immer mehr Polizeiautos. Da ist echt was los.

Ich merke gar nicht, wie die Zeit vergeht, aber irgendwann kommt der Mann, der mit Frau Schröder in dem Darmstädter Auto angekommen ist, direkt auf Mama zu. Er redet mit ihr. Er führt sie von den Nachbarn weg, ein paar Meter, da, wo die Bank steht. Und Mama setzt sich hin. Der Mann greift zu seinem Handy, ruft jemanden an. Steckt das Handy wieder weg.

Ich weiß nicht, ob ich runterlaufen soll. Aber so, wie der Mann mit der Mama spricht, sieht das so aus, als ob das wieder irgendwelche Erwachsenengespräche sind, wo sie mich ohnehin nicht zuhören lassen. Der Mann guckt so ernst. Und Mama, sie guckt so … komisch. So guckt sie immer, wenn irgendetwas Schlimmes passiert ist.

Die Frau, die aussieht wie Frau Schröder, kommt nun zu den beiden. Alle drei sehen hoch zu mir und entdecken mich. Verdammt! Ich sollte doch Fernsehen schauen und nicht auf den Balkon gehen. Aber ich sehe auch, dass Mama überhaupt nicht böse guckt. Was ist da los?

Alle drei gehen jetzt in Richtung unserer Haustür. Ich glaube, die kommen jetzt hoch. Und irgendwie fühlt sich das überhaupt nicht gut an.

Die Frau, die aussieht wie Frau Schröder, kommt mit Mama ins Wohnzimmer. Der Mann ist nicht mehr dabei.

Mama sieht überhaupt nicht gut aus. So ein bisschen wie ein Gespenst. Und auch ihre Stimme ist ganz komisch, als sie sagt: »Tobias, das ist Frau Gabriely, sie ist von der Polizei.«

In meinem Gehirn rattert es. Habe ich irgendetwas falsch gemacht? Will mich die Polizei mitnehmen? In dem Moment wird es mir klar: Die wissen, was ich und Wanja machen. Und jetzt muss der Wanja ins Gefängnis, und ich komme in ein Heim. Und deswegen ist auch die ganze Polizei da unten.

Mir knicken die Beine weg. Ich schaff es gerade noch zum Sessel.

Frau Gabriely zieht sich einen Sessel heran, sodass sie ganz nah bei mir sitzt. Mein Herz klopft bis zum Hals.

»Tobias«, sagt sie. »Du hast nichts ausgefressen. Du hast nichts falsch gemacht. Ich bin nicht hier, weil du irgendetwas Schlimmes getan hast.«

Mama setzt sich aufs Sofa.

Ist sie doch nicht wegen Wanja da? Ich verstehe das nicht. Vor vier Wochen, da habe ich mit dem Schlüssel was in den Tisch in der Schule geritzt. Vielleicht hat die Schule sie geschickt? Aber sie hat ja grad gesagt, dass sie nicht da ist, weil ich irgendwas Schlimmes gemacht habe.

»Tobias, du kennst Herrn Gromiko von nebenan?«

Ich habe auf dem Klingelschild gelesen, dass er Gromiko heißt. Aber für mich ist er nur Wanja. Ich merke, dass ich das nur denke, aber nicht sage.

Wieder fängt das Herz an zu klopfen. Dann nicke ich wenigstens.

Diese Frau Gabriely, die mag ich. Die scheint nicht so streng zu sein wie die Frau Schröder.

»Tobias, Herr Gromiko – oder Wanja, wie du ihn nennst – er wird dich nicht mehr anfassen.«

Sie wissen es doch? Hat Wanja es ihnen erzählt? Doch bestimmt nicht. Er will doch nicht ins Gefängnis.

»Das, was er mit dir gemacht hat, wird er nie wieder tun können«, sagt Frau Gabriely.

Ich schaue zu Mama. Die sieht immer noch aus wie ein Gespenst. Aber jetzt wie ein weinendes Gespenst. Und plötzlich merke ich, wie auch bei mir die Tränen drücken. Aber ich will nicht heulen. Ich will auf gar keinen Fall heulen.

»Ich kann mir vorstellen, dass Wanja zu dir gesagt hat, wenn du irgendetwas erzählst, was er mit dir gemacht hat, dann würdest du ins Gefängnis kommen, oder du würdest in ein Heim kommen, oder du würdest deine Mama nicht mehr sehen – irgend so was. Aber das stimmt nicht. Wanja ist hier derjenige, der was Falsches getan hat. Nicht du. Überhaupt nicht du.«

Scheiße! Da sind sie, die Tränen. Und ich verstehe nicht, was diese Frau Gabriely da sagt. Aber irgendwie glaube ich ihr. Wenn ich wählen muss, wem ich glaube, Wanja oder ihr, dann glaube ich lieber ihr. Und, Scheiße, jetzt fange ich richtig an zu heulen.

Mama steht auf.

Mama kommt auf mich zu.

Mama nimmt mich in den Arm.

Sie heult, und ich heule. Und Frau Gabriely sitzt einfach daneben.

Ich wundere mich selbst, aber ich muss nicht lange heulen. Ich weiß auch nicht, warum, aber ich will aufhören mit dem Heulen. Denn ich spüre, dass Frau Gabriely noch was sagen möchte. Und das möchte ich hören, auch wenn ich noch nicht weiß, was es ist.

»Tobias, es ist vorbei für dich. Kein Wanja mehr. Es würde uns von der Polizei aber sehr helfen, wenn du uns erzählen könntest, wie das war mit Wanja.«

Ich schäme mich. Ich denke an all das, was Wanja mit mir gemacht hat. Und wo ich mitgemacht habe. Auch wenn ich irgendwie weiß, dass ich ja nie so richtig mitgemacht habe. Also nie richtig mitmachen wollte. Ach verdammt, schon wieder kommen diese Scheißtränen. Frau Gabriely muss mich wohl für eine Heulsuse halten.

Aber sie nimmt meine Hand. »Kannst du es uns erzählen?«

Ich nicke.

Ich kann.

Es ist vorbei.
Es ist *endlich* vorbei.
Und dann fange ich an zu erzählen.

# EPILOG

Sebastian Rossberg als Grillmeister. Fühlte sich schon fast an wie eine Tradition. Die Runde im Garten war groß. Horndeichs Tochter Stefanie schlief in der Hängematte, ihr kleiner Bruder Alexander im Kinderwagen daneben. Sandra war in diesem Moment mit zwei Flaschen Rotwein und einer Flasche Traubensaft in den Garten zurückgekehrt.

»Wie magst du dein Steak?«, fragte Sebastian, als er sich Horndeich zuwandte.

»Gut durch«, antwortete Horndeich.

Neben ihm saß Doro, ein wenig in sich gekehrt. Horndeich kannte sie nicht wirklich gut, aber er hatte den Eindruck, dass sie gerade etwas ausbrütete. Einen Gedanken, eine Entscheidung? Horndeich wusste es nicht. Aber er spürte, dass sie sich wohlfühlte, umgeben von dieser schrägen Riesenfamilie, die hier um zwei Campingtische herum gruppiert saß.

Neu waren Leah Gabriely und Richard Feller. Horndeich hätte nie gedacht, dass Feller jemals mit ihm während der Freizeit an einem Tisch sitzen würde. Aber er hatte Richard unrecht getan. Er war nicht verkehrt. Er war auch im Privatleben nicht verkehrt. Aber es hatte wohl eine Leah Gabriely gebraucht, um diese feinere Seite in ihm zum Vorschein zu bringen.

Leah saß natürlich auch mit am Tisch. Horndeich versuchte zu ergründen, wie deren Verhältnis zueinander war. Aber da weder Richard Feller noch Leah Gabriely Meister darin waren, ihre Gefühle zu zeigen, würde er da wohl noch ein bisschen rätseln müssen.

Richard Feller war erst seit einer halben Stunde mit von der Partie, obwohl der Rest der Gesellschaft schon rund zwei Stunden im Garten verbracht hatte. Die Offenbacher hatten ihm die Auswertung des Rechners von Johannes Iwan Wanja Gromiko überlassen. Und Feller hatte nach der Begrüßung nur ein Wort gesagt: »42.«

Für gewöhnlich hätte Horndeich an dieser Stelle losgelacht – 42 als die universale Antwort auf alle Fragen dieser Welt, wie das Douglas Adams in seinem *Per Anhalter durch die Galaxis* sehr schön formuliert hatte. Doch die Zahl stand in diesem Fall für überhaupt nichts Lustiges. Filme von 42 Jungen hatte Feller auf der Festplatte von Gromiko gefunden.

Sandra schenkte allen Getränke nach, und Horndeich genoss es in diesem Moment einfach nur, sitzen bleiben zu dürfen. Die vergangenen zwei Wochen hatten ihn viel Kraft gekostet. Es war Sandra gewesen, die zu ihm am frühen Abend gesagt hatte: »Lass dich heute Abend mal ein bisschen verwöhnen. Setz dich einfach hin. Ich und Sebastian, wir kümmern uns um Speis und Trank.« Es war ihr womöglich gar nicht bewusst, wie sehr er sie in diesem Moment liebte. Seine Frau fühlte es einfach, wenn er am Ende seiner Kräfte war. Und sie wusste auch, dass es umgekehrt genauso war. Wenn sie ihn wieder einmal brauchte, dann war Horndeich für sie da. Umso mehr konnte er diesen Abend jetzt genießen.

Chloe fehlte. Sie lag noch in ihrem Krankenhausbett in den städtischen Kliniken. Dienstag würde sie entlassen werden. Über das Wochenende sollte sie noch zur Kontrolle dableiben. Es hatte schon einiger Überredungskünste bedurft, dass Sebastian Rossberg nun hier mit ihnen feierte. Und das hier *war* eine Feier. Wenn auch ohne konkreten Anlass. Doch, vielleicht gibt es einen Anlass, dachte Horndeich. Er wandte sich Leah zu: »Und? Hast du dich entschieden?«

»Du kannst einen schon unter Druck setzen«, frotzelte sie.

Kurz wanderte ihr Blick zu Richard Feller. Dann sah sie Horndeich wieder an. »Ja. Ich habe mich entschieden. Ich komme gern zu euch. Und Richard hat heute früh für mich sogar eine Wohnung gefunden. Ich weiß nicht, wie er das immer macht, in den Untiefen seiner ganzen Rechneruniversen. Es ist sicher nur Zufall, dass meine Wohnung in einem Haus liegt, das nur vier Häuser weit von seiner eigenen entfernt ist.« Mit ihrer Hand schlug sie sanft auf die Hand von Richard Feller.

Da ist also doch mehr, dachte Horndeich. Oder doch nur gute Kollegen?

Doro schien aus ihrem Dornröschenschlaf zu erwachen. Sie stand auf, nahm ihren Stuhl und stellte ihn auf die freie Seite neben den Stuhl, auf dem Richard Feller saß. »Wie wird man so ein Computerspezialist wie du? Und wie kommt man damit zur Polizei?«

Richard wandte sich nun von Leah ab. Ein Gespräch über seine Computer, aus echtem Interesse heraus, das war für Richard einfach das höchste aller Gefühle. Horndeich grinste schräg. Leah hob nur kurz eine Augenbraue.

Che kam angerannt und legte die Vorderpfoten auf Horndeichs Oberschenkel. Horndeich hob den kleinen Chihuahua in die Höhe und legte ihn auf seinem Schoß ab. Gedankenverloren kraulte er den kleinen Hund.

Er schloss die Augen. Ganz schön idyllisch. Schlimmer als ein Pilcher-Film. Und dennoch liebte er es. Wie gut konnte er in diesem Moment nachvollziehen, wie sehr Margot dieses Häuschen und den Garten geliebt haben musste.

Er fragte sich, ob sie in diesem Moment glücklich war. Oder zumindest zufrieden.

Das war der Augenblick, in dem sie das Gartentürchen quietschen hörten. Alle Anwesenden drehten sich um und sahen Margot Hesgart, die mit der rechten Hand die Klinke herunterdrückte und auf sie zukam. Ihre linke Hand befand sich in jener von Nick Peckhard.

»Margot!«, rief Doro laut und rannte auf die Fast-Stiefmutter zu.

Auch Sebastian Rossberg ließ die Grillzange fallen und schlug dieselbe Richtung ein. Margot umarmte beide gleichzeitig.

Es dauerte ein paar Minuten, bis alle einander bekannt gemacht hatten, Nick Peckhard ein gutes deutsches Bier in den Händen hielt und Doro bereit war, Margots Hand wieder loszulassen. Che hatte sich nicht mehr eingekriegt, war um sie herumgerast wie ein Flummi auf Speed. Und auch Sebastian Rossberg war deutlich anzusehen, wie glücklich er war, Margot wieder bei sich zu haben.

»Kommt ihr zurück?«, fragte Doro ganz ungeniert.

Margot sah zu Nick, Nick versuchte sich in einem Lächeln, das mehr in ein schiefes Grinsen ausartete. Dann sagte Margot: »Schauen wir mal. Es gibt ein bisschen was zu bereden. Jetzt sind wir da. Und offensichtlich sind wir genau im richtigen Moment gekommen.«

Che kläffte nie.

Aber jetzt.

Er bellte dreimal, dann jaulte er.

Was man nur als Zustimmung interpretieren konnte.

# DANK

Auch dieser Roman aus meiner Feder ist der Fantasie entsprungen. Zumindest die Handlung … Es ist noch nicht viele Jahre so selbstverständlich, dass der sexuelle Missbrauch an Kindern Teil des öffentlichen Diskurses ist. Gesetze sind verschärft worden, Missbrauch in Institutionen aufgearbeitet worden, mal mehr, mal weniger konsequent. Es war mir wichtig, in diesem Buch auch einem Kind eine Stimme zu geben, deshalb ist Tobias entstanden, jenseits aller polizeilichen Ermittlungen. Doch leider: Das Thema ist viel größer und viel dunkler, als manche erahnen. Und oftmals viel näher, als wir es uns wünschen.

Aber es gibt Menschen, die gegen diese Täter ermitteln, so gut es ihnen möglich ist. Daher sind meine Dankesworte an die Polizei diesmal nicht nur der Hilfe bei der Recherche geschuldet, sondern auch der Tatsache, dass sich jemand dafür einsetzt, den geraubten Seelen zumindest ein wenig Genugtuung zu verschaffen und Täter dingfest zu machen.

Die Mitarbeiter des Polizeipräsidiums Hessen-Süd haben mir bei diesem Roman mit ihrem Fachwissen beiseitegestanden. Hier möchte ich unter vielen weiteren besonders erwähnen: Jens Kaupmann, Stefan Klugmann, Konstantin Sack und Rainer Willescheck. Ein ganz besonderer Dank geht dabei an Silvia Kominek. Ohne deine Bereitschaft, Silvia, auch meine schrägsten Fragen kurzfristig zu beantworten oder Kollegen zu finden, die mir diese Fragen kurzfristig beantworten können, hätte dieser Roman kaum entstehen können. Ein ganz, ganz herzliches Dankeschön dafür!

Weitere Menschen haben mir ihr Fachwissen zur Verfügung gestellt, um den Roman realistisch zu schreiben. Karl-Wieland Kurz von der Akademie für Tonkunst in Darmstadt half mir, die Hochschule für Musik in Darmstadt überhaupt erfinden zu können.

Jutta Krämer war mir behilflich dabei zu verstehen, was in einem Kindergarten passiert, wenn plötzlich der Verdacht auf Missbrauch durch einen Kollegen entsteht. Ich danke dir, Jutta! Auch Nicole Helmke (Razupaltuf!!) und Anita Gauß, euch möchte ich herzlich danken! Ihr wisst jeweils wofür.

Schließlich geht mein Dank an zwei Damen, deren Herz eigentlich dafür schlägt, die Verletzungen eines Menschen zu heilen. Und dann kommt so ein Krimi-Schriftsteller, der immer wissen will, wie man den menschlichen Körper möglichst effizient schädigen kann … Zum Glück habe ich meine (angehenden) Ärztinnen, die mir da helfen können. Barbara Pregowski und Silke Hofbauer – dieser Dank gebührt euch. Richter Joachim Becker vom Landgericht Darmstadt war wieder und wieder Ansprechpartner, wenn es galt, neben den polizeilichen die juristischen Fragestellungen zu klären. Danke für deine Geduld!

Pfarrer Manfred Werner sprang immer dann ein, wenn in meinem Buch theologische oder pfarrgemeindetechnische Fragen zu beantworten waren. Nils Neumann half mir, mich in dem Dschungel des Internets zurechtzufinden, der mir bislang unbekannt war. Merci! Paul und Anna halfen mir, die Leiche an der rechten Stelle in der Nähe des Steinbruchs zu platzieren – cool!

Auch meiner Ma gilt wieder ein Dankeschön für Lösungenfinden am Mittagstisch, Hanne für das Korrekturlesen – was würde ich ohne meine Grundschullehrerin i. R. machen. Aber ohne meine Komplizen Manfred, Nicole und Jochen wäre dieses Buch oft in einer Sackgasse ohne Wendemöglichkeit stecken geblieben. Danke für die zahlreichen Hinweise, wo der Rückwärtsgang ist und die Abzweigung, die man selbst nicht auf Anhieb gesehen hat.

Das Team von Piper, besonders Corinna Kroker und Julia Eisele, hat an dieses Buch geglaubt, und Lisa Wolf hat mir geholfen, die bestmögliche aller »Seelenraub«-Varianten zu schreiben. Dank auch an meinen Agenten Georg Simader und sein Team, die besten Sparringspartner und Rückenfreihalter, die man sich wünschen kann! Ich schreibe das jedes Mal und immer noch, aber es stimmt.

All diese Menschen haben mir für dieses Projekt ihr Wissen und ihre Zeit geschenkt oder mich inspiriert. Schön, dass ihr da wart!

*Michael Kibler, Oktober 2016*

# Horndeich und Hesgart ermitteln.

*Cover- und Preisänderungen vorbehalten

Michael Kibler
**Totensee**
Kriminalroman
Piper Taschenbuch, 384 Seiten
€ 12,99 [D], € 13,40 [A]*
ISBN 978-3-492-30044-5

Auf dem Grund eines Badesees wird ein alter Mercedes entdeckt, darin die sterblichen Überreste zweier Menschen. Als sich herausstellt, dass das Paar seit den Achtzigerjahren verschwunden ist, stehen Steffen Horndeich und seine Kollegin Margot Hesgart von der Darmstädter Mordkommission vor vielen offenen Fragen. Dann wird eine weitere Leiche gefunden – ein Mann aus Berlin wurde erschossen. Wo kein Zusammenhang scheint, entdeckt Horndeich schon bald eine Parallele. Und er bemerkt: Erst vor wenigen Tagen hatte er selbst mit dem Mann gesprochen …

Leseproben, E-Books und mehr unter www.piper.de